中国历史文化名人传

U0572075

搏击暗夜
鲁迅传

陈漱渝 著

作家出版社

中国历史文化名人传

组委会名单

主任：李　冰
委员：何建明　葛笑政

编委会名单

主任：何建明
委员：郑欣淼　李炳银　何西来　张　陵　张水舟　黄宾堂　张亚丽

文史组专家成员（按姓氏笔划为序）

王春瑜　王曾瑜　孙　郁　刘彦君　李　浩　何西来　郑欣淼
陶文鹏　党圣元　袁行霈　郭启宏　黄留珠　董乃斌

文学组专家成员（按姓氏笔划为序）

王必胜　白　烨　田珍颖　刘　茵　张　陵　张水舟　张亚丽
李炳银　贺绍俊　黄宾堂　程步涛

出版说明

　　中华民族五千年文明史中，涌现了一大批杰出的文化巨匠，他们如璀璨的群星，闪耀着思想和智慧的光芒。系统和本正地记录他们的人生轨迹与文化成就，无疑是一件十分有必要的事。为此，中国作家协会于2012年初作出决定，用五年左右时间，集中文学界和文化界的精兵强将，创作出版《中国历史文化名人传》大型丛书。这是一项重大的国家文化出版工程，它对形象化地诠释和反映中华民族文化的基本精神，继承发扬传统文化的精髓，对公民的历史文化普及和建设社会主义文化强国都具有重要而深远的意义。

　　这项原创的纪实体文学工程，预计出版120部左右。编委会与各方专家反复会商，遴选出在中国文化发展史上产生过重大影响的120余位历史文化名人。在作者选择上，我们采取专家推荐、主动约请及社会选拔的方式，选择有文史功底、有创作实绩并有较大社会影响，能胜任繁重的实地采访、文献查阅及长篇创作任务，擅长传记文学创作的作家。创作的总体要求是，必须在尊重史实基础上进行文学艺术创作，力求生动传神，追求本质的真实，塑造出饱满的人物形象，具有引人入胜的故事性和可读性；反对戏说、颠覆和凭空捏造，严禁抄袭；作家对传主要有客观的价值判断和对人物精神概括与提升的独到心得，要有新颖的艺术表现形式；新传水平应当高于已有同一人物的传记作品。

为了保证丛书的高品质，我们聘请了学有专长、卓有成就的史学和文学专家，对书稿的文史真伪、价值取向、人物刻画和文学表现等方面总体把关，并建立了严格的论证机制，从传主的选择、作者的认定、写作大纲论证、书稿专项审定直至编辑、出版等，层层论证把关，力图使丛书经得起时间的检验，从而达到传承中华文明和弘扬杰出文化人物精神之目的。丛书的封面设计，以中国历史长河为概念，取层层历史文化积淀与源远流长的宏大意象，采用各个历史时期最具代表性的文化符号与雅致温润的色条进行表达，意蕴深厚，庄重大气。内文的版式设计也尽可能做到精致、别具美感。

中华民族文化博大精深，这百位文化名人就是杰出代表。他们的灿烂人生就是中华文明历史的缩影；他们的思想智慧、精神气脉深深融入我们民族的血液中，成为代代相袭的中华魂魄。在实现"中国梦"的历史进程中，必定成为我们再出发的精神动力。

感谢关心、支持我们工作的中央有关部门和各级领导及专家们，更要感谢作者们呕心沥血的创作。由于该丛书工程浩大，人数众多，时间绵延较长，疏漏在所难免，期待各界有识之士提出宝贵的建设性意见，我们会努力做得更好。

《中国历史文化名人传》丛书编委会

2013 年 11 月

鲁迅

目录

第一章

梦魂常向故乡驰

—— 鲁迅在绍兴
（1881—1898）

“汝南周”的后人

稽山千岩竞秀，鉴湖明澈如镜。我们祖国的如画江山，我们民族的优秀传统，世世代代哺育了多少仁人志士！

但是，中华民族的近代是一个蒙尘的时代。一八四〇年，西方列强用炮舰敲开了古老中国闭关自守的大门。从此，我们这个西方冒险家眼中的“东方黄金世界”，便迅速沦为半封建、半殖民地社会。十一年后，由于阶级矛盾和民族矛盾激化，太平天国农民起义终于爆发。束长发、裹头巾的起义军血洒郊原，艰苦鏖战，驰驱十七省。然而，由于中国社会新生的阶级——工业无产阶级还在孕育之中，这场持续了十四年的农民起义终因缺乏正确领导而不可避免地陷于失败。

神州大地，风雨如磐；镜水稽山，黯然失色。就是在这样一个国运艰难、危机四伏的年代，鲁迅在被称为“报仇雪耻之国，历史文物之邦，名人荟萃之地，山清水秀之乡”的浙江绍兴呱呱坠地了。他诞生在一八八一年九月二十五日。这时，上距鸦片战争爆发四十一年、太平天国失败十七年。鲁迅诞生之后，按照绍兴的习俗，家人依次给他品尝了五种东西：醋、盐、黄连、钩藤、糖，象征他在未来的生活道路上先要备尝酸辛，经历磨难，最后才能体味到人生的甘甜。事实也恰恰如此，这个被长辈爱称为"胡羊尾巴"的聪慧灵巧的孩子，自从来到人间，就跟我们的国家、民族一起，过早地承担着时代的忧患。

鲁迅本姓周，小名阿张，本名樟寿，初字豫山；后改字豫才，改名树人。比较可靠的说法是，绍兴周氏房族的一世祖周逸斋自十六世纪明正德年间（1506—1521）迁居绍兴城内竹园桥。所谓"逸斋"，其实就是名字失传的意思。但自二世祖开始就有姓有名了。从四百年前直到鲁迅诞生，已经传到十四代。旧时代的望族都有尚古追远的倾向。周作人后来调侃说，绍兴周氏如果一定要把始祖往上推溯，似乎也可以硬说是周公之后，大家弄惯了也不以为笑①。而实际上，周本是个国名，在今陕西岐山县，皇室姓姬。

在绍兴周氏家族心目中，他们的"远祖"并不是周公，而是北宋时代的理学家周敦颐。周敦颐（1017—1073），字茂叔，号濂溪，宋营道楼田堡（今湖南道县）人，因《爱莲说》而闻名于世。宋代曾被封为"汝南（在河南中部）伯"，故有"汝南周"之称。鲁迅祖父周介孚在清同治乙卯科《浙江乡试朱卷》亲笔填写的履历中说："始祖元公，宋封汝南伯，元封道国公，学者称濂溪先生，从祀文庙。"

还有一个例证，就是鲁迅父亲中秀才之后，鲁迅的外祖父给他祖父周介孚写了一封贺信，其中有两句是："雅居中翰之班，爱莲名噪；秀看后英之苗，采藻声传。"大意是：昔日介孚公中进士钦点翰林，连远祖周敦颐也因之沾光，名噪一时；今看周伯宜苗壮成材，中了秀才，文脉代代相传，令人欣喜。贺信当然说的是一些吉祥话，但也说明绍兴周家确以周敦颐之后为荣。

绍兴周氏以周敦颐为"远祖"另有一个旁证。周建人回忆，周家的夜航船上也高举着"汝南周"的灯笼。绍兴水乡，城门有旱门也有

---

① 见《鲁迅的故家·四百年前》。

很多水门，如东郭门、昌安门、都泗门、值利门……鲁迅家人乘船夜归经过水门，为避免管城门的盘查，船老大就高举一个大灯笼，上书"汝南周"三个大字。管城门的见到这个灯笼便喊："好，好！请开船吧！"当然，追宗认祖，更值得重视的是先人美德对后人的实际影响。

一九〇〇年秋天，鲁迅写了一首七律《莲蓬人》："芰裳荇带处仙乡，风定犹闻碧玉香。鹭影不来秋瑟瑟，芦花伴宿露瀼瀼。扫除腻粉呈风骨，褪却红衣学淡妆。好向濂溪称净植，莫随残叶堕寒塘。"这首诗起联两句，用极其概括的笔触，直接点出了莲蓬的生活环境：莲蓬处在仙人的国度里，以菱叶为裳，以荇菜为带，风定之后，碧玉般的躯体散发出淡淡清香。这是何等高洁！颔联二句，以工整的对仗，情味至浓地渲染出秋天的氛围：在萧瑟的秋天，鹭鸶已经渺无踪迹，只有那白头芦花，还在浓霜的侵凌下与莲蓬结伴。颈联两句，描绘出莲蓬淡雅纯净的风姿，述其形，摄其神。末联由写景转入议论，希望莲蓬跟周敦颐《爱莲说》中的莲花一样，"出淤泥而不染，濯清涟而不妖"，亭亭净植，傲然不群，在污浊的尘世保持高尚的节操。可见，周敦颐的《爱莲说》，已经成为了跟鲁迅一脉相承的精神纽带。

润物无声的越文化

鲁迅曾以"身为越人"而深感自豪。他的笔名中，就有"越丁""越山""越侨""越客"等，在潜意识中流露出一种深深的故土之情。

"越"是一个古老部族的名称，秦汉前分布在长江中下游以南，部落众多，史称"百越"。"越"同样是一个古国国名，从河姆渡文化算起，至少有七千年生息繁衍的历史。长期以来，史学界认为中国最早的文字是甲骨文，距今三千六百多年，现在这个看法已被颠覆。二〇〇三年至二〇〇六年，浙江省文物界对位于平湖市林埭镇群丰村的古墓进行发掘，在越文化（良渚文化）的遗址中发现了最早的原始文字，将中国的文字史向前推了一千多年。①由于越地滨江临海，生存环境险恶，因而使越人养成了一种强悍刚烈、抗争复仇的民风。这也就使得越文化在中华民族多元文化的谱系中具有了独特的风格。

越文化开拓期的始祖无疑是神话、传说中的大禹。在"汤汤洪水方割，浩浩怀山襄陵"（《尚书·尧典》）的洪水为患的时代，舜帝任命大禹治水，功成，葬于会稽。因此，会稽（越）成为了大禹神话的中心点。神话中大禹"胼手胝足"，"三过家门而不入"，体现了古越先民卓苦勤劳、人定胜天的顽强拼搏精神。大禹用疏导的方式取代堙堵的传统旧法，又体现了古越先民勤于探索、勇于创新的精神。遍布绍兴境内的禹山、禹井、禹穴、禹陵、禹祠、禹庙、禹碑，表达了绍兴人民对大禹的忆念。禹同时也是鲁迅心目中的英雄。一九一一年春，担任绍兴府中学堂监学的鲁迅带领全校学生祭扫禹陵，留下了一张珍贵的合影："绍兴府中学堂辛亥春季旅行於禹陵之纪念"。照片中的鲁迅穿着黑马褂、长袍，胸前佩戴着一朵醒目的白花，表现他是在十分庄重地凭吊一位民族英雄。逝世前一年，鲁迅又创作了《理水》，收入新编历史小说《故事新编》。作品中的禹因治水而得上了"鹤膝风"（结核性关节炎的一种），满脚底都是栗子一般的老茧，体现了作为中国脊梁的艰苦奋斗精神。

承续了大禹精神的首推勾践。相传勾践是禹的后代。《史记·越王勾践世家》明确记载："越王勾践，其先禹之苗裔，而夏后帝少康之庶子也。封于会稽，以奉守禹之祀。文身断发，披草莱而邑焉。"勾践之所以名垂史册，主要是源于他灭吴兴国的故事：

勾践于公元前四九四年与吴王夫差战于夫椒（今浙江绍兴北），败后求和，入吴为人质三年，忍辱负重，韬光养晦，终于博得吴王的信任重返故国。他卧薪尝胆，与民共苦乐，经过"十年生聚，十年教训"，不仅营造了"子而思报父母之仇，臣而思报君之仇"的社会氛围，而且积蓄了报仇复国的实力，终于在公元前四七三年灭吴。鲁迅崇仰勾践报仇雪耻的"坚确慷慨之志"。他在临终前不久写的《女吊》一文中，引

---

① 见《光明日报》2013年7月9日09版《中国最早原始文字在浙江发现》。

用了明末王思任的名言："会稽乃报仇雪耻之乡，非藏垢纳污之地。"并接着写道："这对于我们绍兴人很有光彩，我也很喜欢听到，或引用这两句话。"他笔下的"女吊（女性的吊死鬼）"，就是一种"带复仇性的，比别的一切鬼魂更美，更强的鬼魂"。鲁迅进一步指出："被压迫者即使没有报复的毒心，也决无被报复的恐惧，只有明明暗暗，吸血吃肉的凶手或其帮闲们，这才赠人以'犯而勿校'或'勿念旧恶的格言'。"

第一个鲜明体现了越文化精神的思想家是东汉的王充，他著有《论衡》一书，反对"天人感应"说和鬼神迷信。鲁迅继承了他那种"嫉虚妄"的现实批判精神和对真理孜孜以求的探索精神。友人许寿裳之子许世瑛开蒙，鲁迅给他开的书单中，《论衡》一书赫然在目。

跟王充比较起来，对鲁迅影响更大的是三国时代魏国的思想家、文学家嵇康。嵇康的籍贯是谯郡铚，在今安徽宿州西南。但鲁迅始终把他作为会稽先贤崇敬。据鲁迅早年校录的虞预《晋书》记载："（嵇）康家本姓奚，会稽人。先自会稽迁于谯之铚县，改为嵇氏，取'稽'字之上，山以为姓，盖以志其本也。"嵇康反抗礼教、愤世嫉俗的精神和清峻通脱、师心遣论的文风，对鲁迅的杂文创作产生了明显影响。从一九一三年十一月至一九二四年六月，鲁迅穷十年之力精心校勘了《嵇康集》，成为了鲁迅在辑校古籍领域的重大成果。

影响鲁迅的古越文人，还有晋代书法家王羲之。鲁迅多次观看王羲之书写的"鹅池"石碑，游览右军祠①、墨池、御碑亭、流觞亭。鲁迅尤欣赏志高词壮的南宋爱国诗人陆游，认为他是国步艰难岁月中的"慷慨党"。此外，明代徐渭的水墨花卉，张岱的小品散文，陈洪绶的人物绣像，也都成为了浸润鲁迅的艺术滋养。

跟越文化中的精英文化相比，越文化中的民俗文化对鲁迅的影响也不能低估。鲁迅崇敬有造诣的文学家，也崇敬那些置身于社会底层的"不识字的作家"，认为他们虽然目不识丁，但创作的民谣、山歌、渔歌等等，刚健清新，往往为士大夫所不及。"社戏"就是对童年鲁迅影

① 公元 350 年王羲之曾任右军将军。

响颇深的一种越地民俗文化，一种农民和手工业工人的作品。

"社"是古代地区的一个小单位：或曰方六里为社，或曰二十五家为社。"社"中常有庙，祭祀社神，一般为土地神。但农村的社庙有多种用途，除祭神外，平时也寄存农家的水车及其他大型农具。每年夏秋还以此为舞台上演"年规戏"，以酬神祈福，也叫野台戏。每年扫墓完毕之后，鲁迅常随母亲到安桥头的外婆家住几天，那时他盼望的第一件事就是到五里地外的皇甫庄去看社戏。

其实，这里所说的社戏，是绍兴戏的一个总称，包括越剧、绍剧、新昌腔调、绍兴目连戏及诸暨西路乱弹等剧种。绍兴民间还有许多曲艺品种，鲁迅为母亲祝寿时就请艺人来家唱过绍兴平湖调。鲁迅儿时爱看的是绍兴戏中的目连戏和大戏（"大"俗音如"陀"，去声）。大戏白天演折子戏，从黄昏至次日黎明则演整本戏。大戏的精采部分是剧情中间出现的"跳吊"（"跳"俗音如"条"）和结尾出现的"勾魂使者"活无常与恶鬼。鲁迅在《朝花夕拾·无常》中描写"活无常"："他不但活泼而诙谐，单是那浑身雪白这一点，在红红绿绿中就有'鹤立鸡群'之概。只要望见一顶白纸的高帽子和他手里的破芭蕉扇的影子，大家就都有些紧张，而且高兴起来了。"又写道："在许多人期待着恶人的没落的凝望中，他出来了，服饰比画上还简单，不拿铁索，也不带算盘，就是雪白的一条莽汉，粉面朱唇，眉黑如漆，蹙着，不知道是笑还是在哭……"在《且介亭杂文末编·女吊》中，他又描写了绍兴戏中另一种具有特色的"鬼"——"女吊"："她将披着的头发向后一抖，人这才看清了脸孔：石灰一样白的圆脸，漆黑的浓眉，乌黑的眼眶，猩红的嘴唇……她两肩微耸，四顾，倾听，似惊，似喜，似怒……"这是一种因衔冤横死而复仇的鬼魂，比别的一切鬼魂更美、更强的鬼魂。

在看大戏或目连戏的时候，十余岁的鲁迅还扮演过"义勇鬼"。他跟其他十余名孩子，都在脸上涂几笔油彩，手持一柄钢叉，一拥上马，跟在蓝面鳞纹的鬼王后面，疾驰到郊外的几处无名孤坟之处，环绕三匝，下马大叫，将钢叉用力地连连刺在坟墓上，然后拔叉驰回，上了前台，一同大叫一声，将钢叉一掷，钉在台板上，算是完成了演出任务。

除了爱到皇甫庄看社戏，鲁迅还喜欢到距离城东约六十里的东关去看五猖会。这是他童年罕逢的一件盛事。五猖也就是五通神，神像是五个男人，后面列坐着五位夫人。虽是凶神，但面貌却并不显猖獗之状。南方农村有五通神出巡的习俗，每次出巡就有"跳五伤"的演出：跳小娘，跳小棺材，跳活无常，跳大头鬼，跳吊。观众最爱看的还是其中的跳活无常，只不过迎神时在广场演出。活无常只有动作，没有语言，配合着一定的锣鼓伴奏。除了在皇甫庄等郊外有野台戏，鲁迅儿时也在城里看过绍兴戏。周家老台门对面有一大片空地，是附近居民的娱乐场。每年约七月半，常由覆盆桥周家发起，请戏班子来演出：文戏叫高调班，武戏叫乱弹班。相传七月酆都城的鬼门关开启，故常演出目连戏，演给到阴间玩耍的鬼魂看。鬼的形状各异：套个假头套的是大头鬼，把衣领拉到头顶装上小头的叫小头鬼，那手不释卷但榜上无名因失落而上吊的叫科场鬼。

在中国的文化名城中，绍兴以"水乡泽国"著称。这里湖泊密布，拥有鉴湖、曹娥江、浦阳江三大水系。俗语说："文化如水，润物无声。"绍兴纵横交织的文化系统，就像润物的甘霖，滋润着童年鲁迅的心田。

新台门的人物

九斤老太

鲁迅诞生时，家中辈分最高的是六十七岁的曾祖母戴氏（1814—1893）。因为鲁迅的曾祖父在本族同辈中排行第九，人称"九老太爷"，因而戴氏也就成了"九老太太"。戴氏出身于殷实的官宦之家，嫁到周家之后赶上了家道的败落。原因之一是丈夫虽中过秀才，捐过监生，但除了栽种兰花之外，别无长处和爱好；原因之二是太平军在绍兴一带跟清军激战，导致农田大片荒芜，周家的租粮几乎颗粒无收，在城内开设的商行、当铺也大多歇业。幸亏戴氏治家严正，好不容易保住了四五十亩水田，全家得以维持生计。一八九三年二月十六日，正值春节前夕，年近八十岁的她死于中风一类的突发病，当时鲁迅只有十二岁。正是在为曾祖母隆重操办丧事的过程中，鲁迅结识了短工章福庆的儿子运水——这位能在雪地捕鸟和在夏夜刺猹的英武矫健的少年，当时前来帮助周家看守办丧事的祭器。二十八年之后，少年运水成为了鲁迅短篇小说《故乡》中闰土的人物原型。

俗话说："福无双至，祸不单行。"就在曾祖母去世那年秋后，新台门周家传来了衙役的呼叫声："捉拿犯官周福清！捉拿犯官周福清！"

仕途坎坷的祖父

周福清（1838—1904）就是鲁迅的祖父，字震生，号介孚。他长着一张"同"字形的脸，算命的说是富贵相，果然在一八六七年中了举人，又在一八七一年中了进士，钦点翰林院庶吉士。经过三年培训，外派到江西省金溪县当知县。如今在金溪县还留下了一块长一点二米，宽零点四米的石碑，记录了他在当地稳定社会秩序的政绩。当时金溪贫穷，富人少，乞丐多。每当有人办红白喜事，都有不少丐帮前来任意索讨，行同敲诈。为此，周福清跟各丐头谈判，规定了办红白喜事的人家接贫济困的钱数，上交专门设立的救济场所，合理分配给周边十三村的孤贫户，各丐帮不得无理坐索。这块石碑立于光绪二年（1876）五月，是周福清上任一年后办的一件实事。但是周福清性情耿介，恃才傲物，尤其敢于顶撞上司，因而好景不长，于一八七八年即被参劾。为了保住原来的品级，周福清只好花银子捐了两次官：一次是在陕甘局买了一个"同知"的官衔，当然不会真去走马上任；另一次是买了一个"内阁中书"的官衔，于一八七九年进京做了一个专事誊录、校对、协修的七品小京官。一八九三年他母亲去世，必须回绍兴丁忧三年，此时他五十七岁。不料刚办完丧事之后，他又摊上了另一桩大事——"科场行贿"。

平心而论，科场行贿在腐败透顶的清末官场司空见惯：花三四百两银子即可雇"枪手"代考秀才，花一两千两银子即可雇"枪手"代考举人。拜帖中夹带银票行贿主考官的事情，当时也常有发生，见怪不怪。周福清行贿一事完全是受他姐夫章介千等人鼓动，以为当年浙江乡试主考官殷如璋跟周福清是同榜进士，请他关照周福清的亲友章、孙、陈、顾、马五姓子弟，以及周福清的儿子，原本是件易如反掌的事情。更何况送去的那张银票是空头支票，只有在事成之后才会兑现。但周福清却倒霉在以下三件事上：

一、替周福清办事的听差陶阿顺送拜帖和一万两银票时大声吆喝要回条，而不巧副主考郁昆恰恰在现场，逼得殷如璋只好当场拆信，装出公事公办的样子，将陶阿顺扣留，迅即递解苏州府；又把鲁迅的父亲暂时拘留，革除了秀才资格。

二、周福清跟绍兴知县俞凤冈、苏州知府王仁堪及其幕僚陈秋舫均有过节，所以事情败露之后，无人替周福清遮罩，让奏章顺顺当当递到了皇帝手上。

三、不知怎地，不能称之为政界铁腕人物的光绪皇帝偏偏重视周福清一案，接连下了好几道批谕：先令浙江巡抚崧骏"严切根究，务得确情，接律定拟具奏"；崧骏禀明案情之后，光绪又批谕："案关科场舞弊，亟应彻底查究。相忧内阁中书周福清着即行革职，查拿到案，严行审办。"这份批谕的交办部门就是刑部。刑部鉴于周福清行贿未遂，又主动投案，如立即问斩，似属过严，便建议在"斩罪上量减一等，拟杖一百，流三千里"。如果真流放三千里，那就该流到新疆去了。光绪在刑部的奏章上又作了批示："周福清着改为斩监候，秋后处决，以肃法纪，而敬效尤。""斩监候"，也就是死刑缓期执行。这样一来，周福清就成了名副其实的"钦犯"。

晚清政治腐败，官场的状况也就必然匪夷所思，周福清案即为一例。被判决"斩监候"的周福清被羁押在杭州监狱。因系"官犯"，便享有种种特权，不仅免加刑具，能住单间，有男女佣人；甚至还买了一个比他小三十二岁的潘姓女子为妾，能入狱服侍，狱卒并不干涉。除了没有自由之外，周福清在狱中可以读书、散步，跟狱卒和其他犯人聊天，还教小儿子周伯升和二孙子周作人读书。不过，每年临近秋季，监狱都会提醒周福清可能会被斩决，但使点银子也就会很快逢凶化吉。

时光荏苒，周福清不觉在狱中待了八个年头。一九〇一年，光绪皇帝早已被软禁，慈禧太后推行所谓新法令，赦免八国联军入京时监狱中的所有犯人。援引这条法令，周福清也得以假释，于这一年的四月九日（阴历二月二十一日）重返故里。三年后，周福清病逝，终年六十八岁。

当然，读者关心周福清坎坷的仕途，但更想了解他对鲁迅的具体影响。这种影响是潜移默化的，周作人就对钱玄同说过："祖父是一个翰林，滑稽似豫才。"除此之外，周福清对鲁迅的影响还有两方面：一、特立独行，不巴结上司，不攀附权贵。二、学习方法，如治学应以历史知识为基础，学诗应从明白易晓起步。特别是他对通俗小说的肯定，更培养了鲁迅最初的文学爱好。鲁迅曾对友人说，直到读了《西游记》，他才第一次对书籍发生兴趣；而促使他对《西游记》发生兴趣的，则是祖父曾给他讲孙悟空败逃，变身为破庙，尾巴无处安置，就化为旗杆竖立在庙后门的故事。

鲁迅在《集外集拾遗·上海所感》中写道："我们从幼小以来，就受着对于意外的事情，变化非常的事情，绝不惊奇的教育。那教科书是《西游记》，全部充满着妖怪的变化。例如牛魔王呀，孙悟空呀……就是。据作者所指示，是也有邪正之分的，但总而言之，两面都是妖怪，所以在我们人类，大可以不必怎样关心。然而，假如这不是书本上的事，而自己也身历其境，这可颇有点为难了。以为是洗澡的美人罢，却是蜘蛛精；以为是寺庙的大门罢，却是猴子的嘴，这教人怎么过。早就受了《西游记》教育，吓得气绝是大约不致于的，但总之，无论对于什么，就都不免怀疑了。"

在《花边文学·化名新法》中也写道："孙行者神通广大，不单会变鸟兽虫鱼，也会变庙宇，眼睛变窗口，嘴巴变庙门，只有尾巴没处安放，就变了一枝旗竿，竖在庙后面。但哪有只竖一枝旗竿的庙宇的呢？它被二郎神看出来的破绽就在此。"

在《南腔北调集·上海的少女》中，鲁迅还从《西游记》里魔王吃童男和童女引发联想，揭露富户豪家以童女为侍奉，甚至作为纵欲采补的材料，为陷入险境的中国少女伸张正义。

周福清对晚辈的家训主要体现在他的一篇《恒训》中。这篇文章作于"光绪二十五年岁次己亥元月十八日"。折合成公历就是一八九九年二月二十七日。其时介孚公还被囚禁在杭州监狱。同年十月上旬，在南京陆师矿路学堂就读的鲁迅工工整整地抄录了一份《恒训》珍藏，可见他对祖父教诲的重视。鲁迅手迹的原件现珍藏于国家图书馆。

《恒训》内容十分广泛。先讲三条家诫："力戒昏惰"，"力戒烟酒"，"力戒损友（即绝不结交坏朋友）"。后讲"养生法"，与之并列的是"病勿延西医"。最后谈"家鉴"。周介孚在这一部分回顾了绍兴周氏家族从兴旺到败落的过程。概括了三条"败家之鉴"，即"纵容孩子""信妇言""要好看"（按：即讲排场，好奢靡）；又提出了三条"成家之鉴"，即"有良心""有恒心""有积蓄"。

今天看来，《恒训》中的有些内容是错误的，如"病勿延西医"，但他的"养生法"中也有不少可取的保健知识，如"每日咽唾沫三十六次。临睡摩手心、足心。摩肚腹数遍。用两手自头至足，周身摩一次。晨用大指节擦两眼角数次。两手按耳，中指敲脑后十余次。左右顾，用手摸掌至肩，伸缩数次……"这种自我按摩法又是周介孚的祖父口授的，可谓"会稽周氏秘传"。此公八十三岁时，仍耳目聪明，手足便利，可见是行之有效的保健方法。

当然，周福清教给子孙的大多是修身齐家法，其中有的鲁迅遵循得很好，有的则不尽如祖父之意。做得好的有"事事认真"。《恒训》写道："去昏之法，在事事认真。看书写字，用静细功夫。心不二用，神气自清。……所闻所见，关学问者，关家务者，一一记簿，时时细看，切勿怠惰。凡有作为之官宦，成家立业之士民，无不有日记帐簿。平生阅历，逐年事务，及一切用场，了如指掌。"鲁迅遵祖父家训，养成了记日记和记账的好习惯，这些日记和账簿如今成为了研究鲁迅及研究同一时期社会文化史和经济史的珍贵史料。鲁迅还告诫读者"要认真"："日人太认真，而中国人却太不认真。中国的事情往往是招牌一挂就算成功了。日本则不然。他们不像中国这样只是作戏似的。……这样不认真的同认真的碰在一起，倒霉是必然的。"①。在日本军国主义对华进行侵略的危急时刻，鲁迅仍然认为日本民族性中的"认真"这一点是可以效法的。

鲁迅有悖《恒训》教导的是"力戒烟酒"。周介孚一生不猜拳赌酒，他写道："如水旱烟，有损无益。至酒之为害，不殊鸦片，非特废时误事，且易伤生。试看盛酒锡壶，用久底烂，酿酒房屋，梁柱速朽，况血肉身躯乎？"鲁迅虽然不是高阳酒徒，但却嗜烟成癖，这对他身体的损害是众所周知的。

《恒训》中的关键字是"恒"。《恒训》开篇写道："有恒心，有恒业，有恒产。有恒心得见有恒善，圣之基。人而无恒，不可以作巫医。②持恒能久视此训辞。"

"恒"，就是持久不断；具体到鲁迅身上，就形成了一种"韧"的战斗精神。鲁迅认为，就个人而言，没有"恒"就不能成就任何事业。他举例说，收集民间花纸（即年画），只要持久有恒，也能保存一大笔非物质文化遗产，这是一般人都能做到的。就改革而言，因为"中国太难改变了，即使搬动一张桌子，改装一个火炉，几乎也要血"③，所以更是一个持久而艰巨的历史使命，一代人不够，"就再一代，二代……这样的数目，从个体看来，仿佛是可怕的，但倘若这一点就怕，便无药可救。只好甘心灭亡。因为在民族的历史上，这不过是一个极短时期，此外实没有更快的捷径"。④

周福清有一自撰挽联："死若有知，地下相逢多骨肉。生原无补，世间何时立纲常。""世间何时立纲常"当然有愤世嫉俗的意思，但他若在地下与鲁迅这位"骨肉"相逢，想必会引这位长孙为荣吧。

---

① 引自《集外集拾遗·今春的两种感想》。
② 语出《论语·子路第十三》。
③ 引自《坟·娜拉走后怎样》。
④ 引自《华盖集·忽然想到（十）》。

擅讲故事的继祖母

鲁迅在作品中曾多次提及他的祖母，但这位祖母并不是他的亲祖母，而是他的继祖母。

鲁迅祖父有一原配，姓孙（1838—1864？）一八五八年生一女，乳名德官，一八六一年生一子，名凤仪，字伯宜，是鲁迅的父亲。鲁迅诞生时，她已去世十七年，所以没有留下什么印象。

鲁迅作品中提及的祖母准确地说是他的继祖母，姓蒋（1842—1910），绍兴鉴湖边的鲁墟村人。她疼爱孙辈，常给他们讲述一些诙谐有趣而又寓含人生哲理的故事，培养了鲁迅儿时对文学的爱好。《朝花夕拾》所收录的《狗·猫·鼠》有一段温馨的回忆："那是一个我的幼时的夏夜，我躺在一株大桂树下的小板桌上乘凉，祖母摇着芭蕉扇坐在桌旁，给我猜谜，讲故事。"接着，祖母给他讲述了老虎拜猫为师的故事。老虎自以为本领都学到了，就想杀掉猫，没想到猫还没有教老虎上树的本领，所以侥幸逃生。鲁迅杂文集《坟》中还有一篇《论雷峰塔的倒掉》，又回忆了祖母跟他讲的"水漫金山"的故事，激起了他对白蛇娘娘的同情和对法海和尚的憎恶。一九一〇年五月十一日，继祖母病逝，终年六十九岁。当时鲁迅的祖父、父亲均已去世，小叔父在兵船服务，不知去向。周作人在日本留学，无法赶回。家里就电召在杭州教书的鲁迅速回，主持继祖母蒋氏的葬仪。这一人生经历，鲁迅写进了他的小说《孤独者》中。

然而，这位慈祥而又诙谐的继祖母却跟祖父感情不和，甚至常年受到祖父的怒骂。最根本的原因是太平军攻占绍兴期间，这位继祖母一度与家人失散。祖父怀疑她被太平军俘虏失贞，因误会而产生裂痕。另一个原因是祖父多次纳妾；先纳薛氏，后纳章氏，再纳潘氏。祖父亲近妾而疏离蒋氏，夫妻更加不和。

鲁迅和周作人的同情明显是在继祖母一边。在《我之节烈观》一文中，鲁迅为那些在战乱中失贞的女子辩护："只有刀兵盗贼，往往造出许多不节烈的妇女，但也是兵盗在先，不节烈在后，并非因为他们不节烈了，才将刀兵盗贼招来。"周作人也写过一篇《抱犊谷通信》，文中直接谈到了这位继祖母："她的最后十年我是亲眼看见的，她的瘦长的虔敬的脸上丝丝刻着苦痛的痕迹，从祖父怒骂的话里又令我想见她前半生的不幸。我心目中的女人一生的命运便是我这祖母悲痛而平常的影象。祖母死了，上帝安她的魂魄！"周作人在这篇文章中还明确表示，严厉监督女性是不是处女是毫无意义的事情，做父母的不必管，更用不着其他人来管。因为"这身体是女性自己的，一切由她负责去处理"。

继祖母蒋氏还有一件不幸的事，就是她唯一的女儿康官一八九四年因产褥热去世，终年二十六岁。周氏兄弟跟这位小姑母感情都很好，她常给孩子们讲故事，猜谜语，说童谣，唱山歌。据说，小姑母临终前发高烧，说谵语："红蝙蝠飞来了，来接我了！"鲁迅便写了一篇祭文，问这只红蝙蝠究竟是神还是魔？如果是神，为什么不让好人长寿呢？

懦弱多病的父亲

跟祖父、祖母相比，父亲对鲁迅的影响反不明显。父亲叫周伯宜（1861—1896），本名凤仪，又名文郁，中秀才后又名仪炳，以"伯宜"这个字行于世。其实他还有一个字，叫用吉。周福清案发后他被革除了秀才身份，埋怨"用吉"这两个字太不吉利，把"周"字拆卸了。

据说周伯宜的字和文章都写得不错，但仕途多乖，二十岁中秀才后，三次参加乡试，都名落孙山。他性格懦弱，身体柔弱，但偏好喝烧酒，还抽鸦片，也许是为了缓解心中的郁闷吧。不过喝酒后发脾气，又应了"借酒浇愁愁更愁"这句俗话。他存世的文稿，有一本《入学试草》，收录他中秀才时的诗文，是他春风得意时之作；另一份是一张借据，是用一份田契作抵押，托族兄周慰农向高家借英洋二万元，月利一分二厘。这是周家衰败之时的历史记录。他病逝时才三十五岁，如今看来正是青壮年时期。

据周作人回忆，中日甲午海战之后，周伯宜曾表示要送儿子出国留学；一个去东洋，一个去西洋，表现出他挽救民族危亡的爱国之心。但在鲁迅作品中留下的大多是他生病时庸医误诊的记忆。这些情况见诸鲁迅的回忆散文《父亲的病》，为广大读者所熟知，故不赘述。总之，鲁迅留学日本时期一度选择学医，显然是深受父亲被误诊所刺激。

母亲与母爱

对于鲁迅的母亲，一般鲁迅传记中介绍颇多，没有发现什么新的史料，重写起来颇感困难。但新近有论者认为鲁迅的母亲是一个"不称职的母亲"，鲁迅童年生活中缺失母爱。主要论据就是鲁迅的回忆散文集《朝花夕拾》中写到了"长妈妈"，写到了"衍太太"，都给读者留下了深刻印象，唯独"母亲的形象苍白而脆弱"。另一个论据就是鲁迅的母亲爱读书看报，却从来不读鲁迅作品。这位论者还引用弗洛伊德的理论来支撑自己的观点："一个为母亲所特别钟爱的孩子，一生都有身为征服者的感觉，由于这种成功的自信，往往可以导致真正的成功。"这位论者认为鲁迅性格中有自卑、绝望、孤独的成分，这就更说明鲁迅生活中母亲是个"缺席者"。这些新论虽不能成立，但为介绍鲁迅母亲提供了一些新的视角。一般来说，回忆文章多是写逝去的人们，久远的事情，在父母生前就为其写回忆文章的子女比较罕见。鲁迅写《父亲的病》等回忆文章的时候，父亲已去世三十年，长妈妈、衍太太也都已作古，而他母亲那时还健康地活着，直到八十六岁才去世，鲁迅却比她早七年就离开了人间，是名副其实的"白发人送黑发人"。

鲁迅的母亲叫鲁瑞（1858—1943），祖父和父亲都是举人，但她幼小时只在私塾旁听过一年功课，因此她不读鲁迅作品跟是不是有母爱并无必然联系。至于弗洛伊德的那句话，也并不是普遍真理。即使鲁迅没有被母亲钟爱，又有谁能否定鲁迅是"真正的成功者"呢！

鲁迅的母亲一八七九年嫁到周家，一八八一年鲁迅的父亲就中了秀才，家人都夸她有"旺夫命"；三十一岁即成了当家媳妇。但好景不长，五年后公公入狱，八年后丈夫去世。她生下五个子女，有两个夭折：第三胎是个女儿，叫端姑，生下十个月即患天花死去；第五胎是个儿子，叫椿寿，六岁那年也病亡。这些变故都使鲁瑞备受煎熬，感情上受到重大打击。在众多孩子中，鲁瑞最爱的是鲁迅，所以举家北迁之后愿意跟鲁迅居住，鲁迅离京之后她也不愿跟二儿子周作人共同生活。鲁迅在《〈呐喊〉自序》中描述过十八岁那年离开故乡到南京求学的情景，说当时社会上一般人认为他是走投无路，将灵魂卖给了洋鬼子。"我的母亲没有法，办了八元的川资，说是由我自便；然而伊哭了……"寥寥几笔，既写出了母亲当时承受的巨大压力，又写出了母亲对儿子远行的无限眷恋。

鲁迅虽然是封建礼教的叛逆者，但对母亲却极尽孝道。蔡元培先生晚年以"周子余"为笔名，是因为他的母亲姓周，以此表达对母亲的爱戴。周树人以"鲁迅"为笔名，也是因为母亲姓鲁，同样以此表达对母亲的爱戴。如果鲁迅认为他的生活中母亲的席位缺失，他完全可以选择另外一个通用笔名。鲁迅在日常生活中对母亲体贴入微，关怀备全。在婚姻问题上鲁迅即使对母亲有腹诽，甚至怨怼，但也完全屈从，就是因为他觉得身处乱世，母亲身边需要有人陪伴，自己则宁愿陪着做一世的牺牲。

鲁迅虽然并不否认他承受了母爱，但也认为母爱有着盲目的一面。在《华盖集·杂感》一文中鲁迅写道："死于敌手的锋刃，不是悲苦。但最悲苦的是死于慈母或爱人误进的毒药，战友乱发的流弹，病菌的并无恶意的侵入，不是我自己制定的死刑。"这些话当然是有慨之言，有感而发。一九一八年五月中旬，鲁迅友人许寿裳丧妻，留下了五个子女。鲁迅致函吊唁。他在信中说："我向来的意见，是以为倘有慈母，或是幸福，然若幼而失母，却也并非完全的不幸，因为他们也许倒成为更加勇猛，更无挂碍的男儿的……"这也道出了母爱的两重性。

长妈妈与衍太太

在新台门周家的女性中，鲁迅最感亲和的是勤劳淳朴的长妈妈，而最感厌恶的是挑拨是非的衍太太。

长妈妈是鲁迅儿时的保姆，家住绍兴东浦，夫家姓余。她身材矮胖，睡觉时常叉开腿在床上摆出一个"大"字。只因为先前那个保姆个子高，出于习惯，沿用了"长妈妈"这个称呼；有时也叫"阿长"。她常教给鲁迅一些民间习俗，也讲一些离奇古怪的故事。最让鲁迅感激万分的，是她替鲁迅买了一部《绘图〈山海经〉》，成为了鲁迅"最初得到，最为心爱的宝书"，培养了他儿时对文学和绘画的爱好。然而，出于封建迷信，她也拆散过鲁迅的一桩婚约。据周建人在《鲁迅故家的败落》一书中回忆，鲁迅小舅父鲁寄湘的大女儿叫琴姑，不但长得漂亮，而且能读医书。按绍兴习俗，姑表可以通婚，所以有人为鲁迅向小舅家提亲。但长妈妈认为两个人的八字犯冲，向鲁瑞进言，这件事就被搁置下来。后来鲁寄湘将琴姑许配他人，琴姑抑郁感伤，英年早逝。临终前她对贴心的保姆说："我有一桩心事，在我死前非说出来不可，就是以前周家来提过亲，后来忽然不提了，这一件事，是我的终生恨事，我到死都忘不了。"但是，没有证据证明鲁迅了解这件事。如果鲁迅为这些事对长妈妈心存抱怨，他绝不可能写出那篇文情并茂的回忆散文《阿长与〈山海经〉》。

鲁迅在《朝花夕拾·琐记》一文写到过衍太太，原本也不必特别介绍。但有一位博士新近运用弗洛伊德学说分析这篇文章，得出了一个惊人结论：《琐记》一文中的"衍太太"在鲁迅少年时代的生活中，兼具了"母亲"和"情人"的双重身份。

"衍太太"是何许人？她的人物原型是鲁迅的一位叔祖母。在绍兴覆盆桥周氏房族中，鲁迅所属的"智房"一系又分为"兴房""立房""诚房"三个分支。"衍太太"就是"诚房"叔祖周子传的太太。周子传有一个大哥叫周子林，所以人称"衍太太"为"二太太"，或"子传奶奶"。鲁迅一生同情妇女，但他生活中起码有两个厌恶的女人：一个是周作人之妻羽太信子，这从鲁迅笔名"宴之敖"[1]中就能得到证明；另一个就是这

---

[1] 意思是被日本女人从家里赶出来了。

位"衍太太",这从鲁迅的《琐记》一文中也能得到证明。

鲁迅在《华盖集·并非闲话(三)》中写道:"我一生中,给我大的损害的并非书贾,并非兵匪,更不是旗帜鲜明的小人;乃是所谓'流言'。"鲁迅还指出,流言是"畜类的武器,鬼蜮的手段","只配当作狗屁"。"衍太太"就是伤害少年鲁迅的"流言家"。她教唆鲁迅去偷母亲的钱。鲁迅说他母亲没有钱。"衍太太"又教唆他去偷家中的首饰变卖。鲁迅从此不到"衍太太"那里去了,但很快就传出了鲁迅偷家里东西的流言,使鲁迅"也仿佛觉得真是犯了罪,怕遇见人们的眼睛,怕受到母亲的爱抚"。鲁迅讲述这一人生经历之后接着写道:"好,那么,走罢!"说明他之所以要走异地,去寻求别样的人们,是因为看透了"衍太太"之流的嘴脸和心肝。

既然如此,"衍太太"怎么又会兼具了"母亲"和"情人"的双重角色呢?这位论者的论据是:"衍太太"怂恿小孩子打旋子,(一连转八十几个圈),如果跌倒,头上起了包,她会用烧酒调水粉,擦在疙瘩上。这种恶作剧,在这位论者的心目中,竟成了崇高母爱的流露。《琐记》中说,父亲去世后,十六岁的鲁迅常去找"衍太太或她的男人谈闲天"。这样一句普通的话,被这位论者隐去了"或她的男人"这五个字,又把"谈闲天"说成是鲁迅"在潜意识中渴望与衍太太独处的隐秘愿望"。这样一来,一个比鲁迅长两辈的老女人,就兼备了他"情人"的身份。可见,一知半解地套用弗洛伊德学说,会得出多么离谱的结论。

人生启蒙

特立独行的和尚师父

在所有《鲁迅年谱》中,鲁迅出生之后做的第一件重要事情,就是拜了一位和尚为师。鲁迅临终前想起了这位"半个世纪以前的最初的先生",于是写了一篇《我的第一师父》。师父姓龙,绍兴长庆寺的一位和尚。关于拜师的原因，文章是这样解释的："我生在周氏是长男，'物以稀为贵'，父亲怕我有出息，因此养不大，不到一岁，便领到长庆寺里去，拜了一个和尚为师了。"

鲁迅的母亲后来补充了几个担心鲁迅养不大的理由：一、鲁迅出生那天是阴历八月初三，与灶王爷同一天生日，冲撞了神灵，而这位神灵不仅能降福，而且能降灾，得罪不起。二、鲁迅出生时的"衣包"质地薄，像旧时的雨具蓑衣，绍兴叫作"蓑衣包"。这种新生儿十分罕见。三、鲁迅出生那年是闰年。闰年出生的人，跟神仙同生日，又是蓑衣包，按迷信的说法将来会出息，但又怕养不大。拜和尚为师，表示出家做了小和尚，就可以避凶神躲恶鬼了。

绍兴原有很多寺庙，如大善寺、戒珠寺、云门寺、平阳寺、大佛寺、龙华寺、五世禅寺、炉峰禅寺、羊山石佛寺等。鲁迅选择在长庆寺拜师，主要是这里离家近，又有点名气。据说该寺始建于宋代，为绍兴八大寺之一。从鲁迅所住的东昌坊口往北，过塔子桥，向南走不远就是长庆寺。

龙师父是长庆寺的住持。他身材瘦长，待人和气。虽受了大戒，但不恪守佛门规矩。由于他是"吹敲和尚"，靠"拜经忏"①度日，所以不仅吃荤，抽大烟，而且娶老婆，生了五个儿子。其中跟鲁迅感情很好的三师兄也娶老婆，并扬言："和尚没有老婆，小菩萨哪里来。"

在《我的第一个师父》一文中，鲁迅生动描写了龙师父惊心动魄的恋爱经历："听说龙师父年轻时，是一个很漂亮而能干的和尚，交际很广，认识各种人。有一天，乡下做社戏了，他和戏子相识，便上台替他们去敲锣，精光的头皮，簇新的海青，真是风头十足，乡下人大抵有些顽固，以为和尚是只应该念经拜忏的，台下有人骂了起来，师父不甘示弱，也给他们一个回骂，于是战争开幕，甘蔗梢头雨点似的飞上来，有些勇士，还有进攻之势，'彼众我寡'，他只好退去，一面退，一面一定追，逼得他又只好慌张的躲进一家人家去，而这个人家，又只有一位年

---

① 即吹吹打打，为死者祈福。

青的寡妇，以后的故事，我也不甚了然了，总而言之，她后来就是我的师母。"

鲁迅估计，龙师父婚后会子孙繁衍，一个"小菩萨"接一个"小菩萨"出世。然而，这个估计并不准确。一九四八年春，许广平跟周建人等到绍兴，特意寻访了长庆寺，见到了龙师父的孙子企祥师父——他是龙师父第四个儿子阿方师父所生。据企祥师父说，龙师父的子孙原有二十四人，但遭遇十分悲惨：有的是死于贫病，有的是死于战乱，有的被地痞流氓欺辱，存活下来的只有他一人而已。

龙师父替鲁迅取了一个法名，叫"长庚"，含长命百岁之意。又送给鲁迅两件礼物：一件是用橄榄形小绸片缝制的百衲衣，另一件是一条悬挂着各种辟邪物的"牛绳"。物轻情义重，都包含了这位叛逆的和尚对小鲁迅真挚的祝福。

枯燥乏味的私塾

在追怀逝去的童年韶光时，鲁迅曾经回顾说："我出世的时候是清朝的末年，孔夫子已经有了'大成至圣文宣王'这一个阔得可怕的头衔，不消说，正是圣道支配了全国的时代。政府对于读书的人们，使读一定的书，即《四书》《五经》；使遵守一定的注释；使写一定的文章，即所谓'八股文'；并且使发一定的议论。"童年时代的鲁迅，也跟其他孩子一样，常插上幻想的翅膀翱翔：时而飞上云端，时而潜入蚁穴；他想探寻月亮跟着人走的秘密，他想懂得星星究竟怎样镶嵌在夜空。但是，诞生在封建末世的鲁迅，却不能不受当时社会条件的制约。作为大家庭的长孙，他更无法逃脱接受传统教育的命运。在绍兴方言中，形象地把孩子入塾读书比喻为"牛穿鼻"，意思是一进书房，就像牛鼻子被穿上了缰绳，从此就得服服帖帖。然而，鲁迅这头初生的"牛犊"，却并不如师长想象的那样驯良。他不愿盲从传统，善于独立思考，勇于独立判断，最后终于识破了因袭的谎言，砸断了僵化的枷锁，挣脱了旧教育缰绳的羁绊，让真理的光熹照进了思维的隧道。他以胜利者的姿态向旧世界宣告："孔孟的书我读得最早，最熟，然而倒似乎和我不相干。"

鲁迅开始入塾是六岁那年，启蒙老师周玉田是他的远房叔祖。这是一位爱种一点花木的和蔼的老人，他给鲁迅选定的第一本读物是历史教材《鉴略》。这本书从盘古开天地一直讲到清朝，但童年的鲁迅却连一个字的意思也不懂。鲁迅感到兴趣的，是老人珍藏的一本专讲园艺花卉的书，名叫《花镜》。鲁迅借来以后，又读又抄，还用几种本子比勘校对。为了增长对花木的知识，鲁迅课余亲自栽种，每株都插上竹签，写上花名，仔细观察它的生长情况。后来，经过一段实践，鲁迅发现《花镜》的介绍也有错误。比如书上说，要把映山红从山上移植家中，必须保留本土才能成活。鲁迅却对这种说法大胆提出了异议。他在书上批注说，这种花"性喜燥，不宜多浇，即不以本土栽亦活"。

十二岁时，鲁迅转入另一个叔祖周子京的书塾。周子京是一个仕途受挫的腐儒，鲁迅小说《白光》中陈士成一类的人物。他屡试不第，变为呆狂。他夜里做着掘藏得宝的美梦，白天讲课则胡言乱语，信口开河。有一次，他竟把"蟋蟀"解释成为"虱子"。为此，鲁迅愤而退出了这家私塾，转入被称为全城最为严厉的书塾——"三味书屋"就读。此后，他在这里生活、学习了四五年时间。

对于三味书屋的"三味"有多种解释。通常的说法是：经书，味如稻粱；史书，味如肴馔；诸子百家，味如调料。总之是形容读书其味无穷。书屋的匾下，悬挂着《梅鹿古松图轴》，上绘一株拔地而起的古松，郁郁葱葱的松针密布在半空，鳞甲似的树身上缠绕着老藤，树下匍匐着一头肥胖的梅花鹿，两耳耸峙，栩栩如生。塾师寿镜吾是一位"极方正、质朴、博学的人"，有着爱国忧民的思想。但是，在"圣道支配了全国的时代"，即使像寿镜吾这样令人敬仰的先生，教学内容中也不能不渗透着陈腐的思想意识，教学方法也难免生硬呆板。这些，对于一个思想活跃、天真烂漫的少年自然是难于接受的。鲁迅的书案，最初是设在三味书屋的南墙下，后来他以门缝有风为理由，要求移到了西北临窗的明亮处，以便伺机偷看藏在抽屉里的小说。

鲁迅在三味书屋就读期间，还发生过这样一桩有趣的事：鲁迅所住的新台门附近，有一家称为"广思堂"的私塾。塾师姓王，身矮头秃须多，诨名叫作"矮癞胡"。他不仅经常体罚学生，没收学生的点心自己吃，而且规定学生小便前还要领取"撒尿签"。鲁迅听到这个消息，便在一天中午跟其他几个爱打抱不平的同学前往"兴师问罪"。不巧，"广思堂"也放学了，师生都不在。鲁迅便和伙伴们将"矮癞胡"的"撒尿签"全部撅折，朱墨砚台扔在地上，以示惩戒。这件事正是鲁迅对腐朽的私塾制度的一次自发反抗。

书塾的生活是枯燥乏味的。书塾以外，禁令则比较宽了。渴求知识的鲁迅，该可以接触到一些既有意义而又切合孩子特点的书籍吧！然而，在当时的中国，这样的儿童读物可以说是几乎没有，充斥坊间的只不过是一些"毒害小儿的药饵"。在这种环境中，帮助鲁迅有效抵制旧思想污染的仍然是探求真理的怀疑精神。鲁迅在一张书签上，曾写下了这样的箴言："心到，口到，眼到，读书二到。"所谓"心到"，就包含着善于思索的意思。

"囊萤照读""凿壁偷光"，这已是千百年来脍炙人口的故事。在封建社会，它常被用来激励读书人勤奋苦读，以求出人头地，很少有人对它产生过怀疑。然而鲁迅通过思索，却认为这样的故事不可真信，更不能模仿。试想，每天要捉一袋萤火虫，那岂是一件容易的事情？倘去凿穿邻居的墙壁，那后果将会更严重。《二十四孝图》，这是一本宣扬封建伦理的传统教材，那二十四位孝子的事迹是被称作楷模供人效仿的。然而，鲁迅却从这些令人炫目的故事中发现了"礼教吃人"这个残酷的事实。年幼的鲁迅并不反对孝顺父母。他所认为的孝顺，"无非是'听话'，'从命'，以及长大之后，给年老的父母好好地吃饭罢了"，然而，"老莱娱亲"中的老莱子，行年七十，却要在双亲面前手摇拨浪鼓，戏舞装娇痴，这岂不是把肉麻当有趣？至于"郭巨埋儿"，那就更可怕。郭巨担心儿子会夺母亲的口粮，居然狠心活埋三岁的儿子。鲁迅想，如果他父亲在家境败落时竟学郭巨，那该埋的岂不正是他么！于是，当时那些被人视为白璧无瑕的孝子形象，反而在鲁迅幼小的心灵中引起了极大的厌恶和反感，他原先想做孝子的计划也彻底破灭了。

在到处布满了陷阱的旧社会，要防止受骗，必须学会比较。十四五岁的时候，鲁迅看过一本叫《蜀碧》的书，内容是渲染明末农民起义领袖张献忠在四川如何用酷刑杀人，读后令人毛骨悚然。后来，鲁迅随便翻翻家里的两三箱破烂书，无意中找到了一本明抄本的《立斋闲录》。这本杂录明代朝野遗闻逸事的笔记中，收录了永乐皇帝的上谕，鲁迅读后才知道皇帝是在如何用屠戮、敲掠、刑辱压迫人民，使他们忍受非人类所能忍受的苦楚。两相比较，鲁迅的憎恨就移到永乐皇帝身上去了。鲁迅从中体会到：比较，这是医治受骗的好方法。

鲁迅在他的第一篇白话短篇小说《狂人日记》中，曾经通过狂人之口发出了振聋发聩的反叛之声："从来如此，便对么？"这种对于被视为不可动摇的封建信条大胆怀疑的精神，在童年鲁迅身上已得到了鲜明的体现。

"野孩子"和"野台戏"

在接受传统教育的同时，鲁迅又得到了深入农村接触农民的机会。混进"野孩子"群中，呼吸"小百姓"的空气，成为鲁迅后来的回忆中的美好部分。这段难以忘怀的农村生活，不仅使鲁迅养成了农民化的生活习惯，比如爱吃农家的炒饭，爱听深夜的犬吠；更为重要的，是使他开始跟劳苦大众建立了巩固的精神联系。这对他形成"下等人"胜于"上等人"的观点，以及日后创作以农民生活为题材的作品，都产生了极其明显的影响。

鲁迅外婆家在绍兴水乡，因此鲁迅童年时代能跟母亲来到农村，同农民孩子一起放牛钓虾，摇船摘豆。最为迷人的，是在朦胧的月色中，乘着大白鱼似的航船，嗅着豆麦水草的清香，到仙山楼阁般的包殿去观赏社戏……这一切，都激起了鲁迅美好情感的浪花，增强了他对劳苦大众的同情和热爱。自从祖父下狱以后，鲁迅较长时间到乡下避难，对农村有了更为广泛和深入的了解。在跟泥土一样浑厚、淳朴的田夫野老身上，他得到了从称他为"乞食者"的亲戚本家那里所得不到的慰藉和温暖。而劳苦大众"毕生受着压迫，很多苦痛"的非人生活，又激起了他改革进取的强烈愿望。在鲁迅的少年时代，绍兴流传着这样一首民谣："地主租船到，心头别别跳，虚田要实收，像在油里熬……"还有这样一首渔歌："一日七百，一日八百，两日勿落（指两天不下江捕鱼），饿得发白……"在曹娥江边的镇塘殿，鲁迅曾目睹盐工们在炎夏酷暑中一把干柴一把火地熬盐，褐色的脊梁弯成了弓形。在野兽出没的富盛山区，鲁迅又耳闻了这样一个悲惨的故事：一个管坟的劳动妇女，整日辛劳，无暇照管自己的孩子。一天，孩子在门前剥豆，被野狼叼走了，脸上、胸部的肉和肠子都被吃得精光。"城里来的小倌人"啊，你面对这些血泪斑斑的生活图景想到了什么？你可曾想到了儿时的好友章运水？此刻，那位英武矫健的少年正在杜浦村的沙地上成人般地从事着繁重的劳动，终日不停的海风刀子似的刮在他紫色的圆脸上。你可曾想起了土谷祠里的阿桂？此刻，他正赤着膊替人舂米，而财主的大竹杠顷刻间就会劈向他的脑门……就这样，少年鲁迅逐渐看清了这样一个铁铸般的事实：劳苦大众并不像古书和师父所说的那样，过的是花鸟一般的安乐生活。他们正在死亡线上挣扎，连阳光和空气都不能够跟上等人平等地享用。

走出四角高墙的深宅，来到河网纵横的水乡，鲁迅不但了解到了农村的生活状况，懂得了一些农业生产的知识，而且还从那些在生活的重轭下受难而始终不屈的贫苦农民身上吸取了斗争的智慧和力量。在上演目连戏的戏台上，鲁迅看到了一段《武松打虎》——"这是真的农民和手工业工人的作品"。开始武松的扮演者拼命地打虎，他对虎说："不打，不是给你咬死了？"接着，演员互换位置，虎的扮演者拼命咬武松。他说："不咬，不是给你打死了？"在后来的人生经历中，鲁迅时时记起这个跟《伊索寓言》相比也毫不逊色的杰作，总结出了"被压迫者对于压迫者，不是奴隶，就是敌人，决不能成为朋友"的斗争规律。在海塘边，鲁迅跟农家孩子一起"拨草寻蛇"。他们用竹竿打动塘边的芦苇，几十条受惊的蛇一齐从芦苇丛中钻出，在他们身后紧追。他们来一个急转弯，趁蛇继续前蹿的时候，就狠狠打它们的七寸。后来鲁迅也跟朋友说起这段往事，并用当年学得的打蛇的方法施之于恶人。至今，在鲁迅寄居过的皇甫庄还流传着一个"鲁迅打狗"的故事：那时，村里有个恶霸养了一条狗，咬伤了十多个穷人。少年鲁迅看在眼里，恨在心头，便跟小伙伴一起打死了这条专欺穷人的势利狗。恶霸气势汹汹地要求赔偿，并提出要用葬人的仪式安葬他的狗。鲁迅挺身而出，驳斥道："你家这条恶狗，不知咬伤了多少人，你要我们赔狗，首先你要赔人。"农民都支持仗义执言的"鲁家外甥"，理屈词穷的恶霸只好悻悻而退。

十九世纪俄国伟大的思想家赫尔岑，曾经把那些出身于名门贵族而反抗沙皇统治和农奴制度的"十二月党人"比喻为"野兽的奶汁所喂养大的"。作为绅士阶级逆子贰臣的鲁迅，也正是兽乳哺育的英雄。不过，作为贵族革命家的"十二月党人"因为脱离人民而惨遭失败。而鲁迅却在经历了曲折的人生道路之后，最终投入了他的乳母——民众的温暖的怀抱，成为中国民众的忠诚的儿子。

第二章
『戎马书生』
——鲁迅在南京
（1898—1902）

　　一份刊登着《瓜分中国图》的《知新报》，触目惊心地展现在鲁迅眼前。据说，当时西方列强准备麇集南京，商讨如何瓜分中国。日本报纸推波助澜，公然登出这张妄图宰割中国的草图，连同《讨清图檄》，译成英、俄、德、法几种文字，大肆鼓噪。维新派人士主编的《知新报》获悉这一动态，便在一八九八年三月十二日译载了这张"瓜分图"，以警醒国人。编者在按语中大声疾呼："火及衽席，主者犹鼾睡未觉，其谓之何？爱亟译刊报内，以当当头之棒，凡我同类，其能无恫欤？"

　　当时，我们广袤美丽而又灾难深重的祖国，的确已经处于"火及衽席"的险境了。一八九四年清政府在甲午战争中惨败，标志着"洋务派"经营了近三十年的"新政"彻底破产。此后，西方列强掀起了瓜分中国的狂潮。就连萧疏荒凉的古城绍兴，也耸起了洋教堂的尖顶。面对四境虎眈、神州破碎的危急形势，青年爱国者鲁迅忧心如焚。他不愿走读书应试的"正路"，也不愿像衰落了的读书人家子弟那样去做幕友或学经商，而决心"走异路，逃异地，去寻求别样的人们"。

　　一八九八年五月一日，鲁迅携带了一只网篮、一个铺盖卷，以及仅有的八元川资，告别了垂泪相送的母亲，到南京去求学。此后，他为自已取了一个别名——"戎马书生"，意思是骑着战马的读书人。这个别名，形象准确地反映了鲁迅把读书与战斗紧密结合的精神风貌。

一八九〇年九月，在洋务运动中曾有两所学校应运而生：一所是在刘公岛创办的北洋水师学堂，另一所是在南京创办的南洋水师学堂，都是以"振兴海军，培养水师人才"为宗旨。鲁迅父亲去世之后，家道更加败落。既"穷"又想"出山"，既想读书又无钱交纳学费，唯一的出路便是去寻找无须学费的学堂。正巧他的叔祖周椒生当时在南京水师学堂担任汉文教习兼管轮堂监督。这位每天清晨都要跪诵《金刚经》《太上感应篇》的守旧派，觉得本家子弟进学堂"当兵吃粮"是一件极不光彩的事情，不宜使用家谱上的本名，便取"百年树人"的典故，将鲁迅原名周樟寿改为周树人。鲁迅后来就一直沿用了这个名字。同样是因为周椒生的关系，鲁迅的叔父周伯升、二弟周作人和同族周凤歧也都进过这所学堂。

水师学堂坐落在南京仪凤门内①。仪凤门即兴中门，是南京城西北面第一门。学堂大门有两个圆柱，一边写的是"中流砥柱"，另一边写的是"大雅扶轮"。操场上有一根二十丈高的桅杆，如果爬到顶，便可以近看狮子山，远眺莫愁湖；即使从桅杆顶端掉下来也没有危险，因为下面张着网。课程分为驾驶与管轮两门。一八九三年冬又增添了鱼雷一科。

一八九八年五月，鲁迅考取了水师学堂试习生，试题为《武有七德论》。最初三个月为实习期，每月发零用钱五百文；分配在管轮班为正式生之后，每月津贴二两白银，当时称为"赡银"。学习生活非常单调。鲁迅在《朝花夕拾·琐记》中回忆说："功课也简单，一星期中，几乎四整天是英文：'It is a cat.''Is it a rat？'② 一整天是读汉文：'君子曰，颖考叔，纯孝也。爱其母，施及庄公'。一整天是做汉文：《知己知彼百战百胜论》，《颖考叔论》，《云从龙风从虎论》，《咬得菜根则百事可

---

① 今为中山北路 346 号，海军 724 研究所所在地。

② 意思是："这是一只猫。""这是一只老鼠吗？"

做论》。"

必须说明的是，鲁迅所说的"几乎整四天是英文"，并非专学英语单词和语法，而是包括了数学、物理、化学等中等课程，以及驾驶管轮的专业知识，因为都用英语讲授，所以通称为"英文"。[①] 在所有课程中，管轮班的学生更侧重于"勾股算学"，"更加习气学、力学、水学、火学、轮机理法"。[②]

鲁迅在水师学堂留下的课堂讲义，有一种名为《水学入门》，作者是美国传教士丁韪良，曾任清政府同文馆总教习。该书为鲁迅手抄本，字迹工整，附有大量用铅笔绘制的图解，内容分为"静水""流水""求水性以利民用"三个部分，表现出鲁迅学习态度的认真严谨。

在鲁迅印象中，水师学堂是一所乌烟瘴气的学校。首先表现在校内弥漫着封建迷信的空气。因为游泳池中曾经淹死过两位年幼的学生，校方不仅填平了游泳池，不让学海军的学生练习游泳，而且每年夏历七月十五盂兰盆会，还要请米红鼻而胖的大和尚率领一批和尚到雨天操场来放焰口，把食物施放给饿鬼们。校内等级森严。一位教汉文的老师讲课时说："地球有两个，一个自动，一个被动；一个叫东半球，一个叫西半球。"因为师道尊严，学生无人敢与之辩驳。另一位职员把学生沈钊的名字读成"沈钧"，受到鲁迅和其他同学嘲笑，两天之内被接连记了两小过两大过，再记一小过，就会被开除；而一旦被开除，再投考其他学校就困难了。除开师生关系紧张，水师学堂高年级学生跟低年级学生之间、管轮堂的学生跟驾驶堂的学生之间也矛盾重重。因为从驾驶堂毕业之后可以成为船长，而管轮堂的学生至多成为一个大副，终究是船长的下属，所以驾驶堂的学生态度高傲，双方还发生过械斗。高班生与低班生的待遇更加悬殊。不仅寝室配备的床板桌凳不同，伙食待遇也各不相同。因为有优越感，高年级的学生走起路来将肘弯撑开，活像一只横行的螃蟹，被鲁迅讽刺为"螃蟹式的名公巨卿"。对于管轮堂学生不许上

① 引自周作人《知堂回想录·学堂大概情形》。
② 引自《江南水师学堂简明单程》，《万国公报》22 册。

甲板的规定，以及该校学制太长，鲁迅也都感到不满。

水师学堂这种乌烟瘴气的状况在鲁迅毕业以后仍无明显好转。一九〇四年（光绪三十年）八月（旧历七月），兵部侍郎铁良视察了该校，所得印象是："学生敏捷英武者居多，惟教法太旧，堂规松懈，以致学生入学数年，尚未登舟演习。且查堂内小机器厂，屋内尘垢积满，不似逐日操作气象，所存新旧鱼雷，多碰伤者，办理殊欠认真。"①

鲁迅在水师学堂待了半年，忍无可忍，便又考进了江南陆师学堂附属的矿路学堂。这两所学堂都隶属于两江总督，所以转学比较便易。入学考试分初试与复试两场，内容都是写作文，复试题为《不以规矩不能成方圆论》。矿路学堂创办于一八九八年九月，原因是在南京青龙山山脉中段发现了煤矿，原以为产量较多，可以盈利，急需矿业人才。两江总督刘坤一给皇帝递了一份拟设农工商矿学堂的奏折，获准，便一口气招收了二十四名"英俊少年，授铁路矿务诸学"②。鲁迅就是这批少年当中年龄最小的一个。此后，他穿上了一身酱紫色的粗呢制服，黑绒镶边，显得更加英姿勃勃。

矿路学堂的教学仿照德制。除修德文之外，还开设了格致、地学、金石学、算学、地理、历史、绘图和体操等课程，教学方法主要是抄笔记。老师把整本书抄在黑板上，学生再从黑板上转抄到笔记本上。鲁迅一丝不苟，抄得又快又好。现在仍保存完好的手抄讲义，有《开方》《开方提要》《八线》和《几何学》（内分"开端""求作""证题"三篇）以及《地质学笔记》③。周作人回忆说："矿路学堂的功课重在开矿，以铁路为辅，虽然画铁轨断面图觉得麻烦，但自然科学一部分初次接触到，实在是非常新鲜的。金石学（矿物学）有江南制造局的《金石识别》可用，地学（地质学）却是用的抄本。大概是《地学浅说》刻本不容易得到的缘故吧，鲁迅发挥了他旧日影写画谱的本领，非常精密地照样写了一

① 引自《钦差大臣兵部侍郎铁良奏陈查阅各省营伍炮台武备学堂情形摺》，载1905年《东方杂志》第4期。
② 见1898年10月28日《中外日报》报道。
③ 即英国地质学家赖耶尔的名著《地学浅说》。

部，我在学堂时曾翻读一遍，对于外行人也给了不少好处。三年间的关于开矿筑路的讲义，又加上第三年中往句容青龙山煤矿去考察一趟，给予鲁迅的利益实在不小，不过这不是技术上的事情，乃是基本的自然科学知识，外加一点《天演论》，造成他唯物思想的基础。"①

关于周作人提到的《天演论》，鲁迅自己讲述了一段往事。他说，一九〇一年，当时被视为"新党"的俞明震出任了矿路学堂督办。他坐在马车上的时候多半在看宣传维新变法的《时务报》，考汉文的时候出的题目也很新潮，如《华盛顿论》，急得顽固守旧的国文教员反过来惴惴地问学生："华盛顿是什么东西呀！"在俞督办的带动下，矿路学堂读新书的风气便流行起来，鲁迅因而知道新出了一种清代学者严复用文言文译述的《天演论》，便利用星期日休息时，到城南花五百文买了一部厚厚的石印本。翻开一看，他立即被带入了一个奇妙的境地："赫胥黎独处一室之中，在英伦之南，背山而面野，槛外诸境，历历如在机下。乃悬想二千年前，当罗马大将恺撒未到时，此间有何景物？计惟有天造草昧……"原来英国有一个赫胥黎，身坐房屋之内，神驰千里之外，由此引出了"物竞""天择"的自然进化观，也引出了苏格拉第、柏拉图、斯多噶等陌生而新奇的人物……鲁迅不仅一口气读完了这部书，而且兴冲冲赶到水师学堂，送给在这里就读的二弟周作人看。周作人一九〇二年二月二日日记记载："晚大哥忽至，携来赫胥黎《天演论》一本，译笔甚好。"这天晚上，鲁迅就住在周作人的宿舍里，兄弟二人同读此书，又同阅《苏报》等进步刊物，他们兴奋地读着，热烈地讨论着，至半夜始睡。第二天上午鲁迅才返回矿路学堂。

鲁迅读到《天演论》为什么会如此兴奋？原来《天演论》是严复根据十九世纪英国生物学家赫胥黎的《进化论与伦理学以及其它论文》意译的，先以《天演论悬疏》为题连载于一八九七年十二月至一八九八年二月的《国闻汇编》，一八九八年四月由湖北沔阳卢氏木刻印行，同年十月天津嗜奇精舍出石印本，一九〇一年又由富文书局石印出版。赫胥

---

① 引自《在矿路学堂三年》，见《鲁迅的青少年时代》，中国青年出版社1957年版。

黎是达尔文主义的信徒，自称"达尔文门下一咬犬"。他的这部论文集，从比较解剖学、发生学、古生物学等方面，详细阐述了动物和人类的关系，确定了人类在动物界的位置，首次提出了人、猿同祖论。赫胥黎将达尔文的生物进化论扩至宇宙空间，简明通俗地论述了"适者生存"的宇宙观。然而，赫胥黎却反对将进化论应用于人类社会。他认为，伦理过程跟宇宙过程正好相反，社会进步与人类文明只有在以伦理抵抗宇宙的过程中才能实现。严复不赞成赫胥黎后一部分看法，他将英国哲学家斯宾塞的社会学理论移植到赫胥黎的书中，又用占全书三分之一的篇幅撰写了三十多条按语。在赫胥黎关于"物竞"的主张之后又增添了斯宾塞关于"天择"的观点："天择者，存其最宜者也。"并解释说："夫物既争存矣，而天又从其争之后而择之，一争一择，而变化之事出矣。"所以，严复译述的《天演论》，核心观点就是八个字："物竞天择，适者生存。"当时清政府不仅在甲午战争之后跟日本签订了丧权辱国的《马关条约》，而且在义和团运动失败之后跟十一个帝国主义国家签订了空前不平等的《辛丑条约》，亡国灭种的危机迫在眉睫。在这种历史情境下，严复概括的"物竞天择，适者生存"的进化观就让中国的爱国革命人士进一步认清了世界各国竞争的残酷性，懂得了"立者强，强者昌；不立者弱，弱乃灭亡"这一浅显但关系到民族命运的道理。继阅读《天演论》之后，严复的译著鲁迅几乎一出就买，如英国亚当·斯密的《原富》，穆勒的《名学》《群己群界论》、斯宾塞的《群学肄言》、甄克思的《社会通诠》、耶芳思的《名学浅说》，以及法国孟德斯鸠的《法意》。还购买了日本加藤弘之的《物竞论》等相关著作，对进化论学说进行比较深入的研读。

严复的译著对青年鲁迅产生的深刻影响首先表现为加剧了鲁迅对中国危亡的紧迫感。严复译著以美洲和非洲为例，说明列强对弱小国家、弱小民族"弱肉强食"的残酷，并以印度、波兰为前车之鉴，为中华民族敲响了生死存亡的警钟。鲁迅在南京求学期间阅读过《波兰衰亡战史》，后来在翻译活动中多取材于弱小民族充满反抗、叫喊呼声的作品，不能不说跟严复的影响密不可分。救亡必须变革，变革必须解放思想，而解放思想的实质和核心内容是改变思维方式和优化思维方式。人们记得，在戊戌变法时期，封建顽固派阻挠改革的思维模式是"祖宗之法不可变"，而严复译介的达尔文学说首先告诉我们：一切生物都能发生变异，至少有一部分变异能够遗传给后代。宇宙是受"物竞天择"规律支配而发展变化的，人类社会同样如此。这就打破了"天不变，道亦不变"的思维定势，使鲁迅初步形成了"将来必胜于过去"的发展进化的历史观、"排击旧物，催促新生"的矛盾斗争观。

严复的译著使鲁迅开始思考改造中国国民性的问题。严复是被鲁迅称为"十九世纪末中国感觉敏锐的人"。鲁迅所谓"感觉敏锐"，就是指严复强烈感受到了提高中国人素质的重要性。他认为，国家是墙，人民是砖，砖不牢则墙不牢；政治是草木，人民是土地，土不沃则草不肥。所以必须开发民智，提升民德，增强民力。国与国之间的竞争，从特定意义上讲就是不同民族素质之间的竞争。一个高素质民族意味着国家的希望。所以，如果不改变因几千年封建重压而被扭曲的中国国民性，任何好的制度、政策、措施到中国都会变质，如同白丝绸掉进了黑染缸。鲁迅此后的科学活动和文学活动，都服务于他的"立人"这一崇高的宗旨，这显然跟严复的影响有关。

还必须看到，严复的译著使鲁迅在中国现代化的孕育期就对现代性的负面效应保持了高度警觉。就总体而言，严复对进步主义的进化论是深信不疑的，但他通过留学英国期间对维多利亚鼎盛时代英国社会的观察体验认识到，西方社会的进步百分之九十体现在物质方面（即"器"的方面），而在德育（包括教化风俗）方面的提高可能不足百分之十。随着西方物质文明的发展，产生了贫富分化、作奸犯科等负面效应。鲁迅正是受到严复的影响，看到了西方精神文明和物质文明的逆向发展，从而提出了"掊物质而张灵明"的口号。鲁迅对西方社会物欲横流、精神滑坡的揭露和批判，为中国现代化提供了深刻的历史教训。

鲁迅发愤阅读新书报，被顽固守旧的叔祖周椒生得知，便警告说："你这孩子有点不对了，拿这篇文章去看去，抄下来去看去。""这篇文章"就是礼部尚书许应骙的《明白回奏并请斥逐工部主事康有为折》。

奏折痛斥维新派的变法主张是："袭西报之陈说，轻中朝之典章，其建言既不可行，其居心尤不可测……"鲁迅记不清后来可曾抄录这份奏折，但他丝毫没有被守旧派的威胁吓退。若干年后他结识了许广平，曾开玩笑地说："早在南京求学时期，我就吃过你们许家的苦头。"

除了严复的译著，鲁迅在南京还阅读了另一位翻译家林纾（字琴南）用古文翻译的外国小说，如《茶花女遗事》《包探案》《长生术》《埃及金字塔剖尸案》《撒克逊劫后英雄略》《鬼山狼侠传》等。这些译著文笔很好，打开了鲁迅的文学视野，但明显的误译很多，鲁迅和周作人对此均感不满。这也激发了他们从事翻译活动的愿望。周氏兄弟合译英国哈葛德的《红星佚史》（即《世界欲》），就是为了矫正林译的弊病。

鲁迅在矿路学堂求学期间成绩优秀。他的同班学友张协和在《忆鲁迅在南京矿路学堂》一文中写道："鲁迅在学堂时，年虽最幼，但已表现出他过人的聪慧和高贵的品质了……所以在考试时，总是他第一个交卷出场，而考试的成绩又是名列前茅。当时学堂规定每星期只作文一次，凡获得第一名者赏三等银牌一个；每月月考一次，名列第一名者，赏三等银牌一个。四个三等银牌换一个二等银牌，四个二等银牌换一个三等金牌。同学中独有鲁迅换得金牌，这可见鲁迅获得银牌之多和成绩之优良了。"鲁迅得到金牌之后，立即变卖，于是买书籍，买点心，请大家大嚼一遍。另一位校友茅乃封也证实，在矿路学堂得过金牌的学生仅鲁迅一人。课余之暇，鲁迅特别喜欢骑马，曾扬鞭策马凭吊位于南京城东隅的明朝皇城遗址，向当时驻守在那里的清朝八旗士兵示威，表现出藐视清王朝的民族主义思想。鲁迅在生活上十分俭朴，冬天仍穿夹裤，棉袍的两肩已经没有一点棉花。为了御寒，他只得多吃辣椒，以至成了嗜好。

前文提到，矿路学堂的设立是缘于青龙山煤矿可盈利的诱惑，然而为了节省经费，煤矿方面先辞退了懂行的技师，换了一位对采煤不甚了然的人，于是连煤矿的蕴藏地都不甚了然起来，加上青龙山产的煤呈藕节和鸡窝状，碰不到这样的就会一无所获。矿山共有两台抽水机，先烧煤发动机器，从一百米深的矿井抽水；抽完水挖出的煤，刚好够继续发动抽水机，结一笔出入两清的账，得一个"开矿无利"的结论。煤矿无利可图自然也就奄奄一息，矿务班也就失去了继续开办的理由。所以鲁迅所读的矿务班，是矿路学堂最早的一期，也是最后的一期。

紫金山上月圆月缺，石头城畔潮落潮生。鲁迅不觉在南京度过了近四年的时光。一九〇二年一月二十七日，鲁迅以一等第三名的成绩获得矿路学堂的毕业执照；同年三月二十四日，被两江总督派赴通过"明治维新"取得了成效的日本留学。与鲁迅同行的有张邦华、徐庆铸、刘乃弼、伍崇学、顾琅。顾琅后来在日本跟鲁迅合撰了一部《中国矿产志》。这一年，在日本的中国留学生达六百零八人。水师学堂的同窗好友胡韵仙怀着依恋和钦慕之情为鲁迅送行。他有一首赠别诗表达了对鲁迅的殷切期望：

英雄大志总难侔，夸向东瀛作远游。

极目中原深暮色，回天责任在君流。

第三章

扶桑正是秋光好

——鲁迅在日本

（1902—1909）

弘文学院

一九〇二年三月二十四日，鲁迅乘远洋海轮从南京转道上海东渡日本。他的行囊里携带了三种书籍：《科学丛书》《日本新政考》《和文汉读法》。海轮在碧海银波上颠簸，鲁迅的心潮也随着海涛起伏不已。远在一千多年前，日本的遣唐船就曾顶着险风恶浪，到中国来寻求友谊、探索知识。而今，曾跟中国一样长期停滞不前的日本，由于"破除旧来之陋习"，"求知识于世界"，国力变得强盛起来；而中国作为世界文明发达最早的国家之一，却如同受阻的回流，老是旋转在原来的地方。一个伟大的充满自信力的民族，应该像大海一样有容纳新潮的恢宏气魄；而不能像一只贮存死胎的酒精瓶，让科学文化长期保持在胚胎状态。想到这些，鲁迅恨不得化东海之水以为血泪，去冲开锁国愚民的堤防，让蒙羞忍辱的祖国在世界潮流中扬帆竞驶。

到达日本后，鲁迅首先进入了位于东京的弘文学院。因清朝乾隆皇帝号称"弘历"，为避讳，有人也将"弘文学院"写为"弘文学院"。这所学院的前身是十九世纪末期日本政府委托东京高师为清国留学生设置的补习学校，以日语为正科，以数理化等"新学"为副科，毕业生相当于日本附属中学三四年级水平。一九〇二年（明治三十五年）正式成立，校本部在牛込区（今新宿区）西五轩町三十四番地；后来由于学生增多，又在大冢、麹町、下谷、神田、巢鸭等地增设了新校舍。弘文学院修三年课程 为普通科，研修八九个月为速成科。鲁迅被分配到普通科江南班。当时，鲁迅经常跟友人讨论下列三个相关的重大问题：一、怎样才是最理想的人性？二、中国国民性中最缺乏的是什么？三、中国国民性的病根何在？为了逐步解决这些问题，鲁迅首先选择了"科学救国"的道路。鲁迅这种"科学救国"的思想和实践，出发点是为了使国家独立富强和社会进步，跟以实现君主立宪的政治制度为宗旨的资产阶级改良主义有着本质的区别。在弘文学院江南班，他还带头剪掉了象征种族压迫的辫子。在断发小照后面，他题写了一首七言绝句，抒发了愿将全部热血奉献给民族解放事业的宏大抱负：

灵台无计逃神矢，风雨如磐暗故园。

寄意寒星荃不察，我以我血荐轩辕。

这些都有力地表明，在反清革命派与改良派实行决裂的重要历史关头，鲁迅坚定不移地站在了革命派一边。一九〇三年初，鲁迅还跟陶成章、许寿裳、经亨颐等二十七位绍兴籍留日学生在东京清风亭举行"同乡恳亲会"，联名发表了一封六千余字的致绍兴同乡公函。信中列举大量事实，把当时中日两国教育、政治、工艺三方面的情况进行了鲜明对比，而后尖锐指出：中国要想洗尽海疆要隘割弃殆尽、人民大众沦为牛马的奇耻大辱，就必须改变闭关自守、锁国愚民的政策，抛弃夜郎自大、固步自封的态度——"欲与各国争，必先师而后争之。欲与各国敌，必先学之而后能敌之"。这封"化东海之水以为血泪"写成的信件，真挚动人地表达了鲁迅等爱国青年满腔的忧愤和匡时济世的雄心。

在弘文学院学习期间，鲁迅开始编撰《中国矿产志》。这一工作直到一九〇五年才完成。合作者顾琅，本名"芮体乾"，是鲁迅南京矿路学校的同学。因为"芮体乾"这个姓名被同学开玩笑，戏称为"芮体干"，所以弃而不用，正式改名为"顾琅"。此人说话啰嗦，文笔也不信达，所以他分担的那一部分，鲁迅又进行了润色，统一文风。由于条件的限制，鲁迅和顾琅不可能到全国各地进行实地考察，但他们殚精竭虑，尽可能编译了当时可能收集到的东西方相关资料，甚至包括了弘文学院教师佐藤传藏编撰的《矿物学及地质学》。虽然《中国矿产志》中专有名词的译法跟这份讲义有所不同，如书中所介绍的"傶拉纪"讲义中作"侏罗纪"，但编写的体例和知识系统是大体相同的。①

《中国矿产志》是第一部运用近代自然科学原理，系统介绍中国矿产资源的书籍，也是一部洋溢着爱国主义激情的独具特色的科学论著。中国是一个矿产资源分布广泛的国家，煤炭资源蕴藏尤其丰富，用鲁迅的话来说，就是"掘起地下的煤来，就够全世界几百年之用"。②但自鸦片战争之后，西方列强的地质、地理学家纷至沓来，借科学考察之名行掠夺资源之实。《中国矿产志》提到的聂诃芬，今译为李希霍芬，就是一位德国地质学家。他受上海西商会之命，在我国调查煤矿分布情况，绘制了一张《中国煤田图》，而后向德国政府献策，建议占领山东胶州湾，以便扼住交通咽喉，从海上运走中国的矿产资源。鲁迅在一九〇三年撰写的《中国地质略论》中向国人呼吁："吾广漠美丽最可爱之中国兮！而实世界之天府，文明之鼻祖也。""中国者，中国人之中国。可容外族之研究，不容外族之探捡；可容外族之赞叹，不容外族之觊觎者也。"鲁迅介绍中国矿产分布状况的目的，就是要唤醒国人，使他们面对列强的瓜分狂潮"而惊，而惧，而愤"，然后"奋袂而起"，共同保卫中国的领土资源。

《中国矿产志》于一九〇六年由南京启新书局、上海普及书局和日本东京留学生会馆出版，立即受到读者欢迎。上海复旦公学校长马良在序言中说："顾、周两君学矿多年，颇有心得，慨祖国地大物博之无稽，

---

① 参见谢泳《中国现代文学史料的搜集与应用》，第8—9页，台湾秀威资讯科技股份有限公司2010年版。
② 见《且介亭杂文·拿来主义》。

爰著《中国矿产志》一册，罗列全国矿产之所在，注之以图，陈之以说，使我国民深悉国产之所有，以为日后开采之计，致富之源，强国之本，不致国藏货宝为他人所攘夺。"寥寥数语，道破了鲁迅编撰本书的初衷。清政府农工商部对此书评价很高，推荐各省矿务议员商务议员各商会购买。清政府学部则批准此书"作为中学堂参考书"。至一九一一年十一月，此书共印行了四版。

一九〇三年十月，鲁迅在《浙江潮》月刊八期发表了科学论文《说钼》。居里夫人最早从沥青铀矿残渣中把镭这种不可思议的金属元素分离出来，不仅对于近代物理学的发展具有里程碑的意义，而且也影响和改变了现代历史进程。这项发明取得成功的五年之后，就由鲁迅这位二十二岁的青年率先译介到中国，说明他具有关注科学前沿成果的世界性眼光。镭的发现冲破了科学领域的许多固有观念，鲁迅期待因此引发一场"思想界大革命风潮"，促使人们的观念吐故纳新，"败果既落，新葩欲吐"——腐败的果子脱落了，新生的花朵正含葩欲放。

然而，旧中国是一个文盲充斥的国度，近现代科学的知识更加贫乏。艰深的科学论著跟一般读者隔膜很深，一本书还没读完就会令人昏昏欲睡。鲁迅认为，如果借助小说的形式来传播科学知识，以增强对读者的吸引力，不啻是一种很好的形式。于是，他一方面发表"导中国人群以进行，必自科学小说始"的见解，同时着手翻译法国小说家儒勒·凡尔纳的科学幻想小说《月界旅行》《地底旅行》和《北极探险记》。《月界旅行》记讲述了三位美国人和法国人群策群力，乘坐炮弹到达月球的过程，一九〇三年十月由日本东京进化社出版。《地底旅行》讲述了两个德国探险家和他们的向导从火山口进入地底，再通过火山喷发重回地表的故事，译成两年后，于一九〇六年三月由上海普及书局、南京启新书局发行。一九〇四年译成的《北极探险记》原稿佚失，至今下落不明。

学术界认为，科学幻想小说跟科学普及作品有所不同；虽然两者都跟文学创作相关，但前者有假定成分，而后者却有严格的科学依据。但鲁迅翻译的《月界旅行》，给读者灌输了不少天文物理学常识，实现了

"于不知不觉间，获一斑之智识，破遗传之迷信，改良思想，补助文明"的初衷。不过，作为翻译著作，这两部作品均存在硬伤。首先，鲁迅并非据原文版直译，而是从日译本转译。而日本井山勤的译本把《月界旅行》的作者误为"美国查理士·培伦"，《地底旅行》日译者不明，也将作者误为英国的威男。其次，日本翻译界当时流行一种对原著任意增删改写的译风，被称之为"豪杰翻译"。鲁迅一度受到这种译风影响，所以他把《月界旅行》日译本中的二十八回压缩成了十四回，又把《地底旅行》日译本的十七回压缩成了十二回，形同改写。这种做法，显然有悖于他后来主张直译，在译文"信、达、雅"三要素中强调以"信"为主的观点。

鲁迅之所以在留日初期译介科幻小说，除了跟他从小形成的对自然科学的爱好有关，还有以下两个文化背景：其一是梁启超的提倡。当时流亡日本的梁启超正热心提倡科幻小说，不仅自己写了《新中国未来记》，而且在其主编的《新小说》创刊号（一九〇二年十一月十四日）上连载了儒勒·凡尔纳的《海底旅行》，共刊二十一回，未完。梁启超借科学小说进行社会启蒙的主张得到了鲁迅的响应。其二，从一八七七年（明治十年）开始，科幻小说就成为了日本文坛颇受欢迎的文学样式，儒勒·凡尔纳也就成为了最受欢迎的外国作家之一。据统计，凡尔纳著作的日译本多达二十八种（改题再版除外）。现代科学的发展业已证明，凡尔纳的作品不但具有科学性，幻想性，而且具有预言性。一九六九年阿波罗号登月，就证明了凡尔纳以火箭推动飞船设想的正确性。同样，鲁迅撰写的《〈月界旅行〉辨言》也同样具有预言性。他预言中华民族必将振兴，迎来"殖民星球，旅行月界"的一天，现在已为中国的"嫦娥""玉兔"登月所证实！

继翻译儒勒·凡尔纳的三部科幻小说之后，鲁迅还翻译过一篇《造人术》。故事梗概是：

美国波上顿理化大学兼职教授伊尼托尔有一处秘密研究室，专门从事人工胚胎研制。为此他耗尽了一半的资产，花了六年共二千一百九十天的时间，经过无数次的试验，终于以"锲而不舍，金石可镂"的惊人毅力取得了成功，在试管婴儿诞生的那一天，他眼前出现了惊人的一幕：在一个圆形大口的玻璃杯里，出现了一粒小玄珠。它开始蠕动，膨胀。开始时伊尼托尔怀疑他的眼睛，再细看，从这个玄珠中出现了一个隆起的东西，原来这就是婴儿的头颅；又出现了两个向上抬起的物体，原来是婴儿的手腕。接着，又萌生了一个状如双角的东西，原来是婴儿的两足。伊尼托尔欣喜若狂，似乎有一股凉气袭来。再细看，玄珠上产生了两道裂纹，出现了两个罅隙。呀，这不就是一双眼睛吗？伊尼托尔高兴得跳了起来，绕着实验室疾走。他得意地想：假如世界上有第一造物主，那么他自己岂不成了第二造物主吗？

以上文字就是中国译介"试管婴儿"的最早文字，曾以"索子"为笔名，发表在一九〇五年《女子世界》第二年第四、五期合刊。

在人类医学史上，通过体外受精和胚胎移植产生的第一个试管婴儿是一九七八年在英国诞生的。因为创造了医学史上的奇迹，发明人埃德娜教授荣获了二〇一〇年诺贝尔医学奖。但早在此前七十五年，也就是一九〇三年一月，美国作家路易丝·斯特朗就在《国际人》杂志发表了一篇《一个不科学的故事》，其中描写了他想象中的试管婴儿的诞生过程，同年日本"抱一庵主人"将其翻译为日文，改题为《造人术》，先后刊登在同年六月八日和七月二十日的《东京朝日新闻》；同年九月，又将该文收入《（小说）泰西奇闻》一书，由日本知新馆出版。估计在一九〇五年，刚刚进入仙台医学专门学校的鲁迅从日文转译了这篇小说，将这项未来的生命工程介绍到科学落伍、民智未开的中国。鲁迅的译文非常忠实于日文译本，但不知何故，鲁迅只翻译了日译文的第一部分。

跟法国的儒勒·凡尔纳不同，美国的路易丝·斯特朗并不是一位著名作家。他的原作描写科学家创造出人工生命之后，开始喜悦，后来人工生命迅速繁殖，造成了社会动乱。科学家想消灭它们，屡遭失败，结果它们自灭，世界才回归平静。在英文原著中，那个犹如怪物的人造人，具有黑人和华人的外形特征，反映出当时美国社会对黑人和华人的歧视。

有意思的是，青年鲁迅由于英语水平所限，对原著的内容毫无所知。他进行转译时，仅忠实于日文的译本。这样就出现了翻译史上的一个奇特现象：原著在翻译过程中实现了主题的转换。

鲁迅翻译《造人术》，目的既不是挑战"上帝造人"的宗教神学，也不是单纯为了普及科学知识，更没有表现出民族歧视观念，而是别有一番深意。早在东京弘文学院留学期间，鲁迅和他的朋友就决心致力于国民劣根性的改造。一九〇六年三月他离开了仙台重返东京之后，又弃医从文，想筹办《新生》杂志以促使国人在精神上的"新生"。鲁迅译文在《女子世界》发表时，周作人以"萍云"为笔名在文末加了一则按语，指出鲁迅翻译的动机是"人世事之皆恶，而民德之日堕，必得有人造鼓洪炉而铸冶之，而后乃可行其择种留良之术，以求人治之进化"。这就是进化论中的"优胜劣汰"。《女子世界》编者丁初我也加了一则按语，说他读完这篇译文一则以喜，一则以惧：通过生命工程铸就新型国民固然可喜，但播恶因传谬种则可惧。铸造新型国民的主要途径乃是教育。这两则按语，实际上是这篇译文最早产生的社会效果，看来颇接近鲁迅翻译此文的初衷。

鲁迅在弘文学院就读时，跟日语老师松本龟次郎（1866-1945）有较多接触。松本老师是二战之前对中国留学生进行日语教育的开拓者。一九〇三年在弘文学院执教，致力于编写日本语法教案，后著有《言文对照汉译日本文典》，深受中国留学生欢迎。他的众多中国学生中，还包括了秋瑾、周恩来等风云人物。在《邻邦留学生教育的回顾与将来》一文中，松本回忆了他教鲁迅学日语的情况："一天，要把助词的'に'改写成汉字，'に'相当于汉字的'于'或'於'，要写板书。厉家福说不必写'于'、'於'两个字，只用写'于'或'於'其中的一个字就行了。当时我并不知道中文中'于'、'於'二字发音相同，因为曾经学习过《操觚字诀》和《助字审详》，对那些麻烦的用词的区分办法有稍许了解，听说'于'、'於'是没区别的，所以我解说用一个字就行。当时立即受到一些反驳，有些不知所措。这时，鲁迅发言了，他说'于'、'於'并不是完全相同的，在相当于日语的'に'时，由于是同音同意，不管写哪个都行。听完鲁迅的解释后，我深刻觉得有必要与中国人一起研究汉字的使用方法。"① 后来，松本编写《日语日文科教材》，果然采纳了鲁迅的意见，并把鲁迅提供的情况作为例句使用，如问："君由何年留学於敝国乎？"答："我从贵国明治三十五年四月留学。明年我弟亦将来日本。"上述回答，完全符合鲁迅的生平经历。鲁迅临终前一年，由松本担任总顾问的《日文研究》杂志第二、三期还刊登了鲁迅的译文《出了象牙之塔》。该刊将厨川白村的原文与鲁迅的译文以对译的形式刊出。这也反映了松本先生对鲁迅日译水平的肯定。

仙台医专

一九〇四年四月，鲁迅从弘文学院毕业。当时，原矿路学堂选派的留日学生理应进入东京帝国人学工科所属的采矿冶金科，而鲁迅却偏偏申请进入位于日本东北部的仙台医学专门学校。这所学校前身是一八七二年设立的县立医学所，几经变迁，于一九〇一年从仙台第二高等学校医学部分离独立。鲁迅通过阅读史书，知道了日本维新是大半发端于西方医学的事实，于是决定不学开矿而改学医学，以便卒业归国救治像他父亲似的被庸医所误的病人的疾苦，战争时候便去当军医，同时又可以促进国人对于维新的信仰。他曾对一位日本学者说："中国的医术几千年前由巫术发展而来，可至今与巫术的想法没有拉开距离。中国的医术不过是以阴阳和五行之愚昧透顶的迷信为基础，随意掺了贫乏的经验混合而成的东西。而现实中我的父亲等正成了这种野蛮医术的牺牲品。家父的病不过是牙根里生了菌而导致大病的，可中国的医生不了解其病源。他们说是我父亲有什么不道德的行为，作为报应而受到了神罚。那时，我还是个孩子，听了却极生气。"②

---

① 见《教育》月刊 1939 年第 4 期，日本岩波书店出版。
② 引自橘朴《与周氏兄弟的对话》，《新文学史料》2013 年第 4 期第 124 页。

鲁迅的入学申请三天后即获批准，不仅学校免收他的学费和入学金，而且清政府每月还发给三十六日元的生活费——当时日本政府给日本学生提供的生活费每月只有十三至二十二日元，学校教授的月薪也只有五十日元左右，所以鲁迅除开租房、吃饭之外，有余款买书、抽烟、吃零食，假日还可以外出旅游，完全无需勤工俭学。鲁迅虽然衣食无忧，但在学习上却需要克服重重困难。鲁迅进入仙台医专时已经二十四岁，而同班同学一般只有十七至十九岁，更何况鲁迅是免试入学，基础知识相对薄弱，听课时还存在语言障碍。所以，鲁迅要避免留级就必须付出超出常人的努力。有幸的是，在仙台医专，他得到了解剖学教授藤野严九郎的关爱。

藤野严九郎（1874-1945）是一位不修边幅的老师，面容黑瘦，八字须，戴眼镜，讲课时操着读古文似的抑扬顿挫的音调——"解剖学者乃初学医者片刻不能离之物也"，惹得有些同学笑出声来。但是，这位老师毫无民族偏见，真心希望通过鲁迅把新的医学知识传播到中国。他发现鲁迅刚入学时日语不够熟练，影响了听课效果，便在课余耐心进行辅导。那时仙台医专没有正式的教科书，因此，记好笔记是学习中很重要的一环。藤野先生每周都详细批改鲁迅的笔记，连一条血管移动了一点位置也给改正过来。有一次测验骨骼系统时，他拿出一些人骨，问这是左手骨还是右手骨，其实那是脚胫骨。可见跟其他老师比较起来，他还很注意培养学生独立思考的能力。在藤野先生的帮助下，第一学年结束时，鲁迅在一百四十二名同学中考了第六十八名，而全班留级的却有三十人。有同学怀疑鲁迅取得中等成绩是由于藤野先生泄露了试题，便找借口检查鲁迅的讲义。学生会干事向藤野先生了解情况。藤野先生回答说："是吗，谢谢，没有那样的事情。"

鲁迅在仙台求学期间，正值日俄战争爆发。这是两个封建军事帝国为争夺势力范围而进行的战争，中国领土成为它们角逐的主要战场。当时，放演幻灯片是日本战时宣传的一种手段。常用幻灯进行细菌教学的仙台医专，也插空在课堂上放演一些日俄战争的幻灯片。有一次，鲁迅在幻灯片上看到了他久违的同胞，其中一人因替俄军做侦探而被日军砍头示众，而围着赏鉴这"示众"盛举的同胞却流露出麻木的神情。讲堂里的日本学生拍掌欢呼起来，那刺耳的"万岁"声像利刃似的绞割着鲁迅的心，使他感到强烈的震动和巨大的痛楚。已经具有民族民主革命思想的鲁迅，由于"幻灯事件"的刺激，毅然决定中断学医，改用文艺为武器进行革命的启蒙宣传。他当时认为，治疗人民的精神麻木症是比治疗他们的身体疾病更为紧要的事情，因此他毫不犹豫地从振兴中华的需要出发，重新选择了自己的志愿和人生道路。他要拿起文艺的听诊器，去诊察时代的脉搏、社会的病变；他要操起文艺的解剖刀，去戳穿敌人的痈疽，治愈人民的病瘼。对此，藤野先生为鲁迅不能成为医生而感到惋惜，他把自己的照片送给鲁迅作为留念，并深情地在后面写道："惜别。藤野谨呈周君。"

一九〇六年三月十五日，鲁迅正式从仙台医专退学。他告别了峰峦重叠的青叶山和流水清清的广濑川，从枫叶如丹的仙台回到樱花烂漫的东京，开始了他的文艺活动。

《藤野先生》

大约是周作人说的，鲁迅的回忆散文集《朝花夕拾》中有"史"的成分，也有"诗"的成分，虽属自传体的作品，但也不能事事当真。周作人似乎举过一个例子：书中有一篇《父亲的病》，描写父亲临终前，鲁迅受叔祖母"衍太太"怂恿，一直在父亲耳边大叫，直到父亲咽了气。周作人说，父亲临终时，其实并没有发生过这样的事情。

周作人的这一观点是值得重视的，因为鲁迅在《朝花夕拾·小引》中就明确写道："这十篇就是从记忆中抄出来的，与实际容或有些不同，然而我现在只记得是这样。"

《朝花夕拾》中所收《藤野先生》一文，是中国和日本教材中的保留篇目，影响至为深远，但文中"与实际容或有些不同"的地方比《父亲的病》更多。

比如鲁迅写到他从东京前往仙台医专报到的情景:"从东京出发,不久便到一处驿站,写道:日暮里。不知怎地,我到现在还记得这名目。"有关史料明确记载,鲁迅从东京到仙台医专报到是在一九〇四年九月,而当时根本就没有日暮里车站——这个车站是直到一九〇五年四月才建成的,这时鲁迅已经入学七个月了。

文中还描写日本同学怀疑藤野先生故意漏题,鲁迅考试才取得了及格的成绩。于是,"有一天,本级的干事到我寓里来了,要借我的讲义看。我检出来交给他们,却只翻检了一通,并没有带走。但他们一走,邮差就送到一封很厚的信,拆开看时,第一句是:'你改悔吧!'"这位"本级的干事"叫铃木逸太,生于一八八二年,比鲁迅小一岁。他于明治三十六年(1903)进仙台医专,一年级时留级,一九〇四年成了鲁迅的同班生。他热心公务,乐于助人,所以被选为班级的总管(也就是鲁迅所说的干事)。据铃木逸太回忆,当时确有怀疑藤野先生漏题的流言,但他和藤野先生已经向日本学生进行了澄清,并没有发生寄匿名信一类事情。他当时跟鲁迅(周树人)很要好。鲁迅准备离开仙台前,曾跟四位日本学友话别合影,照片上在前排就座的就有铃木逸太。

至关重要的还是文中描写的"幻灯事件",因为这件事成为了促使鲁迅弃医从文的导因。《藤野先生》一文是这样描述的:"第二年添教霉菌学,细菌的形状是全用电影来显示的,一段落已完而还没有到下课的时候,便影几片时事的片子,自然都是日本战胜俄国的情形。但偏有中国人夹在里边:给俄国人做侦探,被日本军捕获,要枪毙了,围着看的也是一群中国人:在讲堂里还有一个我。'万岁!'他们都拍掌欢呼起来。"

文中所说的"霉菌学"就是细菌学,教师叫中川爱咲;"电影"指幻灯片。当年放映的幻灯片至今仍留存了十五张,丢失了五张,内容均取材于日俄战争初期的场面,但未发现中国人围观同胞被杀的那一张。据铃木逸太回忆,"幻灯片中好像有喊万岁的场面,但学生大体都是静静地看着。后来才听说这件事成了周树人退学的理由,当时周树人却没有说过这件事。"①

那么,《藤野先生》中的上述描写是否都是无源之水、无本之木呢?不是!鲁迅初赴仙台时虽然还没有日暮里车站,但车站建成后他至少七次经过这里。在中国古典诗词中,常借"日暮"抒发羁旅乡愁。鲁迅的诗词中就有"日暮客愁集,烟深人语喧"这样的句子。远在他乡异国,充满思乡之情的鲁迅对于"日暮"这种带伤感情调的词汇印象深,这是可以理解的。更何况在我看来,"日暮"这种词汇也象征着清王朝的日暮途穷,岌岌可危。我揣测鲁迅也可能有这方面的联想,所以更忘不了这个地名。

至于本级干事翻检讲义一事,不论铃木逸太说有或说无,他都承认藤野漏题谣言的存在。这本身就是一种民族歧视。正如文中所写:"中国是弱国,所以中国人当然是低能儿,分数在六十分以上,便不是自己能力了,也无怪他们的疑惑。"不仅在仙台,鲁迅在东京期间更感到这种民族歧视情绪的普遍存在。那时有些日本人见到蓄长辫的清国留学生就骂作"猪头三",这也是鲁迅决心"我以我血荐轩辕"的原因。

《藤野先生》一文中"幻灯事件"的描写可能有艺术加工的成分。但据当时报纸报道,仙台市民为庆祝日俄战争中日军的胜利,在一九〇四年至一九〇五年期间至少举行过五次祝捷大游行。那种欢呼"万岁"的场面,肯定会使鲁迅受到更深的刺激。那张中国人鉴赏同胞被处死的幻灯片虽然至今未发现,但当时日本报刊确实刊载有类似的图片,当地《河北新报》还有相关报道:"听说今天(十七日)下午三点,有俄探被斩首,我恰好走在从兵站部回来的路上,就也跟去看。地点在铁岭街市南面约有五町②的坟地里。……看热闹的还是那些华人("中国佬"),男女老少五千多人,挤得风雨不透。蒜味扑鼻而来,令人非常难受,无法可想。不久时刻到了,被定为俄探的四名中国人,看来都是四十岁左右,被我宪兵牵着绑绳,像屠宰场的羊似地走来了。宪兵又在

---

① 引自《鲁迅生平史料汇编》,第二辑,第103页,天津人民出版社1982年3月版。

② 町:计量单位,一町为109.091米。

看热闹人的眼前，拉着转了几遭让人看；这时那四个人脸色变青，没有一点血色。看热闹的人一声不响地凝视着……"①

日俄战争发生在一九〇四年二月至一九〇五年九月，导因是争夺在我国东北和朝鲜半岛的侵略权益，而战争主要在我国境内进行。这位记者描述的这一幕就发生在辽宁的铁岭。那四位被称为俄探的中国人，是被俄军威逼利诱，到日本兵站的粮仓和弹药库放火未遂；但他们此前又被日军威逼到日本兵站干活。他们的脑袋被日军用刀砍下，而围观的同胞却噤若寒蝉。

日俄战争期间鲁迅正在仙台医专读书，市民游行的场面他肯定会目睹，同胞作无谓牺牲的报道他也肯定会读到。这就催使他认识到，中国民众的麻木不是医学可以疗治的，要改变他们的精神状态必须运用文艺的利器。所以他决心弃医从文，以拯救中华民族的灵魂为急务。由此可见，《藤野先生》一文中的某些细节或许有虚构的成分，与客观事实略有出入，但所揭示出的却是历史的本质真实，完全符合鲁迅当时的心路历程。

"新生运动"

柔和的曙光悄悄地透过了窗棂，房东老太太又推开纸门屈身爬出来整理房间了。但身穿和服的鲁迅却刚刚倒在"榻榻米"上睡着。日本式的房间一般都离地尺许，木板地上铺着草席，每席长六尺宽三尺，两侧加麻布黑边，叫作"榻榻米"。人们平时两膝踞地伸腰跪坐，倦时则随便卧倒，晚上从壁橱取被摊开，就可以睡觉了。有些中国留学生睡惯了床，到了日本只好将壁橱的上层权作卧榻，鲁迅觉得十分滑稽。长期以来，鲁迅一直过着简易的生活，所以他对于这种朴素适用的日本式的房屋倒很欣赏。即使地上只铺着稻草，他照样可以倒头酣睡。房东看到室

---

① 引自风云儿《俄探四名被斩首》，载 1905 年 7 月 28 日日本《河北新报》。

内矮脚书几上的洋灯罩上熏满了黑烟，浅紫色的"七宝烧"景泰蓝花瓶旁边堆满了书籍、稿纸，炭盆里插满了香烟头，像是一个大马蜂窝，便知道这位来自中国的青年房客又熬了一个通宵。这是一九〇七年的春天，鲁迅住在东京本乡区东竹町的"中越馆"。

鲁迅离开仙台重返东京之后，就开始从事他的"新生"运动。"新生"，原是意大利诗人但丁一本诗集的名字，鲁迅移用来取"新的生命"的意思。当时，同盟会领导的民族民主革命运动迅速高涨。围绕改革中国的道路问题，积极传播民主革命思想的《民报》与主张君主立宪的改良派的《新民丛报》展开了一场大论战。这两个刊物笔战方酣的时候，在日本的中国留学生几乎都卷入了这场论战。鉴于当时的革命派把主要精力放在组织武装起义方面，作为同盟会机关报的《民报》又偏重于政治和学术，而无暇顾及文艺，于是鲁迅决定筹办一种名为《新生》的文艺性杂志，着重致力于中国国民劣根性的改造。他认为，要使古老的中华民族获得新的生命，单纯排满是不够的，还必须改造旧中国病态的国民性，而文学则是"转移性情，改造社会"的有力武器。

一切事情的开头总是困难的，鲁迅从事新生运动的情况也是这样。当时在东京的留学生中，学法政、理化以至警察、工业的人很多，而治文学和美术者却寥若晨星。在冷淡的空气中，他幸而寻得了几个同志，有许寿裳、周作人、袁文薮等。鲁迅当初对于钱塘人袁文薮的期望很高，因为他不但答应供稿，还答应资助经费。《新生》杂志的筹办工作开始进行得比较顺利，不仅印制了不少稿纸，而且连封面的图案及插图等等都统统预备好了。鲁迅为第一期选定的插图是英国十九世纪画家瓦茨的油画《希望》，画面上有一位蒙着眼睛的姑娘，抱着一张只剩下一根琴弦在震动的竖琴，屈腿坐在地球仪上。这幅画的主题是："希望不是期望，它有点类似从那仅有的琴弦上奏出的美妙的音乐。"鲁迅还为后几期选择了一些插图，他特别喜欢俄国反战画家威勒斯卡金所画的髑髅塔，以及英国军队把印度革命者绑在炮口上的几幅画。但是，袁文薮不久即去英国，此后既不投稿，又不出钱，有如断线的风筝，一飞杳无踪影，只剩下不名一文的三个同人，拟议筹办的《新生》杂志遂告流产。

　　《新生》杂志的流产，并不意味着鲁迅文学活动的终结。一个急于求战的战士，总能找到发挥火力的阵地。鲁迅原想在《新生》杂志上阐述的观点，不久终于在《河南》杂志上得到了发表的机会。

　　《河南》杂志是一家具有民族民主革命立场的刊物。一九〇七年十二月由河南留日学生在东京创办，得到了河南一位富家寡妇的资助，其影响"足与《民报》相伯仲"。从一九〇七年十二月至一九〇八年十二月，鲁迅先后为《河南》杂志撰写和翻译了《人之历史》《摩罗诗力说》《科学史教篇》《文化偏至论》《裴彖飞诗论》等七篇文章，介绍了西方生物进化学说、西方自然科学史和欧洲进步的社会科学，批判了洋务派、改良派和复古派，表现了他早期的唯物主义自然观、革命的历史进化观和逐渐形成的革命民主主义的政治观。所以周作人把为《河南》杂志撰稿喻为《新生》运动的"甲编"。其中以"令飞"为笔名发表于《河南》月刊第二、三号上的《摩罗诗力说》，是鲁迅弃医从文之后撰写的第一篇文学论文，也是中国最早系统地介绍以拜伦为代表的欧洲积极浪漫主义诗人的文艺论文。

　　"摩罗"一词，是梵文的音译，本意是天上的魔鬼，欧洲人把它叫作撒旦。《摩罗诗力说》这个题目，用白话来说便是"恶魔派诗人的精神"。由于英国消极浪漫派诗人苏赛在长诗《审判的幻影》的序中把被恩格斯誉为"满腔热情的、辛辣地讽刺现社会"的诗人拜伦诬为"恶魔派"诗人，后来人们便把那些立意在反抗、目的在行动而为世人所不大喜欢的诗人统统归入这一诗派。鲁迅十分崇敬这些刚健不挠，抱诚守真，不取媚于庸众，不随顺于旧俗的诗人。鲁迅在论文中介绍了拜伦的长诗《莱拉》。这首诗的主人公勇于抗拒无法逃脱的宿命，虽被飞箭穿胸而不悔。鲁迅认为，要挽救当时垂危的国运，正需要这种傲岸不驯、力抗强者的性格。鲁迅在论文中同时高度评价了"天才的预言家"雪莱。这位年轻的英国诗人虽然只活了三十岁，但他短暂的一生却如同奇迹一般，本身就是一首无韵的诗篇。他生前曾被那些庸俗浅薄的人称为"狂人"，但鲁迅却决心像他那样，上下求索，永不停歇；勇猛精进，决不退转。鲁迅在论文中还着重介绍了波兰复仇诗人密茨凯维支的诗剧《先人祭》。鲁迅引用了剧本中一个名叫央珂夫斯基的囚徒的歌词："要我当上帝的信徒，那就必须见到耶稣和玛利亚先惩罚那个蹂躏我们国土的沙皇才可以。如果沙皇还存在，就无法叫我呼唤耶稣的名字。"在"摩罗"诗人中，鲁迅最为崇敬的是匈牙利爱国诗人裴多菲，因为裴多菲不仅是诗人，而且是英雄。在抗击俄奥侵略军的战场上，裴多菲宁死不屈。哥萨克士兵用长矛刺穿他的胸膛，他在牺牲前还高呼战斗口号："祖国万岁！俄国佬滚出去！"以前，鲁迅在接触中国文化史的有关资料时，常产生一种凄凉之感，好像是从和暖的春天突然坠入萧瑟的深秋，一切生机都已消逝，只见草木一片凋零。因此，他希望通过介绍这些发出刚健、反抗、破坏和挑战呼声的"摩罗"诗人，来振奋中华民族的精神，使我们这个曾经显露过人类文化的灿烂曙光而到了近代却日趋衰落的祖国在世界上重新强盛起来。这篇文章虽然存在着对文艺的社会作用估计过高的倾向，但它却系统地表述了鲁迅当时爱国主义和启蒙主义的政治观点和文艺思想，表现了鲁迅早期进化论思想和朴素辩证法观点的战斗精神。

继《摩罗诗力说》之说，鲁迅又在一九〇八年出版的《河南》月刊第七号发表了另一篇重要的文言论文——《文化偏至论》。"偏至"就是"偏颇"。鲁迅认为，十九世纪的西方文明主要有两个偏颇：一个是片面崇尚物质，导致"唯物极端"，而忽视了精神和信仰；另一个是专制势力打着尊重"群众"的招牌，忽视和压抑独具个性的少数。于是，不少民众为物质欲望所蒙蔽，社会日渐凋零，进步因之停顿，一切诈骗虚伪的行为应运而生，致使人的精神光辉日趋暗淡。这种文化上的偏颇非常明显，就好比一个人断了一条胳膊和跛了一只脚那样。为矫正这种偏颇，鲁迅针锋相对地提出了"掊物质而张灵明，任个人而排众数"的主张，即抨击物质至上主义，张扬人的崇高精神；尊重人的个性和尊严，反对借多数的名义压制少数明哲之士。这里的"个人"绝非害人利己的极端个人主义，而是人的正当权益和创新精神。鲁迅还深刻指出，在世界各国的激烈竞争中，首要任务就是培养人才，有了人才，什么事情都可以兴办，而培养人才的办法就是尊重个性和发扬精神。"角逐列国是务，其首在立人，人立而后凡事举；若其道术，乃必尊重性而张精神。"① 在不少民众精神状态偏于麻木和愚昧的清朝末年，鲁迅的主张对于摆脱封建主义的思想束缚，催促"精神界之战士"的产生，无疑产生了振聋发聩的效应。

周作人又说，《新生》运动的"乙编"就是翻译《域外小说集》。这本书第一册于一九〇九年二月十日在东京出版，封面用蓝色罗纱纸精印，上端印着一幅德国的长方形图案画：一个穿着希腊古装的妇女弹着琴弦，背后是光芒四射的朝阳，一只鸟儿正在奋翅高飞。书名由著名书画家陈师曾用篆字题写，跟图案交加辉映，显得既古朴而又新潮。同年六月十一日，《域外小说集》第二册也在东京出版。这两册选译的外国短篇小说虽然只有十六篇，但包括了英、美、法、俄、波兰、波斯尼亚、芬兰等七个国家十位作家的作品，在外国文学译介领域起到了拓荒作用。二十八岁的青年鲁迅在该书的序言中豪迈地宣称："《域外小说集》为书，词致朴讷，不足方近世名人译本。特收录至审慎，迻译亦期弗失文情。异域文术新宗，自此始入华土。"

在《域外小说集》所收的作品中，鲁迅翻译的有三篇，即《四日》《谩》《默》。此外，显克微支小说《灯台守》一文中的诗歌，也是鲁迅翻译的。其他均为周作人所译。

《四日》今译为《四天》，俄国作家迦尔洵作。小说通过俄、土之战中志愿兵伊万诺夫三个昼夜一个白天的回忆，揭露了非正义战争的残酷性和对人性的扭曲。伊万诺夫虽然号称志愿兵，但并不知道为什么而战。在保加利亚的战场上，他受了伤，后来被锯掉了一条腿，但他也杀死了一个又高又壮的土耳其士兵。在伤疼难熬的垂危之际，正是这个土耳其士兵的大半壶水给了他生的机遇。就这样，他的受害者反倒成了他的救命恩人。小说描写的战争场面极具震撼力，人物心理刻画细致入微，这种成就固然得益于作者的艺术功力，但也跟作者的经历有关：他本人就是俄、土之战的参与者，并且同样负过伤。

---

① 引自《坟·文化偏至论》，《鲁迅全集》第1卷，第58页，人民出版社2005年版。

鲁迅敬佩迦尔洵以一己之身来承担人间苦的牺牲精神，特别推崇他的另一短篇小说《红花》（鲁迅译名《绛华》）："叙一半狂人物，以红花为世界上一切恶的象征，在医院中拼命撷取而死，论者或以为便在描写陷于发狂状态中的他自己。"[①] 在鲁迅小说《长明灯》中那位执意要把庙里的长明灯吹熄的疯子身上，我们可以明显看到《红花》中"狂人"的投影。

《谩》今译为《谎言》，是俄国作家安特莱夫的作品。主人公深爱一位女子——她有着天使般的脸颊，既黑又深的眼珠，嵌入蓝晶晶的眼眶里，令人神秘莫测。然而这位女子爱的是另一位高大的美男子，所以她一直在对主人公撒谎。在她的亲吻和拥抱中，主人公感到的一直是欺骗。"撒谎"这个字眼像条小毒蛇咝咝沙沙作响，一直咬噬着主人公的心。为了得到真实，主人公把女子给杀了。他发疯地想撕开她的胸腔，想哪怕能一次看到女子袒露的心，然而主人公这点微小的愿望也破灭了，因为他杀死了这位女子，却同时使谎言成为了永生。

鲁迅从众多外国小说中选取《谩》来翻译，绝不是偶然的。因为他终生憎恶谎言，憎恶虚伪，憎恶"做戏的虚无党"，但他切身感到在他生活的故国，周围却一直存在着毒蛇咝叫般的说谎者，这种谎言又并非完全出自说谎者的自愿，而与中国家族制度的压迫有关。他曾对日本学者橘朴说："中国的事情一切都糟糕透了。第一，中国的家族制度压迫着其中的生活者，使他们不得不靠说谎过活。外国人常常批判中国人说谎，这当然没错。曾经如此完全是出于不得已。在这样荒谬的社会里生活的中国人，不论老人还是青年，无论想什么也无论怎样的运动，最终除了'说谎'什么也作不成的。"[②]

一九三六年二月二十三日，鲁迅还写了一篇杂文《我要骗人》，一方面揭露国民党政府和日本侵略者的欺骗——如当局的"赈济灾民"和日本的"中日亲善"，又剖析自己在有意无意间加入了骗人的行列。临

<hr>

[①] 引自《〈一篇很短的传奇〉译者附记（二）》，《鲁迅全集》第10卷，第502页，人民出版社2005年版。

[②] 引自橘朴《与周氏兄弟的对话》，《新文学史料》2013年第4期，第124页。

终前，鲁迅还对他的主治医师说，他"顶讨厌的是说谎的人和煤烟，顶喜欢的是正直的人和月亮。"由此可见，鲁迅翻译《谩》，也就是对"诚"与"爱"的呼唤。

安特莱夫的《谩》对鲁迅思想和创作的影响，目前研究得很不充分。值得注意的是，《谩》中的主人公就曾被人视为"狂人"，结尾的"援我！咄，援我来！"（"救救我吧！救命！"）跟《狂人日记》结尾的"救救孩子"有异曲同工之妙。通篇小说对谎言的揭露，跟"狂人"从满纸"仁义道德"的古籍中发现了"吃人"二字也是精神相通。因此，将鲁迅翻译《谩》视为他创作《狂人日记》的先声，是言之成理的。

在《域外小说集》中，鲁迅笔译的第三篇作品是安特莱夫的《默》，今译为《沉默》。主人公伊格纳季（原译"伊革那支"）是一位神父。他待人冷酷无情，却又心怀嫉妒，贪得无厌。他不但不了解女儿薇拉（原译"威罗"）内心的苦痛，而且因为女儿的出走还诅咒过她。父女之间像隔着冰山，互相沉默不语。后来女儿卧轨自杀，火车把她轧成了两截。神父的老婆从此也变得默不作声，眼睛毫无表情，从中看不出一丝怜悯和宽恕。神父来到女儿的卧室，走近女儿的空床前，想问出女儿的死因，回答他的仍然是沉默。

读完《默》的译文，读者自然会联想起鲁迅小说《故乡》中所描写的隔绝在人与人之间的那层可悲的厚障壁。《默》的结尾，是神父在女儿墓地盘桓的场面：笼罩墓地的是幽深的寂静，没有风，树叶死气沉沉，没有一丝声响。女儿的坟墓上长着枯黄、短小的草茎，这些草不知是从哪个四面受风的辽阔的田野上连着泥土被移植到这里……读到这些文字，读者就会自然联想起鲁迅小说《药》结尾部分的那个坟地。"微风早经停息了，枯草支支直立，有如钢丝。一丝发抖的声音，在空气中愈颤愈细，细到没有，周围便都是死一般静。"还会想到夏瑜的坟头"草根还没有全合，露出一块一块的黄土"，上面分明有一圈红白的花，不知是从什么地方移植来的。鲁迅在《〈中国新文学大系〉小说二集序》中承认，"《药》的收束，也分明的留着安特莱夫（L.Andreev）式的阴冷"。鲁迅一九三五年十一月十六日致萧军信中又说："安特莱夫的小说，还要写得怕人，我那《药》的末一段，就有些他的影响，比王婆①鬼气。"

如果单从发行印数而论，《域外小说集》的出版可以说是失败的。因为第一册共印了一千册，但在东京仅卖出了二十一本；第二册共印了五百册，在东京只卖了二十本。在上海寄售的情况跟东京差不多。译者原打算收回本钱，再接着往下印，由于在市场遭冷遇，原来宏大的计划遂成泡影。不过这个译本的影响，却不能单用发行量来评估。第一册出版不久，日本东京出版的《日本及日本人》杂志第五〇八期就报道了周氏兄弟的翻译活动。此外，这个译本关注东欧和弱小民族文学的取向，以及严谨的译风，都对五四以后的新文学运动产生了不可低估的影响。

鲁迅留学日本的七年间，正值辛亥革命前夕，东京成为了中国革命志士的荟萃地。鲁迅主要以文化为武器参与和配合当时的民族民主革命，但也从事了一些实际的革命运动。比如，参加以反清为主题的留学生集会；参与一九〇三年春的弘文学院学潮——直接原因是反对学院经济上对留学生的无理苛索，实质上是反对清政府腐败无能，让外国人代兴教育，以贻国耻。在同年的拒俄运动中，鲁迅虽然没有参加拒俄义勇队，但编译了一篇《斯巴达之魂》，刊登于《浙江潮》第五期，借斯巴达人抵御希腊军队入侵的史实激励中华民族的尚武精神。大约在一九〇四年底，经陶成章介绍，鲁迅参加了反清团体光复会。鲁迅不满意光复会连一个像样的政纲都没有，更不赞同他们采取暗杀手段，曾经婉拒执行该会下达的暗杀任务，但却冒险为该会保存了重要机密文件，并十分敬佩光复会前驱者为振兴中华而不惜喋血的牺牲精神。一九〇八年夏，鲁迅还跟许寿裳、周作人、钱玄同等八人赴《民报》社听章太炎先生讲学（主要是《说文解字》）。鲁迅当时不仅佩服太炎先生的学识，尤其崇仰太炎先生的革命精神，认为他在革命史上的地位实在比在学术史上还要高。

① 萧红小说《生死场》中的人物。

第四章

『木瓜之役』

——鲁迅在杭州
（1909.8—1910.7）

一九〇九年夏天，鲁迅离开日本归国。本来，鲁迅曾准备到德国去继续深造。但是，因为母亲在家庭败落之后需要赡养，还在日本立教大学求学而又已经结婚的二弟周作人也希望他能有所资助。这就使得鲁迅不得不结束留学生活，归国谋事，以承担日益沉重的家庭负累。鲁迅后来对友人说："负担亲族生活，实为大苦，我一生亦大半困于此事，以至白头……"然而，在唯利是图的社会里，鲁迅愿意躬行损己利人的人生哲学，无所怨尤。他当时哪里料到，欲壑难填的周作人夫妇在十四年之后竟会对他反目相向呢！

当鲁迅重新踏上祖国土地的时候，正值辛亥革命前夜：一方面，同盟会发动的武装起义已经遍及南方大部分省区，革命的宣传活动也由滨海城市逐渐向清朝的腹心地区发展，反清革命派已经成为一支不容忽视的力量；另一方面，摇摇欲坠的清王朝为了苟延残喘，不但对革命派的活动进行血腥镇压，同时也在整个意识形态领域强化了思想控制。在辛亥革命的产儿呱呱坠地之前，我们的祖国母亲就这样处在痛苦的痉挛之中。

在日本弘文学院带头剪掉辫子的鲁迅，一踏上神州大地，不得不首先花四块大洋在上海装了一条假辫。这种假辫虽然做得巧妙，不留心观察难以看出破绽，但不戴帽子不行，而且在人堆里还要提防挤掉或挤歪。基于这些不便，鲁迅在一个多月之后就索性将假辫去掉了，脱去帽子，露着短发在路上行走。这样一来，他就享受到一种新的待遇：最好的情况是被路人呆看，但大多是冷笑，恶骂。小则说是偷了人家的女人——因为那时捉住奸夫，总是首先剪去他的辫子；大则指为"里通外国"，即所谓汉奸。鲁迅想，即使一个没有鼻子的人在街上走，也未必遭受如此痛苦。

归国第一年的秋天，经友人许寿裳推荐，鲁迅担任了杭州浙江两级师范学堂初级化学和优级生理学教员，并兼任日本籍植物学教员铃木珪寿的翻译。"救时应仗出群才"，鲁迅就这样走上了归国后的第一个工作岗位——为中国培养"群才"的教育工作岗位。

浙江两级师范学堂坐落在杭州的下城，是在"废科举，兴学校"的高潮中以省城贡院旧址改建的，建筑格局和学制大部分仿照日本东京高等师范学校。所谓"两级"，即分为"优级"和"初级"两部分，优级培养中学师资，初级培养小学师资。原任监督（校长）沈钧儒思想开明，教员中许多人是革命团体光复会的会员或接受过民主思想洗礼的日本留学生。在这所比较开明的学校里，鲁迅的教学活动也充满了民主和科学的精神。

鲁迅在浙江杭州两级师范学堂讲授生理学的讲义名为《人生象斅》，约十一万字，主要根据日本医学士宫岛满治的《解剖生理及卫生》一书编译，其中的泌尿系部分也参考了日本马岛永德翻译的《生理学讲本》（第一至第四卷）。本书虽缺少原创性，但却综合运用了生理（功能）、解剖（形态）和保健（摄卫）诸方面的医学知识，简明扼要，针对性强，反映了当时医学科学的发展水平。对于存在争议的问题，讲义也能客观列举不同的意见，表现出编译者治学的严谨态度和对读者高度负责的精神。绪论介绍人体的构造和成分。本论介绍人体的运动系统（包括骨骼、肌肉与运动原理）、皮肤，消化系统，循环系统及淋巴，呼吸系统，泌尿系统，五官，神经，生殖系统。结论部分介绍体温，新陈代谢和卫生保健。现经医学专家审读，认为《人生象斅》传授的医学知识是准确的，即使当今医学科学发展日新月异，这本书的内容也并不过时。在治病与防病方面，鲁迅更强调预防于前，因为"药之为物，非能除病"，而仅能增进或遏制人体某些器官的生理作用，使其恢复正常，这就是所谓病愈。所以不善于保健，而将生命寄托于药物，根据医学原理，这是一种南辕北辙的做法。鲁迅的这种观点，对于我们的健康生活仍有重要指导意义。特别难能可贵的是，早在上世纪初，鲁迅就提出了注重食品安全，治理环境污染和建立流行病（如霍乱、痢病）的防控系统等超前性的观点。他主张对糕点、水果、鱼肉进行售前检测，防止水污染与空气污染，对急性传染病流行区域采取隔离措施，这些主张都是对人体健康行之有效而为我们所长期忽略的。

也有医学专家认为，《人生象斅》中的生殖系统一节介绍过于拘谨，其突出表现是该节连"生殖"二字都不敢出现，而以德文"Generatio"出现。这种看法显然脱离了鲁迅当年所处的社会环境。且看鲁迅在杭州两级师范学校任教时一位同事在一九三六年写的一篇回忆："周先生教生理卫生，曾有一次，答应了学生的要求，加讲生殖系统。这事在今日学校里似乎也成问题，何况在三十年以前的前清时代。全校师生们都为之惊讶，他却坦然去教了。他只对学生提出一条件，就是在他讲的时候，不许笑。……据说那回教授的情形，果然很好，别班的学生，因为没有听到，纷纷向他来讨油印讲义看。他指着剩余的油印讲义对他们说：'恐防你们看不懂的，要末，就拿去。'原来他的讲义写得很简，而且还故意用着许多古语，用'也'字表示女阴，用'了'字表示男阴，用'糸'字表示精子，诸如此类，在无文字学素养未曾亲听过讲的人看来，好比一部天书了。这是当时一段珍闻。"① 由此可见，鲁迅的这部讲义在当时不仅不保守而且相当超前了。

《人生象斅》既然是文学家的科学译著，它们与同类著作的一个区分就是语言具有鲜明的文学色彩。《人生象斅》中对人体器官的介绍极

---

① 引自夏丏尊《鲁迅翁杂忆》。

其形象逼真，如介绍大脑："此为脑之最大分，形略卵圆，其表多见隆起，谓之脑回旋。诸回旋间，多见陷处，谓之脑沟，深者曰主沟，浅者曰副沟。中央有深沟直走，界脑为二，左右相等，是名大脑纵裂。"这段文字旁还配有插图，更加深了读者对大脑的印象。大脑的形状、主沟、副沟的位置，清晰呈现，使读者如睹实物。

鲁迅教化学时，十分重视实验。有一次，他在教室里试验氢气的燃烧，因为忘了携带火柴，临时走出教室去取。出门前，他再三叮嘱学生，一定不要触动氢气瓶，以免混入空气，在燃烧时炸裂。但他取回火柴一点火，玻璃瓶却爆炸了，手上的鲜血溅满了雪白的西服硬袖和点名簿。鲁迅抬头一看，发现前两排只留着空位：原来坐在这里的学生故意将空气放进氢气瓶之后，悄悄地躲到后排去了。鲁迅后来谈到这事时说："他们也相信我，也不相信我。如果相信我的话，那就无须放进空气试看是否会爆炸了；如果不相信，认定不会炸，那就不用离开座位远避了。"

杭州的风景是美丽的。确如苏东坡的名句所描绘的那样："水光潋滟晴方好，山色空蒙雨亦奇。"但是，沉潜于工作之中的鲁迅却无暇流连于湖山胜迹。只有在采集植物标本的时候，他才得以徘徊于吴山胜水之间。仅一九一〇年三月，鲁迅就攀玉皇山，越栖霞岭，前后十二次，采集了七十三种标本。有时仅为采一种标本，鲁迅就付出了几天跋涉之劳。鲁迅还计划编一部《西湖植物志》，后因环境变迁，未能遂愿。

鲁迅在杭州执教期间最有意义的一段经历，是参加了痛击教育界封建顽固势力的"木瓜之役"。这是他归国后投入的第一次战斗。

"木瓜之役"的发生不是偶然的。在此之前，有一位革命者潜隐在浙江巡抚增韫的抚署做幕友，后来活动暴露，突然潜逸。这位革命者的妻弟胡俊是两级师范的学生，因为替姐姐、姐夫传递过信件，一度受到株连。特别是胡俊姐姐的一封亲笔信，更引起了增韫的疑窦。因为信中写道："你对我所说之事，待我宽松几天后，再听吩咐。"色厉内荏的增韫以为这是革命党人联络的暗语，惶恐万分，立即派卫队闯进两级师范学堂逮捕了胡俊。经审讯，增韫才知道信中所说的"事情"，其实是那位革命者希望妻子放脚并来杭读书。虽然胡俊一案纯属杯弓蛇影，但增韫仍然心有余悸。为了防止两级师范学堂跟绍兴大通学堂、安庆巡警学堂一样，成为反清革命活动的重要基地，他趁学堂监督沈钧儒被选为省咨议局副局长的机会，推出了一个绰号叫"木瓜"（比喻木头木脑，顽固守旧）的富阳人夏震武继任沈钧儒的职务。夏震武愚顽而又自负，曾任清廷工部主事，治理学。八国联军占领北京时，他自荐为"专使"，要与俄国交涉议和条款，替"主上"分忧；由于太不自量，遭到清廷申斥。一九〇一年二月三日（光绪二十六年十二月十五日），光绪帝在他的条陈上批谕："直以国家重大之事视同儿戏，推其心欲自博忧国敢言之誉，贻朝廷以弃贤拒谏之名，实属狂愚谬妄，自应予以重惩。姑念迂愚无知，从宽严行申斥，勿庸前往京师，亦不准再行渎请。"增韫以为驱赶着这具政治僵尸上阵，就能加强对浙江教育界的控制。

一九〇九年十二月二十一日，即夏震武上任的前一天，他写了一封信给前任监督，内附礼单，要求全体教师各按自己的品级穿戴礼服，用当时官场下属见上司的"庭参"礼节和他相见；还要求设立"至圣先师"孔子的牌位，由他率领全体师生"谒圣"。二十二日早上八点左右，夏震武头戴清朝的红缨帽白石头顶子，身穿天蓝色大袍，外罩天青色套子，蹬一双黑靴，"冠冕堂皇"地来到学校；更为威风的是，他身后还带了十六名教育总会会员。到校后，夏震武首先带领学生向孔子神位行了三跪九叩礼，而后声嘶力竭地进行了一番所谓"廉耻教育"的说教，并在讲演中攻击两级师范的教师"高谈平等自由，蔑伦乱纪，诳惑学生"。接着，他又在会议室召见全体教师。教师诘问他带人入堂的理由，回答是："两级师范学堂名誉甚坏，教育总会理应调查，并行整顿。"本来就对"庭参""谒圣"这一套做法极为反感的教员们，面对夏震武的信口诬蔑，再也按捺不住怒火。在他们看来，名誉是人生第二生命。他们愤然责问夏震武："'名誉甚坏'四字，跟学堂全体人员都有关系，而教员的责任更大，请你明示证据，以付公论。如能指出腐败确据，我们立刻自行出校。"很多人还七嘴八舌地骂起来："你这个假道学！""你这个假孝子！""你你这个老顽固，怎配当我们的校长？"

夏震武见教员们哄然而起，自知形势不妙，便在一群随从的簇拥下夺门而逃。

二十三日上午八时，夏震武派人往学校送了三封信：一封斥责教务长许寿裳"非圣""蔑礼""侵权"；另一封责备全体教员贻误学生；第三封劝令学生全部自修。一贯主张"教员反抗则辞教员，学生反抗则黜学生"的夏震武，原以为依恃强硬手段就可以迫使师生屈服，不料搬起石头砸了自己的脚。十二月二十六日，鲁迅、许寿裳、杨莘士、张宗祥等二十五位进步教师全体辞职。一些原来住校的单身教师卷好铺盖，整理好行李书籍，一齐住进了位于黄醋园的湖州会馆。夏震武进校后，只见教员部渺无一人，办事部亦空空荡荡，呼唤不应，茶水不备，大有进退维谷之势。在走投无路中，他只好宣布"提前放假"，妄图借此苟延残喘。

两级师范学校教员的正义斗争，得到了进步学生的大力支持。省内教育界和京沪报刊也群起声援。夏震武开始还虚张声势，扬言"兄弟不敢放松，兄弟坚持到底"！后来种种诡计都未得逞，只好被迫辞职，由孙智敏暂代监督。在这场为期十五天的斗争中，鲁迅一直站在前列，勇敢坚定，因此被拥护夏震武的一派称为"拼命三郎"。教职员复职后，在大井巷的一家饭店聚餐，共庆胜利，戏称为"吃木瓜酒"。鲁迅畅饮之后，用筷子夹着一块肥肉，模仿夏震武的语调说："兄弟决不放松。"大家都被逗得大笑起来。这场在笑声中胜利结束的"木瓜之役"，给鲁迅留下了难忘的印象。一年后，鲁迅在致友人许寿裳的信中特意提到："木瓜之役，倏忽匝岁，别亦良久，甚以为怀……"

第五章

迎接光复

——重回故里

（1910.7—1912.2）

一九一〇年七月，鲁迅辞去浙江两级师范学堂教职，回故乡任绍兴府中学堂博物教员；九月，兼该校监学。

绍兴府中学堂创办于一八九七年，三月三日正式开学，鲁迅任职时校址迁到了仓桥试院旧址。该校原名"绍郡中西学堂"，取"中学为体，西学为用"之义。戊戌变法失败之后，校牌上被迫擦掉了"西"字。著名的民主革命家蔡元培曾任该校总理，徐锡麟曾在该校任教并出任副办（副校长）。一九〇八年上半年，同盟会会员陈去病还在该校组织了南社的分社——越社，并以国文教员的身份为掩护，积极开展反清革命活动。清政府为了控制这所学校，瓦解学校的革命力量，一方面多次派遣忠于清廷的顽固分子担任学校的"总理""监督"等要职，另一方面又利用地域观念在学生中制造宗派纠纷，甚至酿成大规模武斗。待鲁迅到该校任教时，学校有关教务的文件竟片纸不存，就连授课时间表也没有。鲁迅未曾想到，好端端的一个学堂竟被糟蹋成了这个样子。

鲁迅到绍兴府中学堂任教后，立即受到了师生的欢迎。不少教员是从日本留学归来，他们了解鲁迅在日本的文学活动和社会活动；学生们也知道鲁迅与徐锡麟、陶成章等有过联系，对他尤为尊敬，甚至效法他的榜样，掀起了剪辫风潮。越社则一致拥戴鲁迅为领袖，使他成了该社的实际领导人。鲁迅的影响引起了清朝统治者和封建顽固派的嫉恨。绍兴知府每次到学堂来，总喜欢注视鲁迅的短头发，故意跟他多说几句话，借以侦察他的思想，妄图从中找到岔子，然而并没有得逞。

作为旧教育的叛逆者，鲁迅在绍兴府中学堂执教期间，十分注重深入实际，走向社会。特别值得一提的是，一九一〇年秋高气爽的时候，鲁迅还率领二百多名师生取道嘉兴、苏州，远赴南京参观"南洋劝业会"。这次展览会的宗旨，主要是为了振兴民族工商业，并借此进行社会教育。展览会基本上按省设馆，但以江南诸省居多；除展出各地特产外，还展出了各地侨胞引进的南洋各国的先进工艺品和机器。绍兴府中学堂的一些学生由于株守乡里，孤陋寡闻，有的甚至以为"铁路"就是铁水浇铸的路面。不少人以前没见过电灯、汽车，所以除白天自由参观外，学生们特别喜欢观赏灯火通明的南京夜色。通过一周左右的参观，学生眼界大开，学到了许多书本上没有的新知识。人家说："豫才先生真好。百闻不如一见，南京一行，胜读十年书。"又说："我们这些绍兴'井底之蛙'，已由豫才先生带队游过汪洋大海了。"

假日期间，鲁迅常身背特制的白铁筒，手持铁铲去采集植物标本。一九一一年三月十八日，鲁迅在《辛亥游录》中留下了他采集植物标本的记录。那一天，天气晴朗。鲁迅出稽山门六七里，来到了夏禹的祠庙，这里墙上爬满了藓苔，地下铺满了枯木，只有两三个老农坐在石阶上晒太阳。鲁迅从这里向右转，是会稽山下。再走一里多路，左转，到了一座小山。山不高，并立着许多松树和杉树，披着棘刺的衣衫。再往上攀援，刺木渐少，仅见花草，都很一般，鲁迅仅采了两种。爬到山巅，乃见悬崖绝壁，往下看，山岩上披满了古苔，像覆盖了一层毛茸茸的裘皮，其中夹杂着一些小花，五六朵抱成一簇，大约有几十簇，面积有一丈见方。鲁迅就近摘了几朵，都是一叶一花，叶碧而花紫，俗称"一叶兰"。这时下起了细雨，有一个樵夫前来问鲁迅在干什么，鲁迅感到他不会理解什么叫采集标本，便哄骗他说："采药。"樵夫再问："做什么用？"回答说："可以长生不老。"樵夫反驳："长生哪里是吃药就能求得的呢？"鲁迅笑答："这就是我之所以想采的原因呢。"他跟樵夫就这样边聊着，边循着山腰的横径慢慢往下走，顿时忘却了疲劳。

在绍兴府中学堂任职期间，鲁迅不仅"搜集植物，不殊曩日"，而且"又翻类书，荟集古逸书数种"[①]。其中的主要成果，体现在一九一五年二月在绍兴用木刻版印行的《会稽郡故书杂集》一书。该书共收古代逸书八种：前四种（谢承《会稽先贤传》，虞预《会稽典录》，钟离岫《会稽后贤传记》，贺氏《会稽先贤像赞》）记载古代会稽的人物事迹；后四种（朱育《会稽土地记》，贺循《会稽记》，孔灵符《会稽记》，夏侯曾先《会稽地志》）记载古代会稽的山川地理、名胜传说。鲁迅从唐宋类书和其他古籍中钩稽校勘这些佚文，目的是"用遗邦人，庶几供其景行"。[②] 在该书的现存手稿中，有的使用的就是"绍兴府中学堂"的稿纸。

与此同时，鲁迅还手抄了六千多张卡片，辑录了自周至隋的散佚小说三十六种，辑成《古小说钩沉》一书。因印刷经费浩大，此书直到一九三八年出版《鲁迅全集》时才被收入。

一九一一年五月，鲁迅还曾去日本"居半月而返"。这是鲁迅第四次赴日，也是他一生中最后一次赴日，目的是催促周作人夫妇归国。

周作人是一九○九年三月十八日与日本女子羽太信子在东京登记结婚的。信子生于一八八八年七月，父亲是一个染房工匠，家境贫寒，作为长女的信子不得不从小就当上了"酌妇"[③]。一九○八年四月八日，周氏兄弟从东京"中越馆"迁往位于本乡西片町十番地吕字七号的"伍舍"，其时二十岁的信子正在这家客舍做下女（女佣）。周作人如何与信子从相识到相恋，他一直讳莫如深，在自述中仅有"一九○九年娶（信子）于东京"的简短记载。婚后的生活似乎颇甜蜜，乃至"远游不思归，久客恋异乡"了。原先做保姆的信子也用上了保姆，从"奴隶"变成了"奴隶主"。

周作人尽可以去恋他的异乡，甚至以异地日本为亲，以宗邦中国

---

① 见"1910 年 11 月 15 日致许寿裳"。

② 见《〈会稽郡故书杂集〉序》。

③ 参阅张菊香、张铁荣《周作人年谱》，第 80 页，天津人民出版社 2000 年版。

为疏，但沉重的经济重担却把鲁迅压得喘不过气来。周作人在日本虽有三十元官费待遇，但结婚之后开支加大，还要不断贴补羽太家的开支，短缺的部分全靠鲁迅资助。鲁迅在绍兴府中学堂收入微薄，入不敷出，只得变卖田产。卖田所得耗罄，周作人仍以想学法文为由继续耗在日本。鲁迅被迫无奈，只得亲自去日本敦促周作人归国。鲁迅此行"不访一友""不一游览""不购一书"，终于动员周作人携日本妻子一起回到绍兴。

"黄鹤楼头金鼓震，春申浦上素旗飞。"一九一一年十月十日，武昌中和门响起了湖北新军起义的枪声。武昌起义的爆发，推动了全国革命形势的迅猛发展，一时间，真是"诸出响应，涛起风从"。十一月四日，革命军攻克杭州；翌日，浙江省军政府宣告成立。为了庆祝杭州光复，越社在绍兴开元寺召开群众大会，公举鲁迅为主席。鲁迅在演说中阐明了革命的意义及武装人民的重要性，并提议组织武装讲演团，分赴各地演说。不久，传来了败残清兵将要骚扰绍兴的谣言，市民人心浮动，纷纷仓皇出逃。鲁迅对胆怯的人说："你看，逃掉的都是清朝官吏。我们为什么要逃呢？要设法消除慌张，不要自相惊扰。"为了稳定民心，鲁迅手持长刀，带领绍兴府中学堂的学生上街进行武装宣传。有学生问："万一有人阻拦怎么办？"鲁迅正言厉色地反问道："你手上的指挥刀是做什么用的？"在鲁迅的鼓励下，队伍雄起起气昂昂地经过了水澄桥、大善寺等绍兴主要街道。学生们高呼"革命胜利万岁！""中国万岁！"的口号，张贴"溥仪逃，奕劻被逮"的传单。革命的舆论使人心重新安定下来，一度关闭的店铺也重新营业了。

但是，顽固派是狡诈而多变的。当反对革命的政治谣言被戳穿之后，绍兴城又出现了一个挂羊头卖狗肉的"军政分府"。鲁迅和朋友到街上去走了一通，满眼是白旗。然而貌虽如此，内骨子是依旧的。原来这个"军政分府"的府长就是原绍兴府的知府程赞清。什么铁路股东是行政司长，钱店掌柜是军械司长。"矢忠清廷、权残党人"的土豪劣绅章介眉，竟也占据了"治安科长"的要职。这样的"军政分府"当然受到了绍兴民众的坚决抵制。越社特派代表到杭州，要求革命军迅速进驻绍兴。十一月十日晚，原光复会成员王金发率革命军趁着皎洁的月色乘白篷船抵绍。鲁迅率府中师生和绍兴各界人士到城东五云门外米行街一带夹道欢迎。王金发的部队上岸后，立即向城内进发。只见兵士都穿着蓝色的军服，戴蓝色的布帽，打裹腿，穿草鞋；骑马的军官穿着也很朴素，有的还光着头皮。然而，没有多久，在"许多闲汉和新进的革命党"的包围下，王金发的队伍革命色彩日见淡薄。王金发本人忘乎所以地"大做王都督"。在衙门里的人物，原本穿布衣来的，不上十天也大多换上皮袍了，虽然天气还并不冷。

王金发组成新的军政府后，给了鲁迅二百元经费，任命他为山会初级师范学堂的监督。这所学校创办于一九〇九年，校址在绍兴南街（今延安路）西段。"山"指山阴，"会"指会稽。学生热烈欢迎这位身穿灰棉袍、头戴陆军帽的新校长，就如同欢迎新的国家一样。越社的进步青年也到山会师范来找鲁迅，要求借用他的名字办一种报纸，监督这个新政府，并经常针对当时的时弊敲敲警钟——这就是一九一二年一月三日在绍兴正式发行的《越铎日报》。鲁迅以"黄棘"为笔名撰写了《〈越铎〉出世辞》，声明创办此报是"纾自由之言议，尽个人之天权，促共和之进行，尺政治之得失，发社会之蒙复，振勇毅之精神"。由于《越铎日报》"开首便骂都督，都督的亲戚，同乡，姨太太……"因此触怒了日渐蜕变的王金发。社会上有一种传言，说王金发要派人用手枪打死《越铎日报》的同人。这使鲁迅的母亲很着急了一些时候，然而并没有人真杀上门来。只是当鲁迅索取山会师范的经费时，王金发怒气冲冲地说："怎么又来拿钱？人家都把钱送到我这里来，你反而要拿去，好，再给你二百元。下不为例。"此后，学校的经费来源就断绝了。鲁迅愤愤地说："没有钱怎好办学校呢？我也不会变出钱来，更不会送去。"在这种情况下，鲁迅当然无法再在山会师范工作下去，只好亲自到都督府辞职。待到民事署学务科派一个"拖鼻涕的接收员"前来办理交接手续时，学校经费只剩下了一角钱零两个铜板。

辛亥革命之后绍兴"官威如故，民瘼未苏"的现实，无情地戏谑着鲁迅的理想，使他陷入了深广的忧虑和严肃的思索。一九一一年冬天，鲁迅写成了他的第一篇创作小说《怀旧》。作品通过一个私塾儿童的观察和感受，反映了刚刚发生不久的辛亥革命在乡间各阶层中引起的不同反响，描绘出一幅革命浪潮中的"人情世态图"："不辨粳糯，不分鲂鲤"的金耀宗，是一个深谙权术的土豪。当革命军行将到来之际，他准备装作"箪食壶浆以迎王师"的"顺民"，趁机攀摘革命的花果；一旦革命高潮过去，便仍旧作威作福。帮闲文人秃先生，比他的主子更懂得处世应变的韬略。他告诫金耀宗，在政治形势尚未明朗时，要跟革命保持一定的距离，"固不可撄，然亦不可太与亲近"，最好先行躲避，静观形势，再伺机反扑。另一方面，小说中的民众则对革命全然无知。在他们心目中，辛亥革命和"长毛"造反乃至跟强盗作乱不过是一回事。略有风吹草动，他们便纷纷乱逃一气：何墟的居民直奔芜市，而芜市的居民却争走何墟。路上人群穿梭，多于蚁阵，都不知道究竟是什么来了。《怀旧》中的这些描写，形象地反映了辛亥革命的不彻底性。两年后，这篇小说以"周逴"的笔名投寄到《小说月报》，主编恽铁樵大为赏识。他在显著位置刊登了这位当时尚属无名之辈的佳作，在文中佳妙处密加圈点，并且专门写了评语，热情向社会推荐。他还特意给鲁迅寄了几本小说，算是奖品。这篇写于五四运动前八年的小说，虽然运用的仍然是传统的文学语言——文言，但其思想内容和情节结构却清楚地表明，它是现代文学的先声，而绝不属于旧时代的文学。二十多年之后，鲁迅和茅盾共同为国外读者编选现代中国短篇小说集《草鞋脚》，曾打算将《怀旧》收入，以此反映我国现代小说酝酿期的创作风貌。

一九一二年初，鲁迅应中华民国南京临时政府教育总长蔡元培之邀，赴南京任教育部部员。同年四月，南京临时革命政府北迁，鲁迅先请假回绍兴省亲，而后从上海取海路北上，在北京政府教育部继续任职。就这样，从一九一二年五月至一九二六年八月，鲁迅在民国初年的教育部整整待了十四年。

一九一二年二月十九日至二十四日，鲁迅在《越铎日报》上刊登了《周豫才告白》："仆已辞去山会师范学校校长。校内诸事业于本月十三日由学务科派科员朱君幼溪至校交待清楚。凡关于该校事务，以后均希向民事署学务科接洽，仆不更负责任。此白。"

二月中旬，鲁迅怀着失望的心情告别故乡，去南京教育部任职，他感到绍兴"上自士大夫，下至台隶，居心卑险，不可施救"，希望神灵发飙，发一场洪水荡涤这里的魑魅魍魉！

第六章

寂寞新文苑 平安旧战场
——鲁迅在北京
（1912.5—1926.8）

教育部公务

一九一二年元旦十时，上海火车站欢声震天，礼炮齐鸣。一辆专用花车徐徐启行，车上坐着孙中山一行数十人。当日下午五时，车抵南京下关，从长江江面的军舰上传来了二十一发隆隆的礼炮声。当晚十一时，孙中山举行了大总统受命典礼，宣布颠覆清朝专制政府，定国号为"中华民国"，同时改用阳历。南京临时政府原拟推荐鲁迅的老师章炳麟（太炎）为教育总长，但章炳麟反对黄兴，称之为"败军之将"，因而遭到各省代表抵制。黄兴提议改由蔡元培出任，得到一致同意票。

在南京临时政府的各个机构中，教育部最不受重视。初创时期，公职人员供给食宿，月薪仅三十元。部里除总长之外，只有一个叫景耀月的次长和一名会计。最尴尬的是连个办公地点都没有，只好"暂寓旅馆"。一筹莫展的蔡元培找孙中山诉苦。这位新上任的临时大总统说："那又有什么办法呢？本来倒是有几处地方，可是军队都占去了，所以现在只好由你自己去想办法。"蔡元培便跳上人力车东奔西跑，四处拉关系托人情，最后终于找到了原江苏都督府内务司长马相伯，在南京碑亭巷借到了几间房子，于一九一二年一月十九日挂出了教育部的招牌。同年三月底四月初，孙中山辞去临时大总统之职，由袁世凯接替。教育部遂从南京迁到北京，承袭了清朝学部的全部基业，把位处北京西单教育部街路北原"学部"的两字招牌撤下，悬挂上"教育部"的三字匾额。因教育部初创时期，人手不够，蔡元培请了他的同乡友人许寿裳前来共襄盛举。其时鲁迅恰巧请许寿裳代为谋职，许寿裳便又郑重推荐了鲁迅。蔡元培说："我久慕其名，正拟驰函延请，现在就托先生代函敦劝，早日来京。"于是鲁迅先到南京，而后随部迁往北京。就这样，一九一二年二月或三月，直至一九二六年，鲁迅在民国初年的教育部整整待了十四年。

在教育部的人事安排方面，鲁迅对蔡元培的某些做法持有异议（如通过私人关系让蒋维乔当秘书长），但对这位新总长的教育主张——如注重美育却深表赞同，积极辅佐。"美育"这个专有名词是民国元年蔡元培从德文的 Asthetische Erziehung 译出，为中文前所未有，但如今已跟智育、德育、体育等同样引起了教育家的重视。

蔡元培推行的美育包括了以下七个方面的内容：一、造型美术。二、音乐。三、文学。四、演剧。五、影戏。六、留声机与无线电播音机。七、公园。为了实施蔡元培的上述主张，鲁迅做了以下具体工作。一、参与了教育部美术调查处的领导工作，派员前往沈阳考察清宫的美术物品，参与筹备了全国儿童艺术展览会。二、参与国歌审定。当时教育部废去袁世凯称帝时的国歌，恢复《卿云歌》为国歌。陪同蔡元培审听时，他谦虚地说："我完全不懂音乐"。三、担任通俗教育研究会小说部主任，制定《审核小说之标准》，提倡"上等小说"，包容"中等小说"，限制或查禁"下等小说"。所谓"下等小说"，系指那些"立意偏激""语涉猥亵""意涉荒谬""迷信太过"或"有害道德及风化"的作品。四、到天津考察新剧。"新剧"即文明戏，是早期现代话剧。五、考察天坛和先农坛，为把这两处古迹开辟为公园做准备。

为了贯彻蔡元培提倡美育的主张，鲁迅还在教育部主办的"夏期美术讲习会"上作系列讲演，总题为《美术略论》。这次讲演在教育部大礼堂进行，听众多时约三十人，少时竟无一人，但鲁迅不考虑听众多少，坚持认真讲授。一九一二年七月十七日讲演，开始会场只有一人，鲁迅照讲不误，最后陆续来了十人，结束了这场系列讲座。

令人遗憾的是，《美术略论》讲稿已佚。但从一九一三年二月鲁迅在《教育部编纂处月刊》第一卷第一册发表的《儗播布美术意见书》中可以了解讲演的一些内容。

当今所说的美术，主要指造型艺术，包括绘画、雕塑、工艺美术、建筑艺术等。但鲁迅当时所说的"美术"范畴较宽，相当于当今所说的文艺。鲁迅认为人有两种天性：一是感受，二是创作。比如在海边观看日出，在公园欣赏奇花异草，情绪都会受到感染。人群中那些艺术感受能力强的人，就会因此产生一种创作的冲动。文艺有三要素：一是客观世界（即"天物"），二是构思（即"思理"），三是典型化（即"美化"）。所以单纯形似的作品，罕见的作品，陆离斑驳、刺激性强的作品，都不能等同于真正的文艺。

鲁迅还介绍了柏拉图、黑格尔等西方学者的文艺观，并指出文艺的目的和功能，一是可以成为文化的表征，二是可以作为教育的辅翼，三是可以作为经济发展的动力。鲁迅建议，推动中国文艺发展，应该从建设、保存和研究这三个方面着手：在"建设"方面，如兴建美术馆、剧场、音乐堂，举办美展，开展文艺评奖，译介外国文艺经典；在"保存"方面，除保护文物古建之外，还要保护自然生态，修建动物园、植物园；在"研究"方面，可以组建中国古乐研究会，以及组建"国民文术研究会"，广泛收集各地歌谣、俚谚、传说、童话。

袁世凯继任中华民国大总统之后，各派军阀在帝国主义和买办豪绅阶级的支持下，穷兵黩武，相互间进行着连绵不断的战争。在鲁迅任职期间，北京政府就更换过三十八次教育总长，二十四次教育次长。人事的频繁更迭，是各派军阀之间倾轧排挤、矛盾重重的具体表现。在蔡元培辞去教育总长职务之后，教育部大多数部员群居终日，言不及义。经常不上班、杳如黄鹤者往往受重用，而真正办事的职员反而受到打击、排挤。鲁迅极端厌恶那些在教育部的破脚躺椅上摆出一副螃蟹姿态而又不学无术的名公巨卿，极端鄙视那些上班之后专门喝清茶、唱京戏，甚至无聊到用拂尘不断掸土借以消磨时光的尸位素餐的同僚们。在这种腐败不堪的环境中，鲁迅仍然尽力做一些于社会有益的工作，像一株亭亭净植、高标挺秀的莲蓬，屹立在污浊不堪的泥塘之中。

鲁迅在教育部，被任命为社会教育司第一科科长兼教育部佥事。"佥事"是一种职位，相当于四等或五等文官。"科长"是一种具体职务，社会教育司第一科的管辖范围包括博物馆、图书馆、美术馆、动植物园以及文艺、音乐、演剧等事项，实际上就是当时关于文化艺术方面的最高管理机构。

鲁迅在教育部的主要贡献之一是筹建历史博物馆。该馆创始于一九一二年，筹备处原设在国子监的彝伦堂内；一九一八年迁移新址，以天安门内的午门城楼为陈列室。在北洋军阀统治时期，帝国主义的"考古家"联翩而至，恣意劫掠我国的珍贵历史文物；腐朽透顶的军阀官僚对于古物的态度，也是不偷盗则糟蹋。比如原清政府存放于内阁大库中的一批古籍和文物（即所谓"大内档案"），就被装进八千只麻袋塞进国子监的敬一亭中，长期无人过问，任其烂掉、霉掉、蛀掉、偷掉，到后来又被当作废纸，卖给纸店做再生纸的原料。鲁迅对当局侵吞和糟蹋文物的行径深感愤慨。在筹备历史博物馆期间，鲁迅多次将自己辛勤搜集的文物捐赠给该馆，对该馆的藏品更是倍加珍视，一九一三年十一月二十日，历史博物馆将十三种藏品送至教育部，准备交德人米伯和带至莱比锡参加翌年举行的国际雕刻博览会。深谙官场黑幕的鲁迅懂得：军阀时代，官盗不分。为了保证这批文物的安全，鲁迅特意回家取来两条毛毡，宿于部中，不眠至晓。一九二五年，杨柳吐绿抽芽的时候，鲁迅还亲自带领女师大国文系的学生登上午门，参观历史博物馆的各种陈列。这里的展品告诉人们，我们的祖先勤劳而又聪颖。他们创造了指南针、火药、印刷术和纸张，织出了举世惊叹的丝绸绢帛。那地震仪中含珠的龙头，能听到大地的脉搏；那指南车上旋转的人形，能辨认征战的路线……这里的展品又清晰地昭示：我们的祖先五千年来走过的是一段坎坷艰辛的历程。那远古的瓦缶，曾经盛满他们苦涩的眼泪；那出土的箭矢，仍遗留着民族杀戮和阶级压迫的血痕。参观之后，原来仅仅感到快意的学生也不禁陷入了沉思：何时才能使我们古老的文明重新放射出旭日般的光泽？怎样才能不使我们祖先的才智荣耀沉积在历史的河底？

图书是人类精神的食粮，进步的阶梯，智慧的明灯。一个国家图书事业的状况，往往能成为判断这个国家整体文化水平的重要标志。鲁迅在教育部供职期间，为改组、发展当时的国家图书馆——京师图书馆也付出了很大的精力。京师图书馆创建于一九〇九年（宣统元年）七月，一九一二年八月二十七日正式开馆。开馆之初，藏书不多，善本书和阅览书的总数仅有五千四百二十五部。鲁迅为了充实馆藏，于一九一二年秋就以教育部的名义调各省官办书局所刻书籍入藏该馆。次年，又以教育部名义将一部铜活字印的中国大型图书——《古今图书集成》调拨给京师图书馆。一九一六年四月，鲁迅还通过政事堂取得内务部的同意，明文规定凡经内务部立案的出版物均应分送京师图书馆一份庋藏。同年，他还以教育部名义为京师图书馆征取各省区最新修刊的志书和征求各种著名的碑碣石刻拓本。在《鲁迅日记》中，还有他多次将中外书刊捐赠京师图书馆的记载。特别需要提及的是，《永乐大典》（残本）与文津阁《四库全书》这两部举世闻名的重要典籍，也是经过鲁迅的据理力争才移藏京师图书馆，免遭散失的厄运的。此外，鲁迅还四处奔走，为京师图书馆及其分馆择定馆址。为了拟定京师图书馆的年度预算和改组方案，鲁迅甚至累得"头脑岑岑然"。鲁迅苦心孤诣地保护我国重要典籍与历史文献资料，奠定了今天北京图书馆丰富馆藏的基础。

鲁迅在教育部供职期间参加的学术活动，主要是在读音统一会提议采用注音字母。读音统一会的职责是审定国音，标定音素，采定字母。会员资格须具备下列四个条件中的一条：一、精通音韵；二、深通文字学；三、通一种或两种以上外国文字；四、熟悉多处方言。这些条件，鲁迅几乎全部具备，因此被教育部延聘为该会会员。一九一三年二月，读音统一会在教育部礼堂召开。莅会者除教育部延聘的会员，还有各地代表及蒙、藏、华侨代表共四十四人。会议经过一个多月工作，审定了六千五百余字的国音；但在核定音素、采定字母时，却产生了激烈的争议。由于在学术辩论背后又隐藏着政治纷争，所以会场变成了角斗场。会员们互相破口大骂，乃至抢起板凳动武。会议正、副主席吴稚晖与王照也参加了这场混战。鲁迅回忆说，王照为了入声存废问题，曾和吴稚晖大战，"战得吴先生肚子一凹，棉裤也落了下来"。当各种意见争持不下时，鲁迅等五人根据章太炎在民元前四年拟定的一套标音符号加以斟酌损益，拟定了三十九个注音字母。这些字母采用的是笔画最简而音读与声母韵母最相近的古字，适于借用来做注音符号，因此表决时以多数票通过。鲁迅等人提议并于一九一八年底由教育部正式颁布的这套注音字母，在新中国建立后新的拼音文字公布之前，对帮助人们记音识字产生过重要的辅助作用。

业余时间，鲁迅还抄录、校辑了《谢承后汉书》《嵇康集》《云谷杂记》《唐宋传奇集》等十余种古籍，搜集了五千多种汉魏六朝和唐代的碑铭、墓志、石刻画像的拓本，购置了不少辅助其考证工作的古物（如古砖、瓦当、土偶、铜镜、钱币、弩机等），比较系统地阅读了佛学经典……鲁迅进行这些工作，不仅是为了研究中国的思想史、文学史、美术史、字体变迁史，而且是想通过解剖中国的历史和民族文化遗产来研究中国数千年封建社会的本质，发掘我们民族的精神特质，进一步探寻中国社会的出路。在这种默默的工作背后，跃动着鲁迅的一颗炽热的心。

鲁迅在教育部供职期间，尊孔复古的乌云笼罩着中国的天空。尤其是袁世凯时代，不但恢复了尊孔祭典，而且还新做了古怪的祭服，妄图用儒家学说做"敲门砖"替袁世凯敲开"龙庭宝座"的大门。对于教育部尊孔复古的举措，鲁迅多次进行了抵制和揭露。一九一二年九月二十八日，教育部在孔庙演出了一出"祭孔"大典。参加祭典的仅三四十人，或跪或立，或旁立而笑，还有人在旁边破口大骂，致使典礼顷刻间便草率结束。鲁迅在当天日记中寥寥数笔，就活画出这次祭孔活动荒诞可笑的情景。一九一四年，鲁迅又跟其他五位同事一起签名写信给当时的教育总长，反对"读经祭孔"，并将信另抄一份摊在办公桌上，部里的职员都竞相来阅。这封信有如一枚炸弹，冲破了教育部令人窒息的空气。一九一六年秋，教育部对袁世凯任总统时制定的《教育纲要》进行讨论。鉴于这一纲要以"尊孔尚孟"为宗旨，鲁迅在征询意见的"说帖"上签注意见，旗帜鲜明地主张对这一纲要"根本取消"、"明文废止"。对于各地呈请表彰节烈和实行尊孔措施的公文，鲁迅只要看到，也无不主张驳回。例如有一次，山西大学堂"崇圣会社"递交了一份尊孔崇圣的呈文，要求在山西大开文庙，提倡崇圣，昌明孔教。鲁迅指出，"崇圣会社"这个名称就可笑，更不要谈内容了。但是对于这种现象不能仅止于嘲笑，而应该认真剖析产生的社会根源。后来，由于鲁迅等人的抵制，社会教育司以"民国祀典尚未制定"为理由，巧妙地驳回了这份经袁世凯批转的呈文。

在北洋军阀统治时期，经费支绌是国家机构中普遍的现象。而在政府各部中，教育部又被称为"第一穷部"，不仅领薪金要领签、排班、等候、受气，而且经常积欠，需昼夜奔走，向国务院呼号，向财政部坐讨，才能索取到一小部分，真所谓"盼薪不至泪斑斑，薪在虚无缥缈间"。据鲁迅一九二六年统计，教育部欠他薪金已达两年半以上，共计九千二百四十多元。因此鲁迅幽默地把自己称为"精神上的财主"、"物资上的穷人"。当时，教育部部员曾组织索薪团，冒着被反动军警打得头破血流的危险，包围财政部，要求补发欠资。鲁迅也曾参加过这种索薪斗争。

在教育部供职，是鲁迅前期主要的社会职业。鲁迅利用他的职务，一方面为中国的文化教育事业作出了力所能及的贡献，另一方面又从政府机构内部洞察到北洋军阀的黑幕，这对他的创作活动和思想发展都产生了一定的影响。五四运动之后，鲁迅勇猛地投入了新文化运动，他在教育部就基本上没有再做什么实际工作了。

《新青年》同人

一九一九年五月四日，北京三千多名爱国学生在天安门广场发出了振聋发聩的吼声:"中国的土地可以征服而不可以断送!中国人民可以杀戮而不可低头!国亡了!同胞们起来!"学生们手执的白旗上写着"还我青岛""保我主权""取消二十一条"等标语口号,抗议巴黎和会决定将第一次世界大战中战败国德国在山东的权益转让给日本。鲁迅当天上午去教育部同事徐吉轩家,为其父吊丧,不知道天安门的情况。下午原山会初级师范学堂的学生孙伏园来,他刚参加完上午的游行。鲁迅详细询问天安门大会场的情形,还详细询问大街上游行的情形,对爱国青年的一举一动都表示关切。据孙伏园回忆,鲁迅"怕青年上当,怕青年吃亏,怕青年不懂得反动势力的狡猾与凶残,因而敌不过反动势力。"[①]

这一年,鲁迅三十八岁,在今天可以称之为大龄青年。陈独秀比鲁迅稍长,四十岁,介乎青年与中年之间。其他一些风云人物却小于鲁迅,比如周作人三十四岁、钱玄同三十二岁、李大钊三十一岁、胡适二十八岁,刘半农与胡适同年,也是二十八岁。他们同属于新文化运动营垒。按照一般说法,五四爱国运动虽然发生在一九一九年,但五四新文化运动以一九一五年《青年杂志》和《科学》杂志的创刊为上限,以一九二三年科学与玄学的论争平息为下限。这场运动包括了思想革命和文学革命两方面的内容。"文学革命"在形式上主张以白话文为正宗,内容上以反帝反封建为时代特征。"思想革命"则是强调以民主和科学的精神来培养一种新的人生观和世界观,铸就一种自决、自主、独立的人格。

鲁迅与五四新文化运动的风云人物结缘主要是通过《新青年》。这是一份杂志,不是一个组织严密的社团。《新青年》的前身是一九一五年九月十五日创刊的《青年杂志》。这是一份综合性的文化批评刊物,之所以以"青年"为刊名,是因为"青年如初春,如朝日,如百卉之萌动,如利刃之新发于硎,人生最可宝贵之时期也。青年之于社会,犹新鲜活泼细胞之在人身"。[②]《青年杂志》的主编是刚从日本留学归国的陈独

① 见《五四运动中的鲁迅先生》,《中国青年》1953 年第 9 期。
② 见陈独秀《敬告青年》,《青年杂志》1 卷 1 号。

秀，协编者有易白沙，又得到了高一涵等人的支持，由于高擎了民主和科学两面大旗，即陈独秀在《〈新青年〉罪案之答辩书》中所说的"拥护那德莫克拉西（Democracy）和赛因斯（Science）两位先生"，因此受到了进步青年的欢迎，产生了巨大的社会反响。

从一九一六年九月一日出版的二卷一号起，《青年杂志》更名为《新青年》。陈独秀在《新青年》一文中解释说，"新青年"与"旧青年"在生理上和心理上都存在"固有绝对之鸿沟"：旧青年在生理上"美其貌"而"弱其质"，是白面书生，东方病夫；在心理上是"以做官发财为人生唯一之目的"。而"新青年"在生理上应该壮健活泼，威武陵人；在心理上应该有"真实新鲜之信仰"，"内图个性之发展，外图贡献于其群"，以身体强健、职业正当为幸福。从编辑者来区分，《新青年》大体可分为三个时期：一、一九一五年九月至一九一七年夏，陈独秀主编。二、一九一七年夏至一九一九年十一月，陈独秀与其他五四新文化运动前驱合编共办。三、从一九一九年十二月一日出版的七卷一号起又由陈独秀一人编辑。一九二〇年九月以后，由于陈独秀全力投入了中国共产党的筹建工作，陈望道分担了《新青年》的编务，陈独秀成为了刊物的精神指导者。刊物由文化刊物变成了中国共产党上海发起组的机关刊物。

鲁迅与《新青年》发生关系主要在这份杂志第二时期。

一九一七年一月，陈独秀从上海到北京，任北京大学文科学长，《新青年》也随之迁到北京，由陈独秀一人主编改为同人刊物。编辑部就设在陈独秀所住的东安门箭杆胡同九号。一九六〇年六月一日，沈尹默先生对《鲁迅传》摄制组谈到《新青年》北迁的经过。大意是：

一九一六年十一月底，沈尹默到北京大学法学院替马寅初代课，在琉璃厂忽遇陈独秀。沈问陈何时从上海来北京，陈说刚来不久，为上海亚东书局招股，住在前门外旅店。沈尹默了解到北京大学正缺文科学长，便向北大校长蔡元培推荐了陈独秀。蔡非常赞成，约陈独秀来谈，陈说他正在上海为群益书社编辑《新青年》，无法分身。蔡说无妨，把杂志挪到北大来办就好了。于是陈独秀接受了北大的聘请。

从一九一七年八月一日出版的《新青年》第四卷第三期开始，宣布

"所有撰译悉由编辑部同人共同担任，不另购稿"。编辑有陈独秀、胡适、鲁迅、周作人、钱玄同、刘半农、沈尹默，经常在文科学长办公室商量编务，每期推出一个执行编辑。沈尹默有眼疾，又没有编辑经验，一直推辞，钱玄同和刘半农就自告奋勇替他编，后来胡适反对这种轮流编的办法，他认为刘半农根本不配当编辑，不如干脆由他一人来编。钱玄同很生气，说："你反对刘半农编，我反对你编。"周氏兄弟说："你一人编，那我们就不投稿了。"空气顿时紧张起来，沈尹默便出来调和。沈对胡说："你也别一人编了。《新青年》是仲甫带来的，干脆仍旧还给仲甫，让仲甫单独去编吧。"胡适未能遂愿，对沈尹默不满，给沈取了一个外号，叫"鬼谷子"，含有"阴谋家"的贬义。同样的意思，沈尹默又写进了《我和北大》一文，收入中国社会科学出版社出版的《五四运动回忆录》（续编）。

沈尹默是当事人，他的回忆当然极具参考价值，不过，可能由于记录整理的问题，也可能由于沈尹默本人的记忆问题，必须作一些订正和补充：

一、推荐陈独秀到北大的还有一位重要人物，叫作汤尔和。蔡元培在《我在北京大学的经历》一文中写道："我到京后①，先访医专校长汤尔和君，问北大情形。他说：'文科预科的情形，可问沈尹默君，理工科的情形，可问夏浮筠君。'汤君又说：'文科学长如未定，可请陈仲甫君；陈君现改名独秀，主编《新青年》杂志，确可为青年的指导者。'"这篇文章也提到汤尔和建议蔡元培征求沈尹默意见，所以对沈的回忆和蔡的回忆，应互相参照，而不应用排他法。

二、一九一九年《新青年》六卷一号目录页后有一张《本杂志第六卷分期编辑表》：

第一期，陈独秀

第二期，钱玄同

第三期，高一涵

---

① 指 1916 年冬蔡元培从法国归国，经上海到北京。

第四期，胡　适

第五期，李大钊

第六期，沈尹默

浏览各期内容，与轮流值编者的倾向有密切关联，比如第一期刊登了陈独秀的《本志罪案之答辩书》，第四期卷首发表的是胡适的《实验主义》，第五期刊登了李大钊的《我的马克思主义观》。但是，值编者中没有鲁迅、周作人和刘半农。

三、《新青年》并没有一个正规的编辑部或编委会。轮流值辑的办法实行过一段时间，但并不限于"分期编辑表"中署名的六位。比如陶孟和就是值编者之一。他还替周作人修改过译文《小小的一个人》，被周作人称之为"一字师"。鲁迅和周作人没有值编，准确身份是《新青年》的重要撰稿者，说成"同人"和"客师"亦可。他们列席过《新青年》的编辑会议，重大问题也会征求他们的意见。从胡适一九二一年一月二十六日致《新青年》同人信来看，除周氏兄弟外，作为同人的还有王星拱（字抚五）、张慰慈。

在《新青年》同人中，鲁迅最怀念的是李大钊。他说："我最初看见守常先生的时候，是在独秀先生邀去商量怎样进行《新青年》的集会上，这样就算认识了。不知道他其时是否已是共产主义者。总之，给我的印象是很好的：诚实，谦和，不多说话。《新青年》的同人中，虽然也很有喜欢明争暗斗，扶植自己势力的人，但他一直到后来，绝对的不是。"李大钊被奉系军阀逮捕之后，鲁迅在一九二七年四月二日撰写了《庆祝沪宁克复的那一边》表示牵挂："忽而又想到香港《循环日报》上所载李守常在北京被捕的消息，他的圆圆的脸和中国式的下垂的黑胡子便浮在眼前，不知他现在怎么样。"李大钊壮烈牺牲后，鲁迅于一九三三年五月二十九日为他的遗著《守常全集》撰写了《题记》。

鲁迅最感激的是陈独秀，他是催促鲁迅创作小说并结集出版"最着力的一个"[1]。陈独秀在给周作人的信中，表示对鲁迅的小说"实在五体

① 见《南腔北调集·我怎么做起小说来》。

投地的佩服"。他希望重印周氏兄弟合译的《域外小说集》，并建议鲁迅把他在《新青年》和《新潮》上的作品"剪下自加订正"，结集出版①。鲁迅去世之后，陈独秀撰写了《我对于鲁迅之认识》一文，指出周氏兄弟"都有他们自己独立的思想，不是因为附和《新青年》作者中的哪一个人而参加的，所以他们的作品在《新青年》中特别有价值，这是我个人的私见。鲁迅先生的短篇幽默文章，在中国有空前的天才，思想也是前进的。"②

　　跟鲁迅关系较为复杂的是胡适。《新青年》时期胡适留给鲁迅的印象应该是城府颇深。在《忆刘半农君》一文中，鲁迅将陈独秀与胡适进行了对比："假如将韬略比作一间仓库罢，独秀先生是外面竖一面大旗，大写道：'内皆武器，来者小心！'但那门却开着的，里面有几枝枪，几把刀，一目了然，用不着提防。适之先生是紧紧的关着门，门上粘一条小纸条道：'内无武器，请勿疑虑'。这自然可以是真的，但有些人——至少是我这样的人——有时总不免要侧着头，想一想。"虽然如此，鲁迅与胡适之间当时还是彼此敬重，相互支持，协同作战。鲁迅强调"改良思想是第一事"，就是为了矫正胡适"文学革命"理论有倾斜于形式方面的偏颇。无意于摘取"诗人"桂冠的鲁迅勉力创作了六首白话诗，显然也是响应胡适挣脱旧体诗词镣铐的主张，为他擂鼓助阵。在中国小说史研究领域，鲁迅与胡适更是频频交换资料，取长补短。鲁迅的著名小说《孔乙己》也是经胡适之手编辑发表的。胡适直至晚年仍承认，鲁迅在《新青年》时代是个健将，是个大将，在社会上成为一种力量。

　　《新青年》同人中鲁迅最感亲近的是刘半农，主要原因是他心地透明。据鲁迅日记记载，一九一八年至一九一九年，他们来往就有四十余次。特别是一九一八年除夕之夜，刘半农在绍兴会馆跟周氏兄弟把酒论文，谈得酣畅淋漓。事后刘半农写了一首新诗《除夕》，发表在《新青年》

①　见《历史研究》，1979 年第 5 期。
②　见 1937 年 11 月 21 日上海《宇宙风》十日刊第 52 期。

四卷三号，成为了这次雅聚的历史记录：

（一）

除夕是寻常事，做诗为甚么？

不当是除夕，当作平常日子过。

这天我在绍兴县馆里，馆里大树甚多，

风来树动，声如大海生波。

静听风声，把长夜消磨。

（二）

主人周氏兄弟，与我谈天——

欲招"缪撒"，欲造"蒲鞭"，

说今年已尽，这等事，待来年。

（三）

夜巳深，辞别进城，

满街车马纷扰；

远远近近，多爆竹声。

此时谁最闲适？

地上只一个我，天上三五寒星。

这首诗里的"缪撒"通译为"缪斯"，希腊"九艺女神"之一，掌管文学艺术。"蒲鞭"原为日本杂志中一个专栏名称，刊登评论文章鞭策编译界的进步。刘半农跟周氏兄弟都有在《新青年》增设这类专栏的想法，但担心不易实行。由此可见，在五四爱国运动爆发前夕的除夕之夜，刘半农跟周氏兄弟都是希望来年灵感勃发，文风再振，继续推动新文化运动的车轮前行。

鲁迅认为五四新文化运动中的刘半农活泼、勇敢，很打了几次大仗。其中最快人心的是"跳出鸳蝴派，骂倒王敬轩"。刘半农原名半侬，曾在鸳鸯蝴蝶派的刊物《红玫瑰》当记者，一度希望享受"红袖添香夜读书"的艳福。五四狂飙吹醒了他的才子佳人梦。他将"半侬"改为"半农"，就是力图"扫除腻粉呈风骨"，"跳出鸳蝴派"。由于他的名字中的"农"字去掉了一个单立人旁，所以鲁迅见到他时开玩笑说："哦！丢了人了，到这里来找人的吧。""骂倒王敬轩"，指钱玄同与刘半农唱的一出双簧戏。一九一八年三月十五日，钱玄同化名"王敬轩"，将守旧派攻击新文化运动的观点用文言文写成一封长信，刊登于《新青年》四卷三号，说《新青年》诸君子"诋毁先圣，蔑弃儒书"，导致"士气嚣张，人心浮动，道德败坏，一落千丈"。而后刘半农以《新青年》记者身份用白话文写了一篇长文，对"王敬轩"的厥辞逐段逐句予以批驳。刘半农对守旧派的观点用"不学无术，顽固胡闹"进行概括，要他们把这八个字"生为考语，死作墓铭"。由于这篇答辩文章把守旧派批驳得酣畅淋漓，新文化营垒觉得舒了一腔闷气。刘半农还有一个贡献，就是创造了一个"她"字，作为女性专用的人称代词。他的这一创造沿用至今，丰富了中国语言文字的表达力。周作人对刘半农也有传神的描绘："君状貌英特，头大，眼有芒角，生气勃勃，至中年不少衰。性果毅，耐劳苦，专治语音学，多所发明。又爱好文学美术，以余力照相，写字，作诗文，皆精妙。与人交游，和蔼可亲，善谈谐，老友或与戏谑以为笑。"①

跟鲁迅由亲密到疏离的是钱玄同。他是著名的语言文字学家，留学日本期间跟鲁迅同为章太炎门下弟子。他在五四新文化运动中也是一位骁将。鲁迅为中国新文学奠基的小说《狂人日记》，就是由于钱玄同的鼓励敦促而创作的。

为前驱者呐喊

北京宣武门外有一条僻静的胡同——南半截胡同。胡同里有一个僻静的小院——绍兴会馆的"补树书屋"。院中原有一株开着淡紫色花朵

---

① 引自《故国立北京大学教授刘君墓志》。

的楝树。后来楝树不知怎么被折断了，就又补植了一株槐树，"补树书屋"的名称就由此而来。如今，这株槐树躯干的横断面上已经出现了第七十六道年轮，在它侧面书房中度着漫漫长夜的鲁迅也在人生的道路上经历了三十八个春秋。古语云："三十而立。"三十八岁，这正是生命之树结果的时光。然而，中年时代的鲁迅由于饱经忧患，宽阔的额头上已经漾出了皱纹——这是历史倒转的车轮在他额上留下的辙印。

辛亥革命之后，国家的情况一天比一天更坏：一九一五年十二月十二日，袁世凯称帝，做了八十三天的短命皇帝；一九一七年七月，辫帅张勋又刮起了一阵阴风，把废帝溥仪从故宫抬出来，演了一出十二天的复辟丑剧。目睹这种"狐狸方去穴，桃偶已登场"的政局，鲁迅产生了怀疑和苦闷。就是在这种情绪的笼罩下，鲁迅埋头于整理古籍，研究佛学，搜集金石拓片。他在孤独中思索着辛亥革命的教训，在尖锐的思想矛盾中不倦地探寻着中国变革的新路。

正当鲁迅在补树书屋过着"槐蚕叶落残碑冷"的生活的时候，涅瓦河上响起了"阿芙乐尔号"的炮声。俄国沙皇盘踞的冬宫熄灭了最后一支蜡烛，新世纪的曙光显露在薄明的天空。在这个伟大的历史转折关头，时代精神的钥匙终于开启了鲁迅心灵的门扉。鲁迅热情赞颂"有主义的人民"："他们因为所信的主义，牺牲了别的一切，用骨肉碰钝了锋刃，血液浇灭了烟焰，在刀光火色衰微中，看出一种薄明的天色，便是新世纪的曙光。"①

人们不会忘记"补树书屋"那位手提大皮夹的胖胖的来客——鲁迅的老同学钱玄同。他在东京《民报》社听章太炎讲学时，常在席子（即日本的"榻榻米"）上爬来爬去，因此被同学戏称为"爬翁"。一九一五年，钱玄同已兼任北京大学中文系教授，一九一七年秋又参与《新青年》编务。但刊物的赞同者和反对者均寥寥，如同奔驰于毫无边际的沙漠。在寂寞中，钱玄同想到了留日时期曾经慷慨激昂地提倡文艺运动的鲁迅，便敦促他为《新青年》撰写稿件，以完成他蓄志已久的事业。在

---

① 引自《热风·随感录五十九"圣武"》。

钱玄同的鼓励下，鲁迅感到旧社会虽然像一间"绝无窗户而万难破毁"的"铁屋子"，但只要惊起了里面较为清醒的几个人，就不能说绝没有毁坏这铁屋的希望。鲁迅处于冰结状态的火焰般的热烈的爱憎，以及原来储存的生活素材如同火药一样，由于时代的气温适度，又有钱玄同的约稿这一导火线的触发，终于爆发出了灿烂的思想和艺术火花。

当鲁迅重新挥笔上阵的时候，他首先想起了前不久偶尔读过的《资治通鉴》。这是北宋司马光主编的一部编年体通史。鲁迅从中了解到，像春秋时代齐国的大臣易牙把儿子蒸熟了献给齐桓公品尝这类令人战栗的故事，在中国历史上原来是司空见惯的事情。易牙为了表示对君主的忠诚，居然忍心杀死自己的亲骨肉，这有多么残忍！但当齐桓公病倒以后，易牙又纠结同伙相与作乱，使齐桓公粒米不得食，可见他的"忠"是何等虚伪！鲁迅又想起了清末刺死安徽巡抚恩铭的光复会元老徐锡麟。他刺杀安徽巡抚恩铭时不幸被俘，连心肝都被恩铭的卫队剜出来炒着吃了。

在中国史籍上，类似的吃人记载屡见不鲜。除鲁迅作品中提到的《资治通鉴》和小说中涉及的《左传》《管子》之外，还可以找到很多例子。比如元末明初陶宗仪在《辍耕录》卷九中记载："淮右之军嗜食人，以小儿为主，妇女次之，男人又次之……或以铁架上生炙；或缚手足，先用沸汤浇泼，后用竹帚扫去苦皮；或乘夹带中，入巨锅活煮……男人止断其腿，妇女特剐其两乳，酷毒万状，不可具言。"《三国志》记载，吴将高澧"嗜杀人而饮其血，日暮必于宅前后掠人而食之"。《五代史》记载："赵思绾好食人肝，及长安城中食尽，取妇女幼稚为军粮，每犒军辄屠数百人。"就在一九一五年，即《狂人日记》创作前三年，在鲁迅所住绍兴会馆附近的宣外教场六条胡同还演出了"礼教吃人"的一幕。据当年二月九日北京《大自由报》报道："宣武门外教场六条胡同潘姓孀妇，年逾五旬，膝下无嗣，仅有一女，年届二八，尚未字人。近因母病甚重，医药调治无效，日昨病势剧增。该女万分焦灼，毫无善法，遂将右腿割肉一条，煎于药内……"

在鲁迅的脑海中，还浮现出了他的姨表弟阮久荪的影子。这个青年原是浙江法政专门学校学生，后来到山西一带游幕。他置身于封建官场中，看到人会怎样骗人，怎样卖友，怎样吮血，痛感自己的抱负得不到施展。他在一首题为《寄友》的五言律诗中写道："雨声连不断，春愁断复连；此时怀友意，何日诉君前。壮士容无地，诗家别有天；一灯孤榻里，相对抱书眠。"由于长期抑郁寡欢，阮久荪得了一种叫"迫害狂"的病症。他在幻觉中感到山西繁峙县的绅商各界到处撒下了罗网，必欲置他于死地而后快。一九一六年十月他逃到北京，仍然觉得时刻有人追踪，经常流露出恐怖的神情和发出凄惨的喊叫。鲁迅为他延医诊治后，派人护送他回绍兴，不久病愈，靠坐馆教学为生，一九三五年患阑尾炎病逝。

鲁迅《狂人日记》中体现的对旧家族制度和旧礼教的怀疑精神，还受到了一些进步思想家的影响，其中就有戴震；但很少有人提及。戴震（1724—1777），字东原，安徽休宁（今屯溪市）人，清代著名思想家。他十岁入塾时，就对程朱理学提出了质疑。他认为，朱熹是南宋人，孔子是东周人，两人相距两千年，朱熹如何能对孔子学说全盘理解？他强调"学者当不以人蔽己"，也"不以己自蔽"。这就是科学的求真精神，科学的怀疑精神。鲁迅在东京师从章太炎。太炎先生曾表彰戴震，说他不服宋儒，揭露宋明理学"存理灭欲"的禁欲主义是"以理杀人"的工具。戴震说："人死于法，犹有怜之者；死于理，其谁怜之。"这是中国近代反叛封建旧道德的先声，给青年鲁迅留下了深刻的记忆。

就这样，这些纷至沓来的人物和思想，像无数条光柱从四面八方射向鲁迅的心中，而后汇集到"人的解放问题"这个聚光点上。为了掀翻封建统治阶级摆设的人肉筵宴，鲁迅运用"杂取种种人，合成一个"的典型化手法，孕育了一个既有狂人病理特征又有反封建战士精神本质的独特形象。鲁迅借助这个现实性与象征性互相渗透的双重色彩的人物，对封建家族制度和礼教的弊害进行了剔肤见骨的揭露。"狂人"用他如炬的目光，透过峨冠博带的封建史家在每页上都写着"仁义道德"几个字的历史，看到了字缝中隐藏着的"吃人"二字。"狂人"还用黄钟大吕般的声音提出了"将来容不得吃人的人活在世上"的愤怒警告，发出了"救救孩子"的战斗号召。这篇题为《狂人日记》的小说，在形式上借鉴了俄国作家果戈理的同名小说，但内容远比果戈理的作品忧愤深广，因而为中国新文学奠定了第一块基石，像号角一样震醒了封建"铁屋子"里沉睡的人们。继《狂人日记》之后，鲁迅接连又写出了《孔乙己》《药》《白光》等作品，为抨击封建制度提供了一件件活生生的罪证。一九二三年，鲁迅将这些小说集为《呐喊》一书公开出版。"呐喊"的意思，就是用文艺作品为时代前驱者助阵作战。

最早为鲁迅赢得文坛声誉的虽然是他的小说；而鲁迅日后的作品又有力地证明了他具有纯熟驾驭各类文体的卓越才能，但鲁迅终生选择的主要文学样式却是杂文。究其原因，无疑因为杂文是一种战斗的文体，更加适合于鲁迅的战士本色和中国社会的迫切需求。鲁迅将他作为哲人的睿智和作为诗人的激情全部融入到他的近千篇杂文当中。他既吸取了英国随笔（Essay）型制简短、绵里藏针、微而显著、小而见大的特色，又借鉴了魏晋文章"清峻，通脱，华丽，壮大"的文风，特别是继承了魏晋文章的"骨力"，使杂文这种文体成为了开展文明批评和社会批评的利器，给封闭僵滞的旧中国注入了活力和生机。由于五四新文化运动肩负着文学革命和思想革命的历史重任，鲁迅这一时期的杂文大多围绕这一时代主题展开，尤其是他对封建礼教和家族制度的批判，更为深刻犀利，具有内在系统性。

五四时期中国现实社会中民主主义与封建主义的斗争，反映在文学领域就形成了提倡白话文的激进派与维护文言文的守旧派的斗争。在这场论争中，鲁迅"所对付的不过一小部分"，也就是说，鲁迅并没有跟旧文学营垒的所有代表人物都展开正面交锋，而只是集中火力对付那些"学了外国本领，保存中国旧习"的人物，如"学衡派""甲寅派"诸公。

"学衡派"以《学衡》杂志得名，该杂志一九二二年一月创刊，一九三三年七月终刊，历时近十二年，断断续续印行了七十九期，其宗旨为"论究学术，阐求真理，昌明国粹，融化新知。以中正之眼光，行批评之职事。无偏无党，不激不随。"① 作者队伍约百余人，核心人物为

---

① 引自《〈学衡〉杂志简章》。

吴宓、梅光迪、胡先骕、刘伯明、柳诒徵等，多为有留学美国背景的大学教师，没有党派或官方的政治背景。刊物主要内容有三项：一，攻击五四新文化运动，反对文学革命。二，译介美国白璧德的新人文主义。三，有关国学、佛学、西洋哲学、印度哲学的专题研究。四，发表旧体诗词文赋。其中二、三、四三项显示了《学衡》同人的学术视野和学术根底；而第一项则表明他们是时代新潮中一股逆流，显示出新文化运动的反对派已呈强弩之末的势头。

　　鲁迅对《学衡》派的批判主要体现在《估〈学衡〉》这篇短文当中。鲁迅并没有跟这份刊物攻击社会主义和攻击新文化运动的观点直接交锋，而只是指出所载文言文中的一系列文理不通之处，证明这些"张皇旧学问"的学者"于旧学并无门径"，只不过是"几个假古董所放的假毫光"而已。他们将"弁言"（即序言）与"宣言"混为一谈；在不能分拆的专用名词之中镶上"之"字，如将乌托邦（英语 Utopia，即理想国）写成"乌托之邦"。《学衡》的撰稿者胡先骕是一位著名的植物分类学家，曾被毛泽东誉为"中国生物学界的老祖宗"，但他扬短避长，卖弄起了他的弱项。他在《学衡》连载了一篇《浙江采集植物游记》，在鲁迅看来"连题目都不通了"，因为"古人作记，务与游不并举，地与游才相连"。正确的表述应该是《浙江采集植物记》。最为可笑的是邵祖平所作的旧体诗《渔丈人行》，开首两句便是："楚王无道杀伍奢，覆巢之下无完家。"鲁迅指出，如果"无完家"的"家"指鸟巢，则与"覆巢"犯了重复；如果指"人家"，那除非传说中大鹏翅鸟的巢，才能有压破房子的重量。邵祖平是东南大学附中的语文教师，《学衡》杂志"文苑"专栏的主要作者之一，他的古文水平之烂，是连主持《学衡》编务的吴宓都无法否认的。吴宓在一九二三年九月十五日日记中写道："《学衡》中尽登邵君所作一类诗文，则《学衡》不过与上海、北京堕落文人所办之小报等耳。中国今日又何贵多此一杂志？"[①]就这样，鲁迅以四两拨千斤之力，轻而易举就戳穿了《学衡》派的虚弱本质。

---

① 　引自《吴宓日记》Ⅱ，第256页，三联书店1998年版。

鲁迅与胡梦华围绕《蕙的风》而展开的一场交锋，也可视为鲁迅批判《学衡》派的继续。胡梦华是梅光迪、吴宓的学生，曾在东南大学西洋文学系就读，深受梅、吴文学观的影响，对《学衡》的出版表示"恳切的欢迎"，尤其肯定《学衡》所提倡的人文主义确有存在的价值。一九二二年八月，汪静之出版了一部新诗集《蕙的风》，其中有一句"一步一回头瞟我意中人"，还有一句"一个和尚悔出家"。胡梦华认为这种情诗"堕落轻薄"，"有不道德的嫌疑"，遭到章衣萍、鲁迅、周作人等人的反驳。胡梦华在晚年承认自己当年的新诗评论"曾戴着假道学的眼镜，以讨好新女性的喜悦"①。这也就从被批评者的角度证明了鲁迅当年批评的无误。

以章士钊为首的甲寅派因创办《甲寅》月刊得名。但《甲寅》分为前后两个时期：一九一四年创办的《甲寅》反对袁世凯复辟，虎虎有生气，是进步的。一九二五年改为周刊后的《甲寅》主张尊孔读经，诋毁进步思潮，反对学生运动，成为了新文化运动的"拦路虎"。在《答 KS 君》《再来一次》等文中，鲁迅以实例证明章士钊乱用成语，错解典故，文字庞杂，陋弱可哂，使他企图从逻辑学、语言学、文化史的角度证明文言文优越的图谋彻底破产。由于"学衡派"的人物尊杜威、罗素而贬马克思，而章士钊当时更是段祺瑞执政府中的核心人物，这就使得鲁迅跟他们论争的意义超出了文学领域而带有思想批判和政治斗争的性质。

阿 Q 诞生

一九二一年十一月二十七日晚，有一位矮胖身躯的年轻人来到了八道湾十一号。他敲开了前院一间朝北的房门，迎出门的是刚搬来不到一周的鲁迅。这位年轻人就是中国现代著名的报人、编辑家孙伏园，当年二十七岁，原是鲁迅在山会师范任教时的学生。一九一九年他参与编辑

---

① 见《重印〈表现的鉴赏〉前言》，1984 年台湾再版（重印）本。

《国民公报》时，就刊登过鲁迅的译文《一个青年的梦》。其时，孙伏园正在北京《晨报》主编副刊。

北京《晨报》的前身是《晨钟报》，一九一六年八月十五日创刊，是以梁启超、汤化龙为首的改良派政团——进步党（后改为宪法研究会，即研究系）的机关报。一九一六年上半年，李大钊从日本留学归国，汤化龙请他主编《晨钟报》。因与汤化龙意见不合，李大钊担任总编辑不到两个月就辞职了。一九一八年九月，北京有八家报纸（包括《晨钟报》）因披露了段祺瑞向日本大借款的消息而遭封闭。同年十二月，《晨钟报》改名为《晨报》继续出版，共出两千三百一十四期，一九二八年六月五日终刊。

《晨报》每份两张，共八版，其中第七版专载小说、诗歌、小品及学术演讲录等。一九一九年二月七日，《晨报》改革了它的第七版，又吸收李大钊等参加编辑工作，使之成为宣传新文化运动和社会主义思想的重要阵地。

一九二〇年，孙伏园开始主编《晨报》第七版。一九二一年十月十二日，《晨报》第七版宣告独立，改出四开单张，由鲁迅命名为《晨报附刊》。"附刊"也就是另外一张的意思。该刊报头"晨报副镌"四个字由《晨报》总编辑蒲伯英书写。蒲伯英，原名殿俊，字沚盦，四川广安人，留学日本，是清末四川铁路风潮的代表，曾任四川谘议局长，一九三四年病逝。他当时对《晨报》第七版的改革持赞成态度。一九二五年后，《晨报附刊》为新月派主持，至一九二八年六月停刊。

孙伏园此番见到鲁迅，一开头便笑嘻嘻地说："先生，我们报纸新添了一个栏目，叫作'开心话'，每周一次。您给我们写点东西吧。"孙伏园深知鲁迅的同情和助力是在青年人一边，他的请求不会被拒绝的。孙伏园的判断完全正确。鲁迅那时虽然居住条件很差，晚上睡在做通道的屋子里，只有一扇后窗，连好好写字的地方都没有，但他仍然答应了孙伏园的请求。

写什么呢？这时，鲁迅脑海中浮现出了一个打杂的短工，赤背、赤脚、黄辫子、厚嘴唇，头戴一顶黑色的、半圆形的毡帽，那帽边翻起一寸多高。他有农民式的质朴、愚蠢，但也很沾了些游手之徒的狡猾。他叫阿 D 吗？这位阿 D 对一切新鲜事物都看不习惯，甚至看到学生们穿黑色袜子都火冒三丈，认为一定是"新党"。他叫阿 Dn 吗？这位阿 Dn 爱跟人打架，但总是吃亏；虽然脸上一块青，头上一块肿，却骂得很起劲，使围观的人反认为他是胜利者。有次他喝醉了酒，居然跪在一位娘姨面前，连声哀求："你给我做老婆！你给我做老婆？"他叫阿 Kuei 吗？这位阿 Kuei 常小偷小摸，并将偷来的东西变卖，有时卖鸡，有时卖铜火锅，有时卖古砖。辛亥革命时期，杭州光复，绍兴城防空虚，阿 Kuei 在街上大嚷："我们的时候来了。到了明天，我们钱也有了，老婆也有了！"不，还是让主人公叫阿 Q 吧——鲁迅终于这样决定，因为"Q"这个字的样子好玩，就像阿 Q 后脑勺赘着的那条辫子。把阿 D、阿 Dn、阿 Kuei 的身影都汇集到阿 Q 身上来！

写阿 Q 干什么？真是为了寻开心吗？当然不是。多年来，鲁迅一直在深刻观察分析中国社会，竭力探索中国人的灵魂。他感到中国人在默默地生长、萎黄、枯死，就像压在大石底下的小草一样，已经长达四千年了。他想勾画出这种沉默的国民的灵魂，揭出痛苦，引起疗救的注意。画灵魂，目的是重铸国民的灵魂。而要重铸民魂，首先需要正视灵魂里的毒气和鬼气。古人云："知耻者近乎勇。"好比人体的耻部，暴露出来难免令人羞涩，但人类新的生命不正是在那里孕育，在那里诞生的吗？

在提笔为阿 Q 作传的时候，鲁迅不禁又想起了美国传教士史密斯写的一本书：《中国人气质》。早在留学日本的时候，鲁迅就读到了这本书的日文译本，译者涩江保，书名被译为"支那人气质"，东京博文馆出版。这本书的作者前后在中国居留了半个世纪，通过观察，调查，阅读报纸、小说、民谣、戏剧，他总结了中国人的一些优点，如节俭、勤劳、生命力强等，但更多的却是剖析中国人气质中跟现代人性格不协调的部分。比如，他认为"面子"的观念是打开中国人重要特性这把暗锁的钥匙，而所谓"面子"则包含有不重事实、只重形式的做戏的成分。另外，中国人在人际关系中也缺乏诚与爱。例如衙役押送犯人时忘了带脚镣，就轻易把犯人的手掌钉在大车上。即使在宗教崇拜中也缺乏诚意，比如捐款修庙，有的信徒只捐二百五十个铜钱，在功德簿上却记上一千个铜钱的账。鲁迅虽然认为史密斯对中国人的评价"错误亦多"，他所谈的"中国人气质"也不包括全体中国人，但他希望中国读者"看了这些而自省，分析，明白哪几点说得对，变革，挣扎，自做工夫，却不求别人的原谅和称赞，来证明究竟怎样的是中国人"。鲁迅在东京时就曾跟友人谈论过三个相关的问题：一、怎样才是理想的人性？二、中国民族中最缺乏的是什么？三、它的病根何在？他们同意史密斯关于我们民族缺乏诚与爱的看法，认为元、清两代奴于异族是重要的历史根源。做奴隶的人还有什么地方可以说诚说爱呢？所以，要改良我们的民族性，唯一的办法就是革命，只有革命才能铲除奴隶根性！

在留日归国之后的岁月里，鲁迅一直在继续剖析中国人的灵魂，思索疗治民族精神创伤的药方，以期实现他青年时代就立定的"立人"的文化纲领。他发现中国人自命为爱中庸，但在行动上却常常过激，并不中庸。不少中国人不敢或不愿睁眼看现实，却用"瞒和骗"的手段造出奇妙的逃路。中国人爱说自己爱和平，其实是爱斗争，自己斗，也爱看别的东西斗，诸如斗鸡、斗牛、斗鹌鹑、斗蟋蟀、斗画眉，古代还有斗鱼。闲人围着呆看，还借此赌输赢。有些中国人似乎患了健忘症。健忘，固然可以脱离精神的苦痛，但也因为健忘，往往会重蹈覆辙。比如做儿媳时受婆婆虐待，做了婆婆照样虐待儿媳；未当官时痛骂官吏，一旦当官跟前任并没有什么两样。

就这样，鲁迅在深刻解剖中国国民性的基础上，塑造出了阿Q这样一种超越时空、超越地域的精神典型。

鲁迅笔下的阿Q是不幸的。他"真能做"，却没有固定职业，只给人家做短工：割麦便割麦，春米便春米，撑船便撑船。他没有片瓦寸土，长期寄居在一处祭祀土地神和五谷神的小庙——土谷祠。他说他原本姓赵，但因太穷，财主赵太爷认为他不配姓赵，于是他从此就被剥夺了姓氏。他快三十岁了，还是光棍一条。阔人可以三妻四妾，被视为体面的事情，而他只因跪着向一位小寡妇吴妈求爱，就被大杠子敲打，不但赔了钱，而且断了生路，只剩下一条万不可再脱的裤子。阿Q这种想做奴隶而不得的境遇，使鲁迅深感悲哀。

然而身为奴隶的阿Q却不思反抗。他有一种不知从哪里来的意见，以为革命党便是造反，造反便是与他为难。他进城时看过杀革命党的场面，回未庄后逢人便炫耀自己的见闻："你们可看见过杀头么？咳，好看。杀革命党。唉，好看好看……"他还扬起右手，在听得出神的王胡后颈脖上直劈下去："嚓！"阿Q这种麻木的精神状态，又使鲁迅深感悲愤。

阿Q性格的核心是"精神胜利法"。所谓"精神胜利法"，简言之，就是用精神上虚幻的胜利掩饰现实生活中的失败。阿Q炫耀过去："我们先前——比你阔得多啦！"又幻想未来："我的儿子会阔得多啦。"唯独不正视不名一文、连老婆都娶不起的现实。阿Q明明被人揪住黄辫子，在壁上碰了四五个响头，却用总算被儿子打了来自宽自解，于是心满意足。他被人抢走了偶尔赌赢的钱，还挨了一顿乱打，于是自己抽自己两个耳光，似乎打人的是自己，挨打的是别人。这种自我分裂，自摧自戕的办法，又使他转败为胜，心满意足。在阿Q手中，自轻自贱也是精神胜利的武器。欺侮他的人在打他之前，让他先说是"人打畜牲"，以防止他说"儿子打老子"。阿Q只好说；"打虫豸，好不好，我是虫豸——还不放么？"他自认为是天下第一个能自轻自贱的人。但除了"自轻自贱"之外，余下的就是"第一个"。状元不也是第一个么？这种奇思妙想，又使他心满意足，久久陶醉于"第一名"的优胜之中。

最使鲁迅感到痛心的，是阿Q不但忌讳缺点，而且以丑骄人。阿Q头上有癞疮疤，便忌讳别人说"癞"，推而广之，连"光""亮""灯""烛"都讳。别人拿他的生理缺陷取笑，阿Q便说："你还不配……"这时候，阿Q仿佛觉得他头上疮疤是一种光荣的标志，并非令人恶心的癞头疮了。鲁迅记得，五四时期有一位叫林损的文人，写过一首题为《苦—乐—美—丑》的诗，其中有这样的句子："乐他们不过，同他们比苦！美他们不过，同他们比丑！"鲁迅认为，这种昏乱无赖的思想，能使人无可救药，成为万劫不复的奴隶。不疗治这种精神状态，中华民族就不可能挣脱奴隶的枷锁。

《阿Q正传》连载了两个多月，鲁迅实在很想收束了，只是担心孙伏园反对，便将结尾的第九章"大团圆"藏在心里，但是，会逢其适，孙伏园外出了，由一位叫何作霖的先生接替他的编务，鲁迅便在一九二二年二月十二日的《晨报附刊》上刊出了最后一章。待到三月底孙伏园返回北京，阿Q已经被主张"惩一儆百"的把总枪毙一个多月了。纵令孙伏园怎样善于催稿，如何笑嘻嘻，都已无济于事。

《阿Q正传》连续刊出后，在社会上引起了强烈反响。有许多人都栗栗危惧，以为作品中的某一段就是骂他自己，或者是在揭他的隐私。鲁迅创作《阿Q正传》，初衷"是在使读者摸不着在写自己以外的谁，一下子就推诿掉，变成旁观者，而疑心到像是写自己，又像是写一切人，由此开出反省的道路"。显然，这一目的已经达到。评论界几乎众口一词地给予这部作品高度评价。茅盾认为，《阿Q正传》实是一部杰作。阿Q这个人物，既是中国人品性的结晶，又概括了人类普遍弱点之一种，读后使人想起俄国冈察洛夫笔下的奥勃洛莫夫。周作人指出，阿Q这类人物在现实生活中既不存在而又到处存在，作品中多用反语，即所谓冷的讽刺——"冷嘲"，其笔法受到了俄国果戈理、波兰显克微支和日本夏目漱石、森鸥外等作家影响。胡适则一言以蔽之：鲁迅的短篇小说，从四年前的《狂人日记》到最近的《阿Q正传》，虽然数量不多，但差不多没有不好的。

在鲁迅生前，《阿Q正传》已经译成了日、法、俄等国文字，而且受到了法国文豪罗曼·罗兰的好评。他说："鲁迅的《阿Q正传》是一篇高超的现实主义艺术杰作，初看似乎平淡无奇，可是，接着你就发现其中含有辛辣的幽默。这篇作品，使人感到中国的巨大身躯一方面在麻木地沉睡，另一方面又在痉挛中骚动。主人公阿Q是很生动感人的形象，他困苦潦倒，被人瞧不起，而且他确实也有使人瞧不起的地方，可是他却自得其乐，甚至以丑恶为自豪。最后，有朦胧反抗意识的阿Q却在革命时期被枪毙了。临死前他并不知道死的原因，只因在供词下面画圆圈时没有画圆而郁郁不乐。读完这篇小说，我曾经被感动得流下泪来。阿 Q 的苦痛的脸，深刻地留在我心上。有许多欧洲人不理解阿 Q，当然更不会理解鲁迅创造阿 Q 的心。其实，在法国大革命时期，也有类似阿 Q 的农民。"

除开《晨报附刊》，鲁迅在北京的十四年中跟他发生关联的报纸还有《时事新报》副刊《学灯》、《民国日报》副刊《觉悟》和《京报副刊》。后三种副刊跟《晨报附刊》一起，被誉为"五四时期四大副刊"。鲁迅在《学灯》发表过小说《头发的故事》，在《觉悟》发表过小说《白光》《不周山（补天）》，杂文《〈呐喊〉自序》，还有很多译文。孙伏园离开《晨报附刊》后，又主编《京报副刊》。鲁迅在该副刊发表了三十多篇文章和译文，扩大了该刊的影响，增加了该刊的战斗力。跟鲁迅有关的报刊还有《国民公报》《北京大学日刊》《歌谣周刊》《民众文艺周刊》《狂飙周刊》《猛进周刊》《世界时报副刊》《国民新报副刊》《每周评论》等，在此不一一介绍。

"东有启明，西有长庚"

《诗经·小雅·大东》中有这样的句子："东有启明，西有长庚，有捄天毕，载施之行。"其实，启明与长庚都是太阳系九大行星之一 ——金星的别名。金星是大行星中跟地球最接近的一颗，自东向西逆转。以金星运行轨道所处方位不同，人们将黄昏见于天际的金星称为长庚，将凌晨见于天际的金星称为启明。鲁迅不到一岁时，曾拜绍兴长庆寺龙师父为师，由此得到一个法名叫作长庚，后来也偶尔用作笔名。说来也巧，鲁迅二弟周作人的字，叫作启明。据许钦文的四妹许羡苏回忆，鲁迅的母亲曾对她说："龙师父给鲁迅取了个法名——长庚，原是星名，绍兴叫'黄昏肖'。周作人叫启明。启明也是星名，叫'五更肖'，两星永远不相见。"

这种说法当然带有迷信色彩，但用"东有启明，西有长庚"比喻周氏兄弟的失和，则不失为一种形象的说法。

　　鲁迅与周作人青少年时代"兄弟怡怡"的情景早为人们所熟知；他们在五四新文化运动中并肩战斗的业绩，也已成为中国现代文学史上的佳话，查阅鲁迅和周作人的日记，直到一九二三年上半年，他们还维持了兄弟之间的正常关系：他们在八道湾一起生活，共同指导北京大学春光社的文学青年，多次与中外友人聚餐品茗……当年六月，他们一起对日文《北京周报》发表了题为《"面子"与"门钱"》的谈话；他们合译的《现代日本小说集》以"周作人"个人的名义由商务印书馆出版。直至当年七月三日，兄弟俩还同去东安市场和东交民巷买书购物。七月十四日，《鲁迅日记》突然出现了这样的记载："是夜始改在自室吃饭，自具一肴，此可记也。"周作人同日日记没有这方面的记载。七月十七日，周作人日记记载："阴。上午池上来诊。下午寄乔风函件，焦菊隐、王懋廷二君函。七月《小说月报》收到。得玄同函。"周作人承认，这则日记原来还有大约十个字，涉及他与鲁迅矛盾的内容，但被他后来"用剪刀剪去了"。这里值得注意的有两点：一、"池上来诊。"池上是常来八道湾看病的日本医生。周作人之妻羽太信子有癔病，经常歇斯底里大发作。周作人同年一月七日日记中，就有"信子发病，池上来诊"的记载。二、鲁迅当天日记毫无与家庭矛盾有关的内容。七月十八日，周作人给鲁迅写了一封信，全文是——"鲁迅先生：我昨天才知道，——但过去的事不必再说了。我不是基督徒，却幸而尚能担受得起，也不想责谁，——大家都是可怜的人间。我以前的蔷薇的梦原来都是虚幻，现在所见的或者才是真的人生。我想订正我的思想，重新入新的生活。以后请不要再到后边院子里来，没有别的话。愿你安心，自重。七月十八日，作人。"这天晚上，淫雨霏霏，给八道湾院落增添了几分凄清。七月十九日，周作人日记中有"寄乔风、凤举函。鲁迅函"的记载。鲁迅当天日记记载："上午启孟自持信来，后邀欲问之，不至。"当晚，"大雷雨"。原来"兄弟怡怡"的鲁迅和周作人从此决裂，恰如杜甫《赠卫八处士》诗中描写的那样："人生不相见，动如参与商。"

　　由于鲁迅与周作人曾以"周氏兄弟"的合称蜚声"五四"文坛，他们的失和自然引起了广泛的议论。但是，对于这件事，"鲁迅本人在他生前没有一个字发表"。周作人也持"不辩解"的态度。他的借口是："大凡要说明我的不错，势必先说对方的错，不然也总要举出些隐秘的事来做材料，这都是不容易说得好，或者不大想说的，那么即使辩解得有效，但是说了这些寒碜话，也就够好笑，岂不是前门驱虎而后门进了狼么。"至于鲁迅的三弟周建人（乔峰），正巧在当年五月十四日离京赴沪，未能目击这场家庭纠纷，事后鲁迅也未跟他谈过。这样一来，就更给鲁迅与周作人失和这件事蒙上了一层神秘色彩。

鲁迅去世之后，有人陆续在回忆录中提及此事，试图从不同角度揭示这一事件的真相。据我手头掌握的资料，最早谈到此事的是郁达夫。一九三九年，郁达夫在《宇宙风乙刊》连载了《回忆鲁迅》一文。文中写道："据（张）凤举他们的判断，以为他们弟兄间的不睦，完全是两人的误解。周作人氏的那位日本夫人，甚至说鲁迅对她有失敬之处。但鲁迅有时候对我说：'我对启明，总老规劝他的，教他用钱应该节省一点，我们不得不想想将来，但他对于经济，总是进一个花一个的，尤其是他那位夫人。'从这些地方，会合起来，大约他们反目的真因，也可以猜度到一二成了。"一九四二年，曾经与鲁迅编辑过《莽原》周刊的荆有麟在《文艺生活》一卷五期发表《鲁迅眼中的敌与友》一文。文中说："据先生讲：他与周作人翻脸，是为了这样的事情——他们两个人，有好些共同的朋友。即某人是鲁迅的朋友，也是周作人的朋友，所以有时候朋友写信来，虽然信是写给两个人的，但封面收信人姓名却只写一个，鲁迅，或者周作人，因为他们弟兄，本来居住在一块，随便哪一个收信，两人都会看到的。有一次，一个日本朋友写信来，而且是快信，封面写的是周作人，鲁迅自然知道是谁写来的。恰恰送信来时，已是晚上，周作人已经睡了。鲁迅先生看是他们共同朋友写的快信，怕有什么要事，便将信拆看了，不料里面却是写的周作人一个，并没有与鲁迅有关的事情，于是第二天早上，鲁迅将信交与周作人……却不料周作人突然板起面孔，说：'你怎么好干涉我的通信自由呢。'于是两人便大吵起来，鲁迅终于还搬了家。"一九四七年，鲁迅挚友许寿裳在上海峨嵋出版社出版了《亡友鲁迅印象记》，书中《西三条胡同住屋》一章写道："作人的妻羽太信子是有歇斯底里性的。她对于鲁迅，外貌恭顺，内怀忮忌。作人则心地糊涂，轻听妇人之言，不加体察。我虽竭力解释开导，竟无效果。致鲁迅不得已移居外客厅而他总不觉悟；鲁迅遣工役传言来谈，他又不出来；于是鲁迅又搬出而至砖塔胡同了。从此两人不和，成为参商，一变从前'兄弟怡怡'的情态。"一九五九年，许广平在撰写《鲁迅回忆录》一书时，专门安排了《所谓兄弟》一章，披露鲁迅与周作人之间的矛盾。一九八三年六月，周建人撰写了《鲁迅和周作人》一文，发表于《新文学史料》同年第四期，介绍了他两位兄长关系的始末。因后两种资料容易觅得，故不一一引述。

许广平在《鲁迅回忆录》中曾经指出：鲁迅与周作人决裂的问题，是经常被读者问起的问题，是千千万万研究鲁迅的人们所关心的问题，也是一般人所不易了解的问题。正因为如此，弄清这一事件的真相，显然并非是多余的事情。加之近年来，海外有人对此事妄加评议，甚至武断地认为此事"可能涉及鲁迅人性方面的弱点"，这就更有必要澄清事实真相，以消除一些人的误解。

在对鲁迅与周作人失和的种种回忆中，许寿裳跟郁达夫的说法是比较可靠的。鲁迅兄弟失和时，许寿裳曾以同门学友的身份从中调解，当然洞察内情。郁达夫提供的情况得之于张凤举，而张是八道湾的常客，跟鲁迅、周作人双方都过从甚密（仅《鲁迅日记》中，关于张凤举的记载就有近八十处）。在这场冲突中，周作人夫妇多次向他述及鲁迅的"罪状"，争取他成为"援兵"。所以张凤举对于这场纠葛的内幕，也是有所耳闻的。从他们的回忆中可以看出三点：一、鲁迅与周作人失和不是源于他们双方的直接冲突，而完全是由周作人之妻羽太信子挑拨所致。二、羽太信子给鲁迅捏造的罪状——也就是周作人信中所谓"昨天才知道"的那件事，就是诬蔑鲁迅对她有"失敬之处"。三、鲁迅起初对羽太信子的造谣毫无所知，而周作人却"心地糊涂，轻听妇人之言，不加体察"。

北京西直门内公用库八道湾胡同十一号鲁迅寓所，是他创作《阿Q正传》的地方。

为了证实上述判断，我们还可以提供三个旁证材料。一、鲁迅有个笔名叫"宴之敖"，十分奇特。他本人解释说："宴从宀（家），从日，从女，敖从出，从放（《说文》作敖，游也，从出从放）；我是被家里的日本女人逐出的。"可见鲁迅本人也认为他被"逐出"八道湾是羽太信子造成的。二、一九二四年六月十一日，移居西三条新居的鲁迅重回八道湾"取书及什器"，跟周作人夫妇发生一场剧烈冲突。鲁迅当天日记写道："……下午往八道湾宅取书及什器，比进西厢，启明及其妻突出詈骂殴打，又以电话召重久及张凤举、徐耀辰来，其妻向之述我罪状，多秽语，凡捏造未圆处，则启明救正之。然终取书器而出。"可见捏造鲁迅"罪状"的是羽太信子，周作人扮演的是"妇唱夫随"的角色，其内容下流，故语多污秽。三、一九六四年六月，香港友联出版公司出版了赵聪的《五四文坛点滴》一书，其中收入了《鲁迅与周作人》一文。这篇文章篇幅不长，主要是征引鲁迅日记中有关兄弟失和的记载。文中写道："许寿裳曾说过，他们兄弟不和，坏在周作人那位日本太太身上，据说她很讨厌她这位大伯哥，不愿同他一道住。"周作人收到了鲍耀明寄赠的这本书。他在同年十月十七日致鲍耀明信中说："昨日收到《五四文坛点滴》，谢谢。现已读了十之八九，大体可以说是公平翔实，甚是难得。关于我与鲁迅的问题，亦去事实不远，因为我当初写字条给他，原是只请他不再进我们的院子里就是了。"同月三十日致鲍耀明信说："《五四文坛点滴》据我所知道的来说，大抵去事实不远。著者似尚年轻，唯下笔也还慎重，这是很难得的。"同年十一月十六日致鲍耀明信又说："鲁迅事件无从具体说明，唯参照'五四点滴'中所说，及前次去信约略已可以明白。"笔者认为，周作人基本肯定《五四文坛点滴》一书中对兄弟失和一事的说法，也就是从基本事实上肯定了鲁迅日记的有关记载，肯定了许寿裳关于"他们兄弟不和，坏在周作人那位日本太太身上"的说法。四、关于羽太信子从中挑拨的具体内容，当时跟鲁迅和周作人双方都有密切交往的章川岛先生曾经谈过。一九七五年，川岛先生曾对鲁迅博物馆的工作人员解释说："鲁迅后来和周作人吵架了。事情的起因可能是，周作人老婆造谣说鲁迅调戏她。周作人老婆对我还说过，鲁迅在他们的卧室窗下听窗。这是根本不可能的事，因为窗前种满了花木。"①基本弄清了鲁迅与周作人失和的起因，人们自然还会追问："羽太信子为什么要凭空诬蔑鲁迅呢？"不同的知情者对于这个问题的回答基本上是相同的。郁达夫的回忆中已点明根子在经济问题。川岛在谈及这一问题时说："主要是经济问题。她（指羽太信子）挥霍得不痛快。"俞芳在追忆鲁迅母亲关于这一问题的谈话时写道："这样要好的弟兄都忽然不和，弄得不能在一幢房子里住下去，这真出于我意料之外。我想来想去，也想不出个道理来。我只记得：你们大先生对二太太（信子）当家，是有意见的，因为她排场太大，用钱没有计划，常常弄得家里入不敷出，要向别人去借贷，是不好的。"许广平回忆，鲁迅曾对她说过："我总以为不计较自己，总该家庭和睦了罢，在八道湾的时候，我的薪水，全行交给二太太，连周作人的在内，每月约有六百元，然而大小病都要请日本医生来，过日子又不节约，所以总是不够用，要四处向朋友借。有时借到手连忙持回家，就看见医生的汽车从家里开出来了。我就想：'我用黄包车运来，怎敌得过用汽车带走的呢？'"周建人在《鲁迅与周作人》一文中也明确指出：鲁迅与周作人分手，"不是表现在政见的不同、观点的分歧，而是起源于家庭间的纠纷，造成兄弟失和"。"鲁迅在教育部的薪水每月三百元，还有稿费、讲课费等收入，周作人也差不多。这比当年一般职员的收入，已高出十多倍，然而月月亏空，嚷钱不够用。"

鲁迅曾经感叹道："负担亲族生活，实为大苦，我一生亦大半困于此事，以至头白。"这里所说的"亲族"，不仅包括了周作人，而且包括了周作人的日本亲属。为了供养尚在日本留学的周作人和他的日本亲属，鲁迅毅然中辍了他的留学生活回国谋事。待周作人归国之后，鲁迅不但负担全家生活的绝大部分费用，还要继续资助周作人的岳父、岳母、妻弟、妻妹。一九二五年十月七日，在鲁迅与周作人绝交两年之后，周作人的妻弟羽太重久还在致鲁迅的信中说："上月蒙兄长给予及

---

① 见鲁迅博物馆保存的章川岛谈话记录。

时补助，非常感激。长期以来，有劳兄长牵挂，真是无言可对。对您长年以来的深情厚谊和物质援助，真不知说什么才好。"可见鲁迅已经做到了仁至义尽的程度。在鲁迅遗物中，保存了三册《家用账》，起于一九二三年八月二日，即鲁迅从八道湾移居砖塔胡同的第一日；止于一九二六年二月十一日，共两年零六个月。据统计，一九二三年八月至一九二四年二月，平均每月生活费为三十九元四角三分；一九二四年二月至一九二五年一月，平均每月生活费四十八元零六分；一九二五年二月至一九二六年二月，平均每月生活费六十六元六角五分。从这个账目可以看出，鲁迅跟周作人失和之前，他收入的绝大部分都被羽太信子挥霍了。毕生清苦的鲁迅不满于羽太信子这种暴发户的作风，是完全可以理解的。不料羽太信子不仅不听从鲁迅"花钱要有计划，也得想想将来"的规劝，反而恶意中伤，玷污鲁迅的人格。无怪乎鲁迅与周作人闹翻之后，周老太太对人说："你们大先生和二先生不和，完全是老二的过错，你们大先生没有亏待他们。"不久，周老太太也愤然搬出八道湾，跟他的长子一起生活了。

由于受了种种诬蔑委屈，鲁迅搬出八道湾后大病了一场，但他"不喜欢多讲"，直至临终前一个月才写信告诉自己的母亲（鲁迅一九三六年九月三日致母亲信）。对于羽太信子的凶悍，鲁迅十分愤慨；对于周作人的昏聩，鲁迅深表痛心。然而，自从兄弟失和之后，鲁迅没有公开对周作人进行过多的批评，反而时时默念着尚未泯灭的手足之情，唯恐周作人步入歧途。

一九二五年十月，鲁迅用抒情诗的语言写出了著名的小说《伤逝》。作品中的主人公涓生和子君是五四时期为婚姻自主、恋爱自由、人格独立等新思潮所激荡的青年男女的典型，并不是影射比附现实生活中任何人，这是无可争议的。然而鲁迅选择"伤逝"二字作为篇名，的确蕴涵着他某种情感的瞬间波动。同年十月十二日，也就是鲁迅写成《伤逝》的九天之前，跟鲁迅关系极为密切的《京报副刊》刊载了罗马诗人卡图路斯的一首短诗，译者"丙丁"（系周作人笔名），题目就叫《伤逝》，全文是：

我走尽迢递的长途，

渡过苍茫的大海，

兄弟呵，我来到你的墓前，

献给你一些祭品，

作最后的供献，

对你沉默的灰土，

作徒然的话别，

因为她那运命的女神，

忽而给予又忽而收回，

已经把你带走了。

我照了古旧的遗风，

将这些悲哀的祭品，

来陈列在你的墓上：

兄弟，你收了这些东西吧，

都沁透了我的眼泪；

从此永隔冥明，兄弟，

只嘱咐你一声"珍重"！

《京报副刊》发表这首诗时，特意说明"这是诗人悼其兄弟之作"。诗的右侧配了一幅比亚兹莱所作的插图：一个人举起右手，"表示致声珍重的意思"。无怪乎周作人读了小说《伤逝》之后，会觉得这篇小说"乃是借了男女的死亡来哀悼兄弟恩情的断绝的"。

古长安行

"七月七日长生殿，夜半无人私语时。在天愿作比翼鸟，在地愿为连理枝。"白居易《长恨歌》中这脍炙人口的诗句，描写七巧节深夜，唐明皇与杨贵妃因感于牛郎织女被迫离散的悲剧，"凭肩而立"，"密相誓心，愿世世为夫妇"。然而，鲁迅却认为，唐明皇与杨贵妃的密誓，是预示他们的爱情开始衰竭，而并非表现他们爱情的坚贞，因为恋人在爱情浓烈的时候，哪里会想到来世呢？唐明皇以来生为约，实在是内心已经对杨贵妃厌倦了，仿佛是在说："我和你今生的爱情是已经完了！"

一九二一年六月，鲁迅翻译日本菊池宽的小说《三浦右卫门的最后》时，就酝酿着写一部以杨贵妃为题材的作品。《三浦右卫门的最后》揭露和讥讽了日本的武士道精神。鲁迅也想借跟右卫门遭遇略同的杨贵妃的命运，写一篇抨击中国封建"名教"的作品。为此，他对于唐明皇和杨贵妃的性格，对于盛唐的时代背景、地理、人体、宫室、服饰、饮食、乐器以及其他用具，统统做了详细的考证，掌握了大量资料，以至连坊间出版的《长恨歌画意》中内容的错误他都能原原本本地指出。鲁迅还设想过具体的写法：如果用长篇小说的形式，可以从唐明皇被暗杀时写起，让明皇在刀光闪烁中回顾自己的一生；结尾是明皇与贵妃在梦中相见。鲁迅觉得，这种写法，倒是颇特别的。如果用戏剧的形式，鲁迅则计划写成三幕剧，每幕都以一个词牌为名。其中有一幕，是根据李白的《清平调》，写明皇与贵妃月夜赏牡丹。第三幕叫《雨霖铃》，鲁迅在打腹稿过程中，所感到缺憾的，只是没有到西安去实地体味一下唐代故都的风光。这部以杨贵妃为题材的作品久久没有动笔，原因就在这里。

一九二四年夏天，西北大学与陕西教育厅合议，准备筹设一个"暑期学校"，邀请一批学者、名流来陕讲学。由于北大陕西籍学生王捷三的推荐，鲁迅也被列为邀请者之一。鲁迅因为很久没有旅行，又早有游历古城西安的夙愿，所以即刻接受了西北大学的邀请。

七月七日晚，鲁迅一行十余人从北京西车站出发，乘火车赴郑州；九日上午从郑州转车，晚抵河南陕州。当时，陇海铁路不通西安。因为地方不靖，加之山路崎岖，走陆路也不安全。鲁迅一行只得溯流西上，乘黄河民船至潼关，再换汽车西行。十日晨，舟发陕州，只见两岸乱石嶙峋，浊流汹涌，十分壮观。十一日，舟发灵宝，上午遇逆风暴雨。船夫们裸露着紫黑色的皮肤，摇船拉纤，趲程前进，经过四天奋战，终于征服了一百八十里黄河水道上的惊涛骇浪。十三日下午，鲁迅一行抵达"信称天险"的潼关；十四日晨改乘汽车，中午抵达临潼。鲁迅一行游览了风光旖旎的骊山，参观了唐代华清宫旧址；游山归来，又在水深及腹的温泉沐浴，旅途的缁尘、劳顿为之净尽。当天下午，鲁迅一行抵达西安。

西安是一座历史名城，汉、唐以后叫长安。"秦中自古帝王州"。在一千余年的漫长岁月里，先后有十个王朝在这里建都。这里的沃野高丘，布满了皇朝宫阙，帝王陵寝。特别是在把中国封建社会推向最高阶段的唐朝，这里是全国乃至亚洲、世界的政治、经济、文化中心。兴庆宫、太极宫的宏伟精巧，未央宫、大明宫的富丽堂皇，曲江池的幽雅别致，灞桥柳的依依多情，都在古代骚人墨客笔下得到了生动的描述，鲁迅也曾费尽心机地用幻想的彩笔去描绘过古长安壮美的姿容。然而，到了近代，由于天灾战乱，这里已是瓦砾成堆，荒草没胫，呈现出一派残破凋敝的景象，余下的只有历史橱窗里的强大，地下废墟中的繁荣。

鲁迅到西安之后，首先游览了碑林。碑林在西安南门内东城根，其中有大小石碑约三千余块。这是关中著名的金石府库，几千年的优秀书法，特别是唐宋名家的手迹荟萃于此。然而，碑帖商贾为了牟利，每日派人拓碑，致使有些名碑因捶击过甚而残损。经常搜集研究碑帖拓片的鲁迅看到这种景象，感到十分痛心。碑林附近的孔庙，殿宇宽敞，古柏参天，内有很多名人碑刻、笔迹、印画。在一间房子里，鲁迅看到了关中大儒李二曲像，还有历代帝王像，其中有一张画的是宋太祖或是什么宗，身着长袍，胡子上翘。同行的一位《京报》记者王小隐看到后就毅然决然地说："这都是日本人假造的，你看这胡子就是日本式的胡子。"对历代石刻画像研究精深的鲁迅懂得，元明以前，中国男子的胡须多上翘；下垂的胡子倒是蒙古人入侵后带来的，而王小隐却自作聪明地把这当成"国粹"了。鲁迅极度鄙薄王小隐这种不懂国学而又以"国粹家兼爱国者"自居的人，当时不屑置辩，直到返京后才在杂文《说胡须》中对他旁敲侧击了一番。

十七日，鲁迅与孙伏园等游览了慈恩寺与荐福寺，观赏了著名的大小雁塔。这两座古塔都修建于唐代，已有一千余年历史，后来科场得意的文人纷纷到此题名，以示风雅，叫作"雁塔题名"。但鲁迅看到的大小雁塔却是塔顶倒圮、塔身朽坏，细看重修碑记，最早也不过是在清代乾隆、嘉庆年间，而且重修后已不尽符合原貌。

十八日，鲁迅等游览了市容之后，来到当时西安市内唯一的公园饮茗。公园位于南院门，与教育图书馆在一个院内，规模十分狭小。但园内保存了不少铜像、石像、陶器像，大约是隋唐时代的遗物。给鲁迅印象最深的，是陈列在这里的"昭陵六骏"。

昭陵是唐太宗李世民墓，在陕西醴泉东北五十里九嵕山。昭陵寝殿东西两庑壁间有唐太宗的六匹名马的石刻浮雕像，称为"昭陵六骏"。鲁迅来陕前，曾经看到过六骏之一"飒露紫"的拓片，感到无限神往。"飒露紫"是唐太宗平定洛阳时所乘的一匹名马。它昂首翘尾，神采飞扬，胸部带着被射中的箭，仍然英姿飒爽地奔驰。旁边还有一只鸵鸟。对于唐代艺术家敢于放开度量吸取外来文化的豁达风度和宏大气魄，鲁迅曾屡次为之感叹。但是，西安公园当时陈列的"昭陵六骏"其实只有"四骏"，而且石雕已被人击碎，是用黏料勉强黏合的。鲁迅赞赏的"飒露紫"的石雕和另一匹名马"拳毛"的石雕，则被美国掠宝者盗运走了。

在西安，鲁迅还看了灞桥曲江，又参观了收藏家阎甘园珍藏的古画古器。但总的印象不佳。他说，看这种古迹，好像看梅兰芳扮林黛玉，姜妙香扮贾宝玉，不仅引不起灵感，反而使过去凭书本摹想的图景幻灭了。鲁迅本来还打算到杨贵妃丧生的马嵬坡去，为避免破坏原来的想象，终于没有去。整个西安之行，对于《杨贵妃》的创作不但没有获得半点诗意的感受，反而使创作兴趣受了很大的减损。后来由于种种原因，创作《杨贵妃》的计划，也一直没有实现。

七月二十日，西安"暑期学校"举行了开学典礼，从二十一日至二十九日，鲁迅分十一次讲授了《中国小说的历史的变迁》。这篇讲稿虽然脱胎于他在北京讲授的《中国小说史略》，但是也提出了《史略》中未曾论及的新观点，修正了《史略》中某些欠妥或不够准确的说法。

三十日，鲁迅又应邀到讲武堂对下级军官士兵讲演半小时，讲题仍然是小说史。当时的西安，孔教会的势力极大，学校的教学内容大都是国粹、玄学，报刊上的作品也多用文言，而鲁迅的讲演，深入浅出，通俗严正，通过中国小说的历史变迁抵制了复古倒退的逆流，如春风化雨，滋润着听众干涸的心田，对西安的文艺运动和政治斗争都产生了积极的影响。一九二四年七月三十一日，西安《新秦日报》的一篇报道指出："周君（指鲁迅）此次来陕，虽为日无多，然对于小说方面，已灌输不少之新知识。"

八月三日，暑期学校支付鲁迅讲学费并川资二百元。鲁迅想，陕西人费心劳力，用火车载，用船装，用骡车拉，用汽车装，将他接到西安来讲演，委实不是一件容易的事。他决定只要够旅费，其他从陕西挣的钱要多花在陕西人身上，做到"取之于陕，用之于陕"。当时西安有一个享有盛誉的秦腔剧团"易俗社"，十余年当中坚持编演新戏曲，自行撰写了两二百个剧本。鲁迅对易俗社"借娱乐以陶情，假移风而易俗"的工作表示肯定。他资助该社五十元，又为合赠给易俗社的匾额拟题了"古调独弹"四个字。

八月四日，鲁迅顶着逆风，由渭水东行，踏上了返京的归程。

甘作梯子

一九三〇年三月二十五日，友人章廷谦写信告诉鲁迅，有人议论鲁迅当时被国民党浙江省党部呈请通缉，自身尚无自由，却参与发起中国自由运动大同盟，难免被人当作踏脚的"梯子"。同年三月二十七日，正在上海内山书店一间阁楼上避难的鲁迅回信说："梯子之论，是极确的，对于此一节，我也曾熟虑，倘使后起诸公，真能由此爬得较高，则我之被踏，又何足惜。中国之可作梯子者，其实除我之外，也无几了。所以我十年以来，帮未名社，帮狂飙社，帮朝花社，而无不或失败，或受欺，但愿有英俊出于中国之心，终于未死……"

鲁迅的这封信，不禁把我们带回到了一九二五年的一个夏夜。

那天晚上，北京阜成门内西三条胡同的煤油路灯在熏风中若明若暗地闪动，五个操着安徽口音的青年踏着坎坷不平的路面，向鲁迅居住的二十一号走去。为首的一位头发和胡子统统长得要命，这是刚从北京崇实中学毕业的李霁野。他身旁的那位青年，瘦小精明，少有笑影，这就是被鲁迅誉为"宏才远志"的韦素园。其他三个是北京大学中文系旁听生台静农、韦素园之弟韦丛芜和党的地下工作者赵赤萍。

鲁迅端着高脚煤油灯，将五位青年迎进了一间伸手可触房顶的"灰棚"——他的卧室兼工作室。因为这间小屋是从三间北房当中的一间搭出去的，所以人们形象地称它为"老虎尾巴"。房内陈设非常朴素：靠东墙是一张普通的三屉长桌，墙上悬挂着藤野先生亲题"惜别"二字的照片。西壁悬挂着一张条幅，上面写着："望崦嵫而勿迫，恐鹈鴃之先鸣。"这是鲁迅亲自选择的《离骚》集句，用以激励自己珍惜时光奋勉工作。北窗下是鲁迅的木板床，床下一只竹篮，装着几件常用的衣物，表明它的主人永远置身于奋斗的途中。这间斗室，白天盛满了日的清丽，晚上洋溢着夜的温馨。五位青年走进这间狭小简陋的房屋，景仰之情不禁油然而生。

鲁迅亲切地招呼青年们坐下，又拿出一些糖果和小花生款待他们，然后就从一般书店不肯印行青年人的译作引入话题。鲁迅说，他留学日本时，经常通过东京神田区的丸善书店购买德文书刊。这家书店起始规模很小，全是几个大学生慢慢经营起来的。青年们感到鲁迅的话是对他们的一种鼓励和启示，便想尝试着自办一个出版社，专印自己的译作。他们似乎看到了微茫的希望，平日少有笑影的脸上不禁漾出了笑容。当时，这几位青年都是喜欢文学的，特别喜欢俄国文学。一九二一年春，韦素园受中国马列主义小组的选派，曾作为"社会主义青年团"的代表，冒着风险去莫斯科参加列宁主持召开的共产国际第三次代表大会，在第一个社会主义之邦接受了革命的洗礼。会后，他在莫斯科东方劳动大学学习了一个短时期。一九二二年夏天，韦素园身患肺结核病，难以参加实际的政治活动，便回到灾难深重的祖国，决心致力于研究和翻译苏俄的文艺理论和文学作品，以笔代枪，继续投入战斗。他翻译了俄国作家果戈理的小说《外套》，编译了俄国短篇小说选《最后的光芒》等。在他的影响和鼓励下，李霁野翻译了俄国作家安特莱夫的剧本《往星中》，韦丛芜翻译了俄国作家陀斯妥耶夫斯基的小说《穷人》。鲁迅曾称赞说："在这个时候，青年人竟爱好俄国文学，并且这么下工夫把这两本书译出来，总算难得的。"台静农的兴趣则在创作以农村生活为题材的小说。鲁迅认为，在争着写恋爱的悲欢、都会的明暗的时候，有人能将乡间的死生、泥土的气息移在纸上，也是一件很有意义的事情。但是，要自印书刊，首先要解决经费问题，起码要先筹足能出四次半月刊和一本书籍的资本，然后卖前书，印后稿，继续维持下去。他们粗粗合计了一下，估计大约需六百元成本。六百元，对于这些不名一文的青年当然不是一个小数目。想到这里，刚才还兴致勃勃的青年们不觉又犯起愁来。鲁迅好像看出了青年们的心思。他表示，青年们每人各筹五十元就行了，其余费用可全部由他垫付。青年们不无遗憾地说："像这种经营规模，一年也不过能出五六本书罢了。"鲁迅笑着反驳道："十年以后，岂不也就很可观了吗？"就这样，中国现代文学史上一个"实地劳作，不尚叫嚣"的青年文艺社团——"未名社"就在"老虎尾巴"诞生了。所谓"未名"，并非无名，而是"还未想定名目"的意思。经大家商议，还决定吸收曾跟韦素园同时赴苏的曹靖华为未名社成员。赵赤萍没有正式参加未名社，但后来以未名社营业员的身份进行秘密活动，使未名社跟党的地下工作发生了联系。

　　未名社成立后，首先负责编辑出版业务的是韦素园。他在新开路五号租赁的那间阴湿破小的住房成了未名社最初的社址。他发着低烧，咯着血，但仍切切实实、点点滴滴地工作着。在他看来，人生就是工作，只有在工作中才能求得真实的快乐和意义。早在孩提时代，韦素园就有一种"咬牙干到底"的精神。跟小伙伴们用土块"打仗"时，他总是不顾纷纷落下的"子弹"猛打猛冲，直到活像一座泥菩萨，还一边摸抓泥土，一边喊着："不行，要打到底！"如今，韦素园已经是二十三岁的人了，爱情的火焰也曾在他的心头燃烧。他热恋着的那位姑娘原是安庆女子师范学校的学生。有一天，韦素园在公园遇到了一个跟她相貌酷似的人，回来竟闷头睡了一天，怎么也平息不了心灵的波澜。他曾把这一段在生命史上深深镌刻了印痕的隐情，微微泄露在跟他心灵一样洁白的纸上。后来因为预感到自己终将一病不起，无私的韦素园终于忍痛斩断了爱情的丝缕，同意这位姑娘跟别人订了婚。但是，无论遇到多大的挫折，他都不肯斩断跟文学事业的姻缘。只要一息尚存，他就甘当文学楼阁中的一块砖瓦，艺术园地里的一撮泥土。

鲁迅十分赞赏并亲自躬行着韦素园这种"宁愿做无名的泥土，来栽植奇花和乔木"的献身精神。当时，原来支持着《新青年》和《新潮》的人们已经风流云散，新的文艺大军正待重新集结。为了造就大群的新战士，鲁迅除发起组织了未名社外，还领导或支持了沉钟社、语丝社、狂飙社、莽原社等青年文学社团。跟他接触的文学青年中，也有一些挂新招牌的利己主义者。他们借鲁迅的名义招摇自炫，而当利害关系转化时，又立即对他进行攻击和叛卖。这使鲁迅有时不免感到失望。但是，一旦想起韦素园这类好青年，鲁迅就觉得自己不能息肩，不能因一人做了贼就疑心一切人。他不愿用生命来放阎王债，以牟取重大的利息；而希望自己变成一块踏脚石，让青年踩上去，跨越自己和那站着的前人。据统计，从未名社成立到鲁迅离京之前近一年的时间里，《鲁迅日记》中关于未名社的记载约有一百二十条，鲁迅与未名社成员往返各近四十次，来往书信各近五十封。鲁迅对未名社成员的关怀是无微不至的。李霁野译完《往星中》后，鲁迅不仅为之校订译稿，而且转托画家陶元庆设计这本书的封面，鲁迅还亲自拟了一篇六七百字的内容说明，供陶元庆绘图参考。当李霁野因为没有学费而打算卖掉《黑假面人》的译稿时，鲁迅立即借给他一百元，让他将译稿留交未名社出版。鲁迅还源源不断地为未名社的刊物供稿，帮助它迅速打开局面。鲁迅的著名杂文《论"费厄泼赖"应该缓行》，最初就是刊登在未名社编辑的《莽原》半月刊第一期上。对于未名社出版物的印刷装帧、代销委售等细事，鲁迅也一一注意，亲自指点，比如，一行开头的标点要移至上一行末尾；译作日期跟正文之间要空一行；用中文译外国人名时，长体和扁体的字要配称使用，因为一律长体不好看……当青年人对鲁迅的无私帮助深为感激时，鲁迅恳切而幽默地说，他并非"从井救人"的仁人，对他的帮助不要不安于心。善于感激，当然是一种美德，但如果老记挂着这些小事情，就容易给感情以束缚，使自己不能高飞远走。在鲁迅的爱护和培育下，未名社在近一年中出版了《出了象牙之塔》《外套》《往星中》《穷人》《关于鲁迅及其著作》等书籍；编印了《莽原》半月刊十六期。鲁迅离京南下后，还继续指导、支持未名社的工作，使这个小小的文学团体在它存在的六七年中出版了二十多种书籍和七十多期刊物。鲁迅说："只要能培一朵花，就不妨做做会朽的腐草……"鲁迅对未名社的爱护与扶植，正是他培养青年的自我牺牲精神的一幅缩影。

当然，鲁迅对未名社也有所批评，如认为他们"疏懒一点"，"小心有加，泼辣不足"，又向来不发展新成员，以至于社务乏人。鲁迅更不满的是未名社后期有的人"所取多于应得"。不过，鲁迅的这些批评均见于私人信函：有的是出于对同人的厚爱——爱之深，责之严；有的是出于误会；有的是明确所指，如认为"所取多于应得"、说话"往往不可信"的是诗人韦丛芜，而不是其他人。未名社一九三一年基本结束的根本原因，是因为社员情况发生了变化：韦素园重病英年早逝，鲁迅、曹靖华、台静农基本不问社务，加之韦丛芜挪用社款，致使未名社拖欠鲁迅三千余元版税，直至一九三五年底才大致结清。但直至临终之前，鲁迅对未名社的基本评价并未改变。

"月亮"来添乱

关于鲁迅在致章廷谦信中提到的狂飙社，则情况更为复杂。狂飙社这个名目最初应该出现在一九二三年暑假期间，当时山西的文学青年高长虹和高沐鸿等组织了这一社团，并在共产党人高君宇的支持下，于一九二四年九月一日在太原创办了一份油印刊物《狂飙月刊》，仅出三期，编辑者署"平民艺术团"，发行者署"太原桥头街少年书社"。同年十一月九日，高长虹在北京复活《狂飙周刊》，专登文艺作品，从十四期起宣布改革，增加一些关于思想、艺术方面的文字。

一九二五年三月一日，他们在《京报副刊》发表《狂飙周刊宣言》："一滴水泉可以作江河的始流，一片树叶之飘动可以兆暴风之将来，微小的起源可以生出伟大的结果。因为这个缘故，我们的周刊便叫作《狂飙》。"但是，由于该刊的主要撰稿人当时具有个人主义、无政府主义倾向，"日见其自以为'超越'"，又偏爱那种"拟尼采样的彼此都不能解的格言式的文章"①，因此他们的刊物不仅没有"生出伟大的结果"，反而迅速夭折，于十七期后停刊。

狂飙社的正式出现是在一九二六年，当年八月，鲁迅离北京赴厦门。此后，"莽原社内部冲突了，长虹一流，便在上海设立了狂飙社"②。其主要标志，是同年十月十日《狂飙周刊》的复活。然而，狂飙社并不是一个严密的组织。同年十一月四日，高长虹在复杰克信中声明："《狂飙》也只是我们几个朋友发表文字的一个定期刊物，作品，思想，也互有不同……"狂飙社另一成员高沐鸿一九八〇年二月六日也谈到："据我了解，狂飙是否有'社'就是一个问题。大概高长虹想办《狂飙》这个刊物，因而找了一个撰稿人，当然是他较熟的朋友，以至思想上有点相同的人。当时，高歌、向培良、尚钺等都在北京，除高歌是他的弟弟外，向培良、尚钺就是他的朋友了。郑效洵也和长虹处得很好很熟。我在太原，也算长虹一个文字之交。因此，我想，长虹想办《狂飙》，就'纠合'了我们这些人，大家写稿支持，无所谓成立了一定的'社'。"

《狂飙周刊》出版后，得到了鲁迅的肯定。于是，当年十二月十日，高长虹便带着几份刊物初次拜访了鲁迅。鲁迅奋发的精神，诚恳的态度，坦率的言谈，给高长虹留下了良好的印象。他们友谊的成果，便是一九二五年四月十一日筹划出版的《莽原》周刊。这份周刊作为《京报》副刊第五种于每周五出版，宗旨是"率性而言，凭心立论，忠于现

① 见鲁迅《〈中国新文学大系〉小说二集序》。
② 见鲁迅《〈中国新文学大系〉小说二集序》，见《且介亭杂文二集》。

世，望彼将来"，由鲁迅编辑，但鲁迅肯定，在出版过程中奔走最力者为高长虹。鲁迅在该刊发表了《春末闲谈》《灯下漫笔》等著名杂文。一九二五年十一月二十七日由于《京报》停止发行副刊以外的小幅，《莽原》周刊出至第三十二期后停刊。但是，《莽原》周刊只是由十几个人共同撰稿的同人刊物，并无所谓团体，形式上的聚会也只有鲁迅、高长虹、章衣萍、荆有麟、向培良共五人。

《莽原》时代的高长虹究竟有哪些意见与鲁迅相合，这从他当时的作品中可以寻出一些端倪。总的说来，在政治战线上，他们都反对帝国主义、北洋军阀及其附庸；在思想文化战线上，他们都反对揭着自由主义招牌而经常偏袒北洋军阀的现代评论派。上述立场的一致，决定了他们对很多具体问题的看法不谋而合。比如，对于依附于皖系军阀段祺瑞的研究系政客文人，鲁迅和高长虹都深恶痛绝之。鲁迅在斥责研究系的政治投机活动时说："研究系比狐狸还坏……"① 高长虹也指出："研究系是代表中国一部分黑暗势力的，无论哪一次黑暗运动，没有一次研究系不从中捣鬼，而它的大本营便在明暗不分的所谓教育界。如这次女师大的风潮，没有这一般人在杨氏背后指手画脚，又何至闹到这步田地？"② 又如，鲁迅在《无花的蔷薇》《马上日记之二》中，曾经抨击过胡适、陈西滢、徐志摩等人以"在欧美留学""研究过他国文学"而互相标榜的行径，高长虹也揭露过他们以留洋镀金为资本大摆教授架子的行径③。再如，鲁迅在解剖中国国民性的过程中，曾经抓住中国人的"面子"观念作为总的"精神的纲领"，指出"'面子'一词以表面的虚饰为主，其中就包含着伪善的意思。把自己的过错加以隐瞒而勉强作出一派正经的面孔，即是伪善"④。高长虹也谈到："中国人是好讲'面子'的，为了这个面子的缘故，也不知道有多少好的事情被推诿过去，坏的事情

---

① 见《两地书·三十二》。
② 引自《弦上·十一》，《莽原》周刊第 17 期。
③ 参见《弦上·七》，《莽原》周刊第 12 期。
④ 见鲁迅、周作人在日文《北京周报》68 期发表的谈话《"面子"和"门钱"》。

被保持下来。但面子的功用，似乎便只有这一点。"① 对于建设和发展中国新文学的问题，鲁迅与高长虹也有许多一致的看法。鲁迅认为："没有冲破一切传统思想和手法的闯将，中国是不会有新文学的。"② 高长虹也指出："中国的传统精神，及由这传统精神而表现的社会思想，根本上都是同新文学冲突的，……如是，则新文学的创作者，必须同时是一个反抗者了。"③ 还必须提及的是，《莽原》时代的高长虹也不像后来那样目空一切，当时的确如鲁迅所说："尚未以'超人'自命，还带着并不自满的声音。"④ 高长虹在《赞美和攻击》一文中写道："伟大的人，时常自己觉着渺小。藐小的人，却自以为是伟大。愿你时常攻击你自己，愿你时常接受别人对你的攻击。"⑤ 正因为高长虹具有上述思想品德，鲁迅在"找寻生力军，多加破坏论者"的过程中，才把高长虹作为自己的联合和培养对象。否则，鲁迅与高长虹之间的一度合作就会成为一件不可思议的咄咄怪事。

为了替社会造材，鲁迅在高长虹身上倾注了不少心血。即使对于他的缺点，鲁迅也往往根据"略小节而取其大"的原则，采取默然忍让的态度。高长虹的《心的探险》一书，曾作为鲁迅主编的"乌合丛书"之一，由北新书局出版。鲁迅编辑这套丛书的目的，就是"单印不阔气的作者的创作"。为了帮助高长虹出版这部作品，鲁迅从选定篇目、校对文字到设计封面都花费了很多劳动。有一次，李霁野去访问鲁迅，见他的神色很不好，问其原因，鲁迅并不介意地回答道："昨夜校长虹的稿子，吐了血。"⑥ 出版《莽原》周刊时，是没有编辑费和稿费的，唯独高长虹破例每月有十元、八元酬金。因为鲁迅特意关照过："高长虹穷，要给他一点钱用。"在鲁迅日记中，除了有赠高长虹书籍的记载之外，

① 见《弦上·五》，《莽原》周刊第 12 期。

② 引自《论睁了眼看》，见《坟》。

③ 引自《新文学的希望》，《莽原》周刊第 5 期。

④ 引自《〈中国新文学大系〉小说二集序》，见《且介亭杂文二集》。

⑤ 引自《莽原》周刊第 2 期。

⑥ 参见李霁野《鲁迅先生和青年》。

还有资助他旅费的记载。鲁迅对他无微不至的关怀，由此可见一斑。

鲁迅的大力扶植，使高长虹迅速在文坛上赢得了一定的声誉。然而，令人痛心的是，这一切并没有成为高长虹继续攀登的梯子，反而成为了他狂妄自大的资本。自以为羽翼已丰的高长虹头脑膨胀起来，原来潜伏着的个人主义和派别情绪在恶性发展。在尼采的影响下，他愈加自以为"超越"。一种遏制不住的骄傲情绪，驱使他步"逢蒙射羿"的后尘，将恶毒攻击的箭镞搭在忘恩负义的弦上，直射曾经呕心沥血哺育过他的鲁迅。

高长虹与鲁迅的决裂，是由下面几件事情造成的：

一九二五年八月，陈友仁主编的北京《民报》增加了一种副刊，每天一张，韦素园编辑。该报在广告中说："现本报自八月五日起增加副刊一张，专登载学术思想及文艺等，并特约中国思想界之权威者鲁迅、钱玄同、周作人、徐旭生、李玄伯诸先生随时为副刊撰著，实学术界大好消息也。"① 这则为别人所刊登事前并未征得鲁迅同意的广告，却引起了高长虹对鲁迅的强烈反感。他大肆攻击道："……'思想界权威者'的大广告便在《民报》上登出来了。我看了真觉'瘟臭'，痛惋而且呕吐。试问，中国所需要的正是自由思想的发展，岂明这样说，鲁迅也这样说。然则要权威者何用？"②事实上，任何时代，任何阶级都需要自己的权威，高长虹后来利用鲁迅为自己做广告时，也称鲁迅为"思想界先驱者"；而且，"权威者"一语，在外国也很平常。高长虹借这件事寻衅，只不过说明他试图与鲁迅相抗衡罢了。

高长虹与鲁迅的公开冲突，是在鲁迅赴厦门之后发生的。其导火线，是《莽原》半月刊的编者韦素园压下了向培良的独幕剧《冬天》。《冬天》一剧原是《新女性》杂志的退稿，后改投于《莽原》半月刊。向培良自认为，这是他剧本中比较光明的一篇，所以他觉得剧本被压是别有用意的。这个剧本，后来收入向培良的《沉闷的戏剧》一书。由于

---

① 引自《〈民报〉十二大特色》，见一九二五年八月五日《京报》。

② 引自《走到出版界》。

这场压稿的纠葛，在北京的向培良对韦素园破口大骂起来。上海的高长虹接到向培良的来信，便在一九二六年十月十七日出版的《狂飙周刊》上发表了《通讯》二则。在《给韦素园先生》信中，高长虹用攻击的口吻说："莽原须不是你家的！林冲对王伦说过：'你也无大量大材，做不得山寨之主！'谨先为先生或先生等诵之。"在《给鲁迅先生》一信中，高长虹先表白了一番自己对《莽原》的功绩，而后要挟鲁迅道："你如愿意说话时，我也想听一听你的意见。"然而，《莽原》半月刊是未名社的刊物，跟高长虹、向培良等并无社团关系，他们只是共同为鲁迅主编的《莽原》周刊写过稿罢了，绝无发表向培良剧本的义务。在厦门的鲁迅因为不知其中的底细曲折，只好保持沉默，没有表态，于是高长虹便诬蔑鲁迅持"中立主义"，有"派别感情"，转而把鲁迅作为了主要的攻击目标。他诽谤鲁迅是"世故老人"，"倒卧在青年脚下的绊脚石"，甚至把鲁迅生病也视为笑柄，年龄也当成错误。鲁迅为他选定《心的探险》一书，这时也成了一桩罪过。他不但不顾事实地宣称此书系由他"自作自编"，而且反诬鲁迅主张去掉的几篇是书中的成功之作。他说鲁迅建议将这几篇抽下，是因为对这些作品"不能领会"，以及"嫉贤妒能"。后来，他干脆将该书从鲁迅主编的"乌合丛书"中抽出，易名为《从荒岛到莽原》，改交光华书局出版。在《戏答》一诗中，他更恶毒地把鲁迅影射为独霸《莽原》的"女妖"，而把自己比喻成《莽原》的"生父"："与她和好有一年，生了个儿子叫草原（按：影射《莽原》），满望小草成灌木，妖精翻脸出真相……而今妖心有七窍，抚养草原把仇报，生子不必知父名，我今生子种祸根。"可见高长虹以怨报德到了何等地步！

　　我们没有听到韦素园本人对"压稿事件"的解释。但即使从向培良的一面之词中，我们也感到《冬天》未能及时刊出是不无理由的。大约在一九二六年八月初，《莽原》半月刊第十五期即将出版，向培良写信给韦素园，询问《冬天》是否可登。韦素园回信表示同意，但说要等下期。向培良于是将稿子寄去。待韦素园编《莽原》半月刊第十六期时，因为《冬天》篇幅长了一点，一时安排不下，于是只发表了他的另一篇作品《肉底触》。编第十七期时，韦素园原想刊登《冬天》，但鲁迅离京前特别嘱咐，要将另外三篇积压时间更长的稿件（石民的《诗二首》和译文《凡有艺术品》，以及 G 线的《两封信》）排上，限于篇幅,《冬天》又未能发表。同年九月下旬，韦素园因听说《冬天》已收入《沉闷的戏剧》一书，即将出版，便将原稿退给了向培良。[①] 由此可见,《冬天》没有在《莽原》半月刊发表，是有具体原因的。事实上，从《莽原》半月刊创刊到高长虹发表这封公开信的这段时间中，几乎每期《莽原》半月刊上都载有狂飙社成员的稿件（十八期登了十五篇）。鲁迅对于"压稿事件"没有表态，同样没有什么可指摘非难之处。鲁迅说："这是只要有一点常识，就知道无从说起的，我并非千里眼，怎能见得这么远。"[②]

　　高长虹对鲁迅的不满，还与鲁迅跟许广平的爱情有关。一九二六年十一月二十一日，高长虹在《狂飙周刊》第十七期发表了一首题为《给——》的恋歌：

> 我在天涯行走，
> 月儿向我点首，
> 我是白日的儿子，
> 月儿呵，请你住口。
>
> 我在天涯行走，
> 夜做了我的门徒，
> 月儿我交给他了，
> 我交给夜去消受。
>
> 夜是阴冷黑暗，
> 月儿逃出在白天，
> 只剩着今日的形骸，

---

① 　参阅培良《为什么同鲁迅闹得这样凶？》，见《狂飙周刊》，第 509—511 页。

② 　引自《新的世故》，见《集外集拾遗补编》。

失却了当年的风光。

我在天涯行走，
太阳是我的朋友，
月儿我交给他了，
带她向夜归去。

夜是阴冷黑暗，
他嫉妒那太阳，
太阳丢开他走了，
从此再未相见。

我在天涯行走，
月儿又向我点首，
我是白日的儿子，
月儿呵，请你住口。

据沉钟社人散布的"八卦"，诗中的太阳是高长虹自比，鲁迅是夜，月是许广平。同年十一月底鲁迅从韦素园的来信中听到这种说法，认定高长虹从背后骂他一个莫名其妙的原因之一，是对许广平的"单相思"。于是鲁迅决定跟高长虹刀来刀对，拳来拳挡，决不再退让；在恋爱问题上也改变了态度，由觉得"不配爱"到觉得"可以爱"了。对于这件事，高长虹后来曾有一段辩解："一天的晚上，我到了鲁迅那里，他正在编辑《莽原》，从抽屉里拿出一篇稿子来给我看，问写得怎样，可不可修改发表，……我看了那篇稿子觉得写得很好，赞成发表出去。他说作者是女师大的学生，我们都说女子能有这样大胆的思想，是很不容易的了。以后还继续写稿子来，这人就是景宋（许广平自号景宋）。我那时候有一本诗集，是同《狂飙周刊》一同出版的。一天接到一封信，附了邮票，是买这本诗集的，这人正是景宋。因此我们就通起信来，前后通了有八九次信，可是并没有见面，那时我仿佛觉到鲁迅同景宋的感情是很好的……后来我在鲁迅那里同景宋见过一面，可是并没有谈话，此后连通信也间断了。以后人们所传说的什么，事实的经过却只是这样的简单……可是这种朴素的通讯也许就造成鲁迅同我伤感情的第二原因了。"①

今天看来，沉钟社的人士的传言并无真凭实证。自古以来"诗无达诂"，他们的理解只不过是对《给——》的一种解读。据最新研究成果，高长虹的暗恋对象是女作家石评梅，他的"月亮诗"也不过是一首"广义的恋爱情"，不宜跟现实生活中的人物直接对号。然而就是这样一首诗，加深了鲁迅与狂飙社的裂痕，加剧了鲁迅跟高长虹的冲突，结果是"月亮"添乱，雪上加霜。

与"正人君子"交锋

在女师大学生运动期间，鲁迅还跟《现代评论》杂志《闲话》专栏的主持者陈西滢展开了一场笔战。

陈西滢，名源，字通伯，一八九六年（清光绪二十二年）生。西滢是他的笔名。他十六岁那年即赴英国留学，先后入爱丁堡大学和伦敦大学学政治经济，获博士学位。一九二二年回国，在北京大学执教。一九二四年八月，应王世杰之约加入现代评论社。同年十二月十三日《现代评论》周刊创刊，至一九二八年八月三日终刊，共出版九卷二百零九期，又增刊三期。陈西滢在该刊发表随笔小品译文约九十篇。他回忆这份刊物的历史时说："当时正值孙（中山）、段（祺瑞）合作时期，汪精卫主张在北方办一刊物，由段拿出一千银元作开办费用。这笔款是李石曾先生转到。刊物虽系综合性，但重文艺。《志摩诗集》，杨振声所著《玉君》，丁西林所著《一只马蜂》和凌叔华所著《花之寺》等书，

---

① 引自《一点回忆——关于鲁迅和我》。

都由《现代评论》出版。后来刊物移上海出版，无专人负责，渐无起色，以致停刊。"

在中国现代文学史上，陈西滢是一位争议颇大的人物。早在上世纪二十年代，有人就在广告中尊他为现代评论派的"主将"。后来，梁实秋又将他与胡适、周氏兄弟、徐志摩并称为五四以来五大散文家之一。但在一九四九年后的中国现代文学史教材中，他却成了声名狼藉的人物。现代评论派被说成是一个由反动教授拼凑起来的买办资产阶级文化集团，鲁迅与现代评论派之间的矛盾似乎也成了敌我矛盾。

事实上，把陈西滢评为五四以来五大散文家之一是溢美之辞；因为他自撰写《西滢闲话》之后，并无散文佳作问世。至于把他目为现代评论派的"主将"，也不属实。他只不过是《现代评论》杂志"闲话"专栏的主要作者，协助王世杰等人审阅过该刊前两卷的文艺稿件。在所谓现代评论派的成员中，他的两重性表现得较为鲜明；他那本收录了七十八篇短评、随笔的《西滢闲话》，也是良莠并存，泥沙混杂。

对于西欧国家的物质文明和精神文明，陈西滢佩服得五体投地。他反对"高唱打倒帝国主义"，反对"把种种黑暗腐败的事实归罪于列强的侵略政策"。"五卅"惨案发生后，他"不赞成高唱宣战"，只主张"据理力争"。但他也跟北大师生一起到段祺瑞政府请过一次愿，认为一个民族遭受侵略时不能把一切气节、人格、名誉都丢掉。

对于军阀混战残害人民生命财产的黑暗状况，陈西滢当然不满；在直奉大战的炸弹声中他自己也有一种栗栗危惧之感。但他却美化一些军阀头目如袁世凯、吴佩孚的私德，并且认为"那样的人民只配有那样的政府"。对于把矛盾指向北洋军阀政府的一系列革命群众运动，他都认为"太不像样"。

对于中国新文艺的前途，陈西滢是怀着很大的希望的。他支持白话文，不满于骈体文的复活和线装书的行时。但章士钊创办《甲寅》周刊，反对新文化运动时，陈西滢却掏了五块钱，买了一张股票。章士钊高兴地将他的文章译成文言，吹嘘他是"当今通品"。

对于鲁迅，陈西滢表示："我不能因为我不尊敬鲁迅先生的人格，就不说他的小说好，我也不能因为佩服他的小说，就称赞他其余的文章。"他盛赞鲁迅笔下的阿Q是一个不朽的典型，但认为鲁迅大部分杂感没有一读的价值，甚至散布鲁迅的《中国小说史略》有剽窃之嫌的流言，使鲁迅受到很大伤害。

鲁迅对陈西滢口诛笔伐，陈西滢夫人、女作家凌叔华感到十分抱屈。她曾对台湾《联合报》记者说："当时鲁迅为了帮女学生赶走新任的女师大校长，将她的行李扔到了校门口，陈看不过去，就在《现代评论》上攻击鲁迅，后来章士钊下令解散女师大，这一来，鲁迅那一帮人原认为陈西滢有亲章之嫌，就更凌厉地在《语丝》上对陈展开攻击。其实无其他关系，至少与女师大校长连面都没见过，但因女师大校长与陈先生都是无锡人，鲁迅就以为有啥关连。唉，真冤枉得很……"

我们无意于过分追究陈西滢跟章士钊、杨荫榆之间的私人关系，但必须看到鲁迅与陈西滢进行笔战是历史的必然。比如对待学生运动的态度，两者之间就泾渭分明，无可调和。

一九二五年八月二十一日，陈西滢、丁西林、王世杰、燕树棠、陶孟和、周鲠生、张歆海等在北京大学任教的《现代评论》同人发表了一份《致北大同事公函》，表示他们虽然不赞成章士钊的守旧主张，但更反对让学校卷入党派政争和政治旋涡。他们呼吁学校"早日脱离一般的政潮与学潮，努力向学问的路上走，为国家留一个研究学术的机关"。如果"要做学校以外的活动，应该各以个人的名义出去活动，不要牵动学校"。这种立场决定了他们对任何学潮都会采取反对的态度，客观上自然会站到了进步学生的对立面。而以鲁迅为代表的另一些进步教授在学潮中则讲是非而维人权——对于学生而言，人权首先是求学权。在女师大复校欢迎新校长的典礼上，许广平曾作为学生自治会代表发言。她说："我们学生，只为求学，并不知道谁是研究系，谁是政学系，谁是国民党。我们为求学而受摧残，只知求正义的有力的援助。"[1]学潮中难免有不同政治派别的介入，但大多数学生确如许广平所言，只

① 《女师大学刊》119期，1926年1月25日。

是为了维护一个正当求学的权利。鲁迅等支持女师大学生，起因也是因为女校长杨荫榆无理开除学生自治会六职员，"痛学生之无辜受戮，无端失学"。鲁迅亲拟的《对于北京女子师范大学风潮宣言》写道："然品性学业，皆有可征，六人学业，俱非不良，至于品性一端，平素尤绝无惩戒记过之迹，以此与开除并论，而又若离若合，殊有混淆黑白之嫌。况六人俱为自治会职员，倘非长才，众人何由公举？不满于校长者倘非公意，则开除之后，全校何至哗然？所谓果当其罪，则本系两主任何至事前并不与闻，继遂相率引退？可知公论尚在人心，曲直早经显见，偏私谬戾之举，究非空言曲说所能掩饰也。"在这份宣言上联名的还有女师大史学系主任教员史泰芬和国文系教员马裕藻、沈尹默、钱玄同、沈兼士、周作人。由此可见，以鲁迅为代表的一方跟以陈西滢为代表的一方，在学潮中发生冲突是无法避免的；更何况双方还存在自由主义与反自由主义，中庸与反中庸的分歧，所以完全谈不上有什么"冤枉"。

鲁迅与陈西滢论争中有不少关键词：

一、"闲话"。陈西滢的观点大多以"闲话"的形式出现，以表明自己客观公正，语气平和。而鲁迅却用峻急的语言旗帜鲜明地指出："我现在觉得世上是仿佛没有什么闲事的，有人来管，便都和自己有点关系；即便是爱人类，也因为自己是人。假使我们知道了火星里张龙和赵虎打架，便即大有作为，请酒开会，维持张龙，或否认赵虎，那自然是颇近于管闲事了……至于咱地球之上，即无论哪一处，事事都和我们相关，然而竟不管者，或因为不知道，或因管不着，非以其'闲也'。"[①]

二、"公理"。一九二五年十一月，章士钊等政客在"首都革命"高潮中逃往天津，女师大胜利复校。十二月十四日，陈西滢等三十二人在原女子大学校长胡敦复设的宴席上成立"教育界公理维持会"；十六日，又改名为"国立女子大学后援会"，对章士钊依靠军警强行成立的"女子大学"表示"后援"，将进步学生视为"暴徒"，将进步教员诬为"自

---

① 　引自鲁迅《华盖集续编·杂论管闲事、做学问、灰色等》。

堕人格"，甚至想把他们"投畀豺虎"。鲁迅在《"公理"的把戏》等文中戳穿了陈西滢所谓"公理"的虚伪性。鲁迅指出："当章在势焰熏天时，我也曾环顾这首善之区，寻求所谓'公理''道义'之类而不得；而现在突起之所谓'教育界名流'者，那时则鸦雀无声；甚至捧献肉麻透顶的呈文，以歌功颂德。但这一点，我自然也判不定是因为畏章氏有嗾使兵警痛打之威呢，还是贪图分润金款之利，抑或真以他为'公理'或'道义'等类的具象的化身？但是，从章氏逃走，女师大复校以后，所谓'公理'等件，我却忽而间接地从女子大学在撷英馆宴请'北京教育界名流及女大学生家长'的席上找到了。"这就暴露了陈西滢等人的维持"公理"，无非是"今日之我打昨日之我，'道义'之手批'公理'之颊——说通俗一点：自己打嘴巴"。①

三、"流言"。鲁迅说，他一生所受到的最大伤害，并非来自旗帜鲜明的小人，而是"学者名流"散播的流言。在论争中，陈西滢诬指鲁迅等"某籍"（浙江籍）"某系"（国文系）的教员"暗中挑剔"风潮，并暗指鲁迅的《中国小说史略》整大本地"剽窃"了日本学者盐谷温的《中国文学概论》。鲁迅将此类"流言"斥为"畜类的武器，鬼蜮的手段"②，并表示无论如何，"流言"总不能吓哑他的嘴。③

在跟现代评论派论争的过程，鲁迅还给陈西滢等人起了一个雅号，叫"正人君子"。从此，"正人君子"就成为了貌似公正平和、不偏不倚，实则营私利己、表里不一的"学者名流"的代名词。

鲁迅曾经明确表示，他跟陈西滢的论争"实为公仇，决非私怨"。因为陈西滢并不是孤立的个人，而是代表了中国知识界的一个群体。一九三三年四月，何凝（瞿秋白）在《〈鲁迅杂感选集〉序言》中也指出，鲁迅当时反对陈西滢一类欧化绅士的战斗，"虽然隐蔽在个别的甚至私人的问题之下，然而这种战斗的原则上的意义，越到后来就越发明显了"。鲁迅对于这一论断有知己之感。一九三六年七月的一天，鲁迅

---

① 引自鲁迅《华盖集·碎话》。
② 引自鲁迅《华盖集·并非闲话》。
③ 引自鲁迅《华盖集·我的"籍"和"系"》。

对冯雪峰说:"看出我攻击章士钊和陈源(西滢)一类人,是将他们作为社会上的一种典型的一点来的,也还只有何凝一个人!"这次论争激发了鲁迅杂文创作的热情,决定了鲁迅后期以杂文创作为主的写作倾向。

"修我甲兵,与子偕行"

每次每次,当鲁迅先生仰着冷静的苍白的面孔,走进北大的教室时,教室里有两人一排的座位上总是挤坐着四五个人,连门边连走道都站满了校内的和校外的正式的非正式的学生。教室里主宰着极大的喧闹。但当鲁迅先生一进门,立刻安静得只剩了呼吸的声音。他站住在讲桌边,用着锐利的目光望了一下听众,就开始了"中国小说史"那一课题。

他的身材并不高大,常穿着一件黑色的短短的旧长袍,不常修理的粗长的头发下露出方正的前额和长厚的耳朵,两条粗浓方长的眉毛平躺在高出的眉棱骨上,眼窝是下陷着的,眼角微朝下垂着,并不十分高大的鼻子给两边深刻的皱纹映衬着这才显出了一点高大的模样,浓密的上唇上的短须掩着他的阔的上唇,——这种种看不出来有什么奇特,既不威严也似乎不慈和。说起话来,声音是平缓的,既不抑扬顿挫,也无慷慨激昂的音调,他那拿着粉笔和讲义的两手从来没有表情的姿势帮助着他的语言,他的脸上也老是那样的冷静,薄薄的肌肉完全是凝定着的。

他叙述着极平常的中国小说史实,用着极平常的语句,既不赞誉,也不贬毁。

然而,教室里却突然爆发笑声了。他的每句极平常的话几乎都须被迫地停顿下来,中断下来了。每个听众的眼前赤裸裸地显示出了美与丑,善与恶,真实与虚伪,光明与黑暗,过去现在和未来。大家在听他的"中国小说史"的讲述，却仿佛听到了全人类的灵魂的历史，每一件事态的甚至是人心的重重叠叠的外套都给他连根撕掉了。于是教室里的人全笑了起来，笑声里混杂着欢乐与悲哀，爱恋与憎恨，羞惭与愤怒……于是大家的眼前浮露出来了一盏光耀的明灯，灯光下映出了一条宽阔无边的大道……大家抬起头来，见到鲁迅先生的苍白冷静的面孔上浮动着慈祥亲切的光辉，像是严冬的太阳。

以上这篇描写鲁迅在北京大学讲课的文字，绘声绘色，极为生动，出自作家鲁彦的回忆录《活在人类的心里》，原载一九三六年十一月五日出版的《中流》半月刊第一卷第五期。鲁彦原名王衡，在北京大学旁听过鲁迅的课程，是文学研究会会员。一九二五年跟鲁迅交往，被鲁迅戏称为"吾家彦弟"。鲁迅将他划归为"乡土文学的作家"，说他的作品表现了"要逃避人间而不能的悲哀"，"在玩世的衣裳下，还闪露着地上的愤懑"。①

鲁迅的教学生涯始于一九〇九年，终于一九二八年。他在北京的十四年中，先后在八个大专学校和中学任课，几乎占去他一周工作时间的三分之一。这八所学校是：北京大学，北京师范大学，北京女子师范大学，世界语言专门学校，集成国际语言学校，黎明中学，大中公学，中国大学。鲁迅在北大和北师大任教时间长达六年之久（1920—1926）。鲁迅设计的北大校徽沿用至今。一九二五年他应北大学生会之请，为北大二十七周年校庆撰写了《我观北大》一文，指出："北大是常为新的，改进的运动的先锋，要中国向着好的，往上的道路走。""北大是常与黑暗势力抗战的，即使只有自己。"黎明中学、大中公学和中国大学都是当时具有进步倾向的学校。特别是黎明中学，完全是五卅爱国运动的产物，所以鲁迅以大学讲师的身份担任该校"高中文科小说教员"。鲁迅

① 见《〈中国新文学大系〉小说二集序》。

在世界语专门学校和集成国际语言学校兼课，是认为人类将来总当有一种共同的言语，学习世界语，可以增进人类之间的感情，促进各国文化的交流。

跟鲁迅关系最深的应该是国立女子师范大学（前身为京师女子师范学堂，北京女子师范学校，北京女子高等师范学校）。不仅是因为鲁迅受挚友许寿裳之邀到此任教，也不仅是因为在该校跟许广平建立了爱情关系，而且更因为参加了一场震动北京、波及全国的学生运动——"女师大风潮"。

让我们先回放历史的一幕。

在北京宣武门内石驸马大街，汽车排成了一字长蛇阵。一群操着砖头棍棒的男女打手，在荷枪实弹的军警和身着灰布大褂的便衣侦探的卫护下，狼奔豕突，冲进了国立北京女子师范大学的雕花铁门。指挥者手持一根文明棍，他就是北洋政府教育部专门教育司的司长刘百昭。坚守在校园的二十多名女生在寡不敌众的情况下，紧挽手臂，拼死抵抗。男女打手蜂拥而上，拳脚交加，七八人或十多人挟持一个，揪住女生头发将她们拖出校门，捆塞进汽车，囚禁于报子街女师大补习科纸窗破烂、蛛网密布的空屋内。被殴拽的女生衣破发乱，遍体鳞伤。共产党员李桂生数次晕倒，后经抢救，方得复苏。这就是发生在一九二五年八月二十二日的所谓"武装接收女师大"事件。

国立北京女子师范大学是当时全国唯一的最高女子学府。一九二五年初，以共产党和国民党合作作为基础的革命统一战线正式形成。在日趋高涨的革命群众运动的推动下，女师大学生掀起了一场以驱逐顽固守旧的校长杨荫榆为直接目标的学潮——"驱羊（杨）运动"。

一九二五年，是鲁迅前期工作最为繁忙、创作力最为旺盛的一年，也是他教学活动十分繁忙的一年。青年们不仅通过鲁迅的作品得到精神的陶冶，而且在课堂上屏息静听着他的教诲。他幽默的谈吐，睿智的思想，乃至褪色的打着补丁的长袍，都给青年学生以强烈的感染和深刻的启迪。青年们把鲁迅视为指迷问津的导师；正在找寻生力军的鲁迅，也把青年看成是"改进的运动的先锋"。当女师大进步学生吁请鲁迅给她们的斗争以声援时，鲁迅毫不犹豫，立即以敌忾同仇的精神跟她们同壕作战。

在北洋政府"武装接收女师大"之前，鲁迅就为学生代拟了两篇"呈教育部文"。他历举女师大校长杨荫榆"尸位素餐，贻害学子"的行径，要求教育当局迅速撤换其校长职务。他还同其他六名教授一起，联名发表了《对于北京女子师范大学风潮的宣言》，为女师大学生伸张正义。他公然违抗北洋政府教育部关于解散女师大的部令，毅然担任了女师大校务维持会委员，因而教育总长章士钊于八月十二日呈请"临时执政"段祺瑞免除了他教育部"佥事"的职务，"以示惩戒"。女师大被强行解散之后，鲁迅又跟进步学生在宗帽胡同另觅校舍，坚持复课。他不仅宣布义务授课，而且主动提出将课时增加一倍。八月二十二日鲁迅上诉平政院控诉章士钊，因为他担任女师大校务维持会委员是八月十三日，而章士钊呈请免职是在十二日，在前一天怎么可能预知后一天才发生的事情呢？鲁迅抓住章士钊的这个"倒填日期"的漏洞不放。这虽是一场硬仗，但由于鲁迅善于斗争，终于告倒了不但是教育部长，而且还兼司法总长的章士钊，取得了这场诉讼的胜利。在女师大学生运动过程中，鲁迅撰写了大量杂文，痛斥"很想勒转马头"的守旧派文人，揭露"在杯酒间谋害学生"的教育界的蟊贼。当段祺瑞及其幕僚在革命群众运动的高潮中短暂避匿时，鲁迅基于对尚未放下屠刀的敌人"咬人"本性的清醒认识，号召爱国民众乘胜追击，痛打落水狗，以免重演"不打落水狗，反被狗咬了"的历史悲剧。鲁迅的这些作品，如闪电，划破了重叠的乌云；似惊雷，打破了酷烈的沉默。无辜受戮的学生读后"添了军火，加增气力"；势焰熏天的屠伯看了"恨得扒耳搔腮，忍不住露出本相"。

由于女师大进步师生的奋力抗争和各界人民的大力支持，北洋政府终于被迫宣布恢复女师大。一九二五年十一月三十日，女师大学生从宗帽胡同的临时校舍列队步行回校，同日发表了《复校宣言》。次日，女师大风潮中的二十四名骨干在校门口合影留念。鲁迅为这张照片顶端的题词拟稿，全文是："民国十四年八月一日，杨荫榆毁校，继而章士钊非法解散。刘百昭率匪徒袭击，国立北京女子师范大学蒙从来未有之难。同人等敌忾同仇，外御其侮。诗云：修我甲兵，与子偕行。此之谓也。既复校，因摄影，以资纪念。十二月一日。""修我甲兵，与子偕行"——是鲁迅在女师大学生运动中与进步青年共同反抗黑暗势力的生动写照。

在战士的血痕中

一九二六年发生在北京的"三一八"惨案，是继"五卅"惨案之后，帝国主义和封建军阀对中国人民的又一次大屠杀，是中外反动派为扑灭中国人民的革命烈火而犯下的又一骇人听闻的罪行。惨案的发生，加深了鲁迅对敌人反动本性的认识，使他进一步看到了人民群众中蕴藏的革命力量。鲁迅以极其深沉的情感，热情讴歌了人民群众的爱国精神；同时又教育人民群众寻求新的斗争方式和方法，为这一惨案总结了可贵的经验教训。

一九二六年三月十二日下午三时四十分，为了帮助奉系军阀消灭当时倾向于革命的国民军，日本海军第十五驱逐队的"藤"字号和"薄"字号两艘驱逐舰悍然进攻大沽口。在忍无可忍的情况下，国民军被迫自卫还击。十六日，日本反而借口国民军违反《辛丑条约》，向中国提出抗议，并纠集英、美、法、意、荷、比、西等国，向段祺瑞执政府提出最后通牒，限四十八小时内（即十八日午前）作出答复。国民军跟奉军的冲突原是中国的"内争"；而日本军舰驶入的是中国的领海，炮击的是中国的驻军，属于"外侮"。北京民众的请愿活动是在日、美、英、法、意五国的十八艘军舰云集津沽炫耀武力的严峻形势下发生的，而执政府却以承认卖国的《辛丑条约》为前提，对列强采取了妥协恳求的态度，因而激怒了成千上万的爱国民众。

十七日下午三时，北大、女师大等二百余所学校、团体的代表四百余人在北河沿北大第三院召开紧急会议，议决三月十八日在天安门召开国民大会。紧急会议结束后，代表们编为甲、乙两组，分头请愿。甲组赴外交部，乙组赴国务院。下午五时，当乙组百余代表到达国务院时，竟遭卫队刺刀袭击，多人受伤。

十八日上午十时，北京总工会、总商会、学总会等团体和各校学生五千人在天安门集会，反对八国通牒，要求驱逐八国公使出境。中国共产党北方区委书记李大钊是大会主席之一。他在演说中号召："让我们用五四精神、五卅热血，用我们过去一切斗争的经验，……联合起来，反抗帝国主义的联合进攻，反对军阀的卖国行为！"正午十二时，两千余群众开始结队游行。许多共产党员、共青团员担任指挥、联络、散发传单、张贴标语等工作。游行队伍情绪高涨。群众高唱《国民革命歌》，高呼"打倒帝国主义"、"打倒段祺瑞"等口号，经东长安街、东单、东四向铁狮子胡同国务院进发。防守在执政府国务院门前的府卫队及教导队，提刀荷枪，杀气腾腾。国务院西口原陆军部旧址和东口靠近十条胡同的地方，也密布军警，如临大敌。

下午一时左右，游行群众抵达执政府国务院东辕门，推举代表五人，要求会见执政府的国务总理贾德耀，被拒绝。于是总指挥提议往吉兆胡同找皖系头目段祺瑞，表示民众反对帝国主义的决心。队伍正待转移，突然从北边大红门涌出大刀队数百人，插入群众队伍肆意砍杀。接着，埋伏在执政府门前的卫队在警笛指挥下向群众开枪。当群众从东西辕门方向退避时，门太窄，道路堵塞，把守的士兵又挥动刺刀铁棒击杀群众。顿时，执政府一带血花飞溅，死伤枕藉，惨不忍睹。枪声息后，铁狮子胡同东西口，东四六条以北，北新桥以南，均有军警荷枪实弹防守，铺户闭门，交通断绝。

这次惨案，群众被杀害四十七人，伤二百余，其中学生占十之七八，而女生又占十之三四。在死难群众中，还有孕妇二人，五十岁老妪一人，十三岁小学生一人。据报载，惨案发生前，执政府已预备了数十具棺材，三月十七日又召开秘密会议，连夜布置。惨案发生后，执政府又命令各汽车行不准出租汽车运送死伤群众。段祺瑞在接见卫队旅上校参谋长楚溪春时还说："你去告诉卫队旅官兵，我不但不惩罚他们，我还要赏他们呢！"这些情况都清楚地表明：这是一次有预谋的大屠杀。

在这次惨案中牺牲的烈士中，有女师大学生自治会主席刘和珍和进步学生杨德群。刘和珍是这次大会游行的指挥者之一。她是在国务院东辕门中弹的，弹从右肋射入，斜贯心肺，自左腋穿出，但仍然支撑着向外爬行。同去的张静淑想去救助她，中了四弹，立仆；同去的杨德群也想去扶起她，亦被击，弹从左肩入，穿胸偏右出，也立仆。同去的何佩仙、王淑群还想扶起她，卫队在王淑群腰间猛击一棍，不让扶，同时又猛击刘和珍头部，刘和珍当即牺牲。杨德群受伤后还有一丝气息，抬往钱粮胡同内城官医院途中，血流不止，入院后未及半小时也牺牲。

惨案发生后，为了颠倒是非，推卸罪责，段祺瑞执政府找来几支旧手枪，说是学生们的凶器；又找了几把笤帚和几个煤油桶，装了一些煤油，诬赖学生拿这些东西准备烧执政府。帮凶和帮闲的文人们也鼓噪四起，在一些报刊散布流言，为段祺瑞政府开脱罪责，污蔑群众先向卫队射击才演此惨剧，要群众领袖承担惨案的责任。

北洋政府的残酷镇压更加激起了全国人民的极大愤慨。诗人刘半农曾在一首诗中发出了这样的悲吟：

呜呼三月一十八，
北京杀人如乱麻！
民贼大试毒辣手，
天半黄尘翻血花！
晚来城郭啼寒鸦，
悲风带雪吹飔飔，
地流赤血成血洼！
死者血中躺，
伤者血中爬！

三月十八日早晨，鲁迅就知道上午有群众向执政府请愿的事。血的教训告诉鲁迅：手无寸铁的群众跟灭绝人性的武装敌人正面冲突，不利于保存革命力量。但是，当革命群众已经起来跟黑暗势力搏斗时，他毅然同群众一起投入战斗。

下午，女师大学生许羡苏到鲁迅的西三条寓所，报告了卫队开枪屠杀群众，刘和珍也在遇害之列的噩耗。当时，鲁迅正在写一篇杂文，题为《无花的蔷薇之二》，已经写完了三节，听到军阀政府施行大杀戮的消息，他愤怒的感情如火山岩浆迸发了出来，他感到"已不是写什么'无花的蔷薇'的时候了"。在这篇杂文的后六节中，鲁迅将投枪与匕首的锋芒直接指向段祺瑞军阀政府，号召爱国民众奋起战斗，讨还血债。鲁迅说："如此残虐险狠的行为，不但在禽兽中所未曾见，便是在人类中也极少有……""这不是一件事的结束，是一件事的开头。墨写的谎说，决掩不住血写的事实。血债必须用同物偿还。拖欠得愈久，就要付出更大的利息！"鲁迅在文章末尾特意说明了时间，并把三月十八日称为"民国以来最黑暗的一天"。

"三一八"惨案给予鲁迅的震动是极巨大、极深刻的。许羡苏回忆道："过了三天，我去看鲁迅先生，他母亲对我说：'许小姐，大先生这几天气得饭也不吃，话也不说。'几天以后，他才悲痛地说了一句：'刘和珍是我的学生！'就这样，鲁迅先生气病了。"李霁野回忆道："我从未见到先生那样悲痛，那样愤激过。他再三提到刘和珍死难时的惨状，并且说非有彻底巨大的变革，中华民族是没有出路的。他恨透了残酷反动的军阀统治，他知道那样的社会不是枝枝节节可以改好的。同时，他的信心也比以前任何时候都表现得更坚定。"

三月二十五日，鲁迅亲自出席了女师大为刘和珍、杨德群烈士举行的追悼会。对烈士牺牲的悼念，对屠杀者罪行的愤慨，对未来战斗的渴望，交织在鲁迅心中。他长时间地独自在礼堂外徘徊。这时，一位女师大学生会干部程毅志走上前来，请求鲁迅先生写一点纪念刘和珍的文章。鲁迅慨然允诺了这一要求，其实他"也早觉得有写一点东西的必要了"。四月一日，鲁迅饱蘸着血泪，用愠怒而悲愤的笔调写出了《记念刘和珍君》这篇千古不朽、感人至深的文字。同一时期，围绕着"三一八"惨案，鲁迅还写了《死地》《可惨与可笑》《空谈》《如此"讨赤"》《新的蔷薇》《淡淡的血痕中》等文章。在这些作品中，鲁迅无情地撕开帝国主义、封建军阀及其走狗的画皮；向为中华民族的解放事业而献身的先驱者奉献了自己的悲哀与尊敬。在这些作品中，鲁迅深刻总结了群众运动的经验，教育中国人民寻求新的革命斗争方式。鲁迅一方面看到了人民群众是不可征服的，另一方面又看到了人民群众改换战斗方法的重要性与必要性。

向灭绝人性的刽子手请愿，鲁迅虽然一向就不赞成，但是，"三一八"惨案发生后，鲁迅并没有对群众进行傲然的批评，轻浮的嘲笑或嘀嘀咕咕的非难，而是以参加者的姿态，对这一事变表示莫大的关切，热情歌颂了爱国民众的历史主动性和自我牺牲精神。同时鲁迅又谆谆告诫他们："'请愿'的事，从此可以停止了。"他向中国的有志于改革的青年大声疾呼，要求他们正视淤积的凝血，不忘死尸的沉重，用壕堑战的方式跟敌人进行"火与剑"的战斗。

由于鲁迅冒着生命危险写了很多杂文，痛斥惨案的制造者和他们的帮凶，因此触怒了封建军阀。一场政治迫害又降临到鲁迅身上。

"三一八"惨案发生后，段祺瑞执政府立即密令严拿惩办李大钊等五人，给他们加上了"假借共产学说，啸聚群众，屡肇事端"的罪名。三月二十六日，北京《京报》披露了段祺瑞执政府妄图扩大通缉面的消息："该项通缉令所罗织之罪犯闻竟有五十人之多，如……周树人（即鲁迅）、许寿裳……均包括在内，闻所开五十人中之学界部分，系（教长）马君武亲笔开列……据说共总通缉人数在一百五十人以上。"四月九日，《京报》又登出了执政府准备在学界严拿的四十八人的名单，再次证实其中包括鲁迅。除鲁迅外，女师大教职员、学生被通缉的还有十二人，连替女师大学生控告过北洋军阀政府的律师也获罪。

当白色恐怖的逆流其势汹汹卷来的时候，鲁迅没有被貌似强大的敌人吓倒，而是以大无畏的精神，坚持斗争。就在四月九日这天，鲁迅看到《京报》披露的通缉名单，马上着手进行反击的准备。他在一封给友人的信中写道："五十人案，今天《京报》上有名单，排列甚巧，不象谣言"，"我想调查五十人的籍贯和饭碗，有所议论，请你将所知者注入掷下，劳驾，劳驾！"鲁迅想写的这篇文章，就是四月十六日发表于

《京报副刊》的《大衍发微》。同一时期，鲁迅在杂文《如此"讨赤"》；散文《一觉》中，揭露段祺瑞执政府在"讨赤"的烟幕下，镇压爱国人民以及奉军飞机三临北京上空投掷炸弹的暴行。

四月二十日，国民军为了粉碎皖系政客策划的颠覆活动，派兵包围了执政府，段祺瑞被迫下野，逃往天津。但在帝国主义扶植下，直系军阀与奉系军阀又联合起来，组成反共反人民的"北京政府"，实行军事专政，白色恐怖加剧；大批共产党人被逮捕，工会和农民协会被摧残，人民饱受杀掠之苦，仅京郊一处，难民就有四十万人以上。

直奉军阀以"严办赤党"的名义，对北京教育界进行了残酷的迫害。列入逮捕名单的一百余人中，学界占百分之七十。据当时的《教育杂志》报道："教育界人，上至校长教职员，下至学生，平日为人所注目及自忖不甚安稳者，亦皆四处奔逃。"中小学仅有半数学生到校，国立九校实际已停课。四月二十六日，军警包围北大，强行搜查。四月二十九日，女师大亦被搜查。

政治环境一天比一天险恶，严重威胁着鲁迅的安全。鲁迅在亲友的敦劝之下，从三月底直到五月，度过了一段避难生活。先是暂避西城锦什坊街九十六号的"莽原"社中。后又转移到旧刑部街的山本医院（三月二十九日）和东交民巷的德国医院（四月十五日），法国医院（四月二十六日），五月上旬才回到自己的寓所。

说是"避难"，其实鲁迅并没有认真躲避起来，他只不过是为了安安家人朋友的心罢了。这一段时间，他不仅坚持到女师大、北大、中国大学讲课，而且在极端困难的处境中坚持写作。《朝花夕拾》中的《二十四孝图》《五猖会》《无常》三篇文章，就是这一时期写的。在德国医院的堆积房里，鲁迅还校对了许钦文的第一部小说集《故乡》。鲁迅又约了友人齐寿山，到中山公园对译荷兰作家望·蔼覃的童话《小约翰》。从七月六日至八月十三日，人们经常可以看到鲁迅身穿浅蓝色竹布长衫，夹着红黑色格子布的书包，到公园一间红墙的小屋里工作。经过一个多月的努力，《小约翰》终于在白色恐怖的笼罩下译成了。

八月二十二日，是女师大毁校周年纪念日，鲁迅亲自莅会，发表了振奋人心的演说。鲁迅满怀信心地指出："希望是附丽于存在的，有存在，便有希望，有希望，便是光明。……黑暗只能附丽于渐就灭亡的事物，一灭亡，黑暗也就一同灭亡了，它不永久。然而将来是永远要有的，并且总要光明起来；只要不做黑暗的附着物，为光明而灭亡，则我们一定有悠久的将来，而且一定是光明的将来。"这篇讲演词，集中反映了鲁迅离京前高昂的精神状态。

真爱的追求者

一九一九年一月的一天，鲁迅在寓所枯坐终日，无聊时，偶尔看看窗外四角形的惨黄色的天穹。这时，邮差送来一封来信，写信人是一位跟他毫不相识的少年，信中附录了一首题为《爱情》的新诗，诗中写道：

> 我年十九，
> 父母给我讨老婆。
> 于今数年，我们两个，也还和睦。
> 可是这婚姻，是全凭别人的主张，别人撮合；
> 把他们一日戏言，
> 当我们百年的盟约。
> 仿佛两个牲口听着主人的命令：
> "咄，你们好好的住在一块儿罢！"
> 爱情！可怜我不知道你是什么！

这首诗，勾起了鲁迅对十三年前一幕的回忆。

那是一九〇六年六月，二十六岁的鲁迅正准备在日本东京进行他的文学活动，忽然家里接二连三地催他归国，有时一天来两封信，说是母亲病了。待鲁迅焦灼不安地回到故乡，才知道这是一场骗局。原来他家里听到一种谣言，说鲁迅跟日本女人结了婚，还领着孩子在东京散步，因此急着逼他回国完婚。新人朱安是鲁迅本家叔祖周玉田夫人的同族，媒人就是玉田夫人的儿媳。这位媒人颇有《红楼梦》中的王熙凤之风，平日似乎跟鲁迅的母亲谈得挺投机，但她却没有吐露朱安当时身材矮小、发育不全的实情，显然是出于成心欺骗。婚礼完全是按旧的繁琐仪式安排的。族人知道鲁迅是新派人物，估计要发生一场争斗，或者还会酿成一种出人意料的奇观，便排成阵势，互相策应，七嘴八舌地劝诫他。鲁迅心中自有主张，便不露声色地简单答道："都可以的。"

当年七月二十六日（阴历六月初六），鲁迅和朱安在周家新台门的大厅举行了婚礼。新郎给客人留下的最深印象，是临时戴上了一条长长的假辫。新娘给客人留下的最深印象，是脚小鞋大，因此花轿刚停，鞋就掉到了地上。据亲友说，结婚时双方的表情都有些阴郁。鲁迅很快就搬出了新房；四天后，携二弟周作人一起去了日本。后来，鲁迅步步攀登人生的高峰，而朱安在席卷中国大地的时代风涛中却木然不动，至死还维持着她那守旧的思想。

一九一四年十一月二十六日，鲁迅日记中出现了一条罕见的记载："下午得妇来书，二十二日从丁家弄发，颇谬。"丁家弄，是朱安娘家的所在地。朱安婚后常回娘家。这封信的大意是：当年十月三十日下午，一条白花蛇从园中窜进了朱安的卧室。按旧俗，蛇往往被视为淫物，于是朱安托周作人在路边摊买了几枚古钱币，其中有表现男女性爱生活的"秘戏泉"，据说这种钱上刻的春宫图可以辟邪破法。朱安在信中讲述这种迷信之事，作为中国科学普及先驱的鲁迅自然会感到愚不可及。[1]由于双方思想的隔膜，鲁迅仅仅跟朱安维持着一种形式上的夫妻关系，实际却过着古寺僧人般的独身生活。鲁迅多次对友人说："她是我母亲的太太，不是我的太太。"又说："这是母亲给我的一件礼物，我只负有一种赡养的义务，爱情是我所不知道的。"

关于鲁迅跟朱安的夫妻生活，荆有麟的《鲁迅的婚姻同家庭》一文谈得最为具体。朱安曾对荆有麟的妻子说，鲁迅的母亲希望她生一个儿

---

[1]　参见乔丽华《朱安传》，第77—79页，上海社会科学院出版社2009年12月版。

子，朱安解释道："老太太嫌我没有儿子，大先生终年不同我讲话，怎么会生儿子呢？"鲁迅又对荆有麟说："wife（本义妻子，此处泛指性生活），多年中，也仅仅一两次。"① 在跟许广平结合之前，鲁迅是以工作"代醇酒妇人"，而朱安则咕嘟咕嘟吸着水烟袋，百无聊赖地打发时光。

跟鲁迅比较起来，许广平则更早地感受到了包办婚姻的苦痛。她刚生下三天，就被酩酊大醉的父亲"碰杯为婚"，将她许配给了一个姓马的劣绅家。因此，许广平在刚刚识字的时候，就模糊地懂得了"所遇非人"的含义。一九二一年解除包办婚姻不久，初恋的悲剧又不幸降临到许广平的身上……

那是在刚入女高师的第一年，一位热情、任侠、豪爽、廉洁、聪明、好学的青年曾经敲开过她那纯净的心扉。这位青年叫李小辉，广东人，是她的表亲，因打算赴法勤工俭学来到北京，误了考期，改在北京大学读书，两人过从甚密。许广平当时在北京还有一位女友，叫常瑞麟，原是天津女师的学生，后考入北京医学专门学校，家住北京西城李阁老胡同四号。每逢节假日，她总要到常瑞麟家去聚谈。一九二三年冬，常瑞麟的三妹毓麟和四妹应麟得了传染病，许广平自告奋勇像亲姐姐一般照料她们。这年除夕之夜，许广平参加女高师师生同乐会，正在兴高采烈地听故事、猜谜语、放烟火时，突然感到喉咙阵阵作痛。因为没有丰足的医药费，第二天她只好跑到常瑞麟学校的校医室就诊，被诊断为扁桃腺炎。学校没有空余的病房，她就又来到了常瑞麟家休养。李小辉得悉她的病情，十分焦虑。年初五这天，李小辉连续三次前来探视，第三次还带来了一些西藏青果，说是可以医治喉症。他给许广平留下一半，自己留用一半，因为他也觉得有些喉痛了。

许广平的病一天天沉重起来，病后的第六天，竟由昏迷而进入弥留状态。常瑞麟的父亲出于好意，请了一位朋友义务诊治，让她服中药，然而病情更严重了。一星期后，请到同仁医院的一位日本医生出诊，才判明她得的根本不是扁桃腺炎，而是猩红热。经过开刀，从红肿的颈部

---

① 见《鲁迅回忆断片》，上海杂志公司 1943 年 11 月初版。

挤出一盘脓液，这才复苏过来。一九二四年二月二十三日（旧历正月十九日），许广平身体略有好转，立即打听李小辉的情况，得到的答复却似晴天霹雳：原来李小辉因探视许广平也传染了猩红热，于一月七日结束了他年轻的生命。

昊天难测，蕙荃早摧。李小辉的夭亡，给许广平带来了巨大的打击。法国作家罗曼·罗兰说过："每个人的心底都有一座埋葬爱人的坟墓。他们在其中成年累月的睡着，什么也不来惊醒他们。可是早晚有一天，——我们知道的，——墓穴会重新打开。死者会从坟墓里出来，用他的嘴唇向爱人微笑；他们原来潜伏在爱人胸中，像儿童睡在母腹里一样。"李小辉在许广平心中，就留下了这种生命狂流冲刷不掉的影像。十八年之后，许广平怀着深沉的感情，写过一篇题为《新年》的散文，追忆起这段悲怆的往事。她写道："到了第十八年纪念的今天，也许辉的家里都早已忘了他罢，然而每到此时此际，霞（许广平小名霞姑）的怆痛，就像那患骨节酸痛者的遇到节气一样，自然会敏感到记忆到的，因为它曾经摧毁了一个处女纯净的心，永远没有苏转。"

生活的真谛告诉我们，人的初恋固然难忘，但第一次进入情感天地的异性其实并不一定就是最为理想的伴侣。在初恋中一度破灭的爱情，也不像那狂风吹落的花朵，永远不能在心灵的枝头重新绽放。许广平后来跟鲁迅的结合，就是一个鲜明的例证。

用通常的眼光看来，许广平跟鲁迅的结合有着许多不和谐的地方：论年龄，双方差异有十八岁之多；论外貌，鲁迅并无特殊的魅力；论金钱，鲁迅当时因家庭负担沉重以及购买西三条二十一号寓所而债台高筑；论地位，鲁迅当时固然在文坛和进步青年中享有盛誉，但他却因支持女师大学生运动而被免去了教育部佥事的职务，面临着被北洋军阀政府迫害的危险。最大的障碍，是一九〇六年夏天鲁迅曾由家庭包办跟山阴朱安女士成婚。由于有这样一位形式上的"周太太"存在，许广平跟鲁迅的结合就不仅需要抗拒守旧者探索、讥笑、猥亵和轻蔑的眼光，而且还要鼓足跟旧家庭决裂的勇气。如果没有超凡脱俗的眼光、坚忍倔强的精神、豁达无畏的性格，一个二十七岁的女性是很难承受即将面临的这一切的。

许广平说过，爱情的滋生，是漠漠混混、不知不觉的。她跟鲁迅之间也是"不晓得怎么一来彼此爱上了"。[①] 其实，他们之间感情的产生和发展是有脉络可寻的。他们之间的爱情异于寻常爱情之处，就是并非单纯出于异性之间的互相倾慕，而是被鲁迅的人格魅力和渊博学识所吸引。

鲁迅刚到女高师兼课，就给许广平留下了极为深刻的印象。许广平后来回忆说，鲁迅当时虽然讲的是《中国小说史略》，但却说出了事物的普遍真理。鲁迅讲课的语言，就像他所写的文章一样，雄辩地驳斥了异端邪说，摈弃了弥满世间的乌烟瘴气。当各种庸俗、荒诞的小说麻醉青年灵魂的时候，鲁迅的课程尤其具有清醒头脑的作用，听后有如初春的和风，从冰冷的世间吹拂着人们，阴森森中感到一丝丝暖气。许广平感到，鲁迅具有一种潜在的吸引力。他的光和热力，就像太阳的吸引万物，万物的欢迎太阳一样。[②] 在许广平心目中，鲁迅是可敬的，同时又是可亲的，所以她曾经在课堂上一边听讲，一边把一个长发直竖、满身补丁、谈笑风生的鲁迅速写下来。

从一九二五年三月十一日起，许广平跟鲁迅之间开始通信，至同年七月底，双方往返书信有四十余封。这些书信，"其中既没有死呀活呀的热情，也没有花呀月呀的佳句"，有的是对于人生广泛而严肃的探索。我们翻开《两地书》的第一集就可以看到，他们之间是如何热烈地讨论国内政治形势，认真地总结辛亥革命的经验教训，深刻地思索改革社会的道路和方法，艰苦地寻求思想上的指南针。这就是他们之间爱情的萌发，也是他们爱情的牢固基石。许广平后来在《为了爱》一诗中写道："……一切的经过，看《两地书》就成，那里没有灿烂的花，没有热恋的情，我们的心换着心，为人类工作，携手偕行……"[③]

"工作的相需相助，压迫的共同感受，时常会增加人们两心共鸣

---

① 参见景宋《从女性的立场说"新女性"》，见 1939 年 2 月 22 日《鲁迅风》第 10 期。

② 参阅许广平《欣慰的纪念》《鲁迅回忆录》。

③ 引自景宋《为了爱》，见 1937 年 2 月 20 日《中流》1 卷 11 期。

的急速发展。"^①在女师大学潮的日日夜夜里，许广平不仅在鲁迅的指引下置身于学生运动的最前列，而且还在鲁迅的激励下，勇猛地投入了思想文化战线的斗争。这种并肩战斗的生活，成为了他们感情融合的催化剂。

对于鲁迅的创作和研究工作，许广平是一直热忱予以帮助的。比如鲁迅一九二六年十二月二十九日在致韦素园信中提到："……景宋在京时，确实常来我寓，并替我校对，抄写过不少稿子（《坟》的一部分，即她抄的）……"鲁迅在《华盖集续编·马上支日记》中也曾写道："七月五日，晴，晨，景宋将《小说旧闻钞》的一部分清理送来。自己再看了一遍，到下午才毕，寄给小峰付印。"

一九二五年四月，鲁迅创办《莽原》周刊，希望利用这个舆论阵地多登批评文字，继续撕去旧社会的假面。鲁迅在《华盖集·题记》中说："我早就希望中国的青年站出来，对于中国的社会，文明，都毫无忌惮地加以批评，因此曾编印《莽原》周刊作为发言之地。"但是，当时写诗和小说的人多，杂文、政论方面的稿件非常缺乏。在这种情况下，许广平经常从当时的政治斗争中撷取题材，源源不断地给《莽原》撰稿，给鲁迅以全力支持。如《怀疑》《内幕之一部》《酒瘾》《一生一死》《瞎扯》《过时的话》《反抗下去》等杂文，就都是在《莽原》周刊上发表的。

一九二五年五月，陈源在《现代评论》一卷二十五期发表《闲话》，诬蔑鲁迅等七人《关于北京女子师范大学风潮的宣言》"偏袒一方"，"不大公允"，是"暗中挑剔风潮"，并挑唆北洋军阀政府对女师大学生"加以相当的惩罚"。当晚，鲁迅写出了杂文《并非闲话》，揭露陈源的鬼蜮手段，并将他跟陈源进行第一次直接交锋的情况写信告诉了许广平。五月三十一日，许广平利用星期天的时间，写出了《六个学生该死》一文，指出杨荫榆对学生的迫害是因袭了封建专制者的故伎，揭露陈源对鲁迅等人的攻击是为了钳制进步舆论以便使杨荫榆遂其奸计。六月三日，这篇文章用"伤时"的笔名发表于《京报副刊》，有力地配合了鲁

_____

① 引自许广平《因校对（三十年集）而引起的话旧》，见《关于鲁迅的生活》。

迅跟现代评论派的论争。五卅惨案发生之后，社会上特别是知识界中的一些人，对帝国主义的侵略本质认识不清，他们或者单纯地站在辩诬的地位，幻想向世界搜求公道；或者主张对侵略者采取宽容态度，害怕发生武装冲突。针对这种倾向，鲁迅写出了《忽然想到》等杂文，号召中国人民"抽刃而起"，跟帝国主义进行针锋相对的斗争，要求"以血偿血"。许广平也写出了一些杂文，跟鲁迅配合。她在《罗素的话》一文中写道："……我们还想做一个顶天立地的人吗？还有些儿未凉的血吗？则誓雪'不敢以兵力反抗外国'之耻，起来作正义、人道、国权之战争，直至四万万人全没有一些儿气息然后止。我们为什么要'固步自封'，在刀缝下偷活而仍然望'和平'，不希望有战争呢？这种'宽容'态度，是否可以对付狼子野心猛兽吃人的强悍的帝国主义者？……你虽则想'互相让步'，无如人家得寸进尺，绝不放松。"

跟对待其他进步作者的来稿一样，对于许广平的文章，鲁迅也是认真修改；鲁迅还热忱地向许广平传授杂文写作经验，要求她改变"历举对手之语，从头至尾，逐一驳去"的写法，学会正对"论敌"之要害，仅以一击给予敌人致命的重伤。

对鲁迅的同情和报答之心是促使许广平跟鲁迅结合的另一个重要因素。在共同战斗中产生的情谊，导致了许广平对鲁迅私生活的关心。在频繁的接触过程中，许广平亲眼看到，在斗争中叱咤风云的鲁迅，回到寂寞的家庭里却过着古寺僧人般的生活，对鲁迅产生了强烈的同情。特别是在鲁迅因支持女师大学生运动遭北洋军阀政府迫害而忧愤成疾之后，更使许广平下定了舍身相报的决心。她认为："在这新旧过渡的社会，宁可丢弃名誉、地位、家庭、财富，忍受责骂，或委屈自己，男女两方把一切对自己有利的一面，都去牺牲了，来寻求至高无上的爱的建立，这才是真爱。"[①] 许广平对鲁迅产生的爱情，就是这样一种"真爱"。

从表面看来，鲁迅的性格冷静、坚忍，趋于内向；而许广平的性格炽烈、豪爽，趋于外向。其实，在鲁迅的性格里面，别有一种潜在的

---

① 引自景宋《读〈黄花〉》1945 年 12 月 1 日《民主》周刊第 8 期。

涌腾奔突着的热流；而许广平的性格里面，也蕴涵着另一种深沉细腻的特色。正是反抗旧社会、反叛旧礼教的一致性，以及性格、气质的契合，使得他们消弭了年龄的差异，冲破了流言蜚语的包围，战胜了旧礼教、旧传统的威逼，英勇无畏地捍卫了同自己心爱的人结合的神圣权利。封建包办婚姻投在他们心上的阴影，终于在爱情阳光的照耀下逐渐消失……

一九二五年十月鲁迅与许广平确定了爱情关系。同月十二日，许广平以"平林"为笔名，在鲁迅主编的《国民新报》副刊乙刊发表了《同行者》一文。许广平在文章中热情歌颂鲁迅用"热烈的爱、伟大的工作，要给人类以光、力、血，使将来的世界璀璨而辉煌"，并表示她不畏惧"人世间的冷漠，压迫"，不畏惧"戴着'道德'的面具专唱高调的人们"给予的"猛烈地袭击"，"一心一意向着爱的方向奔驰"。许广平在以"平林"为笔名写的另一篇散文《风子是我的爱》中，也用含蓄的方式表达了她对鲁迅的爱情，并向旧传统、旧礼教发出了挑战："不自量也罢，不相当也罢，合法也罢，不合法也罢，这都与我们不相干。"

后来，许广平在一封致友人信中，还回顾了她跟鲁迅建立爱情的过程："……老友尚忆在北京当我快毕业前学校之大风潮乎，其时亲戚舍弃，视为匪类，几不齿于人类。其中惟你们善意安慰，门外送饭，思之五中如炙，此属于友之一面；至于师之一面，则周先生（你当想起是谁）激于义愤（的确毫无私心）慷慨挽救，如非他则宗帽胡同之先生不能约来，学校不能开课，不能恢复，我亦不能毕业，但因此而面面受敌，心力交瘁，周先生病矣，病甚沉重，医生有最后警告，但他……置病不顾，旁人忧之，事关于我，我何人斯。你们同属有血气者，又与我相处久，宁不知人待我厚，我亦欲舍身相报……"

一九二六年"三一八"惨案之后，北洋军阀政府将鲁迅列入了通缉的黑名单。同年七月，鲁迅接受了厦门大学国文系的聘请，决定离开居住了十四年的北京去革命风暴席卷的南方。许广平在女师大国文系毕业后，经过熟人推荐，也打算回到她的母校——广东省立女子师范任职。

分手之前，他们曾交换过意见："大家好好地给社会服务两年，一方面为事业，一方面也为自己生活积聚一点必需的钱，两年之后再相见面。"

一九二六年八月二十六日，在友人和女师大学生欢送下，鲁迅与许广平同车南下。他们决心奋然而前行，用奋斗开拓未来生活的道路；因为他们深深地懂得：幸福是生活的开拓者创造的，也只有生活的开拓者才能享有幸福。

第七章

鹭岛的鼓浪者

——鲁迅在厦门

（1926.9—1927.1）

"自强！自强！学海何洋洋"，"自强！自强！人生何茫茫"，"鹭江深且长，充吾爱于无疆。吁嗟乎！南方之强！吁嗟乎！南方之强！"这是厦门大学校歌中的歌词。厦门是一个白鹭翱翔的滨海城市，俗称鹭岛。前人咏厦门诗云："白鹭掠浪飞，顾影逗清波；拂石疑霜落，凌风似雪飘。"厦大是一九二〇年秋天由南洋爱国华侨陈嘉庚捐资国币百万元创立的，但一九二二年二月师生才迁入新校舍。

为何伏处孤岛

鲁迅是一九二六年九月四日到厦门大学任教的。学校给他留下的最初印象，是"硬将一排排洋房，摆在荒岛的海边"。这一排排用花岗石盖的洋房就是群贤楼、集美楼、同安楼、映雪楼、囊萤楼、博学楼、兼爱楼、笃行楼、化学院、生物学院。另有一处是学校自办的自来水厂。前面海，后靠山，树木常青，故初来乍到的鲁迅曾以"风景佳绝"四字来形容。奇怪的是，在鲁迅先生任教时，学校门前竟没有醒目的标志，就连牌匾、校门、传达室都遍找而不得。这一排排洋楼前面，一群群牛羊在吃草。洋楼后门靠山的通道，竖起的是木头栏杆，围着带刺的铁丝网，栏内置小门，晚上关闭。这又呈现出另一种田园风光。

在北京生活了十四年的鲁迅为什么此时会选择到厦门大学任教？这个问题，他在致许广平的一封信中回答得最为全面："我来厦门，虽是为了暂避军阀官僚'正人君子'们的迫害，然而小半也在休息几时，及有些准备……"①

"三·一八"惨案后，北京政局动荡。一九二六年四月下旬，奉军入关，北京成立"奉直鲁联军军部执法处"，迫害共产党人和进步人士，声言"宣传赤化、主张共产者，不分首从，一律处死刑"。同年五月四日，北京大学、北京师范大学、女子师范大学等高校被搜查，鲁迅、林语堂、沈兼士、孙伏园等进步人士的名字被列入了通缉的黑名单。从那时到现在虽有人不断否认这份名单，但同一名单中的《京报》总编邵飘萍被枪杀却是不争的事实。这就是鲁迅等人纷纷南下的导因。

想"休息几时"也是实情。鲁迅在北京时的健康状况欠佳，除牙病之外，还有肺病、胃痉挛、肋膜炎……阿斯匹灵、奎宁、海儿普等药物几乎不离身。所以他也想转换一个地方稍事休息，以便更好地工作，迎接新的斗争。但鲁迅当然不可能完全休息，他原想在厦大从事两年的教学和研究，学术成果由厦大出版。学校当局对此有过承诺。

厦大薪俸优厚无疑也是吸引鲁迅的一个重要原因。鲁迅致许广平信中所说的"及有些准备"，就是指为他们未来的小家庭打下比较坚实的经济基础。鲁迅一九二六年六月十七日致李秉中信中也谈到他到厦门的目的之一，就是"弄几文钱，以助家用，因为靠版税究竟还不够"。

鲁迅在北京期间，月收入一般维持在二百多元左右，个别年份月薪达三百元，其中以教育部的官俸为主。不过官俸很少发足，并且经常拖欠。版税微乎其微，比如一九二四年，鲁迅共收北新书局支付版税三百七十七元，月均三十一元；一九二五年收北新书局版税二百元，月

---

① 引自《两地书·一〇二》。

均不足十七元。从一九二〇年八月至一九二六年，鲁迅曾先后在北京八所学校兼职，各校月薪多则十八元，少则六元，还有义务授课的情况。而厦门大学聘请鲁迅的月薪高达四百元。从一九二六年九月四日至一九二七年一月十六日，鲁迅只在厦门生活了一百三十五天，却领取了整整六个月的薪俸，外加旅费，多达二千五百大洋。鲁迅一九二六年八月二十八日收到厦门大学预支的工资和旅费之后，非常高兴，立即在中山公园约见了老友齐寿山，偿还因购房的借款一百元，又反借给齐寿山一百元。如果没有高薪诚聘这个因素，热恋中的鲁迅就很可能跟许广平径直南下广州，何必在厦门度过这一段孤寂的日子？

"旅行式"教授

然而，优厚的薪俸并没有给鲁迅带来真正的快乐。首先是因为他不适应这里的生活环境。鲁迅赴厦门大学任教时，学校仍然在一面教学，一面扩建。全校分为文、理、商、法、医、工、教育七个系，每系分三级，学生约在三四百人之间。之所以无法扩招，是因为学生宿舍只能容四百人，而周围是荒地，无屋可租。教员宿舍也在赶建之中，致使鲁迅短短几月多次迁徙。

鲁迅刚到厦大时暂住在生物学院大楼（现重建后改称成义楼）的第三层。鲁迅一九二六年九月二十日致许广平信说："我现在如去上课，须走石阶九十六级，来回就是一百九十二级；喝开水也不容易，幸而近来倒已习惯，不大喝茶了。"这里所说的九十六级石阶，包括楼内的六十级台阶和从楼前山坡走上来的三十六级台阶。

半个月后的九月二十五日，鲁迅由生物楼搬到了集美楼上西侧。这座楼是厦大初期的五座主楼之一。鲁迅当晚给许广平写信说："至于我今天所搬的房，却比先前静多了，房子颇大，是在楼上。""间壁是孙伏园和张颐教授。""我的房有两个窗门，可以看见山。""现在的住房还有一样好处，就是到平地只须走扶梯二十四级，比原先少了七十二级了。

然而'有利必有弊'，那'弊'是看不见海，只能见轮船的烟通。"

学校还曾想要鲁迅第三次搬迁。这件事可能发生在一九二六年十二月十九日或二十日。十二月十八日晚，孙伏园离开了厦门大学。总务科便派人跟鲁迅商量，要他搬到孙伏园住过的那半间小屋子里去。鲁迅非常生气，但仍然非常和气地回答："一定可以，只希望缓一个多月的样子，到时候一定搬。"因为鲁迅当时已下定了尽快离开厦大的决心。二十日午后，他给许广平写信道出了内心的不满："其实，教员的薪水，少一点倒不妨的，只是必须顾到他的居住饮食，并给以相当的尊重。可怜他们全不知道，看人如一把椅子或一个箱子，搬来搬去，弄不完，幸而我就要搬出，否则，恐怕要成为旅行式的教授的。"

蚂蚁·野狗·坟茔·"铜臭"

除了居无定所之外，还有对饮食不适应。如菜肴"淡而无味"；"饭中有沙，其色白，视之莫辨，必吃而后知之"。为了改善伙食，鲁迅除了跟其他教员合雇厨子，还去小店买些面包和罐头牛肉吃。

厦大校舍是在荒地上兴建，周边环境十分荒凉。无论夏天或冬天室内都有蚊子。还有一种又红又小的蚂蚁，昼夜成群，爬在桌上，拂去又来。楼前的草地上潜伏着许多小蛇，使鲁迅夜间不敢出行。更可怕的那种狺狺叫着的野狗，其中有疯狗。

最可怕的是南普陀附近的那片坟地。林语堂在《鲁迅》一文中描写道："那地方的四周是中国人的公共坟地，并不是'神圣之野'①，绝不是呵，不过是一些小山，山上面遍布一些土堆和一些张口于行人过道中的坟坑罢了，这正是普通的公共坟地之类，在那里有乞丐的和士兵的尸体腐烂着，而且毫无遮拦地发出臭气来。"②

---

① 神圣之野：Campo Santo，意大利国内的一处公葬场。
② 引自《中国评论周报》，1928 年 12 月 6 日第 28 期。

比坟地的腐臭气息更让鲁迅感到窒息的是"铜臭味"。鲁迅对当时的厦大有一个著名评价:"据我所觉得的,中枢是'钱',绕着这东西的是争夺,骗取,斗宠,献媚,叩头。没有希望的。"[①]鲁迅在致许广平的信中谈到过他产生这种印象的原因:"大概因为与南洋相距太近之故罢,此地突在太斤斤于银钱,'某人多少钱一月'等等的话,谈话中常听见。"[②]

鲁迅的以上感觉,还跟厦大理科与文科之间互争经费,以及校长和某些教员的言行相关。比如,校长林文庆在一次会议(或聚餐)时说:"厦大是一所私立学校,谁出钱,谁有发言权。"另一位学生指导长林玉霖在一九二六年十一月十八日的教员恳亲会上肉麻地说,感谢校长用点心款待大家。教员现在吃得这么好,住得这么舒服,薪水这么高,应该良心发现,拼命做事。校长如此体贴大家,真如父母一般……

与校长不同调

当然,最令鲁迅难以容忍的还是厦门大学内部的人际关系。鲁迅在致许广平的信中吐露过他的郁闷:一是"常在一处的人,又都是'面笑心不笑',无话可谈,真是无聊之至"。[③]二是他感到顾颉刚之流已在厦大国学院大占势力,周鲠生又要到厦大做法律系主任了,"从此《现代评论》色彩,将弥漫厦大。在北京是国文系对抗着的,而这里的国学院却弄了一大批胡适之陈源之流,我觉得毫无希望"。[④]此外,鲁迅上对校长,下对职员、工友也都有不尽相同的不满之处。这些因素综合在一起,再加上对爱人许广平的思恋,鲁迅在厦大便产生了一种度日如年的感觉。

跟周遭人物话不投机,这牵涉到不同人的性格气质、文化教养的差异问题,难以三言两语判定是非,至于预感《现代评论》色彩将弥漫

---

① 引自 1927 年 1 月 12 日致翟永坤信。
② 引自 1926 年 10 月 26 日致许广平信。
③ 参见鲁迅《两地书·四一》。
④ 引自鲁迅《两地书·五六》。

厦大，今天看来是鲁迅的一种误判，并不符合当时和后来的实际。鲁迅担心的周鲠生是我国著名的国际法专家，曾经是《现代评论》杂志的同人之一，但他后来并未在厦大就职。除他之外，鲁迅不满的其他人都跟《现代评论》无关。对于鲁迅在厦门大学的人际关系，需要分门别类地具体介绍，才能了解其中的端倪。

首先要谈及的是鲁迅跟林文庆的关系。其实，林文庆跟陈嘉庚一样，也是一位著名的华侨领袖，无论在政治、经济、科教诸方面都作出过独特的贡献，难以用勾画脸谱的粗线条来描绘他的形象。在政治方面，林文庆长期致力于新马地区华人社会的改革。一八九八年即出任"华人改革党"的领导人：兴学、剪辫、禁烟、复兴儒教、破除恶习，跟宋鸿祥、阮添筹合称为新加坡"维新三杰"。他先支持康、梁的维新变化。戊戌政变失败，慈禧太后曾悬赏十四万两白银缉拿康有为。康有为流亡新加坡，林文庆就是他的保护者之一。一九○五年至一九一一年，林文庆又结交了孙中山，并赞助孙中山的革命活动。孙中山出任临时大总统之后即任命他为机要秘书和卫生部总监督。由于林文庆精通英文，孙中山当年致各国政要的电文多出自他的手笔。在经济领域，仅一件事情即可以使林文庆名垂后世。有一次，他偶尔在植物园得到了几粒橡胶种子，立即洞察到这种植物的经济潜力，便决定试种、改良，全面推广。橡胶至今仍是南洋取之不竭的富源，林文庆因此被陈嘉庚誉为"树胶种植之父"。在科技方面，林文庆也是一位奇才。一八九二年，他取得了英国苏格兰爱丁堡大学医学内科荣誉学士和外科硕士学位，回新加坡行医，被患者颂为"药到春回，起死回生的再世华佗"，曾用食疗方法治愈清政府驻新加坡总领事黄遵宪的"痨病"。他更热衷于办教育。他放弃了国外优厚的收入，应陈嘉庚之聘主持厦门大学校务。由于学校经费支绌，他三次到东南亚沿门户劝捐，仅一九三五年就为厦门大学筹集了二十多万元中国币。在中外文化交流史上，他更是一位不可多得的"双文化代表人物"。他不仅用英文撰写了《孔教大纲》，而且把《离骚》译成了英文，由商务印书馆出版。

鲁迅对林文庆的不满主要表现在"尊孔崇儒"与"压缩经费"这

两方面。但对这两点都应进行具体分析。正如同孔子学说经历了一个由原始儒学到宋明理学再到当代新儒学的演变过程一样，历代的尊孔者的动机和出发点其实并不相同。林文庆祖籍福建海澄县，一八六九年十月十八日诞生于英属殖民地新加坡。他虽然幼年也读过四书五经，但主要接受的是正统的英文教育。当时的殖民当局为了使占人口绝大多数的华人彼此"离心"，"归化"英国，当然会通过种种手段使他们疏离甚至于摒弃中国文化。林文庆等人组织孔教会，举办国语班，大力宣传儒家学说，正是为了唤醒流徙华人的民族意识。这是一场跟殖民者"归化政策"相对抗的"归顺运动"。所以，林文庆的"尊孔"跟企图维护或复辟封建帝制者的"尊孔"是有本质区别的。鲁迅一九二七年一月二日致许广平信中说他讨厌林文庆，"总觉得他不像中国人，像英国人"，而新加坡民众却因为林文庆鲜明的民族意识而称他为"义勇的华籍青年"，并普遍尊他为"新加坡大老"。

林文庆试图压缩国学院经费，引起原想有一番大作为的鲁迅的反感。不过在林文庆这一方确有他的苦衷。厦门大学是侨商陈嘉庚出资兴办的一所民营学校，陈嘉庚把他在南洋赚得的金钱大部分用在办学上，仅从一九二一年至一九三七年，就负担了厦大的创办费四百万元（大部分是银元）。当时世界经济萧条，陈嘉庚的业务很不景气，他经营的橡胶价格经常浮动。当时出任厦门大学文科主任兼国学研究院总秘书的林语堂证实："以前厦大陈嘉庚先生未曾正式成立基金，以至校务进行，以橡皮价格为转移。其至半年之中，三裁预算……"①为了在经费支绌的困境中维持校务，林文庆捐出了他一九二七年在厦大的全年工资共六千元，又将新加坡兀兰五十一英亩土地的五分之三捐赠厦大。临终前，他还口嘱将占地甚广的笔架山别墅捐赠给厦大。这些都充分证明林文庆当年调整厦大的经费预算是迫于无奈，并非营私利己。更何况鲁迅对压缩国学院经费"提出了强硬之抗议之后"，"校长竟取消前议了"②，这也表

① 引自林语堂 1954 年 3 月 27 日致连瀛洲函。
② 参见 1926 年 11 月 25 日致许广平信。

现出林文庆的从善如流。

"气焰不可当"的职员

在学校的行政部门，令鲁迅不满的还有两人，一位叫孙贵定，无锡人，留学英国的博士，曾任教育系主任，兼校长办公室秘书。鲁迅想推荐友人许寿裳来厦大任教，被掣肘，怀疑是他从中作梗，觉得他鬼鬼祟祟，可憎之极。但孙贵定在厦大也遭不幸。他跟苏格兰籍的妻子生了一个男孩，不慎被厦大周边的疯狗咬伤，得了狂犬病，时时发出"狺狺"的狗吠声，三天后死去。

在厦大的行政人员当中，鲁迅最讨厌的无疑是黄坚。黄坚，字振玉，江西清江县人，北京大学毕业生。当时担任厦大国学研究院陈列部干事，兼任文科办公室襄理——也就是林语堂的助手。此前他曾在北京女子师范大学担任办事员，给鲁迅留下了"浮而不实"，"也许会兴风作浪"①的印象。"襄理"虽然不是要职，但由于得到林语堂的信任，所以"气焰不可当，嘴里都是油滑话。"②鲁迅亲耳听到他向林语堂告密，说某人如何不好，某某人又如何不好，便更加蔑视他。作为"襄理"，黄坚本应帮助鲁迅解决生活方面的困难，但鲁迅缺乏必备家具时，他却故意刁难。作为"陈列部干事"，鲁迅拿出自己收藏的六朝隋唐造像展出时，黄坚不但自己袖手旁边，而且托词将正在帮助鲁迅布陈的孙伏园叫走。所以，鲁迅认为像黄坚这种人，有一种专想让人吃一点小苦头的秉性，恰如明朝的太监，倚靠权势，胡作非为。一九二六年十二月初，黄坚感到自己在厦大已经"山河永固"，便从北京带来了"一个太太，四个小孩，两个佣人，四十件行李"。这使鲁迅想起了《左传》中"燕巢危幕"的典故。黄坚不知自己的处境将危，令鲁迅"不禁为之

---

① 参见鲁迅《两地书·四二》。
② 参见鲁迅《两地书·六四》。

凄然"。① 一九二七年一月四日晚，厦大文科为鲁迅饯行。黄坚一反常态地说："我是鲁迅的学生呀，感情当然很好的。"他这种虚情假意更让鲁迅鄙薄。不过，黄坚并不属于"语丝派"和"现代派"，"本省派"和"外省派"中的任何一派。他到厦大工作，也是跟林语堂的关系，并非顾颉刚的引荐。

跟鲁迅"有缘"的同人

鲁迅一九二六年十月十日致章川岛信中说："厦大方面和我的'缘分'，有好的，有坏的，不可一概论也。"在厦大文科的教员当中，鲁迅也有朋友和"敌人"。友人当中首先应该提到的是林语堂。林语堂是中国现代文学史上最有影响的双语作家，他跟鲁迅的交往有两次"相得"，又有两次"疏离"。力邀鲁迅到厦门大学任教，就是林、鲁友谊史上浓墨重彩的一章。

林语堂到厦门大学任教有以下几个原因：一、作为当时的进步教授，他跟鲁迅一样受到北洋军阀政府的秘密通缉，在北京没有人身安全保证。二、避难期间，他住在友人林可胜的家里。林可胜是协和医院的著名教授，其父林文庆正是厦门大学校长。经林可胜牵线搭桥，原本是福建籍的林语堂于一九二六年五月出任了厦门大学文科主任，语言学正教授兼国学院总秘书。

林语堂到厦门大学之初，校方在工资和经费方面原都有很好的承诺。国学院原拟出版一种《国学季刊》，且已编就，一期需一千余元印费。校方竟要求这份学术性的季刊与新闻性的《厦大周刊》合并，不必另出。在厦大掌握财权的是刘树杞，他的职务是教务长，大学秘书兼理科主任。所以在讨论经费预算时，就发生了文科与理科的矛盾。在高等院校，这其实是经常发生的事情，鲁迅谈到，此前在北京大学也有过类

---

① 参见《两地书·九五》。

似的情况。但由于在厦大掌财权的刘树杞本人是理科主任，这就更加剧了林语堂与刘树杞个人之间的矛盾。

林语堂在《忆鲁迅》一文中，说"鲁迅真受过刘树杞的气"。①但事实上，鲁迅与刘树杞之间并没有发生过正面冲突，几次间接矛盾，都是出于对林语堂的支持，都是鲁迅在替林语堂出气。一九二六年十一月二十五日，林文庆跟国学院人员开谈话会。林语堂因为校方压缩国学院经费而辞总秘书之职，鲁迅也"以去留为孤注"提出强硬抗议，迫使校长取消了前议。同年十一月二十九日，国学院又开会，讨论林文庆的建议，要特聘刘树杞等理科主任为顾问，以"联络感情"，鲁迅也独持异议，使这项建议未能实施。所以，鲁迅对刘树杞的抵制，应该视为对林语堂友谊的一种表达方式。

林语堂虽然跟刘树杞矛盾很深，但仍如实承认他"实在能干"。刘树杞一九一九年获美国哥伦比亚大学化学工程博士学位，在制革学和电化工程两方面造诣颇深。他在厦门大学任职时才三十一岁，不仅在教学和科研方面做出了成绩，而且在他任内建成了化学楼、博物馆、制革试验所等设施，为厦门大学的建设做出了贡献。此后他在武汉大学、中央大学和北京大学任职，在行政工作和教学科研方面也都做出了贡献，是享誉国际的化学家。一九三五年去世，年仅四十五岁。

在厦门大学，跟鲁迅私交最好的是孙伏园。孙伏园是鲁迅在绍兴山会初级师范学堂任监督时的学生。北京时期孙伏园先后担任《国民公报》《晨报副刊》和《京报副刊》的编辑，帮鲁迅编发了包括《阿Q正传》在内的许多重要文稿。当时孙伏园任厦大国学院编辑部干事，跟鲁迅朝夕相处，帮鲁迅做了许多具体工作，鲁迅一九二六年九月二十日致许广平信说："一到这里，孙伏园便要算可以谈谈的了。"

除了孙伏园，在厦大文科，跟鲁迅关系友善的还有沈兼士。沈兼士是著名的语言学家、文献档案学家，又是书法家和诗人，跟其兄沈士远、沈尹默合称北京大学"三沈"。他跟鲁迅同为章太炎门下弟子，在

① 参见《无所不谈合集》，第575页，台湾开明书店1973年印行。

女师大风潮中共同署名发表宣言声援进步学生，在"三一八"惨案后又同被北洋军阀政府秘密通缉。鲁迅刚到厦门，迎接他的就是林语堂、沈兼士和孙伏园。沈兼士在厦大的任职是国学院主任、国文系主任兼文字学正教授。但他只打算在厦大待一两个月，替国学院规划就绪后就回北京大学，以接洽日本方面提供的庚款，故推荐鲁迅接替他的职务。鲁迅不愿中途接手，婉谢了他的好意。国学院举办展览会那天，沈兼士看到鲁迅悬挂他收藏的碑帖拓片时无人协助，便不顾身体不适，跳上跳下帮忙出力，结果晚上呕吐了一通。在厦大，当时人们把鲁迅与沈兼士视为林语堂的左膀右臂，认为林语堂树敌颇多，全靠鲁、沈二人维持其在国学院的地位。如果沈兼士走而鲁迅留下，林语堂尚可支持；而鲁迅一走，国学院就要开始动摇了。后来的事态证明了上述判断是正确的。

沈兼士对鲁迅的评价颇高。他对鲁迅的印象，一是不喜应酬，二是极尽孝道，三是国学造诣深厚。他甚至说，鲁迅"对中国旧学问上，更具有深切的研究，伟大的眼光和见解，高于郭沫若等的造诣，不过先生不把自己围在一个圈子里，而还要作更高的追求"。①

在国学院中，原本跟鲁迅熟识并留下了较好印象的是陈定谟。一九二四年七月他在南开大学哲学系任教时，曾跟鲁迅同赴西安暑期学校讲学。他比鲁迅早一年来厦门大学，担任哲学、社会学教授，所以他主动拜访鲁迅，并同游南普陀寺。闽南佛学院公宴太虚和尚时，大家推定鲁迅与太虚并排上座，而鲁迅坚持让陈定谟上座。其时，陈定谟也兼任闽南佛学院讲师。

厦大文科中还有一位周辨明，福建惠安人。曾留学德国，获汉堡大学语言学博士。当时任厦门大学文科外国语言系教授，又兼任该校总务主任。鲁迅迁往集美楼居住时，需要一些日常用品，但文科办公室襄理黄坚却百般刁难。周辨明看不过去，亲自将这些用品送到鲁迅的卧室，还格外添加了一把躺椅。特别是一九二六年新历除夕，周辨明请鲁迅到他家吃福建春饼。福建春饼与北方的春卷不同，皮讲究薄，馅讲究多，

① 《我所知道的鲁迅先生》，1936年10月30日上海《中国学生》周刊第3卷第10期。

以大而不破为上品，里面包的菜肴十分丰富，有猪肉、青菜、豌豆、豆干……由主妇亲自递到鲁迅手上，竟有一尺多长，需两手捧食，左咬一口，右咬一口，中间咬一口……给鲁迅留下了深刻印象。

所谓"现代派"势力

在厦大国学院中，更多的是跟鲁迅不同调的人；其中鲁迅跟顾颉刚的矛盾最深。顾颉刚是著名历史学家，"疑古学派"代表人物，当时应林语堂之邀担任厦门大学国学院研究教授，兼文科国文系名誉讲师。如果说，北京教育界有"日法派"与"英美派"的阵营，从未留过学的顾颉刚应该是无所归属；如果说，北京文艺界有"语丝派"与"现代评论派"的对垒，那在组织上顾颉刚跟鲁迅同属"语丝派"。然而，在学术、文艺上顾颉刚佩服"现代评论派"的胡适和陈源，又在陈源面前说过鲁迅的《中国小说史略》参考了日本盐谷温的《支那文学概论讲话》，却未注明出处，"有抄袭之嫌"，因而跟鲁迅结下了宿怨。不过在厦门大学共事期间，两人不但从未撕破脸，而且表面上维持了一种相安无事的关系。顾颉刚曾把自己所编"辨伪丛刊"之一的宋濂的《诸子辨》赠送鲁迅。鲁迅也函请日本友人抄录内阁书库明版《封神榜》的序言，供顾颉刚研究参考。鲁迅离开厦门前夕，《民钟报》刊登消息，说鲁迅辞职是由于胡适派与鲁迅派相排挤。一九二七年一月八日，林语堂、鲁迅、章川岛、顾颉刚同往报社否认此事，事后还同去吃了一顿饭，直到鲁迅登上了由厦门至广州的轮船，顾颉刚还上船为之送行。一九二七年二月二日，顾颉刚在致胡适信中还谈到鲁迅在厦大"很得学生的信仰"，可见他当时并未觉察鲁迅对他的看法如此之糟。

从《两地书》来看，厦门时期鲁迅对顾颉刚的最大意见是他"日日夜夜布置安插私人"。客观地说，在当时，荐人与被荐是人事安排上的常事。鲁迅曾荐人，也曾被荐，关键是所荐之人是否符合其任职岗位的需求。据顾颉刚解释，他所荐之人其实只有潘家洵与陈乃乾两位，并不像鲁迅所说有七人之多。顾与潘是同乡、同学、同事和北京时期的邻居，他们确是厦大文科外语系急需的人才。陈乃乾后来并没有来厦门，顾又推荐容肇祖接替他担任厦门大学文科国学研究院编辑，兼任国学系讲师，开设目录学和诸子专书研究两门课程。容肇祖没有什么派别色彩，后来著有《中国文学史大纲》《李卓吾评传》《明代思想史》等著作，是一位著名的社会科学家。还有一位清华大学研究院的毕业生，叫程憬，字仰之，是胡适的同乡，又担任过胡适的书记员。他想到厦门找工作，给顾颉刚写信，未获回复就冒冒失失跑来了，弄得顾颉刚十分被动，只好临时把他安排到南普陀寺混一口饭吃。这在鲁迅看来，自然被认为是为胡适派扩充势力。至于鲁迅厌恶的黄坚和陈万里，都是林语堂招聘之人，跟顾颉刚并无干系。鲁迅曾怀疑顾颉刚系沈兼士推荐，批评沈糊涂，事实上顾是林语堂本人引进的。因为《古史辨》第一册出版后，顾颉刚在学术界的地位飙升，正是少年得志之时。可见对厦大文科的人事安排，鲁迅的确存在一些误解。

当然，除了北京时期的宿怨，在学术观点和治学方法等方面鲁迅跟顾颉刚之间也存在深刻分歧。在小说和书信中，鲁迅曾对以顾颉刚为代表的疑古学派极尽挖苦讽刺之能事。而就在上世纪二十至三十年代，鲁迅的业师章太炎也多次痛斥疑古辨伪思潮为"数典忘祖""亡国魔道"，是拾日本人疑古思想的余唾。又如顾颉刚主张"学者只讲学问，不问派别"，而鲁迅则认为学者也要有政治倾向。他反驳说："假如研究造炮的学者，将不问是蒋介石，是吴佩孚，都为之造么？"[①]然而在顾颉刚看来，他致力的乃是"求知"，鲁迅着眼的乃是"应用"，这是两条不同的路径。

跟顾颉刚同被鲁迅视为"现代派"的教员中有一位陈万里，当时任厦大国学院考古学导师，兼文科国文系名誉讲师，开设戏曲史和戏曲选课程。鲁迅一九二六年九月二十六日致许广平信中，认为陈万里来厦大"似为"顾颉刚引荐，其实不是，他只不过是顾颉刚的同乡。一九二六

---

① 见 1926 年 10 月 20 日致许广平原信。

年十月十六日，厦大国学研究会举行成立大会，并在陈列室展出了陈万里收藏的大同云冈拓片、敦煌摄影等。鲁迅当晚给许广平信中说："几张古壁画的照片，还可以说是与'考古'相关，然而还有什么《牡丹花》《夜的北京》《北京的刮风》《苇子》……倘使我是主任，就非令撤去不可，但这里却没有一个人觉得可笑……"

陈万里拿出这些照片展出，动机是对国学院工作表示支持，因为当时国学院刚刚成立，提供不出更好更多的展品。这次展览中最受欢迎的是古钱，但全部都是从厦大商科借来的，而且其中大半是赝品。陈万里不仅是中国近代享誉世界的古陶瓷专家，而且是中国早期的著名摄影家。他是最早到达敦煌并提出要对莫高窟进行保护和研究的中国学者，所以鲁迅说的"几张古壁画的照片"具有重要的文献史料价值。他又是中国第一个摄影艺术团体"光社"的发起人，他的艺术摄影同样具有很高的美学价值。

鲁迅最厌恶陈万里唱昆曲。我们可以尊重鲁迅个人的艺术趣味，但昆曲毕竟是一种受到全世界尊重的非物质文化遗产。陈万里是教戏曲史的教员，又擅长唱昆曲，所以学校集会时，就会有人欢迎他唱一段以资余兴。鲁迅对此用"徘优畜子"[①]来加以形容，那就成为了对陈万里的一种羞辱。鲁迅决定辞去厦大教职之后，陈万里主动将他在泉州拍摄的文物照片赠送鲁迅，作为留念。这应该是一种友好的表示，至少说明陈万里并不知道鲁迅对他的成见如此之深。陈万里又在送别会上说，鲁迅不肯留居厦门，是因为爱人不在之故。这在当下已经成为鲁研界一些专家的见解，但鲁迅当时认为陈万里这样讲是一种阴谋，这也是他预想不到的。

被鲁迅视为厦大文科中"现代派"人物之一的还有潘家洵，当时在国学院担任英文翻译，兼外语系讲师，开设"英汉对译及英文戏剧"课程。他是顾颉刚的同乡，确由顾介绍到厦大任职，只不过他是新潮社和文学研究会成员，跟"现代评论派"并无干系。潘家洵最早将挪威作家

① 即养戏子，见《两地书·九六》。

易卜生的十五部剧本译成中文，对于当时的社会解放运动和新兴话剧运动都作出过贡献。鲁迅一九一九年十月撰写著名杂文《我们现在怎样做父亲》，就引用了潘家洵翻译的易卜生的剧本《群鬼》。鲁迅到上海之后，在《集外集·〈奔流〉编校后记（二）》中也肯定过潘家洵译介易卜生的成就，并没有因人废言。

学生的磁石

鲁迅在厦门大学的主要工作当然是教学。他最初决定每周上课六小时：两小时《汉文学纲要》，两小时《中国小说史》，两小时《声韵文字训诂专书研究》。公布之后，选修小说史的学生有二十七人，选修文学史的学生有十二人，选修专书研究的学生只有四人，只好取消了。最后是每周授课五小时，《中国小说史》三小时，《中国文学史》两小时。

鲁迅到厦大任教之前，这所大学几乎是一所"古董学校"。在群贤楼大礼堂开校会时，男女生必须分坐。国文系讲授的完全是《礼记》《大学》一类的古代经典。有一次，文科一位男生给女同学写了一封信，在学校竟闹得满城风雨。这跟被五四新文化狂飙唤醒的新一代学生的需求正好相反。正在这时，一位穿长布衫着橡皮底胶鞋的周树人教授登上了厦大讲台，自然而然地像一块巨大的磁石，把这些爱好新文学的学生纷纷吸引到了他的周边。不过当时很多学生并不知道周树人教授就是作家鲁迅。当时厦大学生陈梦韶的一首白话诗写得最真实：

我昔读书初听见了鲁迅，
我以为他是姓鲁名迅鲁先生。
今秋您来主持厦大国学院，
揭晓了真姓名变成周树人，
你们会稽周家三弟兄，
海内外还有谁不知情？

但我实不知这大名鼎鼎鲁迅，

就是周教授变化的灵精。①

鲁迅的实际教学效果如何？有两条材料可资参考。一条是鲁迅的自述。他写信告诉许广平："听讲的学生倒多起来了，大概有许多是别科的。女生共五人，我决定目不邪视，而且将来永远如此……"②"大概有许多是别科的"，指除国文系学生外，英文系、教育系、法科、商科乃至各科助教也来旁听鲁迅授课。鲁迅感到他来厦大之后，文科逐渐有了生气。另一条材料是学生卓治（魏兆淇）的回忆。他说，学生中有些人根本听不懂鲁迅讲的绍兴官话，所以在课堂上坐着活像一尊"画菩萨"。③不过这种语言障碍并没有影响学生对鲁迅的爱戴。凡到休息日，总有本地学生愿意充当鲁迅的义务翻译，陪他游览或购物。

鲁迅对学生的关怀还表现在对他们文艺活动的支持。一九二六年秋冬之际，鲁迅帮助厦门大学的文学青年成立了泱泱社，社员有俞念远（荻）、谢玉生、崔真吾（采石）、王方仁（梅川）、朱斐、洪学琛、卓治等，出版了《波艇》月刊。"泱泱"二字出自《诗经》中的《瞻彼洛矣》（"瞻彼洛矣，维水泱泱"）。"泱泱"是深广弘大的意思，象征知识海洋的浩瀚。"波艇"二字大约是取自一首诗或一篇文章。该刊编者之一的采石在给另一位作者沙刹的信中写道："我们的刊物定名为'波艇'，是我从您的《水上》找来的，不过我好像在郭沫若的诗里看到过，好在您总不会禁止我们采用，就让它去不再考虑了。"④波艇虽然渺小，但仍愿在文艺海洋上迎风破浪，扬帆远航。鲁迅最先将这个刊物推荐到某书店出版，碰了钉子；又推荐到跟他关系最深的北新书局，才得以在一九二六年十二月下旬印出。为扩大刊物影响，鲁迅不仅亲自审稿改稿，并将自己撰写的《厦门通讯》交《波艇》发表，而且还请友人孙

① 见《送鲁迅之广东》，收入油印稿本《破釜沉舟集》。

② 见 1926 年 9 月 30 日致许广平信。

③ 参见《鲁迅是这样走的》，1927 年 1 月 29 日《北新》第 23 期。

④ 引自《沙漠上的足音》，见《波艇》第 2 期。

伏园为该刊撰写了《厦门景物记》，表现出文坛老将对文学青年的鼎力支持。

在支持出版《波艇》的同时，鲁迅又支持泱泱社的文学青年在《民钟日报》的副刊上发行了另外一种小型的文艺刊物，叫《鼓浪》，一九二六年十二月一日创刊，每逢星期三出版。这个名称固然与厦门的风景区鼓浪屿有关，同时也含有"鼓起新时代浪潮"的意思。据目前掌握的资料，《波艇》共出版了七期。受鲁迅影响，林语堂也对《鼓浪》予以支持，在该刊发表了《塚国絮语》《论走过去》。《鼓浪》的第六期和第七期是《送鲁迅先生专号（一）》和《送鲁迅先生专号（二）》，表达了对鲁迅的爱戴和怀念。泱泱社的一些成员，后来成为了鲁迅在上海组织的朝花社的骨干。

"火老鸦"飞走

鲁迅虽然跟学生关系亲密，仍然决定提前辞去厦大教职。对这个问题主要有以下几种解读：一、"失望"说；二、"热恋"说；三、"野心"说。

所谓"野心"说，是指鲁迅想奔赴广东"革命策源地"，去跟创造社结成一条战线，"更向旧社会"进攻。这种说法源自鲁迅一九二六年十一月七日致许广平信。但这只是鲁迅脑海中的一闪念，并不是鲁迅提前离开厦门的原因。理由是：早在一九二六年七月，创造社的元老郭沫若已辞去广东大学文学院院长职务，投身于北伐战争；成仿吾辞去了广东大学文科教授，去黄埔军校任职。而跟鲁迅关系最为亲密的创造社骨干郁达夫也于一九二六年十二月十五日离开了广州，去上海主持创造社出版社工作。行前他特意写信通报鲁迅。鲁迅离开厦门之前既然对这些情况知道得清清楚楚，他怎么可能会在创造社中人联翩而去时还要到广州唱"空城计"，去结成什么战线呢？

所谓"热恋"说，是指鲁迅中年获爱，外表沉郁，内心热烈。一九二七年鲁迅是一位四十七岁的独居男子，而许广平是一位年近三十岁的未婚女子。爱的召唤和吸引是促使鲁迅奔赴广州的主要原因。但鲁迅厦门时期的同事和友人章川岛不同意这种说法。他反驳说:"鲁迅先生的要离开厦大,决不是为了'月亮'(指许广平),真的'月亮'还可以由东而西的绕行地球,难道象征的'月亮'就不能从广州而厦门吗?"①我认为,川岛先生的说法不无道理,如果单纯为了恋爱,许广平的确也可以从广州奔赴厦门。

"失望"说,是指鲁迅原有一个在厦门大学工作、研究两年的计划,并签了合同,只因对厦大的现状失望,才由两年缩短为一年,再由一年缩短为半年,最后实际待了一百三十五天。支持这种说法的权威性文章是卓治的《鲁迅是这样走的》。卓治是在厦门大学亲近鲁迅的学生之一,文中的许多材料都是亲聆鲁迅所得。这篇文章发表于一九二七年一月二十九日《北新》第二十三期,也就是鲁迅离开厦门的第十三天;而写作此文则应该是跟鲁迅正式辞去厦门大学教职同步。所以,把卓治的文章视为代鲁迅立言亦不为过。我认为,把"失望"说与"热恋"说联系起来,才是对鲁迅之所以离开厦门的最全面、最确切的解释。

鲁迅的辞职,引发了厦门大学的第二次学潮,至少有二十多个学生也要跟着鲁迅走。鲁迅在致许广平信中说:"我原以为这里是死海,不料这一搅,居然也有了些波动,许多学生因此而愤慨,有些人颇恼怒,有些人则借此事攻击学校或人们,而被攻击者是竭力要将我之为人说得坏些,以减轻自己的伤害。所以近来谣言颇多,我但袖手旁观,煞是有趣。"②从这封信可以看出,这次风潮的参与者成分和动机颇为复杂,同时表明鲁迅本人并未介入,跟年前支持女师大学生运动的态度有所不同。在致许广平的另一封信中,鲁迅说有人可能会指责他是这场运动的"放火者"。对于"放火者"这一提法,卓治有一番解释:"鲁迅先生离厦门赴广州给人的信中说:'不知怎地我这几年忽然变成火老鸦,到一处烧一处,真是无法。此去不知何如,能停得多少日。''火老鸦'是火

① 见《和鲁迅先生在厦门相处的日子里》,《红旗飘飘》第1辑,中国青年出版社 1957年5月版。
② 引自《两地书·一〇五》。

烧时飞飏的火星，他落在邻近屋上，也就烧起来了。所以火烧地的邻屋极怕火老鸦。可是，焚烧积污的火老鸦该是被到处欢迎的。"①

一九二七年一月五日中午，鲁迅乘苏州轮离厦门赴广州，章川岛、王方仁、崔真吾、洪学琛等送行。在厦门的一百三十五天当中，鲁迅留下了一部原名为《中国文学史略》（后改名为《汉文学史纲要》）的讲稿，五篇回忆散文，两篇新编历史小说，一束"两地书"，以及其他一些杂文、译文……而带走的只有四件行李：一只衣箱，一口书箱，一卷铺盖，还有一只网篮——里面装着煤油炉、铝锅、茶壶、脸盆，它们陪伴鲁迅在厦门度过了这段煎熬的日子。

十六日中午，苏州轮起航，当晚，月色皎洁，波面映出一大片银鳞，闪烁摇动；此外是碧玉一般的海水，看去仿佛很温柔。但鲁迅没有想到，等待他的却是另一场陆上风涛。

---

① 引自《鲁迅是这样走的》，1927 年 1 月 29 日《北新》第 23 期。

第八章

『别有追踪』

—— 鲁迅在广州

（1927.1—1927.9）

中山大学任教

一九二七年一月十八日，鲁迅抱着梦幻来到了羊城，刚经历了一番海上风涛的他又经历了另一番陆上风涛，原来的梦幻又在梦境中被放逐了。

鲁迅跟他的爱人许广平是一九二六年九月二日在上海分手的：鲁迅乘"新宁"轮由上海赴厦门；许广平则同日乘"广大"轮由上海回到她的故乡。当时广州政治风云诡谲多变，其中一个主要原因，就是国民党内部实际上已经分为三派；一派是以共产党员身份加入国民党的具有双重党籍的人士；二是真心联俄容共扶助农工的国民党左派人士；三是反苏反共的右派分子。鲁迅是国民党左派的支持者，也亲近共产党人，但没有参加任何组织，保持了政治上的独立性。许广平在女师大学生运动期间已成为国民党左派成员，履行了组织手续。她在一九二六年十二月二十七日致鲁迅信中说："我之非共，你所深知，即对于国民党，亦因在北京时共同抵抗过黑暗势力，感其志在革新，愿助一臂之力罢了……"① 然而许广平回到广州之后，就被推到了政治汹涛的风口浪尖。

一九二六年九月八日，许广平来到位于广州莲塘路的广东省第一女子师范学校报到，担任该校的训育主任兼舍监。当时国民党中央执行委员会要求全广东的教育机构一律进行党化教育。广东第一女师训育主任的职责有十七项之多，其主要职能就是注重学生风纪，宣传党义，让学生"信仰国民党的党纲，作孙文主义的信徒，努力实行国民革命，以求中国之完全独立与自由。"② 许广平之所以能够担任这一职务，因为她有参加学生运动和妇女运动的经历，也因为当时广东教育厅厅长许崇清是她的堂兄。

许广平上任之后所做的一件快意之事，就是先后开除了两个右派学生的头目。但是校内八十多个右派学生迅速反扑，列队到省政府教育厅和财政厅闹事，要求撤换校长，并辱骂许广平是共产党的"走狗"。一九二六年底，国民党内的很多左派领袖人物随政府迁到武汉，广东省的右翼势力更为嚣张，使许广平的工作极难开展，如同"湿手捏了干面粉"。继校长廖冰筠于一九二六年十一月十七日辞职之后，许广平也于十二月十六日辞职，拒绝接任女师校长之职，准备到中山大学担任鲁迅的助教。

大约在一九二六年三月至七月，郭沫若担任广东大学（中山大学前身）文科学长，曾提议聘请鲁迅担任教授。郭沫若参加北伐之后，中共广东区委为加强对学生运动的领导，又派恽代英、邓中夏等负责人跟担任中山大学委员会委员长的戴季陶进行谈判，条件之一就是要求聘请鲁迅来中山大学主持文学系。慑于当时中山大学左派力量的强大，学校当局不得不接受这一条件，发出了催促鲁迅来粤"指示一切"的电报。鲁迅在收到中山大学聘书两个月之后，毅然辞去厦门大学职务，奔赴当时被称为"革命策源地"的广东。中共广东区委书记陈延年非常注意做团结鲁迅的工作，专门委派了广东区委学生运动委员会副书记毕磊等跟鲁

---

① 引自《两地书·一一五》。

② 参见毅锋《党化教育与革命》，载 1926 年 5 月 30 日《广州民国日报》。

迅联系，把《少年先锋》《做什么》等党团刊物经常给鲁迅送去。陈延年指出：鲁迅是彻底反封建的知识分子，应该做好他的工作，团结他，跟右派斗争。他还特别嘱咐毕磊："鲁迅是热爱青年的，你要活泼一点，要多陪鲁迅到各处看一看。"三月下旬，陈延年又亲自会见鲁迅，从此鲁迅跟我党的关系更加密切了。

然而，如果把鲁迅奔赴广州单纯理解为追随革命，那就会把复杂的历史简单化。一九二六年十二月二日鲁迅在致许广平信中明确表白："我并非追踪政府，却是别有追踪。"十分清楚，"别有追踪"就是追踪许广平的足迹。鲁迅在厦门任教期间，饱尝了恋人相处异地的相思之苦，许广平又不断写信鼓励他来广州，说广州情形虽云复杂，但民气发扬，思想言论较为自由，"现代评论派"在这里立不住脚。这就更坚定了鲁迅离开厦门大学的想法，哪怕跟许广平同在一校任教也不回避。他在一九二七年一月二日致许广平信中再次表白："我近来很沉静而大胆，颓唐的气息全没有了，大约得力于有一个人的训示。""……你的作工的地方，那是当然不成问题，我想同在一校无妨，偏要同在一校，管他妈的"。更何况中山大学副委员长朱家骅多次致信致电鲁迅，承诺月薪二百八十元，还当设法增长，聘任无期限；除担任全校唯一的正教授外，还任文学系主任兼教务主任，以及担任由傅斯年等五人组成的中山大学"组织委员会"委员——这是鲁迅历年在高校的最高任职。

鲁迅到中山大学后，首先被安置在大钟楼西面的楼上——这是学校最中央最高的所在，据说非"主任"之类是不准住的。但是这里并非理想的工作和休息处所。夜间，常有头大如猫的老鼠纵横驰骋；清晨，又有工友们大声唱着他所不懂的歌。教务主任的工作是异常繁忙的，因为"排时间表，发通知书，秘藏题目，分配卷子"一类问题，以及为了考生是否应该录取所发生的无休止的辩论。更何况他还要亲自开设必修课和选修课，分别讲授文艺论、中国文学史、中国小说史，这就常常使他"不但睡觉，连吃饭的工夫也没有了"。把时间看得比性命还宝贵的鲁迅，不禁感到人是多么不情愿地和有限的生命开着玩笑啊。但是，为了把中山大学办得像点样子，鲁迅并无怨尤。

这时，由于革命统一战线内部的裂痕加深，握有中山大学领导权的国民党右派不容许鲁迅实行他进步的办学主张。他们特意任命后来成为国民党要员的傅斯年兼任文科主任，使他行政上位居鲁迅之下，但教学上又有权制约鲁迅，造成互相牵掣的局面。还有一些原来在舆论上攀附北洋军阀的"正人君子"，在北伐战争的高潮中纷纷南下，投机革命。他们的势力也蔓延到了中山大学。鲁迅预感到中山大学的情形难免要跟厦门大学差不多，甚至会比不上厦门大学。三月二十九日，鲁迅搬出中山大学大钟楼，移居白云路白云楼二十六号二楼。这里远望青山，前临小港，小港中是十几只疍户的船，一船一家，一家一世界……

"进化论"思路轰毁

不料，鲁迅刚到广州三个月，广州军事当局就奉蒋介石训令，在四月十四日午夜密谋策划又一场惨绝人寰的大屠杀。十五日凌晨，佩戴白布蓝字臂章的军警向我党领导的工人纠察队和农军发动突然袭击，大肆通缉、杀害共产党人和革命群众。中山大学也遭到大搜捕，抓走了四十余人，其中包括常与鲁迅联系的毕磊、陈辅国。毕磊是十四日晚来中大布置工作的，十五日凌晨未及走避，不幸被捕。由于全市一日之中被捕多达两千四百余人，除警备司令部及公安局之外，南关戏院、明星电影院等公共娱乐场所也成了临时关押所。一时间，腥风血雨，羊城在血泊中挣扎。

白色恐怖的魔影也笼罩到了鲁迅身边。十五日凌晨，一位老工友气喘吁吁地跑到鲁迅家，惊慌失措地报告说：情况不好，中山大学贴满了标语，也有牵涉鲁迅的。他催促鲁迅赶快潜伏起来，免遭不测。但是，鲁迅并没有听从这位心地善良的老人的劝告。他不顾当晚彻夜未眠，冒雨赶赴中山大学，亲自召集并主持主任紧急会议，呼吁学校竭尽全力营救被捕学生。一场看不见刀光剑影的战斗，就在这次会议上短兵相接地展开了。

　　鲁迅以教务主任的身份坐在主席座位上，中大委员会副委员长朱家骅坐在鲁迅的正对面。鲁迅首先说："学生被抓走了，学校有责任出面担保他们，教职员也应该主持正义，联名具保。我们还要知道为什么逮捕学生？他们究竟有什么罪，须知被抓的不是一两个，而是一大批啊！"朱家骅闪着阴冷的目光，用威胁的口吻说："关于学生被捕，这是政府的事，我们不要跟政府对立。"鲁迅反驳说："学生被抓走了，是公开的事实。他们究竟违背了孙中山总理的三大政策的哪一条？"朱家骅倚势压人，说："中大是'党校'，党有党纪，在'党校'的教职员应当服从'党'，不能有二志。"鲁迅继续据理驳斥说："五四运动时，学生被抓走，我们不惜发动全国各界罢工罢市营救。现在学生无辜被捕，我们怎能噤若寒蝉？"朱家骅自以为有理地说："那时反对的是北洋军阀。"鲁迅以凌厉的气势迅速反击说："现在根据三大政策的精神，就是要防止新的军阀统治。"会场气氛紧张到了无法转圜的地步，与会者大多保持缄默，会议没有收到预期的效果。鲁迅归来，一语不发，不思饮食。次日，他仍然捐款慰问被捕学生。不久，他愤然辞去在中山大学的一切职务，三次退回了中大的聘书。

　　疾风知劲草，烈火见真金。在严酷的斗争中，革命队伍产生了剧烈分化。以毕磊为代表的年轻共产党人表现出了"头可断，肢可裂，革命精神不可灭"的凛然正气。面对严刑利诱，毕磊丹心似火，正气如虹，连连挫败了敌人软硬兼施的阴谋。鲁迅隐约获悉毕磊壮烈牺牲的消息后，悲愤填膺。他时常向友人提起这位瘦小精悍、头脑清晰的共产党人，并无限哀痛地说："他一定早已不在这世上了……"与此同时，鲁迅又耳闻目睹了另一些青年截然不同的表现。八月十一日，他在广州《民国日报》上读到了三名向军警督察处自首的 C．Y（共青团）成员的供词。这些叛徒被血的恐怖吓破了胆。他们跪下卑贱的膝骨，把头匍匐在敌人脚下，用颤抖的双手捧上悔过书，交代自己昔日如何受共产党的"迷惑""包围""利诱""威迫"，乞求用忏悔的眼泪和对革命的诅咒来换取今后的"自由"。九月十日，鲁迅又在上海《新闻报》上剪下了另一篇触目惊心的报道，一个十五岁的"赤色分子"，自首之后戴上假面，由军警带领游街。途中如果遇到过去的同志，他便当场指出，这被指出的人也就随即被捕。沿途市民都将这位假面人"视若魔鬼而凛凛自惧"。面对现实生活中的英勇牺牲和无耻叛卖，鲁迅的思想受到了巨大震动。他说："我一向是相信进化论的，总以为将来必胜于过去，青年必胜于老人……我在广东，就目睹了同是青年，而分成两大阵营，或则投书告密，或则助官捕人的事实！我的思路因此轰毁，后来便时常用了怀疑的眼光去看青年，不再无条件地敬畏了。"①

应该感谢两位日本友人，他们为一九二七年在广州的鲁迅留下了忠实可靠的文字记录：一位是日本新闻联合社特派记者山上正义，另一位是日本汉学家增田涉。

一九二八年三月，山上正义在日文《新潮》杂志三月期的发表了一篇《谈鲁迅》，其中介绍了"四一五"政变之后蛰居在白云楼寓所的鲁迅："在鲁迅潜伏的一家民房的二楼上同他对坐着，我找不出安慰的言语。刚好有一群工人纠察队举着工会旗和纠察队旗，吹着号从窗子里望得见的大路上走过去。靠窗外的电杆上贴着很多'清党'的标语，如'打倒武汉政府''拥护南京政府''国贼中国共产党'等等。在这下面甚至还残存着由于没有彻底剥光，几天前大张旗鼓地张贴的'联共容共是总理之遗嘱''打倒新军阀蒋介石'等完全相反的标语。鲁迅望着走过的工人纠察队说：'真是无耻！昨天还高喊共产主义万岁，今天就到处去搜索共产主义系统的工人了。'给他这么一说，我发现那倒确是一些右派工会的工人，充当公安局的走狗，在干着搜索左派工人的勾当。"

增田涉原是日本东京大学一位专攻中国文学的学生，一九三一年春来到上海，经内山完造介绍结识了鲁迅，鲁迅曾跟这位异国学子谈到了"四一五"政变后他的思想变迁。鲁迅动情地说："国民党把有为的青年推进了陷阱。最初他们说，共产党是火车头，国民党是列车；由于共产党带着国民党，革命才会成功。还说共产党是革命的恩人，要学生们一齐在（苏联顾问）鲍罗廷的面前致以最高敬礼。所以青年们都很感动，当了

---

① 引自《三闲集·序言》。

共产党。而现在又突然因为是共产党的缘故，把他们统统杀掉了。在这一点上，旧式军阀为人还老实点，他们一开始就不容共产党，始终坚守他们的主义。他们的主义是不招人喜欢的，所以只要你不靠近它、反抗它就行了。而国民党所采取的办法简直是欺骗；杀人的方法更加狠毒。比如同样是杀人，本来给后脑上一发子弹就可以达到目的了，而他们偏要搞凌迟、活埋，甚至连父母兄弟也要杀掉。打那以来，对于骗人做屠杀材料的国民党，我怎么也感到厌恶，总是觉得可恨。他们杀了我的许多学生。"[①]

出现在增田涉《鲁迅传》中的这段话是经过鲁迅本人校阅的，译文系名家据原件译出，无疑反映了鲁迅的真实想法，道明了他为什么从广州到上海之后政治立场会发生重大转变，值得高度重视。不过，这毕竟只是鲁迅这位革命人道主义者在目睹一场"血的游戏"之后的内心感受。如果是一位政治家，也许会从国共两党不同的阶级属性分析双方从联合到分裂的根本原因；如果是一位历史学家，也许会从当时的国内外大背景以及双方思想、理论和政策分歧解析第一次国共合作破裂的深刻原因。然而作为文学家的鲁迅，只能写出这种用鲜血凝成的文字：

> 这半年我又看见了许多血和许多泪，
>
> 然而我只有杂感而已，
>
> 泪揩了，血消了；
>
> 屠伯们，逍遥复逍遥，
>
> 用钢刀，用软刀的，
>
> 然而我只有"杂感"而已。
>
> 连"杂感"也被"放进了应该去的地方"时，
>
> 我于是只有"而已"而已！[②]

在鲁迅广州时期的杂感中，有两篇给读者留下了特别深刻的印象：

---

① 引自增田涉《鲁迅传》，卞立强译，《鲁迅研究资料》第二辑，文物出版社 1977 年 11 月出版。

② 见《而已集·题词》。

一篇是《庆祝沪宁克复的那一边》，另一篇是《小杂感》。

《庆祝沪宁克复的那一边》写于一九二七年四月十日。当年三月二十一日，上海工人举行第三次武装起义，直鲁联军纷纷溃逃；三月二十二日，北伐军完全占领上海。三月二十三日，北伐军逼近南京，直鲁联军退守徐州、蚌埠。"沪宁克复"捷报传来，号称"革命策源地"的广州举行盛大庆典。在喧天的锣鼓声中，鲁迅想到的却是辛亥革命后在南京修建的烈士纪念碑一九一三年被复辟帝制的军阀张勋捣毁，又想起了诚实谦和的革命前驱李大钊，被奉系军阀张作霖逮捕绞杀。他谆谆告诫广大民众："庆祝和革命没有什么相干，至多不过是一种点缀。"他特别提醒革命者，要正视"黑暗的区域里，反革命者的工作也正在默默的进行。"鲁迅的预测不幸而言中，表现出他思想的穿透力和见解的前瞻性。就在鲁迅写作这篇杂文的一周之前，即一九二七年四月二日，李济深、黄绍竑应蒋介石急电邀约由粤抵沪，参与他们的清党密谋。无怪乎四月十二日蒋介石在上海发动政变，对工人纠察队大开杀戒，李济深四月十五日凌晨也在广州实行戒严，罪恶的枪声立即掩盖了数天之前广场欢庆的鞭炮声。正是在四月十五日这一天，蒋介石正式发布了《清党布告》，公开打出了反共的旗帜。

《小杂感》写于一九二七年九月二十四日，是一组格言式的杂文，其中最短的只有十个字："凡当局所'诛'者皆有'罪'。"这就是广州"四一五"政变后鲁迅的直感，揭露了当时以"党"代"法"、滥杀无辜的黑暗现状。最为特别的是，当时的滥杀与虐杀又往往是在"革命"的名义下进行的。所以鲁迅写道："革命反革命，不革命。革命的被杀于反革命的。反革命的被杀于革命的。不革命的或当作革命的而被杀于反革命的，或当作反革命的而被杀于革命的。或并不当作什么而被杀于革命的或反革命的。革命，革革命，革革革命，革革……"

当代读者如不了解中国第一次革命战争时期的那段历史，读到以上这段杂感就会如读天书。而如果了解那段历史，就能感到鲁迅以最凝练的语言对那个时代作了最形象而准确的概括。

那是一个争夺革命话语权的时代。中国国民党在倡导国民革命，中国共产党在倡导阶级革命，中国青年党在倡导全民革命，无政府主义者在倡导社会革命……革命在知识界是一种普遍崇尚的美德。正如梁启超所言，革命是"人生最高之天职"。而国共两党采用的革命手段主要是暴力。无政府主义者鼓吹暗杀，也是暴力。中国青年党反苏反共，只是没有军队，也同样崇尚暴力。暴力革命伴随的自然有牺牲：有人为真理、为信仰而献身，有人却稀里糊涂被卷进了革命漩涡，又稀里糊涂丢掉了性命。这就是鲁迅所说的"并不当作什么而被杀于革命或反革命的"。在革命与反革命、"红"与"白"处于二元对立状况时，不承认有"第三种人"存在，也不愿为"第三种人"提供一条狭窄的灰色生存地带。在这种特殊的年代，的确是"革命，革命，多少罪恶假汝之名以行！"

除开创作杂文，鲁迅在广州的八个多月当中还发表了十余次讲演。鲁迅一九二七年一月二十五日日记："下午往中大学生会欢迎会，演说约二十分钟毕，赴茶会。"这次活动实际上是由中共广东区委所属的中山大学支部主办，陪同鲁迅登上讲台的就是共产党人毕磊。鲁迅的讲词曾于一月二十七日、二月七日、二月八日分三次登在《广州民国日报》"现代青年"专刊，记录者为林霖，后收入钟敬文编《鲁迅在广东》一书，一九二七年七月由北新书局出版。不过，钟敬文编辑《鲁迅在广东》一书时，把有关鲁迅和听众互动的文字删掉了。据一九二七年二月八日在《广州民国日报》"现代青年"专刊第二十八期报道，鲁迅讲毕，有一位听众即席发言说："我得到了鲁迅先生的作品，如同得到了爱人。"鲁迅随即打断他说："爱人是爱人，鲁迅的著作是鲁迅著作。有了爱人是不能革命了，若以鲁迅的著作来代表爱人，恐怕不太好。有了爱人的人，只管看鲁迅的著作，这是不要紧的，看了以后，再去恋爱也可以，否则，用鲁迅著作代替爱人，那恐怕于现代青年有害。"鲁迅幽默的回应，在现场引发了一阵笑声。

其他经鲁迅校订并结集的讲演有《革命时代的文学》《读书杂谈》[1]《中山大学开学致语》[2]。最长也最特别的一篇学术性讲稿题为

---

[1]　均见《而已集》。

[2]　见《集外集拾遗补编》。

《魏晋风度及文章与药及酒之关系》。

这是鲁迅在国民党广州市教育局主办的"夏期学术讲演会"上的讲演，许广平现场翻译成粤语，后来成为著名小说家的欧阳山（罗西）和邱桂英记录，又经鲁迅本人审阅。一九二八年十二月三十日，鲁迅在致老友陈濬（子英）信中说："弟在广州之谈魏晋事，盖实有慨而言。"

那么，鲁迅借谈魏晋事寄寓了什么人生感慨呢？传统的说法是：鲁迅借司马懿篡位，影射蒋介石背叛新三民主义，发动"四一二"反共政变。但事实上，司马懿只是这次讲演中偶一提及的人物，绝非论述中心。鲁迅致陈濬的同一封信中提到，当时的著作者"实处荆棘"，而历史上志大才疏的孔融终不免为曹操所杀的厄运，可谓前车之鉴。据此推断，鲁迅借古喻今的着重点，是在思考具有叛逆性格的文人，身处乱世应该如何安身立命，如何能够在党派纷争、杀机四伏的环境中"师心""使气"，获得心灵的最大自由。"师心"就是写出"心的真实"，"使气"就是慷慨悲歌，无所顾忌，使文章充满情感、气势和力量。

众所周知，魏晋时代是一个内忧外患、政治高压的时代，但同时又是中国古代精神史上最为解放、清峻通脱的时代。所谓"风度"，其实就是一种形神融合的精神风貌。鲁迅"破帽遮颜过闹市"，跟魏晋士人宽衣博带、不修边幅的做派相互吻合；鲁迅"漏船载酒泛中流"，跟魏晋士人在风涛险恶之时仍能昂首向天的精神一脉相通。"躲进小楼成一统"，这是鲁迅独战时运用的"壕堑战"战术，克服了魏晋士人在"出仕"与"归隐"之间身份选择的纠结；"管他冬夏与春秋"，就是魏晋士人"静听不闻雷霆之声，熟视不睹泰山之形"的任意率性，这是一种生命意识和个体意识的最高表现。以上诸方面，都充分体现出鲁迅后期对魏晋文化精神的传承和发展。

鲁迅来广州之前，当地报纸副刊刊登的多是用粤语写成的无聊小品，教材中充斥着陈腐的文言文，整个文坛像沙漠般沉寂。为了推动南中国的新文学运动，鲁迅在广州期间还支持组织了南中国文学会，并创办了北新书屋。据一九二七年三月十六日广州《民国日报》报道："自文学巨子鲁迅先生南来后，广州青年对于研究文学之望，甚为炽盛。中山大学周鼎培、林长卿、倪家祥、邝和欢、邱启勋，广州文学社杨罗西、赵慕鸿、黄英明、郑仲谟等，拟联同组织南中国文学社，以发扬南中国文化，并版定期刊物，名《南中国》，由鲁迅、孙伏园诸先生等提挈一切。"报道中的"杨罗西"即欧阳山。他在《光明的探索》一文中回忆了三月十四日下午在惠东楼太白厅召开成立会的情况。他说，当时的目标是在广州文学社的基础上，吸收广西、湖南、江西、福建等南方省份的文学青年，把影响扩展到整个南中国。①会上有人怕他们的同人刊物不好卖，如果赔本，出了一期之后就难以接着出了。鲁迅出了个主意，他说："要刊物销路好也容易，你们可以写文章骂我，骂我的刊物也是销路好的。"

就在南中国文学会成立的同月二十五日，广州惠爱东路芳草街四十号二楼出现了一家北新书屋，主要出售北京北新书局和未名社的出版物。这本是孙伏园先生的创意，但开张前夕他却跑到武昌编报纸去了，只剩下了两间空荡荡的房子。鲁迅掏腰包付了六十元房租，书店终于跟广州读者见了面，而且门庭并不冷落。鲁迅得意地说，好在中山大学没有欠薪。即使赔钱，他也希望广州这片文艺沙漠能出现一片绿荫。

回想起从厦门到广州的经历，鲁迅觉得状如橄榄：到厦门之初冷冷清清，离开时却盛大欢送；到广州之初是盛大欢迎，一九二七年九月二十七日离开时则冷冷清清。然而在这八个多月的短暂日子里，鲁迅却在这块商人和军人主宰的国土上留下了坚实的足迹，撒播了新文化的种子。

如此香港

一九二七年九月二十七日下午，鲁迅登上太古公司的"山东"号海轮离开广州，夜半抵达香港，因为轮船需要装卸客货，将在这里停泊一

---

① 见 1979 年 2 月 20 日《人民文学》第 2 期。

天半。在一般情况下，一天半的时间是容易消磨的，但鲁迅却有度日如年之感。细算起来，他经过他所视为"畏途"的香港，已经是第三回了。

第一回是这年的一月十七日，他由厦门赴广州途中路过香港，照例停泊一宿。他住的是两人一房的"唐餐间"，跟他同舱的台湾丝绸商上岸去了，使他暂时得到了"独霸一间"的安宁。他给爱人许广平写完信，已经是夜里十时了，信步走上甲板，只见月色皎洁，波面映出一大片银鳞；此外是碧玉一般的海水，看去仿佛很温柔。香港好像一颗圆润的珍珠，在碧波间沉浮，在夜雾里闪光……

是的，香港确曾是祖国襟前一枚别致的明珠，但是，自从鸦片战争之后，它却脱离了祖国母亲的锦衣云裳，成了"英人的乐园"。这里有不夜的城，也有难明的夜……历史严峻的结论是：落后，必然挨打；昏庸，岂能御强。民族自尊心极强的鲁迅每当想起这一切，近百年的屈辱就如同一根粗大的杵棒在痛捣他的肝肠。因此，虽然轮船第二天九点多才启碇，但鲁迅却无心去流连那"吁嗟阔哉"的香港风光。

第二回是在同年二月十八日。当时，香港这个畸形发展的都埠上空，弥漫着守旧的空气，主宰这块土地的殖民主义者和寓居这里的遗老遗少，都跻跻跄跄地一齐尊孔祝圣。报纸非文言文不登，藏书楼非线装书不收，直到一九二八年之前都没有一个新文学杂志。南朝《文选》中有这样的句子："摅怀旧之蓄念，发思古之幽情；光祖宗之玄灵，振大汉之天声。"清朝末年，反清革命志士曾集录这四句话表达"驱除鞑虏"、"光复旧物"的决心。不料二十年后，这四句话却被不学无术的英国籍的"港督"金文泰借用来鼓吹复古，"保存国粹"了。鲁迅懂得，殖民主义者之所以提倡中国"保古"，无非是希望中国永远是一个大古董以供他们赏鉴，这虽然可恶，却还不为奇，因为他们究竟是侵略者，而香港孔圣会的诸公也跟着鼓噪，则真不知是长着怎样的心肝！这时，有香港友人邀请鲁迅赴港演讲。中华基督教青年会免费提供礼堂，鲁迅慨然拒收报酬，于是很快顺利成行。

他在许广平的陪同下，带着不曾痊愈的脚伤，从广州渡海前往香港。在船上，鲁迅遇到了一位心地善良的船员。他担心鲁迅赴港之后会遭谋害，为了使鲁迅不致无端横死，他一路上都在替鲁迅谋划：禁止上陆时如何脱身，到埠捕拿时如何逃走，临时遇险可到什么地方暂避……鲁迅虽然觉得他未免有些神经过敏，但却十分感谢他的好心。这位不知名的船员不正是香港爱国同胞的一个代表么？他们生活的土地虽已被英国侵略者用洋枪大炮强夺，但他们的血脉仍然与祖国的心脏相通，与同胞的骨肉相连……

鲁迅讲演的地点在荷理活道必列者士街五十一号的基督教青年会。讲演前，港英当局传讯了主办团体的一位工作人员，询问请鲁迅讲演的用意何在。后来又有反对者派人索取了四分之一的入场券，向主持者暗示这一部分"听众"并不单纯，妄图迫使主办方自动取消这次演讲会；如果不成，那他就把他们索取的入场券冻结起来，以达到减少听众入场的目的。但是，反对者的阴谋未能得逞。香港的青年文学爱好者和一些中年文艺界人士纷纷冒雨前来听鲁迅讲演，把能容纳五六百人的青年会小礼堂挤得满满的。

鲁迅在香港共作了两次讲演：一次是二月十八日，讲题为《无声的中国》；第二次是二月十九日，讲题为《老调子已经唱完》。有的听众至今仍然记得，鲁迅两次讲演时都穿着浅灰布长衫，穿一双陈嘉庚黑帆布胶鞋。他的讲话带有浓重的浙江口音，一般的香港青年听众很不好懂，原是广东人而又深刻理解鲁迅讲话精髓的许广平担任翻译，把鲁迅的讲词活泼传神地译成粤语，所以听众精神非常专注，自始至终都保持了热烈的情绪。鲁迅在两次讲演中，都尖锐地揭露了殖民主义者提倡尊孔读经，利用僵死的文言文来禁锢人们思想以强化其殖民统治的险恶用心。在题为《无声的中国》的讲演中，鲁迅指出："中国虽然有文字，现在却已经和大家不相干，用的是难懂的古文，讲的是陈旧的古意思，所有的声音，都是过去的，都就是只等于零的。"大多数的人们不懂得，结果等于无声。"我们试想现在没有声音的民族是哪几种？我们可听到埃及人的声音？可听到安南、朝鲜的声音？印度除了泰戈尔，别的声音可还有？我们此后实在只有两条路：一是抱着古文而死掉，一是舍掉古文而生存。"在以《老调子已经唱完》为题的讲演中，鲁迅特意提起蒙古人征服宋朝后，起初虽然看不起中国人，后来却觉得我们的老调子，倒也新奇，渐渐生了羡慕，因此也跟着唱起我们的调子来了。现在听说又有别国人在尊重中国的传统文化了，他们哪里是真正尊重中国的文化呢？不过是利用，是利用我们的腐败文化，来统治我们这腐败的民族。鲁迅的讲演，深为港英当局所嫉恨。他们禁止香港各报刊登载鲁迅的讲词，交涉的结果，是削去和改篡了许多。

鲁迅第三次来到香港，是在由广州赴上海途中。九月二十八日午后，两位穿深绿色制服的英属同胞，手执铁签前来"查关"。鲁迅携带的六只书箱和衣箱放在房舱里，另外十只书箱放在统舱。检查员驾到，使鲁迅感到不安：因为这些箱子被人翻动之后，重新整理捆扎，就需要大半天。结果事态发展果不出鲁迅所料，脸色铁青的检查员将第一只书箱翻搅一通，松动的书籍便高出箱面六七寸了。这种检查法使鲁迅感到委实可怕。如果照此办理，十箱书收拾妥帖，至少要五点钟。迫于无奈，鲁迅便低声问道："可以不看么？"检查员也低声回答道："给我一块钱。"鲁迅一时还不想献出十元一张的整票，便还价说："两块。"协议没有达成，检查员又打开第二只书箱，如法炮制了一通，一箱书又变成一箱半。接着是一面检查，一面议价。鲁迅将价钱添到五元，检查员将要价减到七元，谈判又陷于僵局。结果，鲁迅放在统舱的八只书箱全被翻得乱七八糟，另两只未动的，恰好是别人托带的东西。鲁迅正准备在统舱收拾乱书，检查员又到鲁迅的房舱去了。这回是由捣乱到毁坏：装鱼肝油的纸匣被撕碎，茶叶罐上被铁签钻了一个洞，装着饼类的坛子封口也被挖开……最后还是迫使鲁迅掏出了一包十元整封的银角子，检查员才耀武扬威地离开了这间烟尘斗乱的舱房。

九月二十九日下午，鲁迅乘坐的"山东"轮终于在喋喋喧响的涛声中离开了他"视为畏途"的香港。鲁迅感慨万端，他想："香港虽只一岛，却活画着中国许多地方现在和将来的小照：中央几位洋主子，手下是若干颂德的'高等华人'和一伙作伥的奴气同胞。"这时，海风猛烈，窗帏飘荡，预示着将有暴风雨袭来……

第九章

荆天棘地钻文网
文坛艺苑播芳馨
——鲁迅在上海
（1927.10—1936.10）

从二人世界到三口之家

相传，在很久以前，天河的东西两边住着一条白龙和一只金凤，它们齐心协力，用血汗炼就了一颗明珠。不料，被王母娘娘知道了，她派了天兵天将把明珠抢去，占为己有。一天，王母娘娘过生日，请了各路神仙，席间，她把明珠拿出来炫耀。白龙和金凤上前评理，要讨还明珠，可是王母娘娘却下令赶他们出去。白龙和金凤见王母娘娘这么不讲理，就上去夺回明珠。三双手都抓住金盘，谁也不肯松手，你拉我扯，金盘一摇晃，明珠从天上落到了人间，立刻变成了晶莹碧透的西湖。杭州现在还流传着这样两句歌谣："西湖明珠从天降，龙飞凤舞到钱塘。"

一九二八年七月十二日至十七日，鲁迅和许广平有一次杭州之行。这也可以视为一九二七年十月他们在上海同居之后的一次蜜月旅行。

杭州是鲁迅的旧游之地，虽然山水明瑟，但并未引起鲁迅的欣赏兴趣。鲁迅留日归国后曾任杭州浙江两级师范学堂生理学和化学教员。那一年当中，他只游过一次西湖。友人说"保俶塔如美人，雷峰塔如醉汉"，鲁迅只说"平平而已"；友人又说，"平湖秋月""三潭印月""令人流连忘返"，鲁迅也只说"平平而已"。鲁迅到上海定居之后，友人多次劝鲁迅秋天到杭州西溪看芦花，或寒假来赏梅花，鲁迅总也离不开身。

一九二八年暑假，友人章川岛到上海景云里看望鲁迅，发现鲁迅气色颇佳，人也胖了一点，知道许广平对鲁迅的饮食起居照顾得很周全。此时鲁迅的私淑弟子许钦文也在上海，他们就一起动员鲁迅夫妇到杭州游憩几天。鲁迅自从一九一九年冬经杭州迎母北上之后，快十年没来过杭州了，便欣然答应了下来，为了避开白天的炎热，鲁迅夫妇是乘夜车从上海到杭州的，许钦文一路陪同。鲁迅随身带了一只赭色的手提皮箱，引起了两个穿黄军服的宪兵的注意。高的那个猴头鸟颈，矮的那个脸像西瓜，他们鬼鬼祟祟嘀咕一阵之后来到了鲁迅跟前。西瓜脸先发话，要检查这只手提箱。鲁迅大声说："你们看好了。"西瓜脸说："箱子是你们的，要你们自己打开。"鲁迅加重语气说："是你们要看，不是我邀你们来看。"猴头插嘴说："箱子总归是你们的，我们不好来打开。"鲁迅说："我们允许你打开，不就行了吗？"西瓜脸做了个手势，猴头接着打开箱子，大失所望，又盖上了。西瓜脸解释说："我们闻到了一股香味，好像是大烟。"鲁迅狠狠瞪了他们一眼，讽刺道："你们的鼻子就是这样的嗅觉？"西瓜脸的脸顿时涨得通红，猴头也显得发呆。鲁迅事后说："让他们失望了，凡箱子里有藏有大烟的人，肯定会给他们塞红包的。"

十二日半夜，鲁迅一行到达杭州，下榻处是清泰第二旅馆。九年前鲁迅迎母北上也是住在这里。旅馆离湖滨较远，比较僻静。鲁迅预订了一间有三张单人床的房间，他跟许广平各睡一床，指定许钦文每晚必须睡在中间那张床。许钦文是本地人，鲁迅这样安排，当然有一旦遇到麻烦能有人关照的意思。至于其他深意，局外人就很难讲得更加透彻。

十三日一早，鲁迅在女师大的老同事郑奠前来看望。郑奠原字介石，因蒋介石发动"四一二"政变，他从此改字为"石君"，当时在浙江大学主持文科。当天中午郑奠在"楼外楼"酒家为鲁迅夫妇接风。许钦文和章川岛夫妇作陪。川岛夫人孙斐君是女师大的同学，两人叽里咕噜交谈得更为热闹。鲁迅最喜欢楼外楼的虾子烧鞭笋。午饭后到西泠印社的四照阁品茶，从高尔基、萧伯纳聊到日常琐事，不觉天已黄昏。章川岛想让鲁迅夫妇换个口味，就请一行人到杭州龙翔桥畔的功德林素菜馆用餐。鲁迅平时不爱吃素菜，尤其反感那种素鸡、素鸭、素鱼……因为虽吃全素，仍未忘情于荤腥，是一种虚伪表现。但杭州功德林的鞭笋、香菇炖豆腐、清炖笋干嫩头，却鲜美可口，给鲁迅夫妇留下了深刻印象。

十四日中午许钦文在三义楼宴请鲁迅夫妇，郑奠、章川岛等也来作陪。这家餐馆的厨艺水平也不差，尤其是西湖醋鱼和虾子鞭笋更是招牌菜。扫兴的是，鲁迅下午腹泻，原因是鲁迅脾胃较弱，菜肴又多加香油，且有笋一类的粗纤维食物，都导致滑肠。下午外出不便，只好困在旅店里，天气又闷热，鲁迅比喻为"蒸神仙鸭"。这是鲁迅杭州之游的唯一遗憾。

十五日是星期天。鲁迅中午在楼外楼请饭，答谢老友郑奠、章川岛一家三口及许钦文兄弟。这次聚餐人数最多，也最为热闹。饭后同去虎跑品龙井。"龙井茶叶虎跑水"，喝起来分外爽口。喝茶后又舀泉水洗头，冲脚，到一处有泉眼的小方水池丢铜元。这个水池的泉水高出水碗不溢出，放上铜元不下沉。鲁迅玩得特别开心，完全忘掉了自己的年龄。许广平怕热，躲到了虎跑那个泥塑的老虎脚边，高兴地说，这里真是阴凉！

十六日是此次杭州之游的最后一天。鲁迅前往抱经堂书店购旧书，又去清河坊翁隆盛茶庄买龙井。这都是鲁迅的爱物。他在价格上作了一番比较，觉得杭州的书价比上海高，而茶叶质量却比上海好。在房间，鲁迅突然问许钦文："钦文！你知道女人是什么？"这时许广平也在。许钦文如丈二金刚摸不着头脑，只好尴尬地笑笑。鲁迅故作庄重地自问自答："是温度计！"接着解释说，"你看，只要晒到太阳，女人就会热呀热地嚷个不停。昨天去虎跑的阴凉处，她又冷呵冷呵地喊起来。一回旅馆，她又会马上喊热。"许钦文这才领悟到，鲁迅是在跟许广平逗趣。

许广平狠狠瞪了鲁迅一眼，鲁迅更前仰后合地哈哈大笑，许钦文也禁不住笑了起来。

十七日一早，鲁迅夫妇仍乘坐沪杭列车回到上海，许钦文送到车站。这一次杭州之游，是鲁迅一生中少有的一次游憩，也是鲁迅两口之家的唯一一次长时间的外出游憩。

一九二九年五月，许广平本来准备跟鲁迅一起北上去见年迈的婆婆，无奈已有身孕，行动不便，于是只能让鲁迅一人独往。如果说几年前，他们分赴闽、穗是为了事业和生计的话，那么，这次小别则是鲁迅为了尽儿子的一份孝心。

鲁迅离开上海的前一晚，破例早早上了床。窗外的雨淅淅沥沥下个不停，屋内的窃窃私语说个没完。一个千叮咛万叮咛："此行大约一个多月罢，你可一定要保养自己，吃好睡好，万万不可大意。"另一个千嘱咐万嘱咐："路上要小心。你北京朋友多，请客吃饭，在所难免，但酒要少喝。母亲多年不见，替我请安，多同她老人家谈谈我们的情况。"

情长夜短，天亮了，两人起身，一切弄停当后，由周建人、柔石和崔真吾送鲁迅到车站，许广平只送到家门口。

五月十二日还下着雨，十三日却是个好晴天。太阳从东边的窗户里照进来，直射在躺椅上。许广平走过去，坐在那上面，立刻，她感染到了鲁迅的气息，似乎又闻到了他身上的烟味。她一边看《小彼得》，一边剥瓜子吃，看似悠闲，内心却有点伤感，但她忍住了，脸上没有出现两条鼻涕加两条眼泪的"四条胡同"。头天几乎一宿没睡，这会儿有点困了，上床休息吧。醒来十点多，吃了一碗冰糖稀饭，看看报纸，又睡。醒来十二点。这回可不敢再睡了，怕晚上睡不着。于是去街上逛逛，买些香蕉、枇杷回来。

吃也吃过，睡也睡过，逛也逛过，该给鲁迅写信了。许广平写道：

小白象：

今天是你头一天自从我们同住后离别的第一次，现时是下午六点半，查查铁路行车时刻表，你已经从浦口动身开车了半小时了，想你一个人在车上，一本文法书不能整天捧在手里，放开的时候，就会空想，想些什么呢？复杂之中，首先必以为小刺猬在那块不晓得怎样过着……

"小刺猬"，这是鲁迅对许广平的昵称。"小白象"，这是许广平对鲁迅的敬称和爱称。在他们离别的二十二天中，通了二十一封信，互称："小白象"——"小刺猬"，或是"姑哥"——"乖姑"。忽然，有一天，鲁迅给许广平的信上，多了一个"小莲蓬"的称呼。这是怎么一回事呢？

那一天，许广平收到鲁迅的一封信，信封里有两张信纸，上边都有画。一张画的是：一枝淡红色的枇杷，枝叶间结有三个果实，两大一小。旁边有一首诗：

> 无忧扇底坠金丸，一味琼瑶沁齿寒。
> 黄珍似梅甜似橘，北人曾作荔枝看。

另一张上画的是两个莲蓬，一高一矮，充满子实。旁边也有诗一首：

> 并头曾忆睡香波，老去同心住翠窠。
> 甘苦个中侬自解，西湖风月味还多。

许广平收到这封信后，早也看，晚也看，横也看，竖也看，睡在被子里还在看，她很想从中破译鲁迅的心灵密码。很快地醒悟到，她在给鲁迅的信中时常说去买枇杷吃，因此，鲁迅首先选了那张信笺，算是在纸上送枇杷的意思。对第二张画，许广平这样理解："那两个莲蓬，附着的那几句，甚好，我也读熟了，我定你是小莲蓬，因为你矮些，乖乖莲蓬！"还说，"你是十分精细的，你这两张纸不是随手捡起来就用的。"

鲁迅读了这封信很高兴，知己者，广平也！他立刻在那张"小刺猬"以前经常坐的桌子前，铺纸写道："确也有一点意思的，大略如你所推测。莲蓬中有莲子，尤是我所以取用的原因。"最后又写，"此刻小刺猬＝小莲蓬＝小莲子不知是睡着还是醒着。计此信到时，我在这里距启行之日也已不远了。这是使我高兴的。但我仍然静心保养，并不焦躁，小刺猬千万放心，并且也自保重为要。"

小莲子象征胎儿，小莲子长在莲蓬的肚里，如果再有一条鲤鱼游来，岂不是一幅美妙的民间年画：鲤鱼戏莲图吗？寓意着夫妻欢乐、幸福的生活。

如果说，闽粤通信中，他俩表露情感还比较含蓄的话，那么京沪通信中，他们的思恋之情就像庐山瀑布一泻千丈。

许广平在从上海飞往北京的信中写："你的乖姑甚乖，这是敢担保的，她的乖处就在听话，小心体谅小白象的心，自己好好保养，也肯花些钱买东西吃，也并不整天在外面飞来飞去，也不叫身体过劳，好好地，好好地保养自己，养得壮壮的，等小白象回来高兴，而且更有精神陪他……"

北京寄往上海的则说："现在精神也很好，千万放心，我决不肯将小刺猬的小白象，独在北平而有一点损失，使小刺猬心疼。"

终于，鲁迅携带了一些书和许广平产后要吃的小米返沪了，许广平张开双臂迎接"小白象"，拿出好些编织的小衣服给他看。两人沉浸在幸福之中，静静地等待"小莲子"的出世。

一九二九年九月二十五日夜里，鲁迅送走郁达夫后，又写作到下半夜，他伸了个懒腰，走到床边，看许广平睡得正香，那隆起的肚子，随着她的呼吸，也在有规律地一起一伏。

"妈妈很辛苦，你别吵，也别闹，过几天就让你出来。"鲁迅一边在心里对未出世的孩子说话，一边轻手轻脚地掀开被子，躺在妻子的身旁，不一会儿就发出了轻微的鼾声。

父亲睡着了，孩子开始不安静了，他在母亲的腹中拳打脚踢，练起了"少林功夫"，全然不顾母亲是否忍受得了。许广平觉得肚子一阵阵疼痛，医生告诉过她：这几天就要生了，要她注意阵痛的间歇时间。

肚子是越来越痛，她拍拍肚子，柔声说道："别吵醒你爸爸，他刚睡着，而且还有点发烧，等天亮了，就让你出来，别着急。"

许广平咬着牙，忍着痛，熬到天亮，见鲁迅还睡得很香，不忍心叫醒他，直到十点钟，实在不行了，才把鲁迅推醒。鲁迅睁开眼睛，看见妻子惊惶失措的样子，就知道小家伙等得不耐烦，想出世了。他忙安慰许广平，说："来得及，来得及，莫慌，莫慌。"说着，一骨碌爬了起来，以最快的速度穿好衣服，准备出门。

"哎，你在发烧，当心！"许广平叫着。

"我就回来。"

出了门，鲁迅直冲上海福民医院。这个医院是日本人在一九二四年创办的、坐落在北四川路一四一号①。鲁迅时常去那儿看病，因此与不少医生护士相识。他很快办好了入院手续，把许广平送进了医院。许广平躺在产床上，紧张的情绪稍微松弛了一点，特别是亲爱的丈夫一直陪伴着她，就像一个忠诚的卫士，使她感到无比的温暖和安全，不断袭来的痛楚似乎也缓解了。

护士在边上穿梭似的忙碌着，搬小床、端浴盆、送热水……九月二十六日的夜晚，是许广平终生难忘的，她在经受女人生产的痛苦折磨的同时，也幸福地沐浴在丈夫的广博情怀中。她在《欣慰的纪念》里，这样回忆道："二十六一整夜，他扶着我那过度疲劳支持不住而还要支持起来的一条腿，而另一条腿，被另一个看护扶着。不，那看护是把她的头枕着我的腿在困觉，使我更加困苦地支持着腿，在每次摇她一下之后，她动了动又困熟了，我没有力气再叫她醒。"

九月二十七日的早晨，忍受了二十多个小时疼痛的许广平看到医生来了，把鲁迅请到一边，两人用日语交谈着，许广平听不懂，但她明白，一定是在商量关于她生孩子的事。她猜得一点也不错，确实如此。

鲁迅很着急地问医生："情况怎么样？"

"不太妙，婴儿的胎心只有十六跳，而且越来越少。"

---

① 今四川北路 1878 号上海市第四人民医院。

"那你们赶紧采取措施呀？"

"是的，我们已制定了两套方案，想征求一下你的意见。"

"快说，什么方案？"

"你是要留小孩还是留大人？"

"两个都保。实在不行就留大人！"鲁迅不假思索地说。

鲁迅和医生谈话的时候，许广平一直不安地望着他们，所以，鲁迅一说出自己的决定后，立刻走到妻子的身边，说："不要紧的，拿出来就好了。"

在各种医疗器械的碰撞声中，婴儿被钳了出来，哇哇地哭着。日本医生抱着赤红的小身体，用生硬的中文说："恭喜你们，是个男孩。"

鲁迅说："是男的，怪不得这样可恶！"

许广平无力地微笑着，鲁迅心疼地为她擦去额上的汗珠……

第二天上午，许广平醒来不久，看见鲁迅来了，手里还捧着一盆小巧玲珑的文竹，轻轻地放在床边的小桌子上。

十月一日，又是一个大晴天，许广平望着窗外射进来的阳光，心里盼着鲁迅的身影，这几天不知怎么搞的，想他想得厉害，一刻不见，心里就慌。其实，鲁迅天天来医院探望，而且每天要来两三次，有时还领着一批朋友前来慰问。也许这就是女人，一个刚做母亲的女人的心态。

吃过午饭，许广平听到了一阵熟悉的脚步声，知道是他又来了，脸上立刻绽开了灿烂的微笑。

"广平，好吗？"鲁迅一进来，就握住她的手。

"好。哎，有件事想问问你。"

"不要说一件，就是有一百件，你也尽可问。"

"儿子出世五天了，还没名字呢？"

"为孩子起名字啊？这容易。先听听你的。"鲁迅一向很尊重女性，如果女士们在场，他绝不会讲日语，或突然离去；和女士一块儿乘坐汽车，也总是让女士先行。

许广平见鲁迅让她先讲，想了想，说："现在人家都叫他弟弟，弟弟的，我想叫他小白象。"

"为什么？"

"象大多是灰的，白的就显得珍贵了。"

"有道理，要是叫小红象呢？"

"也行。"

"如果编成儿歌就更好听了。"

"你唱唱看。"

"你听着。"

鲁迅用绍兴话唱了起来：

> 小红，小象，小红象，
>
> 小象，红红，小象红；
>
> 小象，小红，小红象，
>
> 小红，小象，小红红。

"你唱着，我都快睡着了，真好听。"

"我还为他起了个名字。"

"什么？"

"因为是在上海生的，是个婴儿，就叫他海婴。这个名字读起来颇悦耳，字也通俗，但却绝不会雷同。译成外国名字也简便，而且古时候的男子也有用婴字的。"

家中添丁，欢乐开怀，从此二人世界变成了三口之家。

革鲁迅命的"革命文学"

"《创造周报》复活了！"这是《创造月刊》第一卷第八期上的一则"预告"，宣布"复活"时间是一九二八年的第一个星期天。准备"复活"的《创造周报》由成仿吾、郑伯奇、王独清、段可情四人组成编委会，列名为"特约撰稿人"的有三十人，领衔者为鲁迅。这份"预告"

一九二七年十二月三、四两日也在《时事新报》刊登过，所不同的是，列名为"特约撰述人"的第二人是"麦克昂"，即当时被国民政府通缉的郭沫若。发表"预告"当然事前征得了鲁迅的同意。鲁迅一九二七年十一月九日日记："午后……郑伯奇、蒋光慈、段可情来。"同月十九日日记："下午郑段二君来。"留下了双方酝酿合作的历史记录。

早在一九二六年十一月，在广州的鲁迅就表达了他想跟创造社联合的良好愿望。他在同月七日致许广平的原信中写道："其实我也还有一点野心，也想到广州后，对于研究系加以打击，至多无非我不能到北京去，并不在意；第二是同创造社联络，造一条战线，更向旧社会进攻，我再勉力做一点文章，也不在意。"可见鲁迅是把创造社视为盟友。不巧的是，由于郭沫若等投身于北伐战争，鲁迅的这一想法未能付诸实施。不过，一九二七年四月，创造社的成仿吾、王独清、何畏等起草了一份《中国文学家对于英国知识阶级及一般民众宣言》，刊登在创造社的机关刊物《洪水》半月刊第三卷第三十期。宣言发表时，正文前有一则按语，特别郑重地声明，签名者"都是本人对于无产阶级革命确有信心的"。领衔的四人中，鲁迅名列第二，可见当时在创造社成员眼中，鲁迅也是"对于无产阶级革命确有信心"之人。这份宣言是鲁迅跟创造社的一次成功合作。周恩来后来赞扬说，这是"同声相应、同气相求的事实"，"是团结战斗的榜样"。[1]

一九二七年末，郭沫若参加南昌起义后经香港回到上海。这时，郑伯奇、蒋光慈等打算恢复一九二三年五月创刊的《创造周报》。这份周报是创造社的一个重要刊物，内容侧重文学评论与翻译，兼顾创作，但一九二四年五月出至第五十二号就停刊了。郁达夫曾持赠《创造周报》半年汇刊一册给鲁迅，鲁迅日记一九二三年十二月二十六日日记中有此记载。

郑伯奇、蒋光慈等人的想法得到了郭沫若的支持。刚从政治、军事战线上受挫的郭沫若想在文艺战线重振旗鼓，他同意跟鲁迅合作的计

---

[1] 参见《我要说的话》，1941 年 11 月 16 日重庆《新华日报》。

划，并不止一次地表示要找机会跟鲁迅面商。但不久他生病了。为了壮大创造社的阵营，成仿吾亲自赴日，邀请了一批血气方刚的文学青年回国，其中有冯乃超、朱镜我、李初梨、李铁声等。这些"海归"受到了日本福本主义左倾思潮的影响，片面强调文学的社会性、阶级性和煽动功能。他们无视中国革命的新民主主义性质，把五四"文学革命"跟他们倡导的"革命文学"对立起来；无视新文学前驱者筚路蓝缕的开创之功，而要重新审视他们的意识形态，进行作家队伍的重新组合。这些左得可爱的年轻人感到《文学周报》不足以体现他们的新价值观，于是首选鲁迅进行口诛笔伐，为他们提倡的"革命文学"祭旗。郭沫若被多数人裹挟，不但单方面废除了跟鲁迅合作的前议，而且亲自在这场讨伐鲁迅的征战中披挂上阵。

一九二八年一月十五日，创造社创办的《文化批判》月刊在上海横空出世，扬言要在新中国的思想界开一新纪元。成仿吾在为该刊撰写的《祝词》中夸大其词地写道：《文化批判》将贡献全部的革命的理论，将给与革命的全战线以朗朗的光火。这是一种伟大的启蒙。全国觉悟的青年，大家起来拥护《文化批判》！"

《文化批判》第一期就把鲁迅当作靶心，代表作是冯乃超的《艺术与社会生活》。二十七岁的冯乃超在日本留学时参加过马列主义研究会。为了提倡"革命文学"，他评价了五位作家，其中只有郭沫若是楷范，被誉为"实有反抗精神的作家"，另外四位（叶圣陶、鲁迅、郁达夫、张资平）全属扬弃对象。文中惹恼鲁迅的那段文字是："鲁迅这位老生——若许我用文学的表现——是常从幽暗的酒家的楼头，醉眼陶然地眺望窗外的人生。世人称许他的好处，只是圆熟的手法一点，然而，他不常追怀过去的昔日，追悼没落的封建情绪，结局他反映的只是社会变革期中的落伍者的悲哀，无聊赖地跟他弟弟说几句人道主义的美丽的说话！隐遁主义！好在他不效 L.Tolstoy 变作卑污的说教人。"谙熟日语的冯乃超当时写的中文似未亨通，又加上有排版之误（"老生"二字中应脱"先"字），所以读起来佶屈聱牙，但用"醉眼陶然"形容鲁迅仍不失尖酸刻薄，所以鲁迅后来写了《"醉眼"中的朦胧》进行反击。

一九二八年四月十五日，《文化批判》第四十三期又刊登了李初梨的长文《请看我们中国 Don Quixote 的乱舞》。他用漫画化的笔触，把鲁迅描绘成一个盲目而好斗的带点滑稽的人，相当于西班牙作家塞万提斯笔下的堂·吉诃德在跟风车的作战。现有迹象表明，以"堂·吉诃德"为绰号调侃鲁迅是集体商量过的，因为同一时期成仿吾、冯乃超文章中都沿用了这一绰号，而成仿吾甚至径称鲁迅为"珰鲁迅"。比取绰号更甚的是谩骂。鲁迅认为作文章的人大概只擅长作文章，不宜都去直接参与革命行动。如果文人都去直接参战，无暇作文，那文人的身份也就有名无实了。李初梨在文章中骂道："这是谁放的屁！"

跟后期创造社协同作战的是太阳社。这是一九二七年底在上海成立的一个文学社团，发起人有蒋光慈、钱杏邨、孟超、杨邨人。成员有洪灵菲、阳翰笙、夏衍、殷夫等优秀作家，其中多为同一支部的共产党员。跟后期创造社相比，太阳社更重创作，也没有直接受过日本福本主义的影响。不过，太阳社的钱杏邨认同日本评论家藏原惟人的"新写实主义"理念，认为真实的历史过程本身微不足道，应该去抓住另一种更本质的现实，即根据无产阶级的需求有选择性地反映现实。根据同一理论，钱杏邨鄙薄文艺暴露黑暗与丑恶，要求文艺去提取那些向上的、前进的、符合普罗列塔利亚利益的素材。藏原惟人当时并不是日共党员，但受到了苏联"拉普"派的理论影响，而钱杏邨又把藏原的理论视为文艺创作的圭臬，于是鲁迅就成为了他理想的攻击目标。

太阳社最早主办的文学刊物叫《太阳月刊》，一九二八年一月一日创刊，编者是蒋光慈和钱杏邨。蒋光慈在《卷首语》中豪迈宣称："我们要战胜一切，我们要征服一切，我们要开辟新的园地，我们要栽种新的花木"，"倘若我们是勇敢的，那我们也要如太阳一样，将我们的光辉照遍全宇宙。"

蒋光慈在《太阳月刊》一、二期上发表了两篇提倡"革命文学"的论文，但并没有将批判矛头指向某个具体作家。但该刊第三期钱杏邨的《死去了的阿Q时代》一文，则把鲁迅当成了他要"战胜"和"征服"

的对象。这位晚清文学研究专家断言鲁迅的思想到晚清就停滞了，他的作品毫无现代意义，不仅内容过时，技巧也过时，恰如老妇人无法恢复的青春容貌。鲁迅散文诗《过客》中有一句台词："太阳下去时候出现的东西，不会给你什么好处的。"钱杏邨借用这句话把鲁迅作品通通视为"太阳下去时候出现的东西"，相当于《老残游记》一类谴责小说，又好比白头宫女在追忆唐朝盛世，完全脱离了时代需求，更不足以代表文艺新思潮。就连鲁迅的代表作《阿 Q 正传》，除了表现病态国民性之外，毫无其他意义，因为中国农民的革命性已经充分显示出来了，阿 Q 时代已经死去。

《太阳月刊》的编者在同期的"编后记"中特别强调："在这一号里，杏邨的《死去了的阿 Q 时代》是值得注意的一篇估定所谓现代大作家鲁迅的真价的文章。很多人总以为鲁迅是时代的表现者，其实他根本没有认清十年来中国新生命的原素，尽在自己狭窄的周遭中彷徨呐喊，利用中国人的病态的性格，把阴险刻毒的精神和俏皮的语句，来淆乱青年的耳目；这篇论文，实是澄清一般的混乱的鲁迅论，是新时代的青年第一次给他的回音。"

继《死去了的阿 Q 时代》之后，钱杏邨又写出了二论鲁迅《批评与抄书》和三论鲁迅《"朦胧"以后》。在"二论"中，钱杏邨痛骂鲁迅"和绍兴师爷卑劣侦探一样"，"手腕比贪官豪绅还要卑劣"。[1] 在"三论"中，他认为鲁迅"始终是一个个人主义者"，身上有一种"小资产阶级特有的坏脾气，也是一种不可救药的劣根性"，他只是"任性"，"除去了'趣味'与'幽默'而外，他又何曾看到什么是文艺的使命？""他始终没有认清什么是'革命'，而况是'革命精神'！""鲁迅的出路只有坟墓，鲁迅的眼光仅及于黑暗。"他希望鲁迅"幡然悔悟"，不要"没落到底"。[2] 读了这些宏论，鲁迅感到钱杏邨的文艺思想跟梁实秋相比，真是一左一右，"一个右执'新月'，一个左执'太阳'，那情形可真是'劳

[1] 参见 1928 年 4 月 1 日《太阳月刊》4 月号。
[2] 参见 1928 年 5 月 20 日《我们月刊》创刊号。

资’媲美了。”①

后期创造社和太阳社对鲁迅的“围剿”，到郭沫若以“杜荃”为笔名发表《文艺战线上的封建余孽》一文达到了高峰。早在一九二六年四月，置身于“革命策源地”广州的郭沫若就撰写了《革命与文学》一文，发表于同年五月出版的《创造月刊》第一卷第三期。文章批驳了“革命和文学冰炭不同炉”的见解，并把文学划分为截然对立的两个范畴：“一个是革命的文学，一个是反革命的文学”；真正的文学是只有革命文学的一种。一九二八年一月一日，他以“麦克昂”为笔名，在《创造月刊》第一卷第八期发表了《英雄树》一文。当时，他迫于蒋介石的严令通缉，正流亡日本，但是他仍然在为“无产阶级的文艺”呼喊，“要求社会主义的实现”。对于文艺青年的要求，他主要提出了一条：“当一个留声机器”。虽然郭沫若后来对这个比喻进行了补充修正，说什么“留声机”的含义是“辩证法的唯物论”，“是真理的象征”，但毕竟抹杀了文艺的特质及其最可贵的原创性。文艺本身都消解了，何来无产阶级革命文艺？一九二八年六月，郭沫若又撰写了《文艺战线上的封建余孽》一文，作为对鲁迅《我的态度气量和年纪》一文的批评，刊登在同年八月出版的《创造月刊》第二卷第一期。他说，在读鲁迅这篇随感录之前，他只认为鲁迅是一位过渡时代的游移分子，其态度是中间的，不革命的，但不至于反革命。读了这篇随感录，他对鲁迅下了另一番判断：鲁迅“是资本主义以前的一个封建余孽”；“资本主义对于社会主义是反革命，封建余孽对于社会主义是二重的反革命”；所以，“鲁迅是二重的反革命的人物”。除此之外，文章还给鲁迅扣上了另一顶杀气腾腾的帽子——奉行“棒喝主义”的法西斯谛（Fascist）：“杀哟！杀哟！杀哟！杀尽一切可怕的青年！而且赶快！”在古今中外的文艺批评史上，上纲如此之高的文论恐怕是绝无仅有的。撰写此文时的浪漫主义诗人郭沫若简直是以《女神》中天狗吞月的气势，想把鲁迅全部吞没！

在鲁迅被“围剿”之际，也有读者为鲁迅仗义执言，其中有一位

---

① 见《二心集·“硬译”与“文学的阶级性”》。

"甘人"。他赞扬鲁迅的小说，特别推崇《祝福》，认为鲁迅对祥林嫂深刻的同情力透纸背，对人与人之间的冷酷与虐弃也揭露得最为透辟。[①]另一位署名"冰禅"的作者写道："近来有人说'死去了的阿Q时代'，以为中国的农民都进步了，都不复'再是阿Q'了，果然如此，自然是一件很可庆幸的事。不过这恐怕是要面子的话，阿Q的时代不独还没有'过去'，就是最近的将来还不会'过去'，除非我们四万万人都能一旦发大愿心，把自己'阿Q相'的灵魂，一齐凿死！"[②]有一位署名"青见"的作者举了一个例子：一九二七年夏天，京津一带下午四五点钟的时候，有大的白星出现，乡间农民就认为又有"真龙天子出世"，可见"阿Q时代没有死"。[③]

后来成为文学史家的刘大杰在一九二八年五月十五日出版的《长夜》第四期上发表了《〈呐喊〉与〈彷徨〉与〈野草〉》一文。他以既非鲁迅之友亦非鲁迅之敌的身份公正指出：鲁迅是一个忠实的人生观察者。在中国写实主义的作家里面，鲁迅是战斗的一个。他有最锐利而讽刺的笔锋。"旁人说他的讽刺是俏皮，我觉得是人类的同情，是最深一层的眼泪"。鲁迅的小说"把胆怯的，退缩的，敷衍的，病的，不彻底的，精神文明的中国民族的劣根性，全部展开在读者的眼前"。

有一位留学日本的青年李作宾，在一九二八年九月二日出版的《文学周报》上发表《革命文学运动的观察》一文。他公正地指出，鲁迅并不曾反对过革命文学。"中国的革命文学家对于他们所攻击的目标——据我最近的想见，不特是无意的委屈对方，而且是有意的。无意的是：他们不了解对方，同样的不了解文艺；有意的是：他们想把目前文坛的偶像打倒了，将自己来代替一班人的信仰。"

另一位叫朱彦的作者，在一九二八年十月十五日《新宇宙》创刊号上发表了《阿Q与鲁迅》一文，指出鲁迅不但不曾反对革命文学，而

① 参见《中国新文艺的将来与其自己的认识》，《北新》半月刊第2卷第1期，1927年11月1日。
② 引自1928年4月16日《北新》半月刊第2卷第12期。
③ 参见1928年6月11日《语丝》周刊第4卷第24期。

且本人就是革命者。他写道："鲁迅，我们知道，他的革命情绪，一向是热的。他的从北京到厦门，到广州，到上海，都含有一种相当的革命意义的。据熟知他的人说，他对于无产者的革命要求也极表同情的。这个，我们从他所办的《语丝》和《奔流》看，可以相信的，尤以所译苏俄文艺政策和从《第三国际通信》译来那篇布哈林的短作可以做个例证。"

对这场争论最持平而中肯的总结，是冯雪峰以"画室"为笔名撰写的《革命与智识阶级》一文。文章指出："创造社改变了方向，倾向到革命来，这是十分好的事，但他们没有改变向来的狭小的团体主义精神，这却是十分要不得的。"这种小团体主义或曰宗派主义的突出表现，就是"一本大杂志有半本是攻击鲁迅的文章"，而在五四、五卅运动期间，在进行文明批判和社会批评方面，在整个中国的知识阶级中，鲁迅的工作是做得最好的。"他只是嘲笑过革命文学运动中个别追随者的言行，但从来没有诋毁中伤过革命。"[①]这篇文章确认了鲁迅在中国现代文坛的崇高地位，促使"革命文学"论者改变了对鲁迅的态度。一九三〇年二月四日钱杏邨写出了《现代中国文学论》，第二章就称颂鲁迅是一位英勇持久跟封建势力作战的斗士，永远不会被人们忘记。

从一九二八年春天开始，有关"革命文学"的论争持续了一年多，有关论战文学多达百余篇。鲁迅也写出了《"醉眼"中的朦胧》《我的态度气量和年纪》等答辩文章。特别是一九三一年八月十二日，鲁迅在上海社会科学研究会发表的讲演《上海文艺之一瞥》，更可视为对"革命文学"论争最全面、最深刻的总结。尽管文中有些尖锐的措辞令创造社一方难以接受，如"才子加流氓"，但此处的"流氓"并非指品行下流之人，而是专指那种主张变化毫无线索可寻的理论家。

鲁迅在讲演中首先肯定了"革命文学"口号的提出是一般群众、青年有了这样的要求。因为国共两党第一次合作破裂之后"政治环境突然改变，革命遭了挫折，阶级的分化非常显明，国民党以'清党'之名，

---

① 见 1928 年 9 月 25 日《无轨列车》创刊号。

大戮共产党及革命群众，而死剩的青年们再入于被迫压的境遇，于是革命文学在上海这才有了强烈的活动"。这就深刻指明了"革命文学"旺盛的历史必然性及其社会基础。鲁迅肯定提出"革命文学"口号的功劳，也承认提出的一方"是很有极坚实正确的人存在的"。

但鲁迅更尖锐地指出了"革命文学"论者理论上的不足："第一，他们对于中国社会，未曾加以细密的分析，便将在苏维埃政权之下才能运用的方法，来机械运用了。"例如生吞活剥苏俄拉普派的文艺理论和日本福本主义的左倾观点，在当时的中国超时代地提倡以"辩证法的唯物论"为指导思想的"无产阶级文艺""社会主义文艺"。鲁迅认为，所谓"超时代"就是欢迎喜鹊，憎厌枭鸣，逃避当下的现实。这些口若悬河的论者虽然挂出了"革命文学"的招牌，但在一个"杀人如草不闻声"的时代，却连一点人道主义式的抗争都没有。第二，他们以一种极左倾的凶恶面貌出现，在后期创造社和太阳社的批评家眼中，"革命文学"是一种纯而又纯的文学：

> 他只有愤怒，没有感伤。
> 他只有叫喊，没有呻吟。
> 他只有冲锋前进，没有低徊。
> 他只有手榴弹，没有绣花针。
> 他只有流血，没有眼泪。[①]

如果作品达不到以上标准，就大有被他们"扔进茅厕"的可能。

他们对作家也进行苛责，攻击鲁迅是"有闲阶级"，"比贪官污吏还卑劣"；攻击郁达夫是"极端个人主义者，堕落的享乐主义者"；攻击叶圣陶是"最典型的厌世家"，徐志摩是"有意识的反革命派"，胡适是"妥协的唯心论者"。这种"非革命"即"反革命"的逻辑，使人感到"好似革命一到，一切非革命者就都得死去，令人对革命只抱着恐怖"。

---

① 引自郭沫若《桌子的跳舞》，1928 年 5 月 1 日《创造月刊》第 1 卷第 11 期。

鲁迅正确指出："其实革命是并非教人死而教人活的。"第三，他们套用美国作家辛克莱的观点，片面强调"一切文学都是宣传，普遍地，而且不可逃避地是宣传；有时无意识地，然而常常故意地是宣传"。而鲁迅认为："一切文艺固然是宣传，而一切宣传却并非全是文艺，这正如一切花皆有色，而凡颜色未必都是花一样。""为革命而文学"仍然要"文学"。如果连文学的特性都丢掉了，那还何谈革命文学？就这样，论争的过程就好比燧石相撞火花迸发的过程。鲁迅在发展着自己的文艺思想，也在丰富着中国特色文艺理论的宝库。

围绕"革命文学"的激烈争论迫使鲁迅系统阅读了不少新兴文学理论。当时的读者常常感到创造社、太阳社方面的文学，不知所云，比如："不把普罗列塔利亚奥伏赫变，哲学绝不能实现；没有哲学的实现，普罗列塔利亚自身也不能奥伏赫变。"那么，"奥伏赫变"究竟是什么意思呢？后期创造社成员中有一位二十七岁的"海归"彭康。他撰文解释说，黑格尔的德文哲学著作中有一个词"Autheben"，本有高举、储藏、废止等意思，但既不能译为"抑扬""弃扬""止扬"，也不能译为"否定""保存""提高""除掉"。总之，没有一个中文名词能包含"Autheben"的全部复杂意义，只能音译。虽然彭康解释了半天，仍让读者如丈二金刚摸不着头脑。此类名词还有"意德沃罗基""印贴利更追亚""普罗列塔利亚特"；还有很多直接引用的外文名词，更让读者眼花缭乱。

这种生吞活剥域外新兴文艺理论的情况使鲁迅明白了一个道理："中国需要'坚实的、明白的，真懂得社会主义科学及其文艺理论的批评家'"，"必须更有真切的批评，这才有真的新文艺和新批评的产生的希望。"① 这就激发了他刻苦攻读科学文艺论（尤其是原著）的愿望，以避免许多无谓的争论。一九二九年五月二十二日，他在燕京大学国文学会讲演时举了一个幽默的例子："老百姓一到洋场，永远不会明白真实情形，外国人说'Yes'，翻译道，'他在说打一个耳光'，外国人说'No'，

---

① 见《二心集·我们要批评家》。

翻译出来却是他说'去枪毙'。"① 在《三闲集·序言》中，鲁迅郑重表示："我有一件事要感谢创造社的，是他们'挤'我看了几种科学底文学论，明白了先前的文学史家们说了一大堆，还是纠缠不清的疑问。并且因此译了一本蒲利汉诺夫的《艺术论》，以救正我——还因我而及于别人——的只信进化论的偏颇。"如果说所谓"负能量"可以转化为"正能量"，这应该算是一个例子。

从一九二八年六月开始，鲁迅系统译介苏俄新兴文艺理论。尤其是一九二九年三月至十月，他一鼓作气译完了卢那卡尔斯基的《艺术论》《文艺与批评》，普列汉诺夫的《艺术论》和联共（布）的《文艺政策》，作为可供中国左翼文艺运动借鉴的他山之石。普列汉诺夫是俄国早期的马克思主义文艺批评家。鲁迅认为，他是用马克思主义的锄锹，掘通了文艺领域的第一人。他的艺术论虽然还未形成一个庞大体系，但其中包含的方法论和理论成果，仍不愧为马克思主义艺术论的经典文献。鲁迅称卢那察尔斯基"是革命者，也是艺术家、批评家"。卢氏的理论对鲁迅后期的文艺观产生了明显影响；特别是卢氏对文化遗产传承择取的观点，对人道主义和"同路人"作家的评析，更给鲁迅以深刻启示。卢氏认为要创作革命文学，须先在革命的血管里流两年，鲁迅十分认同这个观点，说：要产生真正的革命文学，根本问题在于作者是不是一个革命人。从水管里流出的是水，从血管里流出的才是血。

鲁迅在"革命文学"论争的全过程中，总的感受是又可笑又可气。他在《"醉眼"中的朦胧》一文中写道："所怕的只是成仿吾们真像符拉特弥尔·伊力支（即列宁）一般，居然'获得大众'，那么，他们大约更要飞跃又飞跃，连我也会升到贵族或皇帝阶级里，至少也总得充军到北极圈内去了。译著的书都禁止，自然不待言。"鲁迅晚年跟冯雪峰等党内友人谈话时，曾问："你们掌权之后是不是会要杀我？潜意识中表达的就是对于这种极左思潮的恐惧和忧虑。中共老党员冯雪峰天真地回答："那弗会！那弗会！"

---

① 见《三闲集·现今的新文学的概观》。

盟主和他的战友

一九三〇年三月二日下午，上海北四川路窦乐安路 233 号中华艺术大学的一间大教室里，聚集着四五十人，其中大多为左翼作家，但也有旁听者，甚至包括四位参加托派组织的"异端"分子。中华艺大党支部组织的一些进步学生，警惕地在教室外执行着巡逻任务。中国现代文学史上第一个由共产党领导的全国性革命文学团体——中国左翼作家联盟就在这里成立了。此后，鲁迅作为左联的精神领袖，高擎着团结战斗的大旗，率领着一大批年轻勇敢的文艺战士长驱猛进，用鲜血写出了中国左翼文学历史的新的一页。许多精神上嗷嗷待哺的读者从苦闷的氛围中探出头来，在左翼作家的作品中听到了土地的咆哮、汽笛的鸣吼，看到了革命的火花、前进的道路。而那些在反共文艺黑幡下聚集的人马，在左联的凌厉攻势面前一个个败下阵来，"腐烂到连所谓'为艺术的艺术'以至'颓废'的作品也不能生产"。左翼文艺运动，成为当时中国影响力最大的文艺运动。

最早以"左翼"命名的文学组织是一九二二年在莫斯科出现的"左翼艺术战线"，领导人是革命诗人马雅可夫斯基。中国的革命文学的萌芽期可以上溯到一九二三年和一九二四年：当时郭沫若倡导一种能爆发出无产阶级精神的文学，沈泽民等早期共产党人大力提倡能够反映民众意识和解决社会问题的"真正的革命文学"。一九二七年二月丁丁编的《革命文学论》由泰东图书局出版，内收郭沫若、郁达夫、沈泽民、蒋光慈、瞿秋白、沈雁冰、成仿吾等论及"革命文学"问题的论文十六篇。"革命文学"不仅有理论，而且有创作实践。一九二七年十一月，蒋光慈的小说《短裤党》由泰东图书局出版。小说再现了上海三次工人武装起义的过程，并用"江洁史"的谐音影射蒋介石，斥责他"从前以拥护工农政策起家"，"现在居然变了卦，现在居然要反共"！作品告诫革命者："我们自己不守住政权，任谁个都靠不住。"

一九二九年六月，中共召开了六届二中全会，通过了关于宣传工作的决议案："为适应目前群众对于政治与社会科学的兴趣，党必须有计划地充分利用群众的宣传与刊物，以求扩大党的政治影响，党应当参加或帮助建立各种公开的书店、学校、通讯社、社会科学研究会、文学研究会、剧团、演说会、编译新刊等工作。"① 会后，在中共中央政治局常委兼宣传部长李立三的直接领导下，成立了以中宣部干事潘汉年为书记的文化工作委员会。一九二九年秋，李立三对"革命文学"论争的状况进行了调研，并通过江苏省委宣传部长李富春、中央文委书记潘汉年以及中央宣传部干事吴亮平等进行了干预。中共中央领导人要求太阳社和后期创造社停止跟鲁迅的笔战，并指出：鲁迅是从五四新文化运动中过来的一位老战士，坚强的战士，是一位老前辈，一位先进的思想家，革命作家应团结鲁迅，共同战斗。党中央一方面在太阳社和后期创造社的党员中做了说服工作，同时由潘汉年出面，安排在上海闸北区委第三街道党支部（又称"文化支部"）过组织生活的冯雪峰充当党和鲁迅之间的联系人。鉴于鲁迅跟创造社、太阳社之间有一个共同立场，即促使文学与革命有机结合，双方同意冰释前嫌，共同结成一个革命文学团体。

据冯雪峰回忆，当时党中央的意见，"团体名称拟定为'中国左翼作家联盟'，看鲁迅有什么意见，'左翼'两个字用不用，也取决于鲁迅，鲁迅如不同意用这两个字，那就不用。结果鲁迅认为取'左翼'两个字好，旗帜可以鲜明一些。"

中国左联的成立也有其特定的国际背景。上世纪二十年代，各国无产阶级文学运动蓬勃发展。经共产国际批准，一九二五年建立了国际革命文学联络机构。一九二七年十月，首届世界革命作家代表大会在莫斯科召开，成立了革命文学国际局并出版了机关刊物。一九三〇年又在乌克兰的哈尔科夫召开了第二届革命作家代表大会，决定将革命文学国际局更名为国际革命作家同盟，并吸收中国左联为国际革命作家联盟的成员，诗人萧三成为了中国左联驻国际革命作家联盟的代表。国际革命作

---

① 见中央档案馆编《中共中央文献选集》第 4 册，第 266 页。

家联盟的机关刊物原名《外国文学消息》，一九三〇年改名为《国际文学》。鲁迅收藏了该刊并回答了该刊的提问，题为《答国际文学社问》，收入《且介亭杂文》。

左联的筹备工作开始于一九二九年下半年，十月中旬召开了第一次筹备会议，参加者有潘汉年、冯雪峰、夏衍、阳翰笙、钱杏邨、冯乃超、彭康、柔石、洪灵菲、蒋光慈、戴平万，共十一人，均为中共党员。会上草拟了发起人名单和左联纲领，送交鲁迅审阅后再由潘汉年转党中央审批。确定的左联发起人共十二位：创造社的郑伯奇、冯乃超、阳翰笙、彭康，太阳社的钱杏邨、蒋光慈、洪灵菲、戴平万，还有其他方面的鲁迅、冯雪峰、柔石、夏衍。左联纲领的起草人是冯乃超。宣言称"我们的艺术不能不呈现给'胜利不然就死'的血腥的斗争"，又扬言要"反封建阶级的，反资产阶级的，又反对'失掉社会地位'的小资产阶级的倾向"。冯乃超事先征求鲁迅意见，鲁迅表示："就这样吧。"接着又补充一句，"反正这种文章我写不出。"事实上，鲁迅是有保留的，这些意见，后来体现在《关于左翼作家联盟的意见》一文当中。一九三〇年二月十六日，鲁迅在柔石和冯雪峰的陪同下，亲自出席了最后一次左联筹备会，决定清算此前的小集团主义，认清真正的敌人，建立新文艺理论，宣传新社会思想，促进新时代产生。

左联大会的主席团由鲁迅、钱杏邨、夏衍三人组成。冯乃超报告了筹备经过。郑伯奇对左联纲领作了说明。文委书记潘汉年阐明了左联的意义及任务。鲁迅操绍兴方言即席讲话。鲁迅一开头就告诫左翼作家说："倘若不和实际的社会斗争接触，单关在玻璃窗内做文章，研究问题，那是无论怎样的激烈，'左'，都是容易办到的；然而一碰到实际，便即刻要撞碎了。关在房子里，最容易高谈彻底的主义，然而也最容易'右倾'。"听众席上有人首肯，也有人不以为然。会后冯雪峰根据他的记忆，以及鲁迅历来的谈话，整理出了《对于左翼作家联盟的意见》一文，鲁迅订正后发表在《萌芽月刊》第一卷第四期。鲁迅讲完，彭康、田汉、阳翰笙先后发言。最后选举常委，候选人由文委内定，再提交大会投票等额选举。当选人为夏衍、冯乃超、钱杏邨、鲁迅、田汉、郑伯奇、洪灵菲。排名以得票多少为序。鲁迅排名第四，说明与会者有人并不尊重他作为左联盟主的地位。

据不完全统计，左联，包括中国左翼作家联盟北方部（简称"北方左联"）、中国左翼作家联盟东京特别支部（简称"东京左联"），盟员人数累计达四百九十六人①，中共党员和非中共进步人士大约各占一半。左联的领导机构是执行委员会和常务委员会。自一九三一年起设行政书记一人，不限党派。茅盾、徐懋庸担任过行政书记，当时都不是中共党员。党团书记领导左联内部的党员，也可兼任行政书记，如冯雪峰和周扬。左联行政上的领导机关是"左翼文化总同盟"，简称"文总"。代表党中央分管左联工作的是临时中央文化工作委员会，简称"文委"。由于"文委""文总"的领导成员经常交叉，也可视为"一套班子，两块牌子"。

北方左联是一九三〇年九月在北平成立的，虽然组织系统上并不隶属于在上海成立的中国左翼作家联盟，但斗争的大方向是一致的。鲁迅一九三二年回北平省亲，曾跟北方左联联系并举行座谈。左联东京分盟一九三〇年下半年成立，成员有任钧、叶以群、谢冰莹等人。一九三一年"九一八事变"发生之后，除孟式钧仍在日本留学之外，其他盟员纷纷回国，东京分盟的活动就此停止。一九三三年九月，林焕平赴日本留学，周扬安排他跟孟式钧联系，恢复东京左联的活动。通过林焕平的努力，并取得了日本左翼作家江口涣的帮助，东京左联于一九三三年底重新活跃起来，由最初的七人迅速发展到三十余人。他们以"艺术聚餐会"的形式交流创作经验，以《东流》杂志为阵地发表作品。茅盾对《东流》的评价是："这是个小型的然而具有前进意识的刊物。"这个刊物给我们的印象恰如个"向上生长的幼芽"。②鲁迅对左联东京分盟的活动十分关注，并给《东流》《杂文》等东京左联的刊物投稿表示支持。

左联成立前期，受左倾冒险主义影响十分明显，不仅片面强调文学

---

① 参见张小红《左联与中国共产党》，第 68 页，上海人民出版社 2006 年 10 月版。

② 参见《〈东流〉及其他》，载 1934 年 10 月 1 日《文学》杂志第 3 卷第 4 期。

要直接为无产阶级服务，担负起解放斗争的使命，而且组织盟员参加公开或半公开的政治活动。当时盟员中流行一句话："一条标语，一张传单，顶得上一颗红色手榴弹。"于是纷纷赤膊上阵，在上海先施公司路旁、卡尔登电影院门口，以及其他繁华地段，几乎每个月都能看到左联盟员跟其他革命团体的成员一起举行飞行集会。信号一响，口号四起，传单飞扬，传单上写着"武装保卫苏联"或"会师武汉，饮马长江"，于是巡捕房立即出动警车、马队抓人，有一次被捕者竟多达二十余人。太阳社主将蒋光慈不满意这种做法，抗议说："我不去，这样做无非暴露自己，没意思。""难道党组织认为我写作不算工作，只有到南京路暴动才算工作？其实我的工作就是写作！"结果，蒋光慈被扣上了"没落的小资产阶级"的帽子，以"动摇退缩"、"逃避艰苦斗争"为罪名被开除出党。列名为左联发起人之一的郁达夫，因为对徐志摩表示"我是作家，不是战士"也被开除出左联。鲁迅对这种做法十分不满。他对茅盾说："我总是声明不会做他们这种工作的，我还是写我的文章。"

一九三一年初，为抵制共产国际操纵下通过的《中共四中全会决议》案，左联遭受到自成立以来的第一次惨重打击。当时"第三国际"驻华代表是东方部副部长米夫，他在此前担任过莫斯科东方大学第三任校长，对中国学生王明十分宠信，于是他在同年一月七日召开的中央六届四中全会上把瞿秋白拉下台，再将王明推上江苏省委书记的重要位置，并进入中央政治局，实际上让王明控制了中央领导权。由于王明借"反调和主义"为名大搞"宗派主义"，一批反对者于一月十七日在上海汉口路东方旅社举行秘密集会。跟王明关系密切的叛徒唐虞告密，与会三十六人分别被捕，其中就有柔石、胡也频、殷夫、冯铿等四名左联成员，以及曾任共青团中央宣传部长并出席了左联成立大会的李伟森。

鲁迅说，在被捕的这五位作家中，他跟李伟森没有见过面，但他们实际上神交已久。早在五四时期李伟森就爱读鲁迅作品。一九二七年鲁迅在广州中山大学任教时，中共广东区委曾指派毕磊将广东团机关刊物《少年先锋》十二本持赠鲁迅，这份刊物就是李伟森任主编。据说，鲁迅从广东到上海后，李伟森跟鲁迅曾有接触。不过，他采用的化名叫

"林伟"。

鲁迅说，他跟胡也频只见过一次面，谈过几句天。实际上他们在北京就有过接触，当时胡也频跟荆有麟、项拙合编了《京报》副刊之一的《民众文艺周刊》，要替民众呼吁，"把被压迫人民的情状，印入大众的心灵，以激起人们的同情之心"。鲁迅不仅投稿支持，而且为这份周刊审阅了十四期稿件。一九二四年十二月十八日，鲁迅曾跟他和其他中外友人在北京中兴楼聚餐。一九三○年九月十七日，胡也频又出席了在上海荷兰西菜馆举办的鲁迅五十寿辰聚餐会。

殷夫（另一笔名为"白莽"）是因为翻译匈牙利爱国诗人裴多菲的作品而结识鲁迅。从一九二九年六月至一九三一年一月，他们之间的通信有十八次之多，还有三次亲切的会见。鲁迅曾在百忙之中为他校改过译稿，并将自己视为"一种宝贝"的德文版《裴多菲诗选》赠送殷夫。为了解决殷夫的生计问题，鲁迅还曾多次为他预支或垫付稿费。在《为了忘却的记念》一文中，鲁迅深情追忆了他跟殷夫最后一次见面的情况："我们第三次相见，我记得是在一个热天，有人打门了。我去开门时，来的就是白莽，却穿着一件厚棉袍，汗流满面，彼此都不禁失笑。这时他才告诉我他是一个革命者，刚由被捕而释出，衣服和书籍全被没收了，连我送他的那两本；身上的袍子是从朋友那里借来的，没有夹袄，而必须穿长衣，所以只好这么出汗。"寥寥数笔，一个艰苦奋斗、既执着于革命又执着于文学的诗人形象跃然纸上。殷夫牺牲后，鲁迅为其诗集《孩儿塔》作序，用诗一般的语言给予高度评价："这《孩儿塔》的出世，并非是和现在一般的诗人争一日之长。是别有一种意义在。这是东方的微光，是林中的响箭，是冬末前的萌芽，是进军的第一步，是对于前驱者的爱的大纛，也是对于摧残者的憎的丰碑。一切所谓圆熟简练、静穆幽远之作，都无需来作比方，因为这诗属于别一世界。"①

鲁迅说，在上海，他"有一个唯一的不但敢于随便谈笑，而且还敢于托他办点私事的人"，那就是柔石。柔石一九二五年曾在北京大学

---

① 引自《且介亭杂文末编·白莽作〈孩儿塔〉序》。

旁听过鲁迅的课程，一九二八年通过鲁迅在厦门大学任教时的学生王方仁、崔真吾结识鲁迅。鲁迅审阅了他的长篇小说《旧时代之死》，译著卢那察尔斯基的剧本《浮士德与城》，并为他的中篇小说集《二月》作序。一九二八年十一月，鲁迅夫妇跟柔石、王方仁共同创办了朝花社，致力于介绍东欧、北欧等弱小民族的文学和版画。一九二九年一月经鲁迅推荐，柔石接编了从北京移至上海出版的《语丝》杂志。这时柔石也迁居到景云里，成了鲁迅的邻居，一起搭伙吃饭，彼此无话不谈。一九三〇年一月，柔石又协助鲁迅编辑《萌芽》月刊。同年鲁迅和柔石共同参与发起中国自由运动大同盟，并共同担任左联执行委员。

柔石给鲁迅留下的最深印象，是"损己利人"的崇高品质。早在一九二一年十一月二十日，这位十九岁的青年在致友人赵平西的信中就强烈谴责了"专求一己之肥"和"逞一己之私意"的军阀，他们"毫不顾及下民之困苦饥馑"，"斗干戈，动炮头"，"以致国愈弱民愈穷"。在另一封家信中他写道："社会是黑暗的，有的时候，做坏的人得便宜，做好的人吃亏。但我们因此做坏人么？不能够。"在合办朝花社期间，王方仁借机牟取私利，不理社务，致使很多琐细工作，从编辑、写稿、发稿到校对、制图，再到跑印刷厂、跑发行，主要落到了柔石身上。但他默默承受，不计劳累。一九二九年，柔石的小说《二月》交上海华文印刷公司出版，已排好，但同年九月公司失火，柔石虽然痛心，但并不追问，因为他觉得公司损失更大，不能在别人遭灾之时因自己的书稿再去纠缠。

在生活中，他对鲁迅照顾得无微不至。鲁迅在《为了忘却的记念》中也有一段生动描写，说柔石跟女性外出时总保持三四尺的距离，但跟鲁迅外出时，"可就走的近了，简直是扶住我，因为生怕我被汽车撞死；我这面也因为他近视而又要照顾别人担心，大家都仓慌失措的愁一路。所以倘不是万不得已，我是不大和他一同出去的，我实在看得他吃力，因而自己也吃力"。鲁迅总结说："无论从旧道德，从新道德，只要是损己利人的，他就挑选上，自己背起来。"

关于冯铿，鲁迅的印象是有点"罗曼蒂克，急于事功"，"体质是弱的，也并不美丽"。这位二十四岁的广东女性从小受到秋瑾烈士革命精神的熏陶，嫉恶如仇，刚烈豪放，十几岁时即有小说和诗歌问世。二十岁时参加了潮汕地区的革命斗争。一九二九年来到上海，加入了中国共产党，从事实际的革命工作。一九三〇年与柔石相恋，并通过柔石结识了鲁迅。同年十月十九日下午，柔石陪鲁迅拜访胡风，在途中将他跟冯铿的恋情告诉鲁迅，得到了鲁迅的支持鼓励。就在被捕的当天，鲁迅日记中还留下了冯铿来访的记录。在鲁迅妥善保存的青年作家文稿中，有冯铿的短篇小说《无着落的心》和中篇小说《重新起来》。

一九三一年二月七日深夜，星垂月落，万籁俱寂。突然，一阵丁当的镣铐声震响在上海龙华西北方的旷野。二十四名气宇轩昂的男女青年革命者高唱《国际歌》，走上了刑场。紧接着，从淞沪警备司令部刽子手的枪口里射出了一百多发罪恶的子弹。烈士们高呼着"中国共产党万岁"的口号，将满腔热血洒在了祖国大地上。在这些烈士当中，就有柔石、殷夫、李伟森、胡也频、冯铿。第二天，敌人剥去他们的衣服，将遗体抛进一个预先挖好的大坑内。人们发现，在胡也频身上留下了三个弹孔，冯铿身上留下了七个弹孔，柔石身上留下了十个弹孔……

从左联五烈士被捕起，敌人就开始侦查鲁迅的地址。为了用"壕堑战"的方式坚持战斗，鲁迅从一月二十日开始，在上海黄陆路一家日本人开设的花园庄旅馆度过了三十九天的避难生活。在极度的悲痛中，他吟成了《惯于长夜过春时》这首"郁怒深情""哀切动人"的七言律诗，表达了他"怒向刀丛觅小诗"的战斗意志。直至二月二十八日，风声稍微平息，鲁迅才回到旧寓。

当时，国民党当局严密封锁烈士牺牲的消息，妄图达到"杀人如草不闻声"的目的。因此，冲破文网，在国内外揭露他们的法西斯暴行，就成为了一场特殊的战斗。

一九三一年三月十八日夜，以德国《法兰克福日报》特派记者身份在我国从事革命活动的美国友人史沫特莱来到鲁迅的寓所。在书房里，史沫特莱会见了刚结束避难生活不久的鲁迅。她发现鲁迅面色灰暗，须发蓬乱，两颊深陷，眼里发着炽热的光，声音中充满了可怕的仇恨。鲁迅将一篇题为《黑暗中国的文艺界的现状》的文稿递给史沫特莱，请她译成英文，拿到国外去发表。鲁迅在文章中，愤怒揭露了当局用诬蔑、压迫、囚禁和杀戮来压制左翼文艺，用流氓、走狗、刽子手来和左翼作家对立的行径，并满怀坚定信念地预言：左翼文艺现在和无产者一同受难，将来当然也将和无产者一同起来。

鲁迅这篇笔挟风暴、力逾千钧的文字强烈地感染了史沫特莱。但她担心这样写会危及鲁迅的安全，便劝告说："如果发表出来，你一定会被杀害的。"鲁迅毫不迟疑地回答道："那有什么关系？中国总得有人出来说话！"接着，鲁迅又跟史沫特莱一道起草了一份宣言，题为《为纪念被中国当权的政党——国民党屠杀大批中国作家而发出的呼吁书和宣言》，要求世界舆论给在死亡和比死亡更为可怕的刑罚威胁之下坚持战斗的中国革命者以迅速和坚决有力的声援。

左联五烈士的牺牲，使鲁迅经历了继"三一八"惨案、"四一二"反革命政变之后的又一次巨大震动。烈士们的飒爽英姿，时时浮现在鲁迅眼前。鲁迅仿佛看到，那专拣重担挑在自己肩上的柔石，面对死亡发出了"剜心也不变，砍首也不变"的豪迈誓言。经历了苦难历程的柔石，已经在斗争中一天天坚强起来，像鲁迅期望的那样，成为一头能够经受巨大刺激的大象，朝着选定的正确目标"强韧地慢慢地走去"，直到生命的最后一息。鲁迅仿佛看到，那卓有才华的青年诗人殷夫，像一只引吭高歌的海燕，勇猛地冲向白色恐怖的风暴。如今，这位二十二岁的诗人再也不能拨动他心灵的琴弦，弹奏起大时代乐章中的动人音符了，但是他翻译的那首裴多菲的诗却一直在鲁迅耳边回荡："生命诚可贵，爱情价更高。若为自由故，二者皆可抛。"还有李伟森、胡也频、冯铿，都是民族的精英、国家的脊梁，党的优秀儿女。如今，这五位作家带着未酬的壮志离开了人间，而最为惨苦的是死于秘密杀戮。先前，鲁迅阅读意大利著名诗人但丁《神曲》一书的《地狱》篇，曾惊异于这位作者设想的残酷，但到现在，鲁迅感到但丁还是仁厚的："他还没有想出一个现在已极平常的惨苦到谁也看不见的地狱来。"①

① 见《且介亭杂文末编·写于深夜里》。

　　为了进一步揭露当局的卑劣和凶残，表达对烈士的哀悼和铭记，并启示后继者不断的斗争，鲁迅还和冯雪峰等编辑了《前哨·纪念战死者专号》。鲁迅为"专号"撰写了《中国无产阶级革命文学和前驱的血》《柔石小传》等文章，并饱蘸浓墨为"专号"题写了刊头。"专号"还编入了烈士们的传略、遗著以及其他悼念和抗议的文章。但是在严酷的白色恐怖下，一般的印刷厂都不敢承印这种公开向专制者的屠刀挑战的刊物。经过多方面的努力，左联的同志们才在上海白克路找到了一家小印刷厂。老板提出的条件是：一、多付几倍的排印费；二、不准印报头、照片，以免被查获；三、一个晚上必须排完印完，天亮前将印成品统统搬走；四、印刷过程中编辑人员必须留在印刷所内，以便应付突然事变。

　　左联的同志迫不得已，一一接受了上述苛刻的条件。他们联络了几个革命的排字工人，在一个夏夜开始了排印工作。排好一段，左联的同志就校对一段。工人们一边工作，一边关切地探询苏区建设和红军的情况。他们盼望阳光早日冲破黎明前的阴霾，使黑夜像残雪一般化尽……

　　午夜一时，稿件全部排好了。天亮前，刊物全部印好了。在蒙蒙的曙色里，迎着习习的清风，借着疏落的路灯光，左联的同志们把成捆的《前哨》装在两辆人力车上，巧妙地避过了一道道巡捕的岗哨和一支支巡逻队，通过南京路、四川路……胜利地运到了自己的住处。而后，他们再把分别刻好的"前哨"二字的字模涂上红印油，用手工敲印在报头上；又将从另一家印刷厂印成的烈士像一张张贴在刊物上。由于同志们敲印刊头时满怀着哀恨交织的感情，几乎把整个身子压上去，所以封面留下了印油透过纸背的痕迹。就这样，《前哨》终于在极端困难的条件下，以空前的高速度出版了。

　　鲁迅和他的战友们抗议的呼声，在国内外引起了强烈的反响。国际革命文学家联盟为此发表了敬告全世界革命作家宣言，"号召全世界一切革命文学家和艺术家共同起来反抗国民党对于我们同志的压迫"，在宣言上签名的有苏联作家法捷耶夫、革拉特珂夫，法国作家巴比塞，美国作家果尔德等。德国、英国、日本的无产阶级作家也纷纷发表了抗议书。奥地利革命诗人翰斯·迈伊尔在一首题为《中国起了火》的诗中写道：

中国到处伸出烈焰的舌头，

大猛火一直冲到天宇。

地面如被千万的狂呼所烧红：

从顺的中夏之邦起了火。

"所向披靡，令人神旺"

"人性""硬译"及其他
——鲁迅与梁实秋的论争

从一九二七年至一九三〇年，鲁迅跟梁实秋之间展开了一场旷日持久而又措辞激烈的论争。

一九二三年八月，从清华学校高等科毕业的梁实秋赴美国留学，为他送行的是前期创造社的郭沫若、郁达夫、成仿吾，跟他同船的有许地山、谢冰心、顾一樵等六十余人。在哈佛大学研究院就读期间，他进修了白璧德教授的《英国十六世纪以后之文学批评》课程。

梁实秋认为，白璧德的基本思想跟西方古典人文主义是相通的，但又接受了梵文经典跟儒家、道家思想的影响。"他强调西哲理性自制的精神，孔氏克己复礼的教训，释氏内照反省的妙谛。"[1]"他强调人生三境界，而人之所以为人在于他有内心的理性控制，不乏感情横决。这就是他念念不忘的人性二元论。"[2]白璧德的新人文主义理论，稀释了梁实秋早年所受到的浪漫主义和唯美主义影响，使他倾向于正统、中庸、保守

---

[1] 见梁实秋《我是怎样开始写文学评论的》，1978 年 3 月 12 日台北《中国时报·人间副刊》。

[2] 见梁实秋《影响我的几本书》(《梁实秋文学回忆录》，第 21 页，岳麓书社 1989 年 1 月版。

的古典主义，他承认他撰写的《文学的纪律》《文人有行》《辛克莱的〈拜金艺术〉》都受到了白璧德的影响。他用新人文主义攻击卢梭的浪漫主义，也受到了白璧德的影响，但不承认他"奉白璧德为现代圣人"，也不喜欢别人给他戴上"白璧德门徒"的帽子。

关于跟鲁迅的论争，梁实秋认为："实际上不成为论战，因为论战要有个题目，要有个范围，鲁迅没有文学的主张，他没有写过一篇文章陈述他的文学思想。"[①] 梁实秋的上述说法并不能成立，因为他跟鲁迅之间的笔战的确是一场影响深远、引人深思的论战。这场论战发生在中国左翼文学的萌芽期，具有历史的必然性。鲁迅虽然没有撰写过峨冠博带的《文学概论》，但他的文学主张散见于他的九百多篇杂文和一些文学教材之中，涉及面远比梁实秋广泛。他们的论争也有个范围，焦点是：一、文学是否有阶级性；二、翻译中出现的"硬译"问题；三、对"不满现状的评价"。

当今不少读者只知道鲁迅一九三〇年曾痛斥梁实秋为"丧家的资本家的乏走狗"，但不知道鲁梁论战始于一九二七年，发难者是梁实秋。当年六月十日至十一日，香港《循环日报》连载了梁实秋以"徐丹甫"为笔名发表的《北京文艺界之分门别户》一文，以鄙夷的语气称鲁迅为"杂感家"，说鲁迅作品"除了尖锐笔调"别无可称；又虚构鲁迅生平行迹，说鲁迅是《晨报副刊》的特约撰述员，现在则到了汉口。众所周知，《晨报》是研究系的喉舌，曾附庸北洋军阀政府；而汉口当时正是共产党人和国民党左派的荟萃地。所以鲁迅认为，梁实秋的意思，是说他先是研究系的好友，现是共产党的同道，居心叵测，属政治构陷。鲁迅写信给《循环日报》要求更正，被置之不理，鲁迅只得在《略谈香港》一文中披露此事。

同年，鲁迅跟梁实秋又因对启蒙思想家卢梭的不同评价展开了论争。卢梭认为私有制是导致人类不平等的根源。他激烈抨击封建专制制度，并提出了以暴力推翻暴力的主张，被誉为十八世纪法国的良心。在

---

① 引自《岂有文章惊海内》，《梁实秋文学回忆录》，第 75 至 76 页。

哲理小说《爱弥儿》中，卢梭提出了教育要"顺乎天性"，使人性得到自然发展的主张。梁实秋以贵族的胃口对卢梭的学说进行摄取。他在《复旦旬刊》创刊号重新发表了《卢梭论女子教育》一文，说什么"聪明绝顶的人，我们叫他做人，蠢笨如牛的人，也一样的叫做人；弱不禁风的女子也叫做人，粗横强大的男人，也叫做人。"鲁迅并没有正面评价卢梭的学说，而是十分反感梁实秋鄙薄下等人的傲慢态度和贵族心态。鲁迅在《卢梭和胃口》中指出，从梁实秋的文章中必然得出一个结论："所谓正当的教育者，也应该是使'弱不禁风'者，成为完全的'弱不禁风'，'蠢笨如牛'者，成为完全的'蠢笨如牛'。"

对于"文学的阶级性"的理解，是鲁迅与梁实秋论争的中心。他们的分歧并非前者否定"人性"，后者否定阶级性。梁实秋在论战时就承认社会存在不平等现象，承认存在富者与贫者、资本家与无产者的区分。但是他更强调"人性并没有两样"，如都感到生老病死的无常，都有爱的要求，都有怜悯与恐怖的情绪，都有伦常的观念，都企求身心的愉快……后来他又作了补充说明："所谓阶级云云，则社会有阶级之分，乃是摆在面前的事实，谁也不曾否认，而且阶级的观念也不是马克思的发明，古典经济学者无不注意其存在……"①

梁实秋数十年坚持的文学观念主要有两条：一、虽然有人拿文艺当武器，但文艺并非只有武器的作用；二、不能认为所有文艺作品必皆有其阶级性，某一作者必是为某一阶级服务。他力图将"人性"作为文学建构的中心，避免文学沦为政治的简单传声筒，其理论无疑具有合理的内核。但在阶级社会，要使作为上层建筑组成部分的文学完全脱离政治而遗世独立，这在实践中是行不通的。梁实秋将"人性"理解为一种超地域、超阶级、越种族、超国界的抽象存在，只有普遍意义而无个性特征，想借人性将文学从政治漩涡中挣脱出来，这也充分暴露出他理论另一方面的片面性。晚年梁实秋在回顾这段论争时承认，他对"人性"解释得不够清楚，认识得不够彻底。但他归咎于"人"字的意义太糊涂了，

---

① 引自《梁实秋文学回忆录》，第8页。

建议从字典里将"人"字根本注销。①

鲁迅也绝非反对文学表现"人性"。他赞誉陀思妥耶夫斯基为"人的灵魂的伟大的审问者",就是因为这位俄罗斯作家善于开掘人性的深处,使读者能在疗伤的苦痛中得到精神的新生。但是,鲁迅认为不存在抽象的亘古不变的人性。随着人类的进化,人性也会发生相应的变化。鲁迅的基本观点是:"文学不借人,也无以表示'性',一用人,而且还在阶级社会里,即断不能免掉所属的阶级性,无需加以'束缚',实乃出于必然。"②在《而已集·文学与出汗》一文中,鲁迅以出汗这个人的生理现象为例,说明小姐的"香汗"与苦力的"臭汗"气味不同。在《"硬译"与"文学的阶级性"》一文中,以喜怒哀乐这种人的普遍情感为例,说明穷人与阔人也有不同:"穷人决无开交易所折本的懊恼,煤油大王那会知道北京捡煤渣老婆子身受的酸辛,饥区的灾民大约总不去种兰花,像阔人的老太爷一样,贾府上的焦大,也不爱林妹妹的。"在《花边文学·看书琐记(二)》中,鲁迅以法国作家巴比塞的短篇小说《本国话和外国话》为论据。小说描写一位法国阔人款待三位来自不同国度的参加过欧战的士兵。士兵们跟主人无话可说,反倒彼此用手势交谈,找到了共同语言。鲁迅的结论是:"这样看来,文学要普遍而且永久,恐怕实在有些艰难。"

鲁迅最反感的是梁实秋对弱势群体的轻蔑态度和为他们设计的人生出路。由于儒家等级观念的影响,以及从柏拉图到白璧德学说中对下层民众的鄙视,加之书香门第带来的贵族气质,梁实秋习惯于用"蠢笨如牛"这样的贬义词形容没有受过正规教育的"下等人",并采用罗马时代的古义,把无产阶级解释为"只会生孩子的阶级"。面对贫富不均的社会现实,梁实秋既反对被压迫者夺取政权,又反对改变经济体制。他为无产者设计的出路是:"只消辛辛苦苦诚诚实实的工作一生,多少必定可以得到相当的资产。"这就是梁实秋眼中的有出息!这就是梁实秋

---

① 参见《梁实秋文学回忆录》,第 13 页。
② 引自《二心集·"硬译"与"文学的阶级性"》。

提倡的"正当的生活争斗的手段"！上世纪二十年代末期和三十年代初期，中国的革命政党正在走农村包围城市、武装夺取政权的道路。中国的左翼文艺阵营正在输入新兴文学理论，强调文学的阶级性和功利性，把文学战线视为斗争的一翼。在这种政治背景和文化背景之下，对梁实秋的批判就成了箭在弦上，不得不发。

在这场论争中，鲁迅使用的一些语言常遭当代读者诟病，如将梁实秋比喻为"丧家的""资本家的乏走狗"，就被视为是一种应该清除的"语言暴力"。但是，如果了解到产生这种状况的"前因"，对出现的"后果"也就不应该感到奇怪了。

首先，把"资本家的走狗"这样的称号送给梁实秋的并不是鲁迅，而是后期创造社的冯乃超，原因是他认为梁实秋要求无产者"只消辛辛苦苦诚诚实实的工作一生"，有利于"资本家更能够安稳的加紧其榨取的手段"。梁实秋在《"资本家的走狗"》一文中质问冯乃超："……说我是资本家的走狗，是那一个资本家，还是所有的资本家？"为了给冯乃超伸以援手，鲁迅明确指出梁实秋的理论是有利于"所有的资本家"，而不是某一个具体的资本家。梁实秋说他还不知道他的主子是谁，在鲁迅看来这正是"丧家"的表现，因此才会"遇见所有的阔人都驯良，遇见所有的穷人都狂吠"。那么，为什么还要在"走狗"之前加一个"乏"字呢？因为梁实秋在无力招架之际竟用政治诬陷来济文艺理论之穷。梁实秋在《答鲁迅先生》中说："讲我自己罢，革命我是不敢乱来的，在电灯杆子上写'武装保护苏联'我是不干的，……"在《"资本家的走狗"》一文中梁实秋又说："如何可以到××党去领卢布，这一套的本领，我怎么可能知道呢。"[①]这就是暗示他的论敌都是被"第三国际"用卢布收买，在中国从事颠覆活动的人。而在国民党统治时期，这些罪名都是能够置人于死地的！

翻译问题是鲁迅与梁实秋论争的另一焦点。事实表明，翻译是一种

---

① 梁实秋的《"资本家的走狗"》与《答鲁迅先生》两文同时发表在 1927 年 11 月 10 日《新月》第 2 卷第 9 期。

有益但无法取悦于所有读者的工作，它可能是对一种意义的毁灭，但也可能是意义在另一种语言里的重生。不付出一定的毁灭代价，也就不可能达到把本土信息传达给异域读者的目的。用"信、达、雅"这三个字概括对翻译的总体要求无疑是正确的，但在翻译实践中要完全通达这种三者绝对统一的境界却是一种过于理想化的要求。因此，对翻译家成败得失的判断，往往会见仁见智。

在中华人民共和国建国之前，中国的翻译史大体可以划分为汉隋唐宋的佛经翻译时期，明清之际的科学翻译时期，清末民初的西学翻译时期，以及五四新文化运动开启的社会科学和文学翻译时期。唐朝玄奘多次被鲁迅赞为"舍生求法"的卓绝人物。他从印度取回佛经六百多部，跟弟子合译出七十五部，一千三百三十五卷。这个数字占唐代新译佛经总卷数的一半以上，其翻译风格以"信"为主。六朝的译文"达"而"雅"，但往往失"信"，被鲁迅视为翻译的歧途。严复翻译的《穆勒名学》《群己权界论》下了大功夫，忠实于原著，但却令人看起来很吃力。

关于翻译问题的辩论，始于梁实秋的《论鲁迅先生的'硬译'》一文，载《新月》月刊一九二九年第二卷第六、七期。梁实秋认为"死译"的弊端多于"曲译"，因为曲译虽然不太忠实于原文，但一本译著总不见得从头到尾完全曲译；而"死译"一定是从头至尾的死译，令人看不懂，而看不懂并不是小毛病，因为读了等于不读，枉费时间精力。梁实秋感到鲁迅小说和杂感的文笔简练流利，但他的翻译却离"死译"不远了。梁实秋从鲁迅翻译的两本译著中举了三个例子，证明鲁迅的译文"艰涩，即使硬着头皮看下去也一无所得：一本是卢那卡尔斯基的《艺术论》，另一本是同一作者的《文艺与批评》"。

对于梁实秋的以上指责，鲁迅是这样答辩的。首先，鲁迅说他的译作"本不在博读者的'爽快'，却往往给以不舒服，甚而至于使人气闷，憎恶，愤恨"。梁实秋们从他的译作中得不到"愉快"，他实在是视之如浮云。接着，鲁迅阐明了他之所以提倡"直译"（即在"信、达、雅"这翻译三要素中特别强调"信"），是因为中国的文法有个历史变迁过程，例如《史记》《汉书》不同于经书，现在的白话不同于《史记》《汉书》。为了保存原著的"精悍"的语气，引进一些外文的词汇和语法，读者开始会有生造之感，但一经沿用，也就会成为习惯。后来，鲁迅在《二心集·关于翻译的通信》中把他的意图表述得更加明确，鲁迅指出：中国的语言和文字表达太不精密，这也反映了中国人思维的不精密，所以他通过"直译"不但输入新的内容，同时也输入新的表现法，这是对中国语文的一种丰富的矫治。读者的文化层次原本不同。他直译的新兴文艺理论，是专供受过教育的读者看的，而这类读者在阅读中原本就不应该贪图省力，而必须"费牙"来咀嚼一番，才能获得滋养。唐代译经"宁信而不顺"，粗粗一看简直是不能懂的，严复译《天演论》，音调铿锵，朗朗上口，但译者本人也感到这种太"达"的译法是不对的，所以他不自称为"翻译"，而称为"达恉"，意思是表达原著一点大概意思而已。

鲁迅清醒地看到，他跟梁实秋的根本分歧其实并非是译文究竟应不应该让人读懂这样一个简单的问题。在《文艺与批评》一书的"译者附记"中，鲁迅曾为自己译文的艰涩向读者致歉，因为这是他"力所不及""体力不济"的缘故。但梁实秋支持的《新月》月刊又何尝没有这种读起来并不"爽快"的文章呢？在《"硬译"与"文学"的阶级性》一文中，鲁迅随手从凌叔华的小说《搬家》中援引了一段文字：

　　"小鸡有耳朵没有？"
　　"我没有见过小鸡长耳朵的。"
　　"它怎样听见我叫它呢？"她想到前四天四婆告诉她的耳朵是管听东西，眼是管看东西的。
　　"这个蛋是白鸡黑鸡？"枝儿见四婆没答她，站起来摸着蛋子又问。
　　"现在看不出来，等孵出小鸡才知道。"
　　"婉儿妹说小鸡会变大鸡，这些小鸡也会变大鸡么？"

　　"好好的喂它就会长大了，像这个鸡买来的时候还没有这样大吧？"

　　鲁迅质问：批评家梁实秋为什么不对这种谈不上是文学创作的文字进行挞伐呢？可见他憎恶的不仅是鲁迅的译文，尤其憎恶的是这种"无产阶级文艺理论方面的书"。在《文学是有阶级性的吗？》一文中，梁实秋说这方面的书他已经看了约十种，结论是这种"无产阶级的文学"完全不能成立，因为文学是表现最基本的人性的艺术，而不能当作一种阶级斗争的工具，不能把宣传式的文字等同于文学。可见梁实秋反对"硬译"，其要害是抵制新兴文艺理论在中国的传播。

　　对"现状"的不同态度，是鲁迅跟梁实秋的第三个分歧。鲁迅在《三闲集·新月社批评家的任务》中讲得很清楚："新月社中的批评家，是很憎恶嘲骂的，但只嘲骂一种人，是做嘲骂文章者。新月社中的批评家，是很不以不满于现状的人为然的，但只不满于一种现状，是现在竟有不满于现状的。"鲁迅所谓"新月社批评家"就是指梁实秋，因为他认为鲁迅抨击现状的杂文毫无文学价值。有人可能问：新月社的同人不是也在激烈反对国民党当局钳制思想，扼杀"自由言论"么？但在鲁迅看来，他们的态度表面上是"以硬自居"，实际上"其软如棉"。那证据就是新月社遭到当局压迫之后，其成员大多逐渐走向了权力中心，梁实秋本人后来也成了国民参政会的参政员，并在国民党的机关报《中央日报》主编副刊。他们援引外国法律和东西方的史例对当局进行劝诫，其实是想为当局补台。梁实秋不承认他是"新月社的批评家"，强调他的文章只代表个人观点，在论争中他独力作战，《新月》的朋友并没有一个挺身而出支持他。但鲁迅认为新月社貌似松散，其实是有组织的，理论文章之间，以及理论与创作之间都有彼此呼应。梁实秋的文章常用"我们"这个复数称谓，就散发出一种"集团"气息；在梁实秋眼中，左翼阵营这一方则是"我们"之外的"他们"。

"子之遭兮不自由，子之遇兮多烦忧"
——对"自由人"和"第三种人"的批判

作为标题的这两句诗原出自《红楼梦》第八十七回，上世纪三十年代在批判"自由人"胡秋原和"第三种人"杜衡的过程中被瞿秋白所引用。

胡秋原跟左翼文艺界一起参与过对民族主义文艺运动的批判，但不久自己也受到了左翼营垒的批判，原因就是他在指出"民族文艺理论之谬误"时自己也出现了"谬误"。在左联看来他固然否定了民族文艺，同时也否定了普罗文艺。

胡秋原与左联的分歧之处相当明显：胡秋原坚持的是"自由主义文艺观"，而批判他的人坚持的是"列宁主义文艺观"。

一九三一年十二月十五日，年仅二十一岁的胡秋原撰写了一篇《阿狗文艺论》，刊登于同月二十五日出版的《文艺评论》创刊号。接着，他又在该刊第四期发表了另一篇论文——《勿侵略文艺》。在这两篇文章中，胡秋原虽然标榜"自由人"和"自由智识阶级"的立场，采用两面开弓的战法，但应该承认，其主要矛头还是指向国民政府提倡的"民族文艺运动"。他指出，所谓"民族文艺运动"，"自然不是中国的'国粹'，在意大利不待说了；在法国也有 Barres [①] 以后的传统主义民族主义文学；在日本，也有那些讴歌日本天皇和国家的日本民族主义文艺；此外，在英国，在波兰，都不希罕这一类东西。这新的法西（斯）主义文学，是比所谓颓废派下流万倍的东西。"

胡秋原如此激烈地抨击中国式的法西斯文学，左翼文坛该会表示欢迎欣喜吧？不料事实正好相反，这两篇文章却引发了左翼理论界的一场围攻。其原因，是胡秋原在文章中同时也提出了一些为左联所不能接受的论点——

---

① Barres：巴雷斯，法国文学家。

"艺术虽然不是'至上',然而也决不是'至下'的东西。将艺术堕落到一种政治的留声机,那是艺术的叛徒。"

"无论中国新文学运动以来的自然主义文学、趣味主义文学、浪漫主义文学、革命文学、普罗文学、小资产阶级文学、民族文学以及最近的民主文学,我觉得都不妨让它存在,但也不主张只准某一种文学把持文坛。"

左翼营垒批判胡秋原的主将是瞿秋白。在《文艺的自由与文艺家的不自由》一文中,瞿秋白首先引用了列宁的一句话:"资产阶级的著作家、艺术家、演剧家的自由,只是戴着假面具(或者伪善的假面具),去接受钱口袋的支配,去受人家的收买,受人家的豢养。"瞿秋白据此发挥道:"在阶级的社会里,没有真正的实在的自由。当无产阶级公开的要求文艺的斗争工具的时候,谁要出来叫《勿侵略文艺》,谁就在无意之中做了伪善的资产阶级的艺术至上的留声机。"

瞿秋白根据列宁主义文学的党性原则进一步指出:"每一个文学家,不论是他们有意的,无意的,不论他们是在动笔,或者是沉默着,他始终是某一阶级的意识形态的代表。""文艺——广泛的说出来——都是煽动和宣传,有意的无意的都是宣传。""新兴阶级不但要普通的煽动,而且要文艺的煽动。"瞿秋白强调"艺术与煽动并不是不能并存的,"所以,胡秋原的自由主义文艺论是一种变相的"艺术至上论"和"虚伪的客观主义"。[1]

跟瞿秋白的批判相呼应,冯雪峰也以"洛阳"为笔名发表了《致〈文艺新闻〉的一封信》,给胡秋原扣上了"托洛斯基派和社会民主主义派"的帽子。

在"文艺自由论辩"过程中,鲁迅批评胡秋原的言论虽然不多,但一开始也确实把这场争论视为敌我之争。在《论"第三种人"》一文的开头,鲁迅写道:"这三年来,关于文艺上的论争是沉寂的,除了在指

---

[1] 见瞿秋白《文艺的自由和文学家的不自由》,《瞿秋白散文》下册,第217—233页,中国广播电视出版社1997年版。

挥刀的保护之下，挂着'左翼'的招牌，在马克思主义里发见了文艺自由论，列宁主义里找到了杀尽共匪说的论客的'理论'之外，几乎没有人能够开口。"这段话显然是针对胡秋原而发的。但是，这种观点不能看成是纯属鲁迅个人的观点，因为这篇文章是鲁迅和冯雪峰商议之后写的，文末的一句话也是经鲁迅的同意后由冯雪峰添加的。

事实上，胡秋原虽然对苏联的大国沙文主义极端反感，但并没有直接发表过"杀尽共匪"的言论，相反在《文化运动问题——关于"五四"答〈文艺新闻〉记者》一文中，胡秋原还专门论述了"列宁主义文化观"，正确阐述了列宁关于文化继承性的理论，反驳了凭空创造"普罗文化"的极左主张。他对马克思主义经典文献的熟悉程度，超过了当时左翼文艺界的很多批评家。

左联方面批判胡秋原的还有理论家周扬。在《到底谁不要真理，不要文艺？——读关于〈文新〉与胡秋原的文艺论辩》一文中，周扬也认为胡秋原的文艺观是反对普罗文学的"资产阶级文学观"。[①] 一九三二年十一月，周扬主编的《文学月报》第一卷第四期又发表了一首长诗《汉奸的供状》，作者署名"芸生"，原名丘九如，是"共青团的一个负责干部"。诗中不仅给胡秋原又扣上了一顶"汉奸"的帽子，而且还拿他的姓名开玩笑，并进行恐吓辱骂："放屁，× 你的妈，你祖宗托洛斯基的话。当心，你的脑袋一下就会变做剖开的西瓜。"

胡秋原在回忆这一往事时说："如说我当时思想近乎民主社会主义，是可以的；但我及我的朋友当时根本没有社会民主党的组织。当时在中国，也根本没有这种组织。"[②] 对于被驱逐的托洛斯基，胡秋原曾公开表示同情，希望他能重返苏联参政，但胡秋原从未加入过中国的托派组织。一九三二年上海文化界人士发表的《中国著作者为日军进攻上海屠杀民众宣言》，就是由胡秋原起草的，汉奸的帽子更戴不到他的头上。胡秋原还说，当芸生的长诗发表之后，左联曾派人找他，说这不是"组

---

① 参见《周扬文集》第1卷，人民文学出版社1984年版，第37页。
② 引自《关于1932年文艺自由论辩》，载1969年《中华杂志》66号。

织"的意思。胡表示不信。来人说，当时中共中央宣传部长张闻天确曾指示停止对胡秋原的攻击。

胡秋原的这一回忆是完全可信的。一九三二年十一月三日，张闻天以"歌特"的笔名撰写了《文艺战线上的关门主义》一文，刊登在中共中央机关报《斗争》第三十期。文章指出了左翼文艺运动中存在的左倾关门主义，它表现在对"第三种人"与"第三种文学"的否认，以及认为文艺只是某一阶级"煽动的工具""政治的留声机"的理论。张闻天既批评了胡秋原"拿所谓超阶级的观点去批评艺术"的错误，更强调对胡秋原一类自由主义者应该有"更多的细心、忍耐、解释，甚至谦恭与礼貌，而不应排斥与谩骂"；因为"骂倒这些文学家，说他们是资产阶级的走狗，这实际上就是抛弃文艺界的革命统一战线。""我们对于不能像我们一样去做的文艺家，应该给他们以'自由'，因为事实上我们也没有法子强迫他们像我们一样去做。我们的任务是在教育他们，领导他们，把他们团集在我们的周围，而不是把他们从我们这里推开去。"张闻天的指示下达后，冯雪峰以"丹仁"为笔名撰写了《关于"第三种文学"的倾向与理论》一文，表示左联要克服自己的宗派性，并指出不应把胡秋原等视为敌人，而"应看作应当与之同盟战斗的自己的帮手"，应当与之"建立起友人的关系。"鲁迅也写出了著名的《辱骂与恐吓决不是战斗》一文，严肃批评了《文学月报》的错误。当然，这篇文章也不能完全看成是鲁迅个人的创作。事实是，冯雪峰看到了《汉奸的供状》以后，认为完全违背了张闻天的指示，很不高兴，立即去找编者周扬，建议他在下一期的刊物上公开纠正。周扬不同意，两人争吵起来。冯雪峰即到瞿秋白的寓所谈及此事，瞿秋白也认为应该公开纠正这一错误。当晚，冯雪峰又跑去同鲁迅商谈。鲁迅翻阅了这首辱骂胡秋原的长诗，认为这是流氓作风，公开纠正一下是好的，争取主动。冯雪峰建议鲁迅出面代表左联说话。鲁迅说："由我来写一点也可以，不过还是用个人名义好。"这就是《辱骂与恐吓决不是战斗》一文的诞生经过。

胡秋原的观点虽然受到了鲁迅、瞿秋白、冯雪峰等人的批判，但他并没有跟批判者反目成仇。对于鲁迅，胡秋原十分敬重。当太阳社和创造社围攻鲁迅时，他曾写文章鸣不平。据胡秋原回忆，北新书局的老板李小峰告诉他，鲁迅也表示过欣赏他的文章。一九三六年十一月十五日，全欧华侨抗日联合会在巴黎集会，悼念鲁迅先生。胡秋原在致词中全面评价了鲁迅的业绩："我只谈谈鲁迅先生在文艺上的事业。第一，他是一贯以写实主义作风描写中国旧社会的一个最伟大的作家。第二，他是介绍外国（欧洲、日本、苏联）文学到中国最初人物之一，同时也是成就最大的一人。第三，他是介绍东西文艺理论和批评著作到中国最初的一人，也是功绩最大的一人。第四，他是中国无产阶级文学提倡者之一。他介绍了许多无产阶级作品及理论到中国，在今日民族危机日深之日，他就特别起来提倡民族革命战争的大众文学。第五，他不仅是个大作家，同时也组织过若干文学团体和刊物来指导青年，训练新的作家。第六，多年来鲁迅先生在他的杂感中用极深刻痛烈的笔调揭发一切黑暗，鼓励一切光明。鲁迅先生曾对一个向他问出路的青年说过：第一要生存，第二要温饱，第三要发展。这话可以说是对中华民族说的。因此我们在纪念鲁迅先生的时候，就不要忘记为中华民族的生存幸福和发展而斗争，为全人类的幸福和发展而斗争。"[1]

一九三三年，胡秋原还掩护过被国民党通缉的瞿秋白，他亲作担保，替瞿秋白的家属租了一处房子避难。一九三五年秋瞿秋白的夫人杨之华在莫斯科见到胡秋原时说："胡先生，你曾帮过我们一个大忙，我心里一直很感激。"胡秋原回答说："那算得了什么！其实你先生的文章比我好，在论战中他的风度也是最好的。"一九四二年二月，冯雪峰被捕，关押在上饶集中营。胡秋原又应中共重庆办事处负责人董必武之请，加入了营救行列。

胡秋原究竟是什么人？二〇〇四年五月二十四日，这位九十四岁的老人与世长辞，虽然还不能说什么"盖棺定论"，但他一生行迹还是水落石出，清晰地展示在世人面前：他是一位史学家、哲学家、著作家，遗著有洋洋五千万言。作为"小超人"，他在十四岁那年就对"唯物史

[1] 引自 1936 年 12 月 10 日巴黎《救国时报》。

观"发生了兴趣，并加入了中国国民党；十五岁又参加了共青团，但大革命失败后又脱离了党团。后期创造社和太阳社提倡"革命文学"时他就予以关注，发现了倡导者理论上的不少幼稚之处。十九岁赴日留学，研读了不少马克思主义理论著作。一九三二年与左联发生了"文艺自由论战"，自命为信仰"自由主义的马克思主义"或"马克思主义的自由主义"。九一八事变后积极参加抗日救亡运动，主张"政治上抗日，思想上自由"。他不仅参加了反蒋的"福建事变"，而且一度应第三国际中国代表团之邀到莫斯科编辑《救国时报》和《全民月刊》。一九三九年重新加入国民党。抗战期间先后担任国民党中央候补委员，国民政府参政员，国防最高委员会秘书和《中央日报》副总主笔。一九五一年举家由香港迁台湾，在中央研究院近代史研究所供职，主编《近代中国对西方及列强认识资料录编》。一九八八年四月发起中国统一联盟，被推举为名誉主席。同年九月赴中国大陆探亲访问，推动两岸和平统一，成为"两岸破冰第一人"，因而被李登辉操纵的国民党中常会开除党籍。胡秋原的一生证明，作为一个社会的人，不可能没有特定的政治倾向，完全超然于世外，但在国共两党的生死搏斗中，的确有一种秉持相对独立立场的自由主义者，他们是革命政党团结争取的对象，而不应该将其推到敌对的营垒一边。

在左联与"自由人"胡秋原论争的过程中，又杀入了一位自称"第三种人"的杜衡。他以"苏汶"为笔名，先后撰写了《关于〈文新〉与胡秋原的文艺论辩》《"第三种人"的出路》《论文学上的干涉主义》等文，发表在一九三二年出版的《现代》杂志第一卷第三期，第一卷第六期和第二卷第一期。他认为左联跟胡秋原的分歧在于一个重行动，另一个重书本；一个讲功利主义，另一个是讲绝对的非功利论。左联讲的是政治家的策略，而胡秋原充其量不过是一个书呆子式的马克思主义者。杜衡认为，在学院派的马克思主义者和强调文学的武器功能和煽动功能的左翼理论家之间，还有一群追求真实性、艺术性和永久性的作家，他们不愿意从政治立场来干涉文艺，不愿意写那种"奉天承运，皇帝诏曰"式的作品。这类作家就成了在夹缝中求生存的"第三种人"。杜衡还批评："左翼拒绝中立。单单拒绝中立倒还不要紧，他们实际上是把一切并非中立的作品都认为中立，并且从而拒绝之。这种拒人于千里之外的态度，我觉得是认友为敌，是在文艺的战线上使无产阶级成为孤立。"①

首先反驳杜衡上述观点的是瞿秋白。他以"易嘉"为笔名，在《现代》一卷六号发表了《文艺的自由和文学家的不自由》一文。文章指出：新兴阶级并非只要行动、不要理论，而是努力在行动之中学习、研究、应用、发展着理论。新兴阶级也不是只要煽动、不要艺术。"文艺也永远是，到处是政治的'留声机'。问题是在于做哪一个阶级的'留声机'，并且做得巧妙不巧妙。新兴阶级不但要普通的煽动，而且要文艺的煽动。新兴阶级自己也批评一些煽动的作品没有文艺的价值，这并不是要取消文艺的煽动性，而是要煽动作品之中的一部分加强自己的文艺性。"关于作家能否称之为"第三种人"的问题，文章的回答是："每一个文学家，不论他们有意的，无意的，不论他是在动笔，或者沉默着，他始终是某一阶级的意识形态的代表。在这天罗地网的阶级社会里，你逃不到什么地方去，也就做不成什么'第三种人'。"

继瞿秋白之后批驳杜衡的是周扬。他以"周起应"为署名，在《现代》一卷六号发表《到底是谁不要真理，不要文艺？》一文。文章重申了革命行动和革命理论不能分开的论点，并强调："在政治斗争非常尖锐的阶段，每个无产阶级作家都应该是煽动家，但做了煽动家并不见得就不是文学家了。所以，我们不但没有忽视'艺术的价值'，而且要在斗争的实践中去提高"艺术价值"。周扬认为杜衡的目的是要使文学脱离无产阶级而自由，换句话说，就是要在意识形态上解除无产阶级的武装。所以，他即使没有做资产阶级的走狗，也至少帮了资产阶级的走狗来咬左翼文坛。

杜衡晚年写了一篇回忆文章，题为《一份被迫害的记录》。他回忆说，在这次论争中，写文章支持他的只有两人，其中之一是陈望道（雪

① 引自《"第三种人"的出路——论作家的不自由并答复易嘉先生》，载《现代》杂志第1卷第3期。

帆），另一人他不拟提出其名字。陈望道在《关于理论家的任务速写》一文中，批评了瞿秋白文章中简单化的倾向，并指出不应把胡秋原、杜衡当时对左翼理论或理论家的不满"扩大作为对于中国左翼文坛不满，甚至扩大作为对于无产阶级文学不满"。另一位"不拟提出其名字"的人，据推断当为冯雪峰。冯雪峰当时是杜衡的朋友．从事革命活动时曾受到杜衡的资助；因此想在论争中当一个挽回僵局的调解人，虽然结果两面都不讨好。在杜衡选编的《文艺自由论辩集》中，收录了冯雪峰以"何丹仁"为笔名发表的《关于"第三种文学"的倾向与理论》一文。这篇文章批评了杜衡观念混乱的理论，认为他的"非政治主义或反干涉主义，是不但反对地主资产阶级的政治势力来利用文艺，并且也反对群众的革命的政治势力来利用文艺的，因为他也未能满意这一种政治势力"。对所谓"武器文学理论"，冯雪峰作了如下阐释："一切的文学，都是斗争的武器；但决不是只有狭义的宣传鼓动的文学，才是斗争的武器。有时候，倒是相反的，就是在宣传鼓动的作品'做得不好'的时候。——浅薄的，'江湖十八诀'的，标语口号的宣传鼓动的作品，决负不起伟大的斗争武器的任务。非狭义的宣传鼓动文学，它越能真实地全面地反映了现实，越能把握住客观的真理，则它越是伟大的斗争的武器。"冯雪峰认为杜衡对左翼文坛和理论的反感，既跟他本人气质的坏的方面有关，也跟左翼文坛的宗派性有关。冯雪峰希望在论争中不应该把杜衡等视为敌人，"而是看作应当与之同盟战斗的自己的帮手"，与之建立起友人的关系，因为他们毕竟"反对旧时代，反对旧社会"，"反对地主资产阶级及其文学"，虽然不是站在无产阶级的立场，但决非反革命的文学。"这种文学也早已对于革命有利，早已并非中立，不必立着第三种文学的名称了。"

　　需要特别提出的是，除了《关于"第三种文学"的倾向与理论》之外，冯雪峰还有另一篇重要文章，题为《"第三种人"的问题》[①]，《文艺

---

① 　原载 1933 年 1 月 15 日出版的《世界文化》第 2 期。现作为佚文收入人民文学出版社 1985 年出版的《雪峰文集》第 4 卷"补遗"部分。

自由论辩集》未收录此文，是因为杜衡编完此书是在"一九三二年最后一日"，而《"第三种人"的问题》却刊登于次年一月中旬。杜衡在该书《编者序》中虽说"将来也许还有续编或补编出现的可能"，但时过境迁，并未成为事实，因而冯雪峰的这篇文章长期被研究界所忽视。《"第三种人"的问题》是在张闻天以"歌特"为笔名发表了《文艺战线上的关门主义》之后撰写的，因此冯雪峰在这篇文章中除了继续批评杜衡"蔑视群众""意见在客观上是有利于统治阶级"之外，更强调杜衡所抱的错误意见在当时具有很大的普遍性，他们对左翼文坛的反感，"是由于我们平日没有很好的接近他们，没有和他们建立很好的关系，以及我们的理论上的、批评上的'左'倾关门主义而起的"。文章直接批评瞿秋白的文章，尤其是周扬的文章没有分析"第三种人"的特性、脾气、心理，一味打击和骂倒他们，分明地反映出左的关门主义的观点。冯雪峰清醒地看到"第三种人"中的有些人很难保证他们永不会变为我们的敌人，但"现在不是我们的敌人，不但如此，他们并且可能成为我们的朋友，有些甚至可能成为我们的同志"。冯雪峰在文章结尾深刻指出："在阶级斗争尖锐、两个政权对立的目前，真正的'第三种人，真正的'中立者'是不能支持的。然而使'中立者'偏向我们，投入我们，使偏向敌人的以及在敌人里面的中立起来，是我们的任务！"

杜衡在回忆中还提到，陈望道的文章是由茅盾推荐到《现代》杂志的。杜衡拜访茅盾时，茅盾当面表示，差不多大部分同意他的看法。这一说法也具有一定的可信性。夏衍在《懒寻旧梦录》一书中就提到，茅盾当时对瞿秋白、周扬文章中批"第三种人"的调子不满。他说："排斥小资产阶级作家，左联就不能发展，批'第三种人'的调子，和过去批我的《从牯岭到东京》差不多。"

在这场论争的初期，鲁迅并没有公开表示意见，但几乎每篇参加论争的文章他都在发表之前看过。最后他写了带总结性的《论"第三种人"》，发表于《现代》第二卷第一期。这篇文章是先给杜衡看过，而后由杜衡交给施蛰存发表的。鲁迅在文章中深刻而形象地批驳了超阶级和超政治的文艺观，以及蔑视群众文艺的贵族老爷态度；同时也指出左翼文坛在向文艺这神圣之地进军的过程中应不断"克服自己的坏处",特别是左的关门主义的错误——因为"左翼作家并不是从天上掉下来的神兵,或国外杀进来的仇敌,他不但要那同走几步的'同路人',还要招致那站在路旁看看的看客也一同前进"。

由上所述可知,一九三二年左联跟"第三种人"展开的论争,是围绕文艺与政治的关系问题和革命文艺家对小资产阶级作家的态度问题展开的。论争中虽然一度出现措辞尖刻和背离原意的偏向,但始终没有当成政治上的敌我斗争,而是一场气氛渐趋正常的文艺论争。论争告一段落之后,杜衡撰写了一篇《一九三二年的文艺论辩之清算》,承认陈望道和鲁迅是"公允"的,冯雪峰的批判是"诚恳"的。他表示大体同意冯雪峰正面提出的见解,前文引述的冯雪峰对于"武器文学"的论述更跟他的意见"完全合拍"。他尤其赞赏鲁迅声明左翼并不拒绝"同路人"的态度,只是他觉得左翼文坛过去的确有"横暴"的错误;鲁迅说这是心造的幻影,杜衡觉得这是鲁迅在"替别人文过"。直到一九三三年,鲁迅跟杜衡之间仍保持着通讯联系。鲁迅曾向杜衡推荐瞿秋白译的《高尔基论文集》《高尔基小说选集》,替杜衡代向冯雪峰约稿,杜衡也请鲁迅代向瞿秋白组稿。详情见孔另境所编《现代作家书简》。

彼此这种友好的态度到一九三四年起了明显变化。其原因,是在此期间先后发生了鲁迅著作中提到的施蛰存"献策"、穆时英坐上了图书检查官交椅等事件。当时,白区共产党组织大批遭到破坏,从一九三三年至一九三四年九月,被捕的共产党员及其支持者多达四千五百余人;一九三四年二月国民党中央党部查禁的一百四十九种书籍中,绝大部分是左翼作家的作品。跟左翼作家的境遇相反,所谓"第三种人"的刊物却比较活跃,除《现代》月刊外,还出版了施蛰存主编的《文艺风景》,叶灵凤、穆时英合编的《文艺画报》,杜衡跟公开脱离共产党的杨村人等合编的《星火》,以及施蛰存主编的《文饭小品》等。在这种情况下,杜衡等对国民党政府的文化统治政策依旧不置一喙,继续指责左翼文坛"扼杀创作""摧残文艺"。因此,鲁迅在一九三四年四月十一日致增田涉信中说杜衡"自称超党派,其实是右派。今年压迫加紧以后,则颇像御用文人了"。又在《且介亭杂文二集·"题未定"草（九）》中写道:"数年前的文坛上所谓'第三种人'杜衡辈，标榜超然，实为群丑，不久即本相毕露，知耻者皆羞称之。"杜衡在回忆中说，鲁迅内心并不真信他会当图书检查官，但"在笔下却仍是要这样说"。查鲁迅著作，的确揭露了有的"第三种人"当上检查官之后，正握着涂抹的笔尖，生杀的权力，暗地里使劲地拉那上了绞架的同业的脚；但鲁迅并未确指当检查官的就是杜衡。在《且介亭杂文二集·后记》中，鲁迅全文引录了杜衡的辟谣启事。鲁迅只是说:"检查官之'爱护''第三种人'，却似乎是真的。"因为他有两篇冒犯"第三种人"的文章，一篇被删掉（《病后杂谈之余》），另一篇被禁止（《脸谱臆测》）。如果说，胡秋原的晚年作出了新的历史贡献，而杜衡的晚年却只能称之为一个"落魄文人"。一九六四年十一月十七日他因心脏病病逝于台中空军医院，留下了一本评论集——《免于偏见的自由》。

剥开"民族主义文学"的楚楚衣冠
——鲁迅与民族主义文学的论争

否认文学有阶级性的梁实秋有一部文艺论集，名为《偏见集》，内收梁实秋一九二九年至一九三三年在《新月》等刊物上发表的文艺批评、杂感共三十一篇。书名为"偏见"，原因是梁实秋要将他的理念跟新兴文艺理论划清界限，以显示他公正无偏的文学立场。然而鼓励他编选此书的恰是民族主义文学的代表人物王平陵，而出版此书的又是国民党的御用出版机构南京正中书局。这就表明梁实秋在当时文坛的党派之争中其实是有倾斜的，绝非不偏不倚。

如果从创作实绩来看，把国民党的文艺视为形同无物是可以的，但国民党又曾有过自己的的文艺主张、文艺运动和文学刊物。早在一九二九年六月五日，国民党中央宣传部就出台了文艺政策，即"创造三民主义之文学"，"取缔违反三民主义之一切文艺作品"。所谓"三民主义文学"，即发扬民族精神、阐发民治思想、促进民生建设的文学。

所谓违反三民主义的文学，主要指鼓吹阶级斗争的文学，也就是中国新兴的左翼文学。在三民主义文学的倡导者眼中，中国的左翼文学是"为着某一阶级写作"而掩盖了真实人性的文学，拿了苏联的"金卢布"，替"赤色帝国主义者"摇旗呐喊。这种观点，跟梁实秋对左翼文学的评价是一致的。

民族主义文学是国民党文艺的一个分支，只不过"三民主义文学"由国民党中央宣传部资助，活动地盘在南京；"民族主义文学"由国民党中央组织部资助，活动地盘在上海。两者在反苏反共反左翼文学的基本立场上具有一致性，但在理论主张上又不时发生龃龉——具体来说就是三民主义文学的倡导者希望民族主义文学避免国家主义倾向、改良主义倾向和人道主义倾向，而被民族主义文学倡导者视为猖獗狂吠。

民族主义文艺的骨干是国民党的一批文官武将：潘公展是国民党上海特别市党部的常务委员。范争波是淞沪警备司令部的侦缉队长。王平陵主编过国民党《中央日报》的副刊。黄震遐是国民党中央军教导团的军官、杭州笕桥空军学校教官。朱应鹏是上海市政府委员、国民党上海区党部委员。他们的文学阵地主要是《前锋周报》《前锋月刊》，其宣言曾转载于一九三〇年十月十日的《前锋月刊》创刊号。宣言首先将矛头指向"残余的封建思想"，而后虚晃一枪，直接刺向"无产阶级的文艺运动"。宣言认为文坛需要有一个"中心意识"，就是"努力于民族主义的文学与艺术底创造"。"民族主义文艺底充分发展，一方面须赖于政治上的民族意识的确立，一方面也直接影响于政治上的民族主义的确立。"简而言之，就是要用他们宣扬的民族意识取代阶级意识。除了这篇宣言之外，民族主义文学倡导者的其他文章大多是反对无产阶级革命文学，把普罗文学谩骂为"破锣文学"，把左联描绘成一个"甘心出卖民族，秉承着苏俄文化委员会的指挥"的组织，对鲁迅的造谣诽谤更是举不胜举。除了文字讨伐，民族主义文学的倡导者还凭借他们的权力召集书店老板训话，大肆搜查书店，查禁左倾书刊。

民族主义是一个内涵复杂的概念，它在不同的历史情境下有不同的针对性和不同的社会效应。鲁迅没有在理论上跟民族主义文学的倡导者捉迷藏，而是十分巧妙地通过他们的代表作撕开他们的楚楚衣冠。在《"民族主义文学"的任务和命运》这篇独具一格的精彩论文中，鲁迅主要剖析的是黄震遐在《前锋月刊》第五号发表的小说《陇海线上》和在该刊第七号发表的诗剧《黄人之血》。

黄震遐是广东南海人，一九三〇年五月入伍。蒋介石与冯玉祥、阎锡山开战时他曾当骑兵在陇海线一带作战。蒋冯阎之争原本是中国的内争，但奇怪的是，骑在马背上手执马枪的这位青年军官却自诩为"法国客军"——也就是替法国人打仗的越南人，而被他打杀的冯、阎部队也似乎都不是自己的同胞，而成了非洲沙漠里被法国殖民军杀戮的阿拉伯人。鲁迅仅举此一例，就揭穿了民族主义文学倡导者的被殖民心态——他们其实就是一批被主人豢养的奴才和鹰犬。

那么，他们是被谁家豢养的鹰犬，又急于想执行什么任务呢？诗剧《黄人之血》中，描写了成吉思汗的孙子拔都元帅率领黄色人种远征俄罗斯的一幕：

> 恐怖呀，煎着尸体的沸油；
> 可怕呀，遍地的腐骸如何凶丑；
> 死神捉着白姑娘拼命地搂；
> 美人蓬首变成狞猛的骷髅
> ……
> 黄祸来了！黄祸来了！
> 亚细亚勇士们张大吃人的血口。

黄震遐的以上描写并非他灵感勃发的产物。当时国民党当局为配合"反俄运动"，曾大肆宣扬成吉思汗的征俄事业。在鲁迅看来，成吉思汗是十三世纪初蒙古族的一位领袖，他西征中亚地区和南宋时还不是中国人的"汗"。后来他的继承者忽必烈消灭了南宋，统一中国，史称元世祖。这时汉族的祖宗才终于做稳了蒙古人的奴隶。所以黄震遐的作品并不是在扬中国人之威，而是反对黄色的无产阶级跟黄色的有产阶级斗争，希望在当时的拔都元帅——日本军国主义的率领下，张开吃人的血口去扑灭俄罗斯的赤火。鲁迅的心目中，当时的苏联是"无产阶级的模范"，"无产者专政的第一个国度"。这就戳穿了民族主义文学的实质是反苏反共。鲁迅以黄震遐为标本也不是偶然的，因为他被同派文人吹捧为"东方拜伦"，是"民族文艺底创造者、实行者"。[①]鲁迅采用的正是"擒贼先擒王"的战术。

鲁迅的同一篇论文也旁及了苏风的《战歌》，甘豫庆的《去上战场去》，邵冠华的《醒起来罢同胞》，徐之津的《伟大的死》，沙珊的《学生军》。这批诗人虽然高喊"同胞，醒起来罢，杀尽我们的敌人"，但共同特点是上战场无武器，倚仗的只有"热血""肉身""纯爱"和"尸体"，所以只有字面上的发扬踔厉，慷慨悲歌，相当于送葬队伍里的哭号声，"用热闹来掩过了这'死'，给大家接着就得到'忘却'"。

除了鲁迅，参与批判民族主义文学的还有瞿秋白、茅盾、胡秋原等批评家。瞿秋白撰写了《屠夫文学》《狗样的英雄》等杂文，指出文艺上的所谓民族主义实质上就是喜欢剿灭革命的法西斯主义。茅盾也对《民族主义文艺运动宣言》及其代表作《陇海线上》《黄人之血》《国门之战》等进行了剖析，指出这种文学"干干脆脆地鼓吹屠杀"，希望用机关枪、大炮、毒气弹屠杀工农大众、普罗作家，替日本人的大亚细亚主义进行鼓吹，幻想杀入苏联，在那里大作一番奸掳烧杀。自称自由主义知识分子的胡秋原也发表了《阿狗文艺论——民族主义理论之谬误》，指出民族主义文艺是牛头不对马嘴的最拙劣的唯心论，是国家主义的一个变种。由于没有能够立足的理论和创作，仅有半年多时间，以《前锋月刊》为主力的民族主义文艺也就偃旗息鼓，变成了死水微澜。

战斗的"北平五讲"

一九三二年冬，十一月九日，周建人转来了一份北平拍来的急电，

---

① 参见秋原《纪念诗人黄震遐》，《前锋周报》1930 年 8 月 31 日第 11 期，第 83—84 页。

由于鲁迅母亲患慢性胃病，时现眩晕状态，有时甚至不能自己坐立，因此希望长子"速归"。于是，鲁迅继一九二九年五月第一次重返北平之后，再次乘车北上，于十一月十三日午后二时半抵达严寒笼罩着的故都。

鲁迅第二次返京的消息，像阵阵春风，在北平青年心中掀起了热潮，他们都想见见这位闻名已久的文豪，亲聆他的谆谆教诲。北平文学青年的心，像蜷缩着度过了漫漫长夜的牵牛花一样，仰望着晨曦的临照。

鲁迅第二次返京，逗留了十五天，在北平左联、北平教联、中国文化总同盟北方分盟的安排下，发表了五次公开讲演，这就是著名的"北平五讲"。

十一月二十二日下午，鲁迅应北京大学国文系邀请，由台静农陪同，在北大二院大礼堂讲演。事前，鲁迅曾要求听众只限于北大国文系的范围，所以学校在讲演前三小时才张贴了一张极小的布告。但还不到两点钟，礼堂就挤满了黑压压的听众，多达七八百人，只有很少一部分人坐在扶手椅里，绝大部分人都站着，把前面、后面和两边的过道都堵得严严实实。窗户上也爬满了人。三点钟，鲁迅穿着青布棉袍、黑色的裤子、胶鞋，出现在讲台左后方的侧门，拥挤的听众一边热烈地鼓掌，一边使劲从人堆的空隙里瞻仰这位大师的面容。鲁迅先在黑板上写出了讲题——《帮忙文学和帮闲文学》。接着，他用带着幽默、充满力量的语言，深刻揭示了一切为统治阶级服务的文艺，都是主人忙时帮忙，主人闲时帮闲，所以帮闲文学实在就是帮忙文学，所谓"为艺术而艺术派"，如果不是把矛头指向"奉旨作文"的御用文人，而是反对为人生而艺术，认为开展文明批评和社会批评就是对不起艺术，那么究其实质也就是"帮忙"和"帮闲"文学的一种。鲁迅讲了约四十分钟，稍事休息，又赶到辅仁大学，讲演《今春的两种感想》。辅仁大学的大礼堂，早已坐满了听众，有一千二百人。礼堂里没有生火，很冷，不时传来听众的咳嗽声，但气氛十分肃穆。当鲁迅铁铸似的站在讲台上时，大家都激动起来。鲁迅的语调是平缓的，就像老人向孩子们讲述沧海桑田的生活故事。听众全神贯注地倾听着鲁迅的每一句话、每一个字，目不转晴地注视着鲁迅的每一个神态、每一个动作，心中的暖流完全驱散了身外的寒冷。鲁迅在讲演中告诫青年办事要"认真点"，要注意社会上的实际问题。不可将眼光收得极近或放得极远，只注意近身的问题或地球以外的问题。他举例说，九一八事变以后，上海青年组织了许多救亡团体，如"抗日十人团"，一团十人，每人有一个徽章，但并不一定抗日，只是把徽章放在口袋里，然而一旦被日军发现，这徽章就是定死罪的证据。又如上海"一·二八"战争之后，有一天出现月食，上海人纷纷放鞭炮想从天狗嘴里把月亮救出来，而日本人就认为是有人试图武装反抗，想救中国抑或救上海，这些都说明中国人做事实在是太不认真，这是十分可怕的。

二十四日下午三时，鲁迅应历史学家范文澜的邀请，赴朝阳门北平大学女子文理学院发表题为《革命文学与遵命文学》的讲演，听众都是该院学生，约三百人。鲁迅在讲演中，通过剖析张资平等人自命"左"倾，而一经压迫，就转换立场的事例，说明"左翼"作家很容易成为"右翼"作家，冒牌的"革命文学"也容易变为替统治阶级效劳的"遵命文学"。鲁迅阐明了真正革命文学所必须具备的条件，特别强调作家必须是一个斗争者，必须具有正确的意识，方能成为劳苦大众的忠实代言人。鲁迅讲演四十分钟后，学生又请教了许多问题，鲁迅即席作答，至五时许结束。

十一月二十七日下午一时，北京师范大学的学生用汽车把鲁迅接到该校讲演。车刚驶进校门，一大群同学就涌上前来。有人愤怒地报告说，教员休息室和一切办公室都被学校当局上了锁。学校当局的恶劣态度，激起了学生的强烈义愤，人群中爆发出了一片呼喊——"我们欢迎鲁迅先生来讲演，我们同学欢迎，不要学校当局招待。"

鲁迅先生在师大乐育堂楼下的西隔间和青年们漫谈了二十分钟，就来到了原定的讲演会场——风雨操场。这是师范大学最大的房子，能容纳一千多人。尽管如此，室内也已挤得水泄不通，窗沿上也坐满了人，后面靠墙的地方，还有人搭了长梯站在上面，但门外仍然拥塞着大批的听众。原来当天是星期日，听众不仅有师大的学生，还有不少远道赶来的外校学生。

一时三刻，鲁迅在欢声雷动中被扶上讲台。然而无尽的人流还是不断地往里涌，过了十来分钟，讲演才开始进行。鲁迅刚说出"文艺"二字，语音未落，人群中有人提出了请求："到外面去吧！露天讲演！"鲁迅的心是与群众相通的，他点点头，欣然表示应允。

于是，会场又改到了露天操场，奔涌的人流立即迅速地向外涌出。有人抬过一张八仙桌，放在操场中间，作为讲台。鲁迅被热情的学生从听众的头上抬到桌上。在持续几分钟的掌声中，在呼啸的北风中，鲁迅发表了题为《再论"第三种人"》的讲演。鲁迅的身子不时向东南西北各个方向转动，尽力想使四方团团围集的两千多名听众都能听到。但是，由于当时没有扩音器，鲁迅虽然在"大声疾呼"，但离得远的听众还是只能"看到"他的雄姿。

鲁迅在讲演中指出：中国的新文化运动，应该从五四的时候讲起，那时胡适之等人穿了皮鞋、西装踏进了文艺园地，以胜利者的姿态，占领了当时文坛。时代的车轮不停地运转。不料三四年前，另一种泥脚的工农——劳苦大众，也踏进了文坛，并且与他们起了激烈的冲突。这些皮鞋先生就成了新兴普罗文学的反对者，想用皮鞋脚把泥脚踢出去。但是，新兴艺术的发展，是时代的必然趋势，什么力量也阻拦不住。目前的时代，已不是"皮鞋脚"的时代，而是"泥脚""黑手"的时代。我们要接近工农大众，不怕衣裳玷污，不怕皮鞋染土。

他还指出：有人以为知识阶级要灭亡了，其实知识是永远需要的，绝没有知识灭亡的道理，不过新知识者与旧知识者完全不同。新的知识者，应该是有益于群众的一种人。他们在现在，把握住社会的实际问题，创造进步的艺术，毫不抱个人主义动机。知识者的事业只有同群众相结合，他的存在，才不是单为了自己。

鲁迅讲毕，又被听众拥入学生自治会休息。大家向他提出了各式各样的希望和问题，鲁迅便跟他们亲切地交谈起来。有人说："今天大家为瞻仰您的丰采……"鲁迅幽默地答道："不很好看，三十年前还可以。"有人问："先生留在北平教书吧？"答："我一到，就有人说我卷土重来，所以我不得不卷土重去，以免抢人家的饭碗。"有人请求："再在我们这儿公开讲演一次吧，北方的青年对您太渴望了。"鲁迅说："大家盛意可感，我努力写文章给诸位看好了。因为演说并不比文章能生色，看文章大家还不挨挤。"有人问："周先生住在上海感觉怎样？"鲁迅说："上海太商品化，洋场气，而且现在连住上海租界也不安全了。"有人还问："先生对陈独秀怎么看？国民党为什么要在前不久逮捕他？"鲁迅分析说："国民党逮捕他，并不是真要杀害他，而是要利用他组织反对派，跟共产党较量。"

时间不早了，人们恋恋不舍地送鲁迅登上汽车。直到车开动以后，那充满青春活力的掌声仍绵延不绝，惊破了冻云密布的灰暗天空。

十一月二十八日，鲁迅在北平停留的最后一天，还应中共河北省委和北京市委之邀，赴西城二龙坑口袋胡同的中国大学发表题为《文学与武力》的讲演，痛斥国民党政权摧残进步文化运动、逮捕进步文化人士的倒行逆施。讲演毕，听众组成浩浩荡荡的队伍从二龙坑出发，包围了国民党市党部，要求释放被捕的朝阳大学进步教授周某。党部官员措手不及，被迫答应了群众的要求。鲁迅获悉后高兴地说："我又做了一件像当年支持女师大学生运动一样的事。"

鲁迅第二次返京期间，还跟北平左翼文化团体进行了接触。他在家中接见了北方文总的党团书记，详细听取了北方文总及其下属团体活动情况的介绍。鲁迅指出：一定要反对文化工作中的"左"倾关门主义，一定要团结一切可以团结的人，不要把接触范围局限在知识分子群中。北平是抗日前哨阵地，应该在左联等团体下面组织一些更广泛的群众性文化团体，把左翼文化运动跟蓬勃发展的抗日救亡运动密切结合起来。此外，鲁迅还跟左翼文化团体代表进行了两次秘密会见。鲁迅介绍了上海文艺界的情况。他希望北平左联纠正关门主义，注意发现和培养新生力量。最后，他还强调"要好好办一个刊物"，并对办刊物提出了三点重要意见：一、刊物不一定都登名人的文章，因为名人写出的文章不一定都好；二、要好好把工农兵通讯运动搞起来，从这中间找稿件，找作家；三、要认真对待泥腿子（农民）。我们要到泥腿子中间去。由于鲁迅的正确指示和及时帮助，北平文艺工作者的团结加强了。一九三二年至一九三三年间，北平的进步文艺刊物发行到十种以上。

十一月二十八日晚，鲁迅乘车离京，重返上海。为了保证鲁迅的安全，帮鲁迅订购车票的友人替他用了一个像商人名字的化名。暮霭低垂，时已黄昏，铁路沿线的红绿标灯渐次闪光。车声隆隆，汽笛昂奋长鸣。鲁迅在列车上，将穿过茫茫暗夜，奔向新的黎明……

萧伯纳在上海的惊鸿一瞥

一九三三年二月十七日，萧伯纳在漫游世界途中路经上海。这位七十七岁的英国作家身兼"和平之神""社会主义同情者""西方戏剧家"等多重身份。作为戏剧家，萧伯纳最大的贡献是倡导戏剧反映社会现实生活和人类命运的创作理念，推动了二十世纪戏剧的理性转向。作为"社会主义的同情者"，萧伯纳认为："社会主义，早晚必然要普遍实行于世界各国，虽然革命的手段和步骤在各个国家里所采取的方式，也许互相不同，但是'殊途同归'，到最后的终点，始终还是要走上同一条道路，而达到同一水平线。"作为"和平之神"，萧伯纳同情和支持中国的抗日救亡运动。他说："被压迫民族应当自己解决自己的问题，中国也应当这样干。中国的民众应该自己组织起来，并且，他们所要挑选自己的统治者不是什么戏子或封建王公。"正因为萧伯纳具有鲜明的倾向性，所以不同倾向的人们自然对他采取了不同的态度：有的颂萧，有的"呸"萧，有的比较中立持平。由于萧伯纳跟宋庆龄都是世界反帝大同盟的名誉主席，所以接待工作由宋庆龄安排，作陪者中有包括鲁迅在内的中国民权保障同盟的领导成员。

二月十七日晨五时，宋庆龄跟杨杏佛等赴新关码头，乘坐海关的镜涵号小火轮到吴淞口迎接萧伯纳。晨六时，白发皓髯、精神矍铄的萧伯纳偕其夫人乘坐的英国皇后号远洋客轮抵达吴淞口。宋庆龄等上船欢迎，跟萧共进早餐。当时，有一批记者和其他群众代表各执欢迎旗帜，高张欢迎标语，络绎不绝地赴新码头等候萧的到来。然而萧尽量避免在公共场合抛头露面，便跟宋庆龄等乘小轮改在杨树浦南路码头悄然登陆。萧伯纳夫人因为有病没有上岸。在新关码头鹄候欢迎的人群空等了一场，只得怅然而返。

萧伯纳登岸后，先乘车赴外白渡理查饭店与来沪各旅游团团员会面，而后即赴中央研究院拜访蔡元培。中午十二时，宋庆龄在法租界莫利哀路二十九号寓所备素菜宴请萧伯纳，蔡元培、杨杏佛、林语堂、伊罗生、史沫特莱作陪。午餐吃到一半时，鲁迅也赶到了。萧伯纳坐在圆桌的上首，雪白的须发，健康的血色，和气的面貌。他一面学着用筷子吃饭，一面幽默地说："朋友最好，可以久远的往还，父母和兄弟不是自己自由选择的，所以非离开不可。"午餐毕，宾主一起合影留念。当时，廖梦醒也在场。宋庆龄考虑到她已经入党，不便拍照，便没有让她参加合影。

下午二时，国际笔会中国分会在福开森路世界学院为萧伯纳举行欢迎会。国际笔会是一九二一年在伦敦成立的国际性著作家团体，一九二九年蔡元培、杨杏佛等在上海发起成立中国分会，由蔡元培任理事长。参加这次欢迎会的有不同文艺派别的作家，还有戏剧界、社交界的人士，大约有五十余人。萧伯纳像一尊石像般兀立在会场中间；他并不是百科全书，可是大家偏要把他当作百科全书，问长问短，好像翻检《大英百科全书》似的。萧伯纳不得已，只得演说了几句，大意是：此刻演说，其实是不必要的，因为在座诸位都是著作家，我来这里演说，岂不是班门弄斧？普通人都把作家看成是神秘伟大的人物，现在诸位都是晓得内幕的人，何必还要多说呢。其实作家也就是劳工，不过他们的工资有时较之劳工更少罢了。就拿我的作品来说，就并不是都有收入的。我到这里来，正如动物园中的一件展品，现在你们已经看见了，这就可以了罢。大家都哄笑了，大约以为这是讽刺；接着，邵洵美代表笔会将北平东安市场出售的一盒泥制京剧脸谱赠送给萧伯纳。萧高兴地接受了礼物，并感叹说：京剧舞台上老生、小生、花旦、战士、恶魔的不同，都能从脸谱上进行鉴别，生活中人们的面貌大都相同，但内心却未必相似。他的话引起了人们的深思。

　　下午三点来钟，萧伯纳离开世界学院，返回宋庆龄的寓所，在宋宅后花园的草地上接见中外记者。洪深和林语堂充当临时翻译。记者们向萧提出了种种严肃的问题；要他发表关于远东、关于中国、关于东北等各方面的意见，萧伯纳习惯地使用他对付新闻记者的方法，像调侃又像讽刺地发表谈话。这时，有一个白俄记者挑衅式地对萧伯纳说："我离开俄国的时候，俄国境内紊乱不堪，并不像你所称赞的那么好。"萧伯纳断然答道："你所说的，还是你离开俄国的时候——一九二二年所看见的情形，不是现在苏联的状况。"在谈到中国的文化时，萧伯纳说："文化的意义，照科学的解释，是人的一切可以增进人类幸福的行为，尤其是对于自然界的控制；在中国，除开在农村还可以找着少许文化以外，再也没有什么文化可说的了。中国现在又向西欧去搬运许多已经失掉效用而且贻害大众的所谓文化。像这种西方文化，中国搬它来有什么益处。"又有记者问萧伯纳为什么要躲避他们，萧答道："并不是逃避，因为我不看新闻，所以没想到有记者会苦心寻觅我。"萧伯纳侃侃而谈的时候，蔡元培、鲁迅静穆地站在草地一旁很有兴味地听着。宋庆龄站在草地石阶前，紧闭着将要笑出来的嘴唇，脸上流露出满意的神情。

　　大约下午四点钟，记者招待会结束。萧伯纳仍由宋庆龄、杨杏佛等陪伴前往码头，乘轮渡至吴淞口，登英国皇后轮。当晚十一时，萧伯纳乘坐的这艘轮船启碇，离开冬寒乍退的上海，驶向秦皇岛。

　　萧伯纳这次到上海，停留的时间仅八个半小时，恰如惊鸿一瞥。但满城传遍了萧的"幽默""讽刺""名言""轶事"，其热闹的程度超过了一九二四年印度作家泰戈尔访华。由于萧伯纳有名气，所以很多报纸要借重他的声誉，又由于萧伯纳激进，所以很多报纸又对他发出了嘘声。因政治立场不同，不同的报刊——英系报、日系报、白俄系报……对同一个萧伯纳作出了互相参差矛盾的报道。这些报道好比一面政治上的平面镜，从这里，可以看到真的萧伯纳和各种人物的原形。基于这种情况，鲁迅离开宋庆龄寓所回家之后立即跟在他家避难的瞿秋白商量，决定把报刊上对萧伯纳或捧或骂、或冷或热的文章剪辑下来，编为《萧伯纳在上海》一书。许广平、杨之华承担了搜罗报纸和剪贴的任务。鲁迅和瞿秋白共同编校。鲁迅撰写了《序言》。瞿秋白撰写了《写在前面》及按语。三月，这本书就由上海野草书屋印成发行了，它确实像一面镜子，映出了文人、政客、军阀、流氓、叭儿各色各样的相貌。

"又为斯民哭健儿"

上海亚尔培路三三一号一间长条的会客室里，会议正在紧张而热烈地进行。会议主持者是年高德劭的蔡元培先生。参加者有孙夫人宋庆龄女士、中央研究院总干事杨杏佛以及鲁迅、胡愈之等，著名律师吴凯声也出席会议。鲁迅和胡愈之不停地吸着纸烟，一根刚完，另一根随即续上，会场里弥漫着浓郁的烟草气味。这是中国民权保障同盟一九三三年三月三十日上午在中央研究院举行的一次会议，议题是如何营救被捕的共产党人陈赓、廖承志、罗登贤、余文化等。鲁迅参加的有中国共产党背景的革命群众团体，除自由运动大同盟和左翼作家联盟之外，就是中国民权保障同盟。

中国民权保障同盟成立于一九三二年底，它的宗旨是营救一切爱国的革命的政治犯，争取人民的言论、出版、集会、结社等自由。主席宋庆龄，副主席蔡元培，总干事杨杏佛。鲁迅被遴选为同盟上海分会执行委员，经常参加同盟临时全国执行委员会与上海分会执行委员会召开的联席会议。营救陈赓等革命者，就是民权保障同盟进行的一次重要斗争。

一九三三年三月，党决定派长期在上海做秘密工作的陈赓去江西中央红色区域。临行的前一天，他到贵州路北京大戏院看场电影，不巧正跟一个叛徒坐在一起。叛徒故意装作若无其事的样子，拉扯着跟他说话。陈赓感到情况异常，便把叛徒骗出电影院，想甩掉这条癞皮狗，但因腿伤刚愈，行动不便，终于被叛徒死死拖住，两人就在电影院门前厮打起来。陈赓狠狠一拳，把叛徒打倒在地。叛徒一边挣扎，一边狂吹警笛。邻近的巡捕闻声赶来，当场把陈赓逮捕了。三天之后，同样由于叛徒出卖，罗登贤、余文化等在上海山西路五福弄九号被捕。几小时后，廖承志偶尔到他们的寓所投访，同遭拘禁。

在民权保障同盟讨论如何营救陈赓等革命者的会议上，鲁迅的心潮翻滚。他的脑海中，浮现出了那被称为"活人坟墓"的数不清的公开或秘密的监狱，监狱中有漫长的迷宫似的曲折甬道，甬道旁是一排排墙潮地湿、空气恶浊的监房，睡无隙地的监房中拘禁着因遭受种种酷刑而奄奄待毙的革命政治犯。他沉重地感到，二十世纪三十年代的中国仍好像停留在古罗马时代或极野蛮的部落社会。

最使鲁迅挂牵的，是那位被敌人指控为"江西红军军长"的陈赓。大约是半年前的一天下午，冯雪峰等曾陪同一位陌生人来到他的寓所。这位陌生人身材较高，脸色红润，穿一件灰色线呢单袍，显出风尘仆仆的样子。他就是国民党特务和租界巡捕悬了巨额赏格买其头颅的陈赓。一九二八年至一九三〇年，陈赓曾以"王先生"为化名，在上海从事秘密工作，出色地保卫了党中央机关的安全。一九三一年，陈赓被派往鄂豫皖红色区域，出任工农红军第四军第十三师三十八团团长，后被调为第十二师师长、红四方面军参谋长。一九三三年秋，陈赓在第四次反"围剿"中率部英勇奋战，右膝盖负重伤，行动困难，便决定离开部队前往上海医治，并利用这一机会向上海中央局揭发张国焘在鄂豫皖分局执行的错误路线。陈赓到上海后，给做地下工作的中国民权保障同盟的同志介绍了苏区的情况，讲述了很多红军在反"围剿"中的战斗故事。听到陈赓讲述的同志们觉得，反"围剿"战斗的剧烈，红军将士的忠勇，远远超过了苏联绥拉菲摩维支《铁流》中的描写。如果能将这些素材写成一部史诗般的作品，政治上的作用一定很大。同志们认为鲁迅的文笔和社会经验都能胜任这一任务，鲁迅也希望直接跟陈赓谈谈，于是党中央宣传部精心安排了鲁迅与陈赓的秘密会见。

鲁迅清楚地记得，那是一个令人愉快而振奋的下午。他习惯地坐在书桌横头的藤躺椅上，陈赓被请坐在书桌边的环臂椅上。他很有兴味地全神贯注地听着陈赓的谈话，一次也没有往躺椅上斜躺过。当陈赓谈到装备处于劣势的红军大声呐喊着勇敢投入肉搏战的情景时，他高兴地不断点头说："先声夺人嘛！"当陈赓讲到红军司令员跟农民坐在田头，边抽黄烟边聊家常；土改后的农民生活不断改善，有些住房四面都开了窗户，他感到特别新鲜。长期以来，他一直为中国农民受屈辱、被压迫的命运而忧虑，如今，这些昔日的奴隶挺直了腰杆，他怎能不感到兴奋呢！谈着谈着，不觉到了吃晚饭的时候，他亲自打开了一瓶保藏已久的三星斧头牌白兰地，跟陈赓共饮。晚饭后又谈了好一阵，陈赓才起身告辞。他亲自把陈赓送出北川公寓门口，还诚挚地约请陈赓再来深谈一次。这时，大门斜对面的日本海军陆战队司令部门前，日本哨兵的枪刺正在夜色中闪烁着寒光。

民权保障同盟的紧急会议在继续进行，宋庆龄的发言打断了鲁迅的沉思。宋庆龄慷慨激昂地说，陈赓等五位反帝抗日战士，不是罪犯，而是中国人民最高尚的代表人物。因此，应该号召全中国人民起来要求释放他们，不使他们遭受酷刑与死亡。如果容许这些革命战士被逮捕、被监禁，甚至被杀害，那就是容忍可恶的反动势力摧残中华民族生命的根苗。释放他们，释放与他们命运一样的革命者，就是释放中华民族不可征服的革命力量。没有这个力量，中国就不能像一个国家和一个民族一样地生存下去。鲁迅完全赞同宋庆龄的这番发言，并对她大无畏的斗争精神十分感佩。这个月初，他从《大晚报》上看到了一则新闻，说什么上海市当局派往邮局检查处的检查员查获并截留了一封致宋庆龄的索诈信。鲁迅从这一报道中敏锐感到，被称为"国母"的宋庆龄的信件也常在邮局被检查，连通信自由都没有保障。事后，鲁迅曾撰文披露了这一事件。如今，政治环境一天比一天更为险恶。在寒凝大地、雾塞苍天的白色恐怖中，他更要和宋庆龄等民主斗士坚定地站在一道，共同抗击中国式法西斯主义的乱云狂飙。于是，鲁迅又重新燃上一支烟，跟其他与会者一起商议起草营救陈赓等五位革命者的宣言，并为他们选定了合适的辩护律师。

民权保障同盟的营救活动，使国民党政府未敢对陈赓等革命者骤然加害。这年五月，国民党特务的活动更加猖獗起来，首当其冲的是著名女作家丁玲和史学家潘梓年的被捕，以及党员作家应修人的遇害。在国际上，希特勒党徒迫害德国进步人士和犹太人的野蛮活动也残酷到了令人发指的程度。中国民权保障同盟的活动是不分国际畛域的。因此，一九三三年二月鲁迅与宋庆龄等一道，一方面积极营救丁玲、潘梓年；同时又同赴德国驻上海领事馆，直接递交谴责希特勒法西斯蹂躏人权、摧残文化的抗议书。虚弱到害怕每一颗火星的国民党政府，对民权保障同盟的活动恐惧而又仇视。蒋介石直接控制的军统特务经过周密策划，决定暗杀民权保障同盟的总干事杨杏佛，以此对宋庆龄和同盟的其他成员进行恐怖的威胁，进而扼杀同盟的一切进步活动。

一九三三年六月十八日（星期日）上午八时，杨杏佛头戴灰色呢帽，身穿夹克衫和马裤，准备带长子小佛去大西路骑马。他们走下中央研究院门口的台阶，登上了一辆纳喜牌敞篷车。当汽车刚驶出大门拟转入亚尔培路时，有四名身穿劳动服的暴徒突然包围过来，向这辆车开枪狂射。杨杏佛一闻枪声，立即意识到自己受到了恐怖狙击，因为近几个星期，他不断接到恐吓信和口头警告，有的信封内还装有子弹，但他未予理睬。在这生死关头，杨杏佛爱子心切，耸身扑倒在小佛身上。杨杏佛身中数弹，其中有一颗打入胸部心尖，他倒在鲜红的血泊中。小佛因父亲的庇护，仅右腿中一弹，受轻伤，幸免于难。

杨杏佛被刺之后，鲁迅的处境也十分危急。他在致友人的信中说："目前上海已开始流行中国式的白色恐怖。丁玲女士失踪（一说被暗杀），杨铨氏（民权同盟干事）被暗杀。据闻在'白名单'中我也荣获入选……"但是，鲁迅并不是胆小鬼，刚嗅到一丝血腥的气味就吓得鸡飞狗跳。他像一株独立支持的大树，在黑暗暴力的进袭面前挺然屹立。淫威和暴力压不断他的脊梁，因为有亿万人民做他的精神支柱。当时，有一个日本人向他探问杨杏佛是不是共产党员。鲁迅明确回答说："杨杏佛岂但不是共产党员而已，他还是国民党的人呢。可见今天的国民党当局，只要是爱国者就都视为共产党，就都要加以消灭，是确实很忠心于帝国主义的，你们日本人大可以放心！"

一九三三年六月二十日下午，杨杏佛的入殓仪式在上海万国殡仪馆举行。鲁迅虽然也有遭到暗杀的危险，仍毫不犹豫地去送殓，并且出门时不带钥匙，以示牺牲的决心。鲁迅来到灵堂，耳边响起了阵阵凄楚的哀乐声和悲哀的啜泣声。他看到生前充满着火一般热情的杨杏佛如今竟僵卧在灵堂的西首；他听到蔡元培在泣不成声地宣读悼词，誓以杨杏佛的事业为事业，以杨杏佛的精神为精神。千古奇冤，使鲁迅悲愤难息。送殓归来，江南的春雨正纷纷而下，鲁迅似乎感到雨水中也充满了苦涩味。回到寓所，他禁不住握起了"金不换"毛笔，用跟他思想一样锋利的笔尖，饱蘸着战士的珍贵血泪，写下了一首撼人心灵的七言绝句，寄托自己的哀思：

> 岂有豪情似旧时，花开花落两由之；
> 何期泪洒江南雨，又为斯民哭健儿。

奴隶之爱
——鲁迅与奴隶社

一九三五年初，作家叶紫向萧军、萧红建议，要草拟一个文学社团的虚名，以突破国民党检查官的查禁，自费出书。萧军受《国际歌》中"起来，饥寒交迫的奴隶"这句歌词的启发，便确定以"奴隶"二字作为社名。他们征求鲁迅的意见。鲁迅说："奴隶社这个名称是可以的，因为它不是奴才社，奴隶总比奴才强，因为他们要反抗。"于是，在《奴隶丛书》的附页上，出现了一则《奴隶社小启》："我们陷在'奴隶'和'准奴隶'这样地位，最低我们也应该作一点奴隶的呼喊，尽所有的力量，所有的忍耐。""只有战斗才能解脱奴隶的命运！"《奴隶丛书》共出了三本：萧军的《八月的乡村》，萧红的《生死场》，叶紫的《丰收》。萧军还写了一首《奴隶之歌》，由王洛宾作曲，歌词是："我要恋爱，／我也要祖国的自由。／毁灭了吧，还是起来；／毁灭了吧，／还是起来。／奴隶没有恋爱，／奴隶也没有自由。"

鲁迅与萧军、萧红是这样结识的。一九三四年十一月三十日下午两点钟，在上海北四川路的一间咖啡馆里，鲁迅一家人亲切地会见了两位东北流亡青年：萧军和萧红。这间咖啡馆只有一间门脸儿，座位不多，光线有些昏暗，因此顾客颇为寥落。鲁迅却常到这里来，一边喝红茶或咖啡，一边跟左翼文化战士聚谈。店主不知是犹太人还是白俄，胖胖的，中国话听不太懂；而且顾客一到，他就习惯地打开留声机放起唱片来。这种环境，对于过着半公开半隐匿生活的鲁迅是十分适宜的。

萧军和萧红都是对于温暖和爱怀着美好憧憬和执着追求的人，但他们的身世又都充满着悲凉和凄楚。萧军原名刘鸿霖，刚生下六个月就失去了母亲。他从小醉心武术，一心想要闯荡江湖，除暴安良。十八岁那年，他开始了戎马生涯；三年后，考入了张学良主办的东北陆军讲武堂。这一时期，他刻苦地自修文学，并发表了处女作《懦……》，控诉军阀蹂躏士兵的罪行。一九三〇年春，萧军因反抗学堂步兵教官的辱骂而被开除。"九一八"事变后，他密谋组织抗日义勇军，不幸失败。此后，他逃亡到哈尔滨，开始了坎坷曲折的文学生涯。

跟萧军比较起来，萧红的命运则显得更其不幸。萧红原名张廼莹，本是一个活泼而聪慧的姑娘。她的小腿肚很细，跑起来脚尖内向，活像一只小麻雀；一犯困、一打哈欠的时候，泪水就浮上了双眼，又俨然是一只小海豹。一遇到什么惊愕或高兴的事情，她的两只手就左右分张起来，跟一只小鹅一般。九岁那年，她母亲就离开了人世，遗下她和一个四岁的弟弟。父亲是一个伪善、贪婪、残忍的官僚。他不仅对萧红毫无感情，而且企图像野兽一样乱伦。从小既无母爱也无父爱的萧红，就像冰天雪地里一只畸零的小鸟，度过了她寂寞而黯淡的童年。萧红二十岁那年，父亲受继母怂恿，将她许配给了一个富家的浪荡公子，以图获取两千元的聘金。萧红十分鄙弃那种锦衣玉食、一呼百诺的少奶奶生活。她斩钉截铁地回绝了这门亲事，逃出了她的故乡——号称"花都"的呼兰小城，流落到了纸醉金迷的哈尔滨。一九三一年，在未婚夫汪某百般无耻的纠缠和欺骗下，萧红被迫跟他在哈尔滨的东兴顺旅馆同居了半年多，积欠旅馆食宿费达六百多元。汪某托言回家取钱，把即将临产的萧红作为"人质"留在旅馆，自己逃之夭夭。旅馆将萧红幽禁起来，准备伺机将她卖进妓院押身抵债。在这种万分危急的情况下，萧红给当地的进步报纸《国际协报》写了一封凄切动人的求援信，该报副刊的编者委托萧军去核实一下情况。一九三二年夏季的一天黄昏，萧军在旅馆一间霉气冲鼻的房间里找到了萧红。当他看到这位刚满二十二岁的女子头上竟长出了明显的白发，粗瓷碗中只剩下了半碗坚如砂粒的红高粱米饭的时候，便暗自决定竭尽全力拯救她晶莹美丽的灵魂，用自己的臂膀为她遮蔽暴风雨。当时正值松花江水位暴涨，洪峰呼啸着冲垮年久失修的江堤，淹进了市区。趁旅馆茶房忙于堵塞洪水的时候，萧红从窗口爬出，逃上一只柴船，逃离了虎口。这年秋天，萧红和萧军在哈尔滨的商市街结婚，开始在荆棘塞途的文学道路上携手并肩地跋涉。当东北文坛上充斥着歌颂"王道乐土"的汉奸文学和《长相思》《十二金钱镖》一类言情武侠小说的时候，萧军和萧红以其具有革命倾向性和鲜明时代性的作品揭开了东北革命文学新的一页。由于他们的创作活动跟中华民族的反帝爱国斗争息息相通，身穿长袍马褂、故意把帽檐压得很低的日伪特务在暗中盯上了他们。一九三四年六月，萧军和萧红从哈尔滨秘密出走，乘"大连丸"邮船的四等舱流亡到了青岛。同年十一月，他们又挤在日本船"共同丸"的货舱里，与咸鱼和粉丝等杂货为伍，一起漂流到了上海。从此，他们得到了鲁迅慈父般的关怀和教诲。还是困居在东兴顺旅馆的时候，萧红曾经写过一首《春曲》，抒发她对美好生活的热烈追求和向往之情："那边清溪唱着，这边树叶绿了，姑娘啊！春天到了。"然而，萧军和萧红文学生活中的春天，却是在结识鲁迅之后才真正开始的。

萧军和萧红清楚地记得，就是在咖啡馆的这次难忘的会见，鲁迅掏出早已准备好的二十块钱，帮助他们维持稍微安定一些的生活。萧红接过鲁迅用血汗换来的钱，觉得内心刺痛。鲁迅写信安慰说："……这是不必要的。我固然不收一个俄国的卢布、日本的金元，但因出版界上的资格关系，稿费总比青年作家来得容易，里面并没有青年作家的稿费那样的汗水的——用用毫不要紧。而且这些小事，万万不可放在心上，否则，人就容易神经衰弱，陷入忧郁了。"不久，鲁迅又对他们公开了自己的住处，使这两位看够了人间冷酷面孔的青年能够随时来访，感受到家庭般的温暖。萧军常常想，他好比是一缸豆浆，而鲁迅却是一滴卤水，这卤水一滴下去，他思想中新的、向上的东西就渐渐上升，而浊的东西就渐渐下降。命运比青杏还酸的萧红内心常有难以排遣的哀怨，就像用纸包着的水，不可能不让它渗出来。但在鲁迅面前，她长期压抑在心底的郁闷常常会被驱散，如同阳光冲出了阴沉的乌云。最使萧军和萧红铭感不忘的，是鲁迅对《八月的乡村》和《生死场》这两株文苑新苗的精心扶植。

《八月的乡村》和《生死场》都是一九三四年初冬时节完成初稿的。同年十月底，萧军、萧红在青岛将《生死场》的文稿邮寄给了鲁迅；同年十一月底，他们又把《八月的乡村》的抄稿交给了鲁迅。一九三五年春，鲁迅开始认真审阅这两部字迹潦草而又细小的稿件，订正错字，修改格式，肯定优点，指出不足，并亲自撰写了序言。鲁迅热情地肯定了萧军的《八月的乡村》是一部很好的小说，因为它反映了中国共产党领导下东北人民的抗日斗争，揭露了国民党当局的不抵抗政策，"显示着中国的一部分和全部，现在和未来，死路与活路"。这部作品不仅驮载着作者个人过去的苦痛与欢情，也烙上了我们古老民族的耻辱和光荣的印记。审阅萧红的《生死场》时，鲁迅更吃惊于"女性作者的细致的观察和越轨的笔致"。就手法的生动而言，《生死场》似乎比《八月的乡村》更觉得成熟一些。一位纤弱的小辫子姑娘，居然能把"北方人民的对于生的坚强，对于死的挣扎"，描绘得"力透纸背"，这是多么令人欣喜的事情啊！

叶紫跟二萧是鲁迅一九三四年十二月十九日在上海梁园豫菜馆设宴时认识时。当时叶紫只有二十二岁，但用鲁迅的话来说，"他的经历，却抵得太平天下的顺民的一世纪的经历"。[①]叶紫出生在湖南益阳一个农民家庭，一家人都是湖南农民运动的骨干。他十五岁即被叔父送往武汉

<hr>

① 见《叶紫作〈丰收〉序》。

军事学校三分校学习，不久"四一二"政变发生，叶紫父亲、姐姐惨遭杀害，他也被迫四处流亡。当过乞丐，也当过教员。二十一岁时在上海参加了中国共产党和中国左翼作家联盟，从此走上了革命道路和创作道路。

一九三四年四月开始，叶紫跟鲁迅建立了通讯关系；后由同乡周扬陪同，叶紫又曾拜访过鲁迅。在鲁迅日记中，有关叶紫的记载有六十九处。鲁迅认真为叶紫修改小说，比如《王伯伯》（后改名《电网外》），就是鲁迅用铅笔字斟句酌润饰的；之所以用铅笔，是因为作者如不同意还可以迅速擦掉。鲁迅一九三四年十月二十一日致叶紫信，就是指导叶紫修改小说《夜哨线》的一篇文章，其中关于将以人物为中心变更为以写事件为中心的意见，更产生了点石成金之效。为使叶紫的小说集能图文并茂，鲁迅还贴钱请版画家黄新波刻制插图。

帮助贫病交加的叶紫渡过生活难关，是鲁迅跟叶紫交往的一个重要内容。鲁迅日记中，有二十七次提到叶紫缺衣少吃的境况，在书信结尾还用"即送饿安"的字眼来进行调侃。叶紫妻子汤咏兰回忆，鲁迅曾怀揣刚出炉的烧饼来到他们的亭子间，将还烫手的烧饼分给叶紫两个急切索食的孩子。

但是，作为一个年轻的湖南作家，叶紫身上也残留着楚人的"蛮性"基因，有着少不更事、缺少老练谙达的弱点。这突出表现在他对鲁迅工作繁忙、身体虚弱的实际情况体贴不够，有时要求上门请鲁迅看稿、改稿，有时又来函要鲁迅替他的朋友写招牌。有一次叶紫的朋友出了一本政治读物《殖民地问题》，居然也要鲁迅来写书评，鲁迅哭笑不得地答复道："那可真像要我批评诸葛武侯八卦阵一样，无从动笔。"[①]最令鲁迅不快的是，在"两个口号"论争期间，叶紫受周扬委托，以"公事"为由约鲁迅出门谈话，流露出凌人盛气，被鲁迅断然拒绝。鲁迅一九三六年九月八日致叶紫信坦率地说："我身体弱，而琐事多，向来每日平均写回信三四封，也仍然未能处处周到。一病之后，更加照顾不到，而因

---

① 见鲁迅 1935 年 12 月 12 日致叶紫信。

此又须解释。所以未写回信之故，自己真觉有点苦痛。我现在特地声明，我的病的确不是装出来的，所以不但教我出外，令我算账，不能照办，就是无关紧要的回信，也不写了。"

尽管如此，鲁迅对叶紫也并未心存芥蒂。一九三六年十月六日辞世前不久，叶紫因肺病和肋膜炎并发住院。鲁迅闻讯，即送上五十元，叮嘱叶紫安心静养。鲁迅根据自身的体验写道："肺病又兼伤风真是不好，但我希望伤风是不久就可以医好的……有钱五十元，放在书店。今附上一笺，请持此笺，前去一取为荷。"①

这就是奴隶之爱——左翼文坛盟主对年轻左翼作家深沉的父爱。

新兴木刻园圃的拓荒者

一九三一年八月十七日一早，有十三位美术青年来到了上海北四川路底长春路北的日语学校。他们并不是来补习日语，而是学习一门崭新的课程：木刻创作法。这十三名学员中有十人来自一八艺社，两名来自中华艺大，一名来自白鹅绘画研究所。当年热爱木刻艺术的青年大多左倾，为避开当局的耳目，参加的人数不宜太多。九时整，身着白色夏布长衫的鲁迅走进一间教室——这件长衫的料子是美国记者史沫特莱馈赠的，鲁迅一般在庄重场合才穿。鲁迅身后紧随着一位身着白色西服的日本讲师。他拎着一个小包，里面装着三套木刻刀和一只马棟（印制版画的圆形刷子），还有一些拓印木刻的日本纸。这位讲师叫内山嘉吉，鲁迅日本友人内山完造的弟弟，当年三十一岁，是日本东京成城学园小学部的美术教师，暑假因探亲到上海，正巧被临时抓差。从十七日到二十二日的六天当中，内山嘉吉给学员讲了一些版画入门的常识：前四天主要讲授黑白版画，后两天主要讲授套色版画。据内山嘉吉回忆："（鲁迅）对日本版画的见解显然要比我所掌握的丰富得多。六天的讲

---

① 见鲁迅 1936 年 10 月 6 日致汤咏兰信。

习班上，我讲的话，都经鲁迅先生翻译的，而他说话时间又比我长一些，内容无疑也一定比我要充实一些。他态度沉静，说话真切有力，充满着热情，每句话都一丝不苟地翻译给学生们听。如果我那时懂得中国语言的话，一定会感到害臊，恐怕也不敢继续大言不惭地坚持这六天了吧。实际上我得到鲁迅先生的教益要更多些。"① 如果说，在中国介绍新兴创作木刻始于一九二九年鲁迅领导的朝花社，那么首次培训中国的木刻人才则始于这次木刻讲习会。

版画是用刀或笔在木版、铜版、石版等版面上先绘制后雕刻再印刷出来的作品，因为版画以木刻为主体，所以这两个概念经常混同。鲁迅认为，中国是版画的故国，其历史要比西方早五百多年。唐末的佛像、纸牌，以至明代的书籍绣像、乡间年画、民用信笺，都映射出历史辉煌。这种技艺在一三二〇年前后随着丝绸之路传到欧洲，逐渐出现了画家自绘、自刻、自印的现代版画，艺术风格发生了明显变化；而中国的传统版画反倒趋于消亡，以致当时所谓美术家竟不知天下有版画，有一位美术名家甚至连雕刀也未见到过。

鲁迅在上世纪三十年代勉力复兴中国版画，提倡新兴木刻，主要有三个原因：一是基于木刻艺术的观赏性。世界名画一般人无力收藏，临摹品又失去了原色本味，而在房间挂几幅木刻，既不失真，花钱也不多。二是基于木刻艺术的普及性。绘制油画，必须购置画布颜料，价格不菲，而靠几柄雕刀，一块木板，顷刻之间就能完成一幅佳作，折射出社会魂魄，传布于大众之中，最切合革命时代的需求。三是基于木刻艺术的战斗性。鲁迅认为版画是大众的，也是战斗的。世界上没有真正的"为人类的艺术"。鼓吹"为人类的艺术"的人，自己也把人类分为对和错，好与坏，并不一视同仁。在革命时代，木刻艺术可以成为革命的一翼，因而一面得到同情、拥护和支持，另一面又受到蔑视，冷遇和迫害。

传统木刻虽然在中国有着悠久传统，但新兴木刻在中国却毫无根

---

① 引自《鲁迅和中国版画与我》，原载日本《日中》月刊 1972 年 6、7、8 月号。

柢。为了给嗷嗷待哺的中国木刻青年提供艺术滋养，鲁迅跟郑振铎合作，重印了传统木刻代表作《北平笺谱》《十竹斋笺谱》，又通过留学德国的徐诗荃、留学法国的季志仁、陈学昭以及旅居苏联的曹靖华等友人，购置或交换了很多外国版画精品。在苏俄的版画中，鲁迅看到了广袤黑土上陆续长育的文化奇花和乔木。在法国版画家陀莱为《神曲》《失乐园》《吉诃德先生》《十字军记》配制的插图中，鲁迅看到了书籍插图是如何在补助文字之所不及，增加了读者的阅读兴趣。鲁迅最为喜爱的是德国女版画家凯绥·珂勒惠支的作品，因为"她以深广的慈母之爱，为一切被侮辱和损害者悲哀、抗议、愤怒、斗争；所取的题材大抵是困苦，饥饿，流离，疾病，死亡，然而也有呼号，挣扎，联合和奋起"。[1]

为了给木刻青年提供艺术借鉴，鲁迅生前选编了十余种外国画册。计有：《近代木刻选集》（一）、《蕗谷虹儿画选》、《近代木刻选集》（二）、《比亚兹莱画选》《新俄画选》《梅斐尔德木刻〈士敏土〉之图》《北平笺谱》《引玉集》《木刻纪程》《凯绥·珂勒惠支版画选集》《死魂灵一百图》《一个人的受难》《苏联版画集》。由于鲁迅的倡导，木铃社印行了《木铃木刻集》，野穗社印行了《木刻画》，无名木刻社印行了《木刻集》等，还有一些木刻青年出版了自选集。在赔本筹印画册的同时，他还不断向文艺杂志推荐现代木刻。鲁迅用自己的艺术实践证明，他不仅是美术领域中外遗产的保存者，也是开拓者和建设者。

鲁迅是中国现代版画理论的奠基者。用通信方式热情指导木刻青年创作，是鲁迅大力扶持木刻运动的一个切实举措。在现存数以百计的信函中，鲁迅谆谆告诫中国的木刻青年，虽然图画是人类的共通语言，具有同一性，但仍应该使自己的作品具有浓郁的地方色彩和东方情调，即用新的形、新的色来表现中国人、中国事以及中国向来的魂灵，使之具有独特的民族性。鲁迅有一句名言："有地方色彩的，倒容易成为世界的。"[2] 此外鲁迅特别要求上进的木刻青年要加强基本功训练，因为单题

---

[1] 见《〈凯绥·珂勒惠支版画选集〉序目》。

[2] 见鲁迅 1934 年 4 月 19 日致陈烟桥信。

材好并不等于成功，切不可忽视技巧修养。他感到当时木刻青年的通病就是刻人物不如刻风景，刻动态不如刻静态。要矫正这些弊病，一定要打好素描基础，掌握好远近明暗的表现手法。木刻多用白黑两色，光线一错，画面必将一塌糊涂。鲁迅要求木刻青年认真观察实物实状，如果刻工厂开工的情形，不能有烟筒而无烟，如果表现工人，决不能把他们刻画得头小拳大，凶神恶煞。

举办画展，是鲁迅倡导木刻艺术的另一种有效方式。但真办画展颇不容易。择址就相当麻烦，一要安全，二要场租能够负担。内容也是问题。单独举办苏联作品展有赤化之嫌，必须拉上其他国度的作品做陪绑。尽管如此，鲁迅仍然在荆棘塞途的处境中勉力而为。一九三〇年十月，他跟日本友人内山完造合作举办了"西洋木刻展览会"，展出欧美名作七十余幅。一九三二年六月，他跟汉堡嘉夫人合办"德国画家版画展"，展出作品约五十幅。一九三三年十月，他举办了"德俄版画展览会"，展出作品六十六幅。一九三三年十二月，他举办了"俄法书籍插画展览会"，展出作品四十幅。一九三四年四月，"革命的中国之新艺术展览会"在巴黎毕利埃画廊开幕，并获得成功，其中有宋庆龄提供的展品，鲁迅提供的木刻新作有五十八幅。这是中国新兴木刻第一次走向世界。一九三五年六月，由平津木刻研究会主办的第一次全国木刻联展在北平、天津、济南、汉口、太原等地展出后，巡回到上海展出。鲁迅为展览会专辑写序并资助二十元。一九三六年十月，第二届全国木刻流动展览由广州移至上海展出。十月八日，他抱病赴上海基督教青年会参观，并与木刻青年亲切交谈。这是中国新兴木刻运动倡导者在木刻艺术园圃的最后一次巡礼。据著名摄影家沙飞回忆，这次展览陈列了六百多幅木刻新作。"鲁迅先生带着愉快的微笑，去浏览每一张作品。我们追随在他的侧后面，诚恳地听他的指示和批评。他细细地欣赏，深深的思索，不断地指点着每幅画的优缺点，从画面的主题、选材以至表现的技巧，都一一说出许多珍贵的意见。他在谈话中，不时地咳嗽起来，引起我们对于他的健康的注意。谁想得到十一天以后，他就离开了我们，永逝而去呢？"①

鲁迅举办木刻讲习会时，中国的新兴木刻还是荒野中的萌芽，一经鲁迅播种耕耘，就迅速滋生、繁衍、壮大。自鲁迅举办木刻讲习会后，上海出现了一八艺社增设的木刻部、MK 木刻研究会、现代木刻研究会、春地画会、野风画会、野穗木刻社、无名木刻社、铁马版画研究会，杭州出现了木刻研究会，北平出现了平津木刻研究会，广州出现了现代创作版画研究会，太原出现了榴花社，香港出现了深刻木刻研究会……鲁迅是这些木刻团体的良师益友。他跟木刻青年同呼吸，共命运，甘苦与共。这一点，仅从他跟木铃木刻社的关系上得到了生动表现。

一九三三年十月八日清晨，一队军警一律拿着手枪，冲进了国立杭州艺术专科学校。他们以"宣传普罗文化，与三民主义对立"为罪名，逮捕了该校木铃木刻社的三名骨干：曹白、郝力群、叶乃芬。木铃木刻社成立于一九三二年十二月，它是继一八艺社被迫解散之后杭州艺专出现的又一个木刻团体，成员共有四十多人。"木铃"，在江浙方言中含有傻瓜的意思。当时的木刻青年就常被人嘲笑为"阿木铃"。但木铃木刻社的青年却明确宣称："以木造铃，明知是敲而不响的东西，但在最低的限度上，希望它总有一天会铮铮作巨鸣的。"木铃社成立后，在杭州举办了两次作品展览，共展出三百余幅木刻作品，大都表现工农和城市贫民的困苦、流离、呼号、挣扎。艺专的训育主任是国民党浙江省党部的政治情报员。他为了镇压学生的进步活动，跟他在公安局工作的姐夫相勾结，首先拿木铃社的三个成员开刀。曹白等人被捕后，关押在杭州柴木巷拘留所。二十一天后，审讯开始了。拘留所一间阴暗的小屋里，上面坐着两位老爷，一东一西。东边的是一个马褂，西边的是一个西装。警察将脸色苍白、衣服脏破的曹白连抓带拖地弄进了小屋，"马褂"问过曹白的姓名、籍贯、年龄之后，就随手拿出一张木刻的肖像——苏联文艺评论家卢那察尔斯基的头像。这幅作品，曾发表在当年四五月间

---

① 引自沙飞《我最后见到鲁迅先生的一天》，原载 1941 年 5 月 1 日晋察冀军区政治
部出版的《抗敌三日刊》。

的杭州《民国日报》上。那位不学无术的"马褂"就抓住这幅头像大做文章："这是你刻的吗？"

"是的。"

"刻的是谁呢？"

"是一个文学家。"

"他叫什么名字？"

"他叫卢那察尔斯基。"

"他是文学家？——他是哪一国人？"

"我不知道！"曹白想逃命，说谎了。

"不知道？你不要骗我！这不是俄国人吗？这不是明明白白的俄国红军军官吗？我在俄国革命史上亲眼看见他的照片的呀！你还想赖。"

"哪里！"曹白好像头上受了铁锤的一击，绝望地叫了一声。

"这是应该的，你是普罗艺术家，刻起来自然要刻红军军官呀！"

曹白不说话了。他十分明白，一辩即不免"从严办理"。因为"马褂"一流的逻辑是：只有坏人才爱抗辩。

一九三三年最后一个月的最后一天，曹白等三人被浙江省政府押解到了高等法院。检察官刚问完姓名、年龄、籍贯，就匆匆宣告审判结束。曹白跟他的同案又被法院押解到军人监狱。约摸隔了两个半月的样子，起诉书来了。没有多久，就开庭审判：根据《危害民国紧急治罪法》，曹白等各判处有期徒刑五年；又因"年幼无知，误入歧途，不无可悯"，根据法律的第×千×百×十×条的优待条例，减为有期徒刑两年六个月。

一九三四年底，曹白取保获释，在上海新亚中学当教员。第二年，鲁迅支持的首届全国木刻联合展览会在北京、天津、济南、汉口、太原等地先后举行，十月又来到上海巡回展出。曹白由于技痒，刻了两幅新作作为展品：一幅是《鲁迅像》，另一幅是《鲁迅遇见祥林嫂》。然而上海市党部审查时，检查老爷却指着曹白刻的《鲁迅像》说："这不行！"这幅作品就这样被剔掉了。当时有人提出，要曹白再拓印一幅，高悬在展览大厅，以示抗议，但主持者为了顾全大局，不给妄图破坏展览会的当局以口实，没有采取这种鲁莽的做法。此次上海展览跟在其他几个城市的展览一样，盛况空前，观众终日川流不息，文化界人士为之欢呼。鲁迅看到《全国木刻联合展览会专辑》拟收的优秀之作，不禁回想起近五年来中国骤然兴起的木刻运动的艰难历程。他欣然命笔，为《专辑》撰写了一篇热情洋溢的序文："这选集，是聚全国出品的精粹的第一本。但这是开始，不是成功，是几个前哨的进行，愿此后更有无数的旌旗蔽空的大队。"

全国第一次木刻联合展虽然取得了成功，但《鲁迅像》被禁止展出却使曹白异常气愤。一九三六年三月十八日，曹白在整理零乱的书籍杂物时，忽然又检出了那幅被检查老爷斥为"不行"的木刻。为了表达对鲁迅的敬爱之情，以及揭露当局残酷迫害新兴木刻运动的卑劣行径，曹白决定把这幅木刻寄交鲁迅先生，并在信中说：他这粗笨而拙劣的作品，居然也引起了权力者和他们的巴儿狗们的恐惧。然而，曹白这幅作品的遭遇并不使鲁迅感到意外，因为鲁迅早知道，国民党官老爷不仅要千方百计堵塞他的言路，而且也费尽心机抹杀他的形象。一九三四年秋天，有一个美术青年陈光宗画了一张他的漫画像，托人先后投寄《文学》《太阳》《漫画与生活》和《芒种》四种杂志，都被国民党检察机关查禁。三天后，曹白喜出望外地收到了鲁迅的复信。

曹白先生：

顷收到你的信并木刻一幅，以技术而论，自然是还没有成熟的。

但我要保存这一幅画，一者是因为是遭过艰难的青年的作品，二是因为留着党老爷的蹄痕，三，则由此也纪念一点现在的黑暗和挣扎。

倘有机会，也想发表出来给他们看看。

专此布复，并颂

时绥

鲁迅三月二十一日

就这样，一个普通木刻青年和中国新兴木刻园地的伟大开拓者之间开始建立了真挚的友谊。三月二十三日，曹白又写信向鲁迅诉说了自己的身世，特别是他那可怜而复可笑的坐牢故事。鲁迅读完后，感到十分骇异。他在四月一日的复信中说："为了一张文学家的肖像，得了这样的罪，是大黑暗，也是大笑话，我想作一点短文，到外国去发表。所以希望你告诉我被捕的原因、年月，审判的情形，定罪的长短（二年四月？），但只要一点大略就够。"四月四日，曹白在出题、批卷、评分的紧张工作之余，用了一整夜时间，写了一篇三千多字的《坐牢略记》寄给鲁迅。曹白在信中痛苦地说：

　　……有谁要看统治者的统治艺术的全般的么？那只要到军人监狱里去。他的虐杀异己，屠戮人民，不惨酷是不快意的。时局一紧张，就拉出一批所谓重要的政治犯来枪毙，无所谓刑期不刑期的。例如南昌陷于危急的时候，曾在三刻钟之内，打死了二十二个；福建人民政府成立时，也枪毙了不少。刑场就是狱里的五亩大的菜园，囚犯的尸体，就靠泥埋在菜园里，上面栽起菜来，当做肥料用。

　　总结起来，我从被捕到放出，竟游历了三处残杀人民的屠场。现在，我除了感激他们不砍我的头之外，更感激的是增加了我不知几多的知识。单在刑罚一方面，我才晓得现在的中国有：一、抽藤条；二、老虎凳，都还是轻的；三、踏杠，是叫犯人跪下，把铁杠放在他的腿弯上，两头站上彪形大汉去，起先两个，逐渐加到八人；四、跪火链，是把烧红的铁链盘在地上，使犯人跪上去；五、还有一种叫"吃"的，是从鼻孔里灌辣椒水、火油、醋、烧酒……六、还有反绑着犯人的手，另用细麻绳缚住他的两个大拇指，高悬起来，吊着打，我叫不出这刑罚的名目。

　　我认为最惨的还是在拘留所里和我同枕的一个青年农民。

老爷硬说他是红军军长，但他死不承认。呵，来了，他们用缝衣针插入他的指甲缝里，用榔头敲进去，敲进去了一只，不承认，敲第二只，仍不承认，又敲第三只、第四只……终于十只手指都敲满了。直到现在，那青年的惨白的脸，凹下的眼睛，两只满是鲜血的手，还时常浮现在我的眼前，使我难于忘却！使我苦痛！……

这篇揭露国民党监狱黑幕的文章，当然找不到全文发表的处所。鲁迅只好从中摘录一点，细心地删去年月、地名，用讽刺的政治童话形式写成了著名的《写于深夜里》一文，刊登在五月十日出版的《夜莺》一卷三期上。《夜莺》是党领导下的一种文艺刊物，刊名沿用了英国诗人济慈的诗题，因为夜莺背色微红，形态美丽，夜间啼叫，声音特别动听，所以用"夜间"来象征国民党政府的黑暗统治，用"动听的声音"象征人民肺腑的心声。鲁迅担心《夜莺》"要被这篇义章送终"，但编者却宽慰说："这样也不要紧。"结果，正如鲁迅所料，《夜莺》出完四期，编辑部就被国民党特务协同法国巡捕房查封了。为了扩大这篇文章的影响，茅盾和史沫特莱又将此文译成英文，刊登在英文期刊《中国呼声》一卷六期上。史沫特莱回忆说："在所有我在中国看到的作品中，这一篇东西给我的印象最深刻。它是一种激动的呼喊，是在中国历史上最黑暗的夜晚中写成的。"

人生得一知己足矣
——鲁迅与瞿秋白

一九三二年十二月二十三日晚约十一时，担任全国总工会党团书记的陈云化名"史平"，乘坐了一辆黄包车，穿过弯弯曲曲的小路，奔向北四川路的拉摩斯公寓，去接送在鲁迅家避难的瞿秋白夫妇转移。这是一幢坐南朝北的四层平顶大楼。黄包车先在一路电车的掉头处停下。陈云把头上的礼帽帽檐压低到眉毛以下，悄悄地巡视四周，发现没有可疑的人盯梢，才去轻轻地敲鲁迅的家门。开门的是许广平，她热情地把陈云迎进来。这时，早已做好准备的瞿秋白夫妇走下楼来。秋白夫人杨之华挽着一个小包袱，里面只有几件换洗衣服，以及几篇文稿和几本书。陈云纳闷地问："就这些行李吗？怎么连提箱也没有一只？"秋白爽朗地笑出声来，说："我一生的财产尽在于此。"陈云想再去叫两辆车。鲁迅为了安全说："不必你去，我叫广平去。"秋白指着鲁迅问陈云："你们见过面吗？"双方都回答："没有。"秋白向陈云介绍："这是周先生，就是鲁迅。"陈云诚恳而尊敬地说："真是久仰得很。"鲁迅非常担心秋白夫妇的安全，问陈云："深夜路上方便吗？"陈云宽慰道："刚下过雨，我们会把黄包车的篷子撑起来，外面看不见的。"鲁迅对秋白说："你们平安转移之后，一定要尽快托人捎信来，免得我担心。"秋白连声答应，劝鲁迅不要送，早点回去休息。

鲁迅与秋白虽然彼此早已有所了解，但直到一九三一年下半年才开始接触。中共六届四中全会之后，秋白被排斥于中央领导机构之外，来到上海，出于个人热情，主动关心文艺界情况，主要联系人是江苏省委宣传部长冯雪峰。杨之华当时是中央妇委的领导人。

瞿秋白虽然在高层受到了打击，但在进步文艺界却享有极高声誉。早在五四时期，瞿秋白就开始了他的文学活动。一九二○年十一月筹备文学研究会时，他已经以《晨报》记者身份前往苏联，所以没有列名于发起人名单，但文学研究会却一直视他为会员。他的《饿乡纪程》《赤都心史》均列为《文学研究会丛书》由商务印书馆出版。一九二三年归国之后，他一直在文学研究会的机关刊物《小说月报》上介绍苏联文学，《文学周报》的特约撰稿人和编辑中也都有他的名字。一九二八年太阳社成立于上海，瞿秋白虽然没有为其刊物撰稿，但曾作为中央干部参加并有许多指示。所以，当冯雪峰向鲁迅转达秋白对翻译的意见时，鲁迅怕错失机缘似的先行打断，赶忙说："我们先抓住他！要他多翻译一些新兴文艺理论的原著。以他的俄文和中文水平，真是再合适不过了。"

鲁迅与秋白初次见面是在一九三二年五月初。通过冯雪峰的联系，由紫霞路六十八号的房东谢澹如做向导，秋白夫妇第一次来到鲁迅家串门。鲁迅如见久别重逢的故人，又如毫无隔阂的骨肉，跟他们从早聊到暮色催人时才依依惜别。同年九月一日临近中午时，鲁迅夫妇回访了秋白夫妇，并在其寓午餐，双方情感更为融洽。因此，秋白夫妇在危难之时才敢于到鲁迅家避难，以性命相托。

瞿秋白在鲁迅家中避难共有四次。第一次是一九三二年十一月底。因为秋白夫人杨之华得到中央特别联络员送来的情报，得知一个叛徒正在盯她的梢，秋白便先行避居到鲁迅家。杨之华怕株连秋白，独自在外面转了三天三夜。秋白不放心，请一位同志到处寻找杨之华，终于在马路上碰到了。杨之华一直等到天黑，甩掉了"尾巴"，才来到鲁迅家与秋白重聚。当时鲁迅正在北平探亲，许广平便把她跟鲁迅的双人床腾出，请秋白夫妇在鲁迅写作室兼卧室的一间朝北大房住下。早在女师大读书期间，许广平就聆听过秋白的讲演。那时秋白刚从苏联归来，西服长发，头发掉下来时就昂头一甩，那种神采飞扬的英姿给许广平留下了深刻的印象。杨之华也平易近人，跟海婴和女工都相处得很好，完全是一家人的感觉。十一月三十日鲁迅重返上海，跟秋白夫妇朝夕相处约有一个多月。十二月七日秋白给鲁迅题写了一首七绝：

雪意凄其心惘然，江南旧梦已如烟；
天寒沽酒长安市，犹折梅花伴醉眠。

跋语是："此种颓唐气息，今日思之，恍如隔世，然作此诗时，正是青年时代殆所谓'忏悔的贵族'心情也。录呈鲁迅先生。"鲁迅和秋白都出生于败落的仕宦之家。秋白对自己心路历程的剖析，自然引起了鲁迅的共鸣。鲁迅后来录呈了清嘉庆年间钱塘诗人何瓦琴（何溱）的两句话回赠秋白：

人生得一知己足矣，
斯世当以同怀视之。

这次避难期间，秋白夫妇还特意赠送给鲁迅三岁的儿子海婴一盒高级玩具。鲁迅一九三二年十二月九日记载："下午维宁及其夫人赠海婴积铁成象玩具一盒。""维宁"是鲁迅对秋白的代称。"积铁成象"是一种用铁材制成的玩具，当时是舶来品，非常稀罕，里面有各种零件，如轮子、铁片、摇把、螺丝、卡子……可搭成天平、椅子、火车、飞机、跷跷板、起重机……秋白的用意是：革命成功之后必有一番建设，极需人才，应该从小给孩子进行科技教育；同时，自己的生命难免有不测之虞，留个纪念，"让孩子长大之后知道有个何先生"（瞿秋白的代称叫"何苦""何凝"）。

第二次避难在一九三三年二月上旬至三月四日。当时上海党组织得到一个情报，说当晚国民党特务要去破坏中共在紫霞路一带的一个机关。经分析，可能是秋白夫妇的住处。于是，上海临时中央组织部长黄文容（黄玠然）跟秋白夫妇商量转移地点。秋白经过多方设想，断然说："只有一个地方可以去，鲁迅那里！"时间紧迫，不容片刻犹豫，黄文容就亲自护送秋白夫妇到拉摩斯公寓（北川公寓）。鲁迅亲自开门把秋白一行迎到家里。许广平给他们煮了热腾腾的咖啡，使他们在春寒料峭的季节顿感温暖。秋白后来对黄文容说："我是在危难中去鲁迅家，他那种亲切的同志式的慰勉，临危不惧的精神，实在感人至深。"这次避难期间，鲁迅夫妇跟秋白夫妇合编了一本《萧伯纳在上海》。

第三次避难在一九三三年七月下旬。当时中共江苏省委机关暴露，有关人员必须半小时之内转移。冯雪峰夫妇临时出走。秋白夫妇冒着暴雨又来到鲁迅家，住了一个短时期。此时鲁迅已经从北川公寓搬到了大陆新村九号。

第四次避难在一九三三年十月上旬。一天深夜两点忽然传来警报，中共地下机关又被发现。秋白夫妇分头来到鲁迅家。前门传来急切的敲门声，鲁迅立即意识到有了特殊情况，因为平时来客多走后门。鲁迅要去开门，被许广平阻拦，因为万一是军警搜查，许广平想先去抵挡一阵。打开门，是仓促赶来的秋白——他仍旧夹着那个小衣包。不久后门又有人敲门，许广平以为有军警尾随而至。打开门一看，原来是杨之华带着一个十三四岁的小女孩。这个女孩叫高平，是内部交通主任高文华的女儿，同来是为了掩护秋白夫妇。

除了避难见真情，在鲁迅与瞿秋白的交往史上还有一座永久的碑碣，那就是瞿秋白撰写的《〈鲁迅杂感选集〉序言》。这是一九三三年四月八日秋白在上海北四川路底东照里十二号的亭子间里写成的。为了编选一部《鲁迅杂感选集》并撰写一篇长序，秋白白天装病，躺在床上细读鲁迅的文章，直到夜深人静时才伏在一张小方桌上赶写这篇序言，一连写了好几个晚上。秋白对妻子说："我感到很对不起鲁迅，从前他送的书我都在机关被破坏的时候失去了，这次我可要有系统地阅读他的书，并且为他留下一个永久的纪念。"

《〈鲁迅杂感选集〉序言》在鲁迅研究史上的理论贡献，突出表现在对鲁迅杂感价值的高度评价。当时鲁迅杂文不但受到敌对营垒的诋毁，而且文艺界也有人认为杂文不入文艺之林。瞿秋白高屋建瓴地指出："鲁迅的杂感其实是一种'社会论文'——战斗的'阜利通'（feuilleton）。谁要是想一想这将近二十年的情形，他就可以懂得这种文体发生的原因。急遽的剧烈的社会斗争，使作家不能够从容的把他的思想和情感熔铸到创作里去，表现在具体的形象和典型里；同时，残酷的强暴的压力，又不容许作家的言论采取通常的形式。作家的幽默才能，就帮助他用艺术的形式来表现他的政治立场，他的深刻的对于社会的观察，他的热烈的对于民众斗争的同情。杂感这种文体，将要因为鲁迅而变成文艺性的论文（阜利通——feuilleton）的代名词。"尤其使鲁迅有知己之感的是秋白以下论断："现在的读者往往以为《华盖集》正续编里的杂感，不过是攻击个人的文章，或者有些青年已经不大知道陈西滢等类人物的履历，所以不觉得很大的兴趣。其实，不但陈西滢，就是章士钊（孤桐）等类的姓名，在鲁迅的杂感里，简直可以当做普通名词读，就是认做社会上的某种典型。"秋白还高度评价了鲁迅的"最清醒的现实主义"，"韧"的战斗，反自由主义（指反妥协，反中庸，反市侩），以及反虚伪的精神。秋白在文末号召读者向鲁迅学习，"应当同着他前进"。鲁迅对秋白的观点表示折服，并表示："只是说得太好了，应该坏的地方也多提起些。"①

当然，秋白跟鲁迅的关系绝不是相互吹捧的庸俗关系。秋白一度低估鲁迅小说的价值，认为《狂人日记》有幼稚和情感主义的成分②，直到临终前才在《多余的话》中提醒我们要再读一读《阿Q正传》，并准备撰写关于"阿Q"和"阿Q以后"的读后感③。鲁迅也认为瞿秋白的杂文尖锐、明白、晓畅、有才气，但少含蓄，深刻性不够。在翻译问题上两人在大方向一致的前提下同样也存在一些分歧。鲁迅坚持"宁信而不顺"的翻译原则，在"信、达、雅"这三要素中始终把"信"放在第一位，而秋白虽然肯定鲁迅"决不欺骗读者"的严谨态度，但希望译文无论如何要做到"口头上能够流利的说得出来"。在《二心集·关于翻译的通讯》中，秋白就指出了《毁灭》译文中的九处错误，建议鲁迅用日文译文跟德文译文比校一下。以上数例，可证瞿鲁之间建立的是诤友关系，这在存在文人相轻陋习的中国文坛是十分罕见的。

为鲁瞿友谊留下历史见证的还有十二篇杂文：《王道诗话》《伸冤》《曲的解放》《迎头轻》《出卖灵魂的秘诀》《最艺术的国家》《内外》《透底》《大观园的人才》《关于女人》《真假堂吉诃德》《中国文与中国人》。这批杂文均为一九三三年瞿秋白在上海时所作，其中有的是根据鲁迅的意见或跟鲁迅交换意见之后写成的。鲁迅进行过修改润饰，而后请人誊抄，用自己的笔名在报刊发表。现在这批文章已据瞿秋白的原稿编入《瞿秋白文集》，鲁迅润饰后的改稿分别收入《伪自由书》《南腔北调集》和《准风月谈》。瞿秋白还有两篇杂文：《〈子夜〉和国货年》及《"儿时"》，虽然也曾以鲁迅的笔名发表，但未曾经鲁迅修改并收入鲁迅文集，故未计入。这在中国现代文学史上也是独一无二的。

瞿秋白为了使自己的杂文在风格上接近鲁迅，努力效仿鲁迅隐晦曲折的笔法，在题材上力求宽广，不拘泥于政治题材和重大事件；为了保持鲁迅观点的一贯性，在《最艺术的国家》和《内外》等篇中还

---

① 见《许广平文集》，第1卷，第204页，江苏文艺出版社1998年1月版。
② 参见《"五四"和新的文化革命》。
③ 参见瞿秋白《未成稿目录》，1935年夏汀州狱中。

沿袭了鲁迅曾经发表的见解再加以发挥。略感遗憾的是，有个别篇什史实失真。比如《王道诗话》一文中揭露胡适到湖南讲学，向军阀何键卖廉耻，赚取了五千元课酬。事实上，胡适一九三二年底的湖南之行是应其挚友、湖南教育厅厅长朱经农之邀，所讲内容跟何键主张的"尊孔复古"并不搭调，而且收取的仅有四百元旅费；至于当时报载丁文江、胡适一九三一年十月到南京面谒蒋介石，也完全是一则假新闻。

一九三三年底，中共临时中央从江西苏区来电，要秋白赶去参加六届五中全会。一九三四年一月四日，秋白特地到鲁迅家辞行。为了表达深情厚谊，鲁迅特意把卧床腾出给秋白睡，自己跟许广平在地板上打地铺。不料两人此次彻夜长谈竟成永诀。后来，秋白在外部交通主任陈刚护送下离开上海，绕道汕头进入中央苏区，于一九三四年二月五日抵达江西瑞金，出任苏维埃政府教育人民委员。当年十月第五次反"围剿"失败，红军主力转移，中央分局决定让体弱多病的秋白取道香港去上海就医。一九三五年二月八日，秋白一行到达长汀县四都山区中共福建省委所在地小金村，再想顺汀江南下，不幸在水口镇被国民党的清剿队俘获。开始秋白化名"林祺祥"，编了一套假笔供，想争取保释。不久身份暴露。鲁迅刚闻讯时，曾多方筹资营救。一九三五年七月三十日致《译文》编者黄源信写道："Pavlenko 作的关于莱芒托夫①的小说，急于换几个钱，不知可入三卷一期否？此篇约三万字，插图四幅。""Pavlenko"指苏联作家巴甫连柯，瞿秋白以"陈节"为笔名译有他写的《第十三篇关于列尔孟托夫②的小说》。八月九日再次致函黄源："莱芒小说，目的是在速得一点稿费，所以最好是编入三卷一期，至于出单行本与否，倒不要紧。"一九三五年六月十八日，瞿秋白用俄语高唱《国际歌》，用中文高唱《红军歌》在福建长汀罗汉岭下从容就义。鲁迅是直到当年九月才得到这一消息。九月八日他在致黄源信中沉痛而隐晦地写道："陈节译的各种，如页数已够，我看不必排进去了，因为已经并

———————

①② "莱芒托夫"、"列尔孟托夫"现通译为"莱蒙托夫"。

不急于要钱。"秋白牺牲后鲁迅异常悲痛，他感到当时中国的社会状况跟宋明之末极像。一九三六年六月二十七日他在致萧军信中说："中国人先在自己把好人杀完，秋即其一。"九月一日致萧军信又说："《死魂灵》的原作，一定比译文好……瞿若不死，译这种书是极相宜的，即此一端，即足判杀人者为罪大恶极！"为了给瞿秋白留下永久的纪念，鲁迅在大病垂危时收集了他的六十多万字的译文，编为《海上述林》，分上、下卷出版，出版单位署"诸夏怀霜社"。秋白出生时发际呈双螺旋形，即"双顶"，于是父母给他取的乳名叫"双"，十三岁那年秋白把"双"引申为同音字"霜"，并写了一首五绝："今岁花开盛，栽宜白玉盘。只缘秋色淡，无处觅霜痕。"诗中嵌入了"霜""秋""白"数字。"诸夏怀霜"，表达的就是中国人民对瞿秋白烈士的悼念之情。

一位被视为"间谍"的日本朋友

曾有一条微信在朋友圈里疯传，着实吓了我一跳。那标题是："《鲁迅承认内山完造是日本间谍》。鲁迅在哪里"承认"过呢？作者从鲁迅《伪自由书·后记》中援引了一段奇文："内山书店是日本浪人内山完造开的，他表面是开书店，实在差不多是替日本政府做侦探。他每次和中国人谈了点什么话，马上就报告日本领事馆。这已经成了'公开的秘密'了，只要是略微和内山书店接近的人都知道。"作者据此立论："鲁迅的这段话表明，他对内山的间谍身份一清二楚。"如果没有读过鲁迅原著的人，很可能就会被这位作者牵着鼻子走，但只要认真翻阅一下原著就会知晓，这段话节引自"白羽遐"的《内山书店小坐记》，刊登在一九三三年七月一日出版的《文艺座谈》半月刊第一期。该刊有两位主编：一位是专事创作低俗无聊"解放词"的曾今可，另一位是以写作三角恋爱小说闻名的张资平。鲁迅从《文艺座谈》杂志中揪出这篇化名文章公开示众，就是要让天真厚道的读者看看有些别有用心的人是如何对左翼文坛进行诬蔑陷害，并借此预言："战斗正未有穷期，老谱将不断的袭用。"鲁迅写下这句名言是在一九三三年七月二十日，不料八十多年之后，仍有人袭用这种"老谱"。鲁迅的上述判断再一次不幸而言中。

"白羽遐"的文章很快获得了国民党情报部门的呼应。在当年出版的《社会新闻》第四卷二期，在一位署名"新皖"的人发表了一篇《内山书店与"左联"》，爆料说"郭沫若由汉逃沪，即匿内山书店楼上，后又代买船票渡日。茅盾在风声紧时，亦以内山书店为惟一避难所"。作者想以此证明："盖中国之有共匪，日本之利也。"所以，日本侵略者收买左翼文人为之提供情报，左翼文人为感激日本方面的救命之恩甘愿为之效力。针对这种无耻谰言，鲁迅在《伪自由书·后记》中郑重声明："至于内山书店，三年以来，我确是常去坐，检书谈话，比和上海的有些所谓文人相对还安心，因为我确信他做生意，是要赚钱的，却不做侦探，他卖书，是要赚钱的，却不卖人血：这一点，倒是凡有自以为人，而其实是狗也不如的文人们应该竭力学学的。"

内山完造究竟是个什么样的人？他开书店究竟有什么背景？他跟鲁迅究竟是什么关系？

内山完造是一个商人，一个基督教式的人道主义者，晚年又跟托尔斯泰的不抵抗主义共鸣。因日语"内"的谐音为"邬其"，所以也被中国友人称为"邬其山"。他一八八五年出生在日本冈山县，父母生下四男三女，他是老大；因为从小淘气，高小四年级时辍学，在大阪一家洋绸缎批发商店当童工，这时年仅十三岁。后来当过工人、店主的管家、报馆的投递员……在商店时不但要卖货，还要烧水、做饭以及当家庭教师。内山背着竹篓卖水果时，背上挂着一块小黑板，上面写着"独立自尊""清廉洁白""不赚不义之财""天才出于勤奋"等励志的口号，每天变换一块。二十七岁的内山完造在京都教会受洗礼，成为了一个虔诚的基督徒。他说："这是我一生中革命的第一天。"信教之后内山想当一名传教士，对此前的买卖生涯表示厌倦。一位叫牧野虎次的牧师问内山："你为什么讨厌做买卖呢？"内山如实回答："做买卖就得撒谎，不撒谎就做不成买卖。"牧野说："不撒谎也可以做买卖呀，你积累了这么多年经验，不发挥太可惜。"于是，牧野牧师介绍内山到大阪北滨一丁目的参天堂药铺当店员，药铺又派内山到上海去推销一种"大学眼药"。于是，后来成为日本同志社大学校长的牧野虎次牧师就成为了改变内山命运的一个人。一九一三年三月二十四日，内山一行五人乘"春日号"轮船来到上海，这时他二十八岁。

另一个改变内山命运的人叫井上美喜子。一九一四年底牧野牧师介绍他们相识，经过一年多的交往，于一九一六年初结婚，然后一起来到上海，井上美喜子成了内山美喜子。一九一七年美喜子在上海魏盛里（今四川北路一八八一号）创办了内山书店。所谓书店，最初不过是他家楼下一间十二块日本席大小的木板房，摆着不足一万本书。一九二四年才买了魏盛里临街一所房子作为独立书店，由于经营业务扩展，内山书店于一九二九年迁移至施高塔路十一号（今四川北路二〇四八号），是座北朝南的假三层楼房。底层为店面，店堂北面的书架后设有漫谈席。此后内山才辞去推销工作，跟妻子共同经营书店。一九三〇年在四川路铃木泽行（今四川北路二一五号）还开设了一家内山书店支店。内山完造辞去推销药品的商务，由卖"大学眼药"到卖各类书籍，由经营《圣经》为主转而以出售社会科学类的日文图书为主，仅马恩全集就出售了三百五十套，近代日本文学的中译本八百三十种。内山书店成为了中日文化交流的桥梁，从一九一七年开办，到一九四七年停业，整整经营了三十年。

一九二七年十月鲁迅刚到上海不久就到内山书店购书，据鲁迅日记统计，当年十月有十次，十一月十一次，十二月八次，有时一天连去两次。在《鲁迅先生》一文中，内山完造回忆了他们初见的情景。大意是：有一位先生跟两三个朋友来书店买书，他穿件蓝长衫，胡须浓黑，眼睛澄清似水晶，个子虽小但却洋溢着一股浩然之气。他挑了几种书，然后在沙发坐下，一边喝着老板娘递送的茶，一边燃上一支烟，指着挑好的书，用流利的日语说："老板，请你把这些书送到景云里二十三号。"内山立刻问："贵姓？"回答是："叫周树人。"内山惶恐地说："呵，你就是鲁迅先生么？久仰大名，失礼了。"从此时开始，内山开始了他跟鲁迅的十年交往。

鲁迅跟内山完造的交往主要有七个方面：

一、买书和售书。据鲁迅日记统计，在上海居住期间，鲁迅去内山书店五百余次，购书千种以上。一九二八年至一九三五年，鲁迅每年购书多则两千四百余元，少则六百元，所购多为日文书，又多从内山书店购得，其中有些是当局查禁的图书，如《社会主义从空想到科学的发展》《马克思读本》《唯物史观要约》。因为内山书店享有治外法权，鲁迅将被当局查禁的著作委托内山书店出售，并发行到国外。现存两张内山书店的账单，可知一九三六年七月至十一月这四个月，内山书店售出鲁迅委托的书籍就多达十八种，一千六百余册，其中《海上述林》（平装本）售出三百一十二册，《毁灭》售出二百零八册。

二、协助鲁迅避难。为了鲁迅的安全，其寓所多为内山完造精心安排。一九三〇年，鲁迅因参与发起中国自由运动大同盟身处险境，多处觅房而不得，经内山完造介绍，鲁迅于同年五月十二日由景云里迁入北川公寓。这是内山完造友人的一处空房。为了鲁迅安全，门口挂着内山完造的名片。一九三一年一月左翼作家柔石被捕，鲁迅受到株连，在内山完造友人与田丰蕃经营的花园庄旅店避难三十九天。一九三二年"一·二八"事变发生，鲁迅北川公寓寓所遭枪击，鲁迅先后在内山书店、内山书店支店和大江南饭店避居了四十九天。一九三四年八月，内山书店职员周根康、张荣甫因参加进步组织被捕，为了鲁迅安全，内山完造安排鲁迅在他的千爱里三号寓所避居了二十五天。为了在白色恐怖下保护藏书，经内山完造介绍，鲁迅在上海溧阳路一三五九号租赁一处藏书室，门口挂着内山书店职员镰田诚一的名牌。鲁迅最后的寓所大陆新村九号也是用内山书店职员周裕斋的名义租赁的。除此之外，内山完造还曾掩护郭沫若、陶行知等著名文化界人士，并在"一·二八"战争期间营救过被日本陆战队抓捕的周建人及其家属。

三、以内山书店为联络点。内山书店位处租界，国民党军警不能进店抓人，至多只能化装成顾客入店侦察。为安全起见，鲁迅的上海居所并不公开，信件一律由内山书店转交，跟友人相见也多约在书店。更为秘密的会见，有时就安排在书店后门千爱里的内山完造寓所，或书店附近的公啡咖啡店。鲁迅帮助成仿吾跟地下党组织接关系，跟北平学联代表邹鲁风会见，都约在内山书店。方志敏烈士的狱中遗稿也是通过内山书店转交鲁迅，再转给党组织。郭沫若亡命日本十年，在中国办事一般都委托内山书店，地下党和共青团组织也曾利用内山书店为联络点。由于内山完造的进步倾向，日本驻上海领事馆曾怀疑内山是 CP（共产党），有人还散布内山是"中国间谍"的谣言。

四、参加内山书店漫谈会。"漫谈会"是内山完造联系中日文化界人士的一种形式，大约创立于一九二二年，开始形式极为简单，即店主面南向北坐在书架一端，座位旁一只圆桌，几把椅子，冬天有一个取暖的炭火盘。漫谈会没有准确的时间和固定的议程，参加者陆续到来，漫谈者由少而多。漫谈会吸引人之处除开海阔天空的内容之外，还有内山完造故乡宇治市小仓村的极品茶"玉露"。中日两国戏剧工作者聊得起兴时，甚至彻夜不眠。现存一九三〇年八月六日漫谈会部分成员在上海功德林餐厅雅聚的照片，十八人中就有鲁迅、郁达夫、欧阳予倩、田汉等。

五、举办画展。鲁迅是中国新兴木刻之父。内山完造认为，鲁迅倡导的木刻运动很有价值，既能引进外国优秀作品，又能振兴中国传统木刻，所以予以大力支持。一九三〇年十月，鲁迅与内山完造合作举办了"世界版画展览会"，一九三三年十月合作举办了"现代木刻版面展览会"，一九三三年十二月合作举办了"俄法书籍插画展览会"。鲁迅有时自己装框，编写中、英、日三国文字的目录，内山完造则负责印刷宣传品，联系场地，组织观众。每次展出观众都有四五百人，普及了版画艺术，为中国木刻青年提供了艺术滋养。鲁迅举办"木刻讲习班"的讲师内山嘉吉就是内山完造的弟弟。鲁迅编选《引玉集》，由内山完造联系日本洪洋社印刷出版。

六、公益活动。鲁迅跟内山完造协作从事的公益活动主要是"施茶"。对此内山完造在《活中国的姿态》中有一段描写。内山说，当时上海公共租界关心动物，如在道旁设水槽供拉马车的马饮用，又成立动物保护会保护鸡鸭，但对穷苦人却缺乏爱心。"在百十三度的炎热里，柏油的马路烫得起泡破碎了。不论飞驰的汽车、人力车、小车子，乃至于缓步的人的足印，都像恶魔之爪一样，黏黏的贴着在黑黑的柏油路面上了。半裸体的劳动者的身体上汗油直流，用出平生二倍三倍的气力来拉着，渴得连声音都发不出来。"出于对人力车夫的关爱，内山完造在书店门口放了一个洋铁的茶桶，先投入一大袋茶叶，再从上海弄堂的"老虎灶"买来开水沏上。这时，口渴的人力车夫已经拿着竹勺子等候，由一人而多人，阳光越烈饮茶人越多，一桶茶很快就喝光了。最高纪录，是一天能喝掉三石三斗茶。鲁迅一九三五年五月九日记有如下记载："以茶叶一囊交内山君，为施茶之用。""一囊"，有时是一二十斤。"施茶"是一种善举，但内山完造也从中发现了中国人的美德：他常常在喝完的茶桶的桶底发现一二个铜子，知道这些铜子是人力车夫被打被踢挣来的血汗钱。这些饥渴的劳动者不愿不付代价地接受施茶者的恩惠，内山完造不禁为之折服。

七、文字之交。内山完造是一位随笔作家，五十岁那年，他出版了第一部随笔集《活中国的姿态》。鲁迅序中指出："著者是二十年以上，生活于中国，到各处去旅行，接触了各阶级的人们的，所以来写这样的漫文，我以为实在是适当的人物。事实胜于雄辩，这些漫文，不是的确放着一种异彩吗？"除开此书，内山完造还出版过《中国的民情习俗》《上海漫语》《上海风语》《上海霖语》《上海汗语》《上海夜话》《上海·下海》《花甲录》等随笔集。据内山完造回忆，鲁迅曾以老朋友的身份提出意见："老板，你的漫谈太偏于写中国的优点了，那是不行的，那样，不但会滋长中国人的自负的根性，还要使革命后退，所以是不行的，老板哪，我反对。"据说内山完造还留下了一部《亲书日记》，留存在上海，但至今下落不明。

因为《活中国的姿态》出版，鲁迅还写了一首五言律诗《赠邬其山》给内山完造：

廿年居上海，每日见中华；

有病不求药，无聊才读书；

一阔脸就变，所砍头渐多；

忽而又下野，南无阿弥陀！

诗的后四句是对中国军阀杀戮民众的深刻揭露。这些军阀诵经拜佛，却杀人如麻。正如鲁迅这一时期题赠日本清水安三诗中所言："放下屠刀，立地成佛；放下佛经，立地杀人。"

内山完造的随笔中保存了不少有关鲁迅的珍贵史料，小到音容笑貌，大到政治活动。关于鲁迅的外貌，内山完造突出描写了眼睛："总是夫人请鲁迅去理发，鲁迅从不修边幅。但是尽管是这样一种风采，从日本来的来访者最受感动的却是那双眼睛真是清澄明亮，炯炯逼人。这是一双非常清澄、锐利，而且充满温情的眼睛，任何人初次见面都会由于这双眼睛为之敬佩。长谷川如是闲、新居格等都为这双美丽的眼睛而惊叹不已。武者小路实笃曾有趣地写道：'刚刚见面，什么也不用说，可仿佛已经是热语多时似的。初一见面就有好感。'"① 对于革命，鲁迅有其独特的理解。鲁迅理解的革命就是"易世革命"，即"不断革命"，而革命的目标总是指向专制政体。由于儒家思想被历代统治者利用，作为钳制庶民思想的精神武器，所以革命就常常成为对儒家"三纲"思想的革命。"而革命一旦成功，成为今日之旗号的言论自由啦，结社自由啦，都会忘得一干二净，现出一副全然不知的脸相。"于是导致下一次的革命。这种反复，就叫"易世革命"。②

关于鲁迅跟被迫害的共产党人的关系，内山完造也举了一个生动的例子："鲁迅先生来了一百元的稿费。恰好先生到我这儿来，我就告诉了他。先生说：'那么一百元今天就给我吧，恰巧我有点用场。'于是马上就给了他。在我们谈话不久，有一位中国妇女来到这儿拜访鲁迅先生。先生短暂听了这位妇女的诉说，就把我今天交给他的一百元钱，原

---

① 见《上海霖语·美丽的眼睛》。
② 见《上海漫语·儒家和革命》。

封交给了这位妇女。这位妇女只简单说了一声'谢谢',就把这一百元钱拿走了。在鲁迅先生的生活里,一百元钱也决不是一个小数目。我问先生这是为什么?先生说:'这位妇女的丈夫,由于某个朋友的谗言,最近被抓到苏州监狱里去了,夫人正在积极搞释放活动。但是几天前监狱通知说,拿来三百元钱,就放人。自己和朋友那儿谈来的只有二百元,还有一百元怎么也凑不出来,便希望我借给她。所以就把这一百元钱给她了。'"①现已查明,这件事发生在一九三一年秋天,这位妇女就是党员作家葛琴,当时是上海中央局宣传部的内部交通员,她营救的对象就是中共临时中央宣传部负责人、著名史学家华岗。

鲁迅安葬时,内山完造发表了著名的墓前讲话。他说:"鲁迅先生的伟大存在是世界性的,他给予日本人的影响也是多方面的。一言以蔽之,先生是个预言家。先生说过:道路并不是原初就有的,一个人走过去,两个人走过去,三个人、五个人,越来越多的人走过以后,才有了道路。当我想到在一望无垠的荒野中孑然独行,而且留下鲜明足迹的先生的时候,我觉得,不能再让先生的足迹被荆棘所掩盖。"内山完造的讲话受到听众的赞美,因为以前还没有一个面对五千名中国听众讲演的日本人。一九三六年十一月三日,他致函日本汉学家增田涉,拜托他在日本成立一个鲁迅先生纪念委员会。信中开列了一个鲁迅认识的日本人名单,计有佐藤春夫、藤森成吉、新居格、室伏高信、长谷川如是闲、横光利一、庄厚达、山本实彦、贺川丰彦、山崎靖纯、山本初枝、野口米次郎,共十二人。这个名单非常真实,能够戳穿鲁迅通过内山专门结识日本军国主义谋士的谎言。

许广平周海婴母子在肯定鲁迅跟内山完造友谊的前提下,对内山完造的某些言行也曾有过怀疑。许广平著《鲁迅回忆录》(手稿本)中有《内山完造先生》一章,其中谈及了几点:

一、一九三二年"一·二八"上海战事发生之后,内山书店的"日本店员加入了在乡军人团做警卫工作,店内不断烧饭制成饭团供应门外

---

① 见《上海漫语·理所当然的事》。

守卫的军人进食"。

二、内山完造曾介绍日本右翼文人野口米次郎跟鲁迅会见。野口狂妄提出"中国不是也可以请日本帮忙管理军事政治"这一挑衅性问题，受到鲁迅的严词批驳。

三、上海沦陷之后，许广平曾被日本宪兵队拘留七十六天，后经内山完造做保后方获释，但此后内山完造曾通知许广平到虹口"六三花园"喝茶，其实是参加一个招待文化界汉奸的茶话会。会议经费是从汪伪政权提供的一笔文化奖金中开销。这使许广平感到受骗之后的气恼。

上面谈及的第一件事，公开发表的《鲁迅回忆录》中删掉了。这其实没有必要。许广平说得对：内山既是商人，虽身在中国，其一切行协态度还是听命于日本当局，否则以"非国民"三字来加罪于他，这一点鲁迅亦深懂得的，日本侵略者在上海向日本商店派饭派活，作为日本国民谁敢不执行。第二件事说明了内山完造社会关系的复杂，对于一个商人也不是不可理解。鲁迅就坦陈自己的社会关系复杂，但社会关系仅止是关系，跟个人言行并不能画等号。第三件事在正式发表的《鲁迅回忆录》中也删掉了。许广平当年将这件事如实写出来，也是想对自己在沦陷时期的活动作一客观说明。二〇〇九年，周海婴写了一篇《内山完造与鲁迅的友谊》，纪念内山完造逝世五十周年。文中重提了"六三花园"茶会这件旧事。他的解释是："估计内山也是遵照上面什么意图，通知母亲去，母亲也到了，证明没有离开上海，算是给了担保人面子。内山完造没有提出什么希望或者任何暗示。"① 周海婴的"估计"是合情合理的。当然，这并不意味着内山完造在日本侵华期间就绝对没有违心地做过任何一件错事，只是说明他跟军国主义分子还存在本质的区别。

抗日战争全面爆发之后，日本领事馆要求日本侨民撤回日本，内山完造乘民团的避难船回到故乡。一九三七年八月三十日被京都府的特务课拘押了四天三夜，因为他写过客观介绍中国的著作而受到警诫。同年

---

① 引自上海鲁迅纪念馆编《内山完造纪念集》，第9页，上海文化出版社2009年9月版。

九月又在东京受到警视厅审讯，罪名是窝藏郭沫若，帮助日共党员鹿地亘，又被关押了三天，随身财物全被没收。一九三八年内山完造重回阔别了十个月的上海，仍经常受到日本军部的训斥，但内山完造反战的立场并未改变。一九四五年一月九日，是内山跟夫人美喜子结婚二十九周年纪念日，但夫人旧病复发，于当年一月十三日病逝。同年八月十五日日本无条件投降，上海的日本商店全部查封，内山书店于当年十月十三日被封闭，所存书籍作为敌伪财产被国民党当局接收。内山完造被视为阴谋推翻国民政府的三十三人集团首领，于一九四七年十二月八日被遣返回日本，时年六二岁。他深感自己成为了军国主义的牺牲品，增进中日文化交流的理想因之破灭。

内山完造归国之后，长期致力于中日两国民众的友好交流活动。从一九四八年开始，他用十七个月的时间进行以"中国漫谈旅行"为题的讲演活动，讲演超过八百次。一九五〇年，他参与发起日中友好协会，被推举为理事长。以李德全、廖承志为团长的中国红十字会代表团，以郭沫若为团长的中国科学院访日学术考察团，以许广平为团长的"世界禁止原子弹、氢弹大会"中国代表团，都是由内山完造亲自接待或全程陪同。他还参与了一系列宣传鲁迅、研究鲁迅的活动，如在日本成立"鲁迅先生书简收集委员会"，到中国参加纪念鲁迅逝世二十周年的活动。一九五六年十一月十九日，内山完造到上海鲁迅纪念馆参观并题词："以伟大的鲁迅先生为友人的我是世界上最光荣的人。"

一九五九年六月，内山完造患肺结核。中国人民对外友协拍电报邀他到北京疗养，并参加新中国成立十周年庆祝活动。九月十九日，内山完造经香港、广州飞抵北京，不幸因脑溢血于九月二十一日逝世。中方成立了以廖承志为首的治丧委员会。二十二日在北京东郊殡仪馆隆重举行了追悼会。阳翰笙起草的悼词肯定内山完造在增进中日友好方面帮助我们做了一些工作，廖承志断然将"一些"改为了"许多"。

根据内山完造的遗愿，他的骨灰跟夫人美喜子的骨灰合葬于上海万国公墓（今宋庆龄陵园）。墓碑前的铭文由夏丏尊题写，上书："以书肆为津染，期文化之交互，生为中华友，殁作中华土，吁嗟乎，如此夫妇！"

一个天方夜谭式的话题

在二十一世纪仍在辩论鲁迅是不是"汉奸",这似乎是天方夜谭,令人难以置信,但当下中国偏偏有些人热衷于颠覆圣人,质疑经典,鲁迅首当其冲,而其罪名之一就是"汉奸"。

顾名思义,"汉奸"是指中华民族中的奸细,在外族入侵时为虎作伥,甘当鹰犬。日本汉学家木山英雄说,日文中没有"汉奸"这个名词。不知中文中的"汉奸"一词最早源于何时,只知宋末有所谓"通虏",清初有所谓"通海",都是隐含了杀机的称谓。

早在上世纪二十年代,鲁迅就曾被人称为"汉奸",理由是他结识了一位俄国盲诗人爱罗先珂。这位盲诗人在德国召开的一次国际世界语大会上抨击中国北洋军阀统治时期的黑暗,据说这种意见来自于鲁迅,而鲁迅的弟媳又是日本人,所以鲁迅是在为日本人出力,云云。[①]

上世纪七十年代,香港有一位胡菊人,在《明报》上撰文攻击鲁迅,其中的一个重点也是诬蔑鲁迅是汉奸。他的理由是:在"九一八"事变以后,以及整个华北受日本蹂躏的日子里,鲁迅一方面对抵抗日本持悲观的看法,另一方面却躲进日本人的安全庇护之下,跟背景并不干净的日本人保持良好的关系。为了迷惑读者,胡菊人还制造了一桩鲁迅"六天行踪不明"的假案,其实是鲁迅"一·二八"战争期间外出避难,有六天日记"失记"。于是,"失记"就成为了莫须有罪行的"罪证"。按这种逻辑,如果一个人一生从未写日记,或日记没公开出版,那能不能就说他的一生是不可告人的一生呢?胡菊人的文章当即受到了香港鲁迅研究家张向天的反驳。此后胡菊人方面没有反响,这场论争也就偃旗息鼓。

但到了二十一世纪,个别网络写手又重弹此调,一位网名"清水君"的作者说,在鲁迅几百万字的著作中看不到对日本入侵者的揭露,而只

---

① 参见鲁迅 1934 年 5 月 15 日致杨霁云信。

是疯狂攻讦处于内忧外患中的国民政府，其效果正是间接助日本侵略者一臂之力。这位写手呼吁，要取消鲁迅作为"中华民族魂"的资格。另一位署名"佚名"的网络写手更是撰写了一篇洋洋洒洒的长文，题目就叫《鲁迅为何从未骂过日本人？》。他断言鲁迅一出娘胎就产生了"仇华恋日"情结，从一九二六年末至一九二七年完成了从崇拜日本到彻底投靠的过程，而最终因为知道得太多而死于日本间谍须藤五百三医生之手。

二〇一四年六月，台湾明镜出版社出版了一部《思想的毁灭——鲁迅传》，作者孙乃修是一位由中国大陆到加拿大任教的学人。他自认为能够颠覆鲁迅，"震动中国鲁迅研究界"。他的杀手锏之一仍然是诬蔑鲁迅是汉奸。书中单辟了一章：《对日军罪行保持缄默与亲日立场》。孙乃修列举了三十余段书信为证据，"展示鲁迅对日本侵略中国及其暴行没有表露出一丝愤怒、抗议或谴责，日益深重的民族苦难，似乎并不是鲁迅的苦难。这些书信毫无民族尊严立场，不但不谴责日本对中国的侵略，却把中国文坛的蜚短流长传播给敌国人士，大谈自己对政府和同胞的满腔怨言"。

鲁迅从来就没有谴责过日本侵略者吗？非也。"九一八"事变发生不久，鲁迅就撰写了一篇《"友邦惊诧"论》。文章首先依据新闻报道，揭露当时"东北大学逃散，冯庸大学逃散，日本兵看见学生模样的就枪毙"的事实，接着又用排比句痛斥日本侵略者"强占辽吉，炮轰机关，阻断铁路，追炸客车，捕禁官吏，枪毙人民"的滔天罪行。白纸黑字，掷地有声！这篇文章长期被选入中学教材，大多数有中学文化水平的人想必都读过。还是鲁迅说得好：事实是最无情面的东西，它能将一切谣言击得粉碎！

不过，鲁过这类直接斥责日本侵略者的杂文并不很多，其原因是国民党当局对抗日言论的压制。在《且介亭杂文末编·我要骗人》一文中，鲁迅把当时的舆论环境讲得很清楚：国民党当局认为"排日"是一个被共产党利用的口号，"借口抗日，意图反动"。一九三二年爱国学生和平请愿呼吁政府抗日，遭到的却是逮捕和拷问，有人被迫害致死，则用"自行失足落水"来欺骗舆论①。鲁迅有一个笔名叫"华圉"，就是把

---

① 参见《南腔北调集·论"赴难"和"逃难"》。

当时的中国比喻为一个监狱，对言论的钳制比罐头还要严。鲁迅《且介亭杂文·后记》中有一句深沉的话："我们活在这样的地方，我们活在这样的时代。"如果对鲁迅生活的"地方"和"时代"产生隔膜，对鲁迅其人及其著作必然同时产生隔膜。

不过，尽管如此，鲁迅主张积极抗日的言论仍曲折地表现在他的很多篇杂文当中，主要内容是：一、宣传团结御侮，反对国民党当局"攘外必先安内"的政策；二、宣传切实抗日，反对在国难时期营私利己，将抗日游戏化。

第一类的文章有《"民族主义文学"的任务和运命》《九一八》《漫与》《观斗》《战略关系》《对于战争的祈祷》《曲的解放》《迎头经》《文人无文》《推背图》《内外》《文章与题目》《天上地下》《"有名无实"的反驳》《中国文坛上的鬼魅》。

第二类文章有《沉滓的泛起》《新的"女将"》《宣传与做戏》《中华民国的新"堂·吉诃德"们》《"非所计也"》《论"赴难"与"逃难"》《真假堂吉诃德》《祝〈涛声〉》《赌咒》《"以夷制夷"》《中国的奇想》《新秋杂识（二）》《清明时节》《偶感》。

不惜篇幅引用鲁迅杂文中的以上篇目，似近乎誊抄工，但其实反倒节省了批驳诬蔑鲁迅为汉奸者的笔墨。试问：主张团结御侮，这难道不是动员抗日吗？主张切实抗日，这难道不是将抗日救亡运动引上正轨吗？中国有哪个"汉奸"会有以上正确主张呢？更何况鲁迅临终前在《答徐懋庸并关于抗日统一战线问题》和《论现在我们的文学运动》等文中，更明确表明了"抗日反汉奸"的民族立场，豪迈地宣称自己拥护并无条件加入抗日民族统一战线。他说："那理由就是因为我不但是一个作家，而且是一个中国人。"

除开撰写杂文之外，鲁迅宣传抗日还有其他多种方式。比如，扶植以抗日为题材的文学作品。鲁迅为萧军的《八月的乡村》作序，就是因为在这部小说中，"作者的心血和失去的天空，土地，受难的人民，以至失去的茂草，高粱，蝈蝈，蚊子，搅成一团，鲜红的在读者眼前展开"。

　　"一·二八"战争爆发之后，鲁迅与茅盾、叶圣陶、胡愈之、郁达夫、陈望道、周起应、钱杏邨、沈端先等四十余人联名发表了《上海文艺界告全世界无产阶级和革命的文化团体及作家书》，号召"反对日本帝国主义惨无人道的屠杀，转变帝国主义战争为世界革命的战争，打倒日本帝国主义、国际帝国主义，反对瓜分中国的战争，保护中国革命"。此外，他还想方设法搜寻反映这次战争的有关报章，并在可能条件下对有些消息进行调查核实。在鲁迅的遗物中，至今还妥善保存着一张《慰劳画报》(第一期)，一九三二年二月二十四日出版，上海民众反日救国会印行。这期画报上有这样一组漫画：一、南京政府奉行不抵抗主义，葬送了东三省；日本帝国主义得寸进尺，要求撤走上海的中国驻军，南京政府又表示无条件接受；二、日本帝国主义见南京政府软弱，于是悍然进攻闸北，十九路军奋起与日寇进行殊死战斗；三、十九路军的英勇战斗，不但打击了日本帝国主义，而且使其他帝国主义也为之震惊；四、南京政府的要人们带着姨太太仓皇逃往洛阳；五、上海民众自动武装起来，援助十九路军抗日官兵；六、坚持抗战到底，谁出卖中国领土就打倒谁。另一帧漫画的大意是：国民党当局出动几十架飞机在江西革命根据地狂轰滥炸，而在"一·二八"战争期间国民党的飞机却渺无踪影。还有一组漫画，报道了日本士兵的反战情况：一九三二年二月三日，日本神户有一团士兵哗变，表示"不到中国去，不打中国兄弟"，结果三百余人惨遭枪决；二月九日，上海虹口日兵三百余人，反对屠杀中国劳苦民众，并向其他日兵宣传，后全部被押送回国。这期画报上还刊登口号，号召抗日的士兵与劳苦民众联合起来，反对国民党政府奉行不抵抗主义，抗议国民党当局压迫抗日民众。这期画报虽然印刷粗糙，绘画技巧也不成熟，但却表明当时的左翼美术运动跟民族革命战争在总的方向上是一致的，并起到了积极配合的作用。

　　据周建人回忆，鲁迅还搜集了这次战争期间流传于民众口头的一些抗日故事。比如，鲁迅曾满怀敬佩之情，对人们讲述过三位抗日英雄的事迹。一位是某抗日组织里的大队长，他不幸被捕，被押解到四川北路日本海军陆战队司令部。敌人审问时，他大义凛然，镇定自若，直到牺牲，始终没有说过一句话。另一位是十九路军的下级军官，他穿便衣在四川北路一带执行任务时被抓获。敌人用酷刑逼迫他说出十九路军的作战部署，把他打昏七次，他不但没有泄露任何秘密，而且咬紧牙关，一声不吭。还有一位穿西服的青年，更是表现了出人意料的大胆机敏。敌人把他跟其他一些人押解到海军陆战队司令部的空地上执行枪决。枪响后，敌人清点尸体，才发现少了一个。原来行刑前敌人一时找不着绳子，便用这位青年的西服领带系住他的双手。在刑场上，他利用绸领带的滑性，挣脱出双手，趁敌人集中注意力瞄准别人时翻过空地周围的矮墙逃跑了。一个人在临刑前还如此机灵敏捷，使行刑的日本兵也不禁为之瞠目结舌。

鲁迅的抗日救亡思想不仅体现在他的言行之中，而且在中国人民的八年抗战过程中得到了发扬光大。一九三七年十月十九日，许广平在《救亡日报》发表了《纪念鲁迅与抗日战争》一文，总结了鲁迅的战斗精神和战斗方法："他告诉我们要有毅力，空口喊冤没有用处，要反抗，复仇；这反抗须坚决持久，战线扩大，添造战士，敌人是怯的，不足畏，我们应该注意民力，不要讲面子……"在抗日战争时期，从民族解放战争的角度阐发鲁迅思想的文章还有很多，如胡愈之的《鲁迅——民族革命的伟大斗士》，许杰的《悼一个民族解放运动的战士》，鲁迅先生治丧委员会的《鲁迅先生生前救亡主张》，汉夫的《鲁迅与中国民族解放运动》，上海文化界救亡协会的《鲁迅逝世周年纪念宣传大纲》，郭沫若的《持久抗战中纪念鲁迅》，艾思奇的《民族的思想上的战士》，聂绀弩的《鲁迅——思想革命和民族革命的倡导者》，等等。这些文章，均已收入中国社会科学院文学研究所鲁迅研究室编辑的《鲁迅研究学术论著资料汇编》，可以参看。此外，一九三七年十二月，上海战时出版社还专门编选了一本《鲁迅与抗日战争》，内收冯雪峰等撰写的文章共三十篇，如《鲁迅先生大病时的重要意见》《鲁迅与民族统一战线》等，是一份珍贵的历史文献。

在八年抗战期间，各地都还举行过不同规模的鲁迅纪念活动，广泛宣传了鲁迅的抗日救亡主张。比如，一九四〇年十月十九日，陪都重庆召开了纪念鲁迅逝世四周年纪念大会。冯玉祥将军致开会词，他说，鲁迅"老早在主张'团结抗日'，当时还很有些人认为不可，但是他，用了他的口、他的笔，坚持了这样的主张"。他从鲁迅的文化遗产中提炼了三个字："真"，"硬"，"韧"，并号召："我们要以这三个字来做我们的兵器，再加上我们自力更生，我相信我们的抗战一定能得到胜利的。"在当天文艺界抗敌协会举行的聚餐晚会上，周恩来发表了讲演。他概括了鲁迅一生的四大特点：一、律己严；二、认敌清；三、交友厚；四、嫉恶如仇。周恩来说："鲁迅先生可以说是我们文艺界最优秀的战略家。我们今天的团结，也正是说明了认清我们唯一的敌人是帝国主义。"在延安，不仅召开过纪念鲁迅活动，而且成立了鲁迅研究会，出版了有关书刊。延安鲁艺更为抗日战争培养了大批优秀的文艺人才。特别应该提及的是，毛泽东在《新民主主义论》和《在延安文艺座谈会上的讲话》中多次给予鲁迅以崇高评价，更扩大了鲁迅思想的影响和鲁迅作品的传播。鲁迅的著作跟《义勇军进行曲》《黄河大合唱》等救亡文艺一样，在抗日战争中发挥了强大的鼓舞士气的作用。

"鲁迅派"与"周扬派"

所谓"鲁迅派"与"周扬派"的提法，并不是一个科学的定义，两者之间在文学运动的大目标上也并无不同。不过在左联内部，两者之间却经常发生龃龉。这跟文学观念的差异或许不无关联，但也跟性格、气质、处世作风的不同有关。鲁迅一生有很多朋友，如主张"以佛法救中国"的国民党人许寿裳，创造社中坚人物郁达夫……他们虽然观念和政治倾向不尽相同，但却能够取其大而略其小。鲁迅对周扬派的不满，主要是因为他们以党的领导自居，对鲁迅缺乏应有的认识和必要的尊重。这一点周扬等人后来也是承认的。

鲁迅一生中，既受到他影响而又能影响他的首推冯雪峰。

冯雪峰是一九二七年入党的老党员。他是在大革命失败的腥风血雨中，是在他崇敬的李大钊烈士被绞死的一个多月之后入党的。因为北京的中共党组织遭到严重破坏，他于一九二八年二三月间逃到上海寻找组织关系，其间一度回故乡义乌教中学。一九二八年五月，面对太阳社和后期创造社围剿鲁迅的情势，他写出了第一篇理论文章《革命与知识阶级》，批评了创造社诸人对中国革命性质的错误理解，反对拿鲁迅的脑袋来为"革命文学"祭旗。冯雪峰指出，自五四新文化运动以来，对传统思想攻击最猛，工作做得最好的是鲁迅。鲁迅从来没有诋毁革命，而只是嘲笑过革命文学运动中的左倾幼稚病。尽管对冯雪峰视鲁迅为"同路人"的观点存在争议，但在鲁迅腹背受敌的艰难境遇中这篇文章不失为空谷足音。

冯雪峰虽然在北京大学旁听过鲁迅的课程，也曾在鲁迅领导的未名社短期避难，但他跟鲁迅相识还是通过友人柔石。一九二八年十二月九日晚，他带着翻译方面的问题去请教鲁迅，因为鲁迅精通日文，又懂德文。当时冯雪峰正在阅读德国女革命家蔡特金关于知识分子的论文，又在根据日译本翻译普列汉诺夫的《艺术与社会科学》。鲁迅初见生人话都不多，只是有问必答。不久柔石替冯雪峰在鲁迅住所附近租了房子，跟鲁迅成了邻居。他在晒台上一看鲁迅家没有客人，晚上就会跑过来聊天，常常谈一两个小时以至三四个小时。这就促使了他们的第一次合作：编译《科学的艺术论丛书》。自一九二九年五月陆续出版，由水沫书店、光华书局承印。这套丛书共八种，其中冯雪峰翻译了四种，鲁迅翻译了三种（即《艺术论》《文艺与批评》《文艺政策》）。

左联成立之后，冯雪峰极力维护鲁迅作为精神领袖的地位。鲁迅在左联成立大会上原本只有一个即席的简短发言，当场并没有记录，他发现与会者中有人对鲁迅的讲话不够重视，有人甚至抵触，便在会后根据鲁迅平时所谈，加上会上的发言，整理成《对于左翼作家联盟的意见》，经鲁迅修订后，发表在《萌芽月刊》第一卷第四期。文章不仅观点符合鲁迅的思想，而且像"汉官威仪""峨冠博带"的词汇也符合鲁迅文风，成为了左翼文艺运动的指导性文献。

鲁迅参加左联之后，又在冯雪峰的促进下，充当了中国自由运动大同盟的发起人。这是中国共产党领导下的又一个群众团体，鲁迅曾受同盟委派，前往大夏大学、中国公学分院等校讲演。上海教育局长陈德征勃然大怒道："在三民主义治下还不满意么？那可连现在所给的一点自由也要收起来了！"

从一九三一年到一九三三年间，冯雪峰先后担任过左联党团书记（一九三一年二月）、中共中央局文化工作委员会（"文委"）书记、江苏省委宣传部部长（一九三三年六月）等领导职务。在鲁迅经历的多次论争中，他一直站在鲁迅一边，更加深了彼此的感情。一九三二年九月，由冯雪峰主持策划，在上海召开了远东反战会议。鲁迅跟毛泽东、朱德、高尔基、罗曼·罗兰一起，列名为大会名誉主席团成员。同年，经冯雪峰的引见，鲁迅结识了瞿秋白夫妇，从此成为了亲密的知己，并协助瞿秋白夫妇多次在鲁迅家避难。一九三三年底，冯雪峰被调到中央苏区江西瑞金，任中央苏区党校教务主任，后又调任副校长。在此期间，冯雪峰结识了一度被排挤在红军领导岗位之外的毛泽东，热情向毛泽东介绍鲁迅，对毛泽东形成著名的鲁迅观起了重要作用。

冯雪峰调离上海之后，胡风就接替了鲁迅跟左联之间的联系工作。胡风曾任左联行政书记、宣传部长，一度负责理论研究、诗歌研究、小说研究。胡风有其弱点，除了理论上有些拘泥之外，还因性格耿直，易招人怨。有些左联成员认为他无论是向鲁迅反映情况，还是传达鲁迅的指示，都掺杂了自己的情绪和意见。周扬等人对胡风的态度从友好转变为敌视，原因是胡风独立不羁，常在左联常委会上顶撞周扬。周扬心胸狭隘，唯我独尊，因而跟胡风之间由亲而疏，一直发展到势同冰火。

跟与周扬的关系相反，胡风跟鲁迅的关系是由疏而亲。胡风初次给鲁迅写信是一九二六年一月十七日，但直接接触则是在一九三四年至一九三六年。胡风很崇敬鲁迅，鲁迅也很信任胡风。仅鲁迅一九三六年日记中，有关胡风的记载有三十二次，现存胡风致鲁迅书信五十六封，鲁迅致胡风书二十三封。胡风说，在白色恐怖下，为避免连累鲁迅，他还销毁了一些鲁迅书信。胡风跟鲁迅会面有时在茶室、餐馆或内山书店，有时互相串门——胡风是鲁迅寓所为数不多的常客之一。

胡风跟鲁迅的联系除开跟左联的工作有关之外，还涉及到党的地下工作。胡风也是鲁迅跟中央特科之间的联系人。通过胡风，鲁迅曾资助军委经费，转交方志敏烈士在狱中的信件。特科还曾委托鲁迅调查共产国际情报，情报机关被破坏的原因。左联盟员彭柏山，曾在汀鄂西苏区工作，当过师政治部主任，失败后到上海来找党的关系，一九三四年十一月被捕，关押在苏州直辖陆军监狱，因狱中急需药品，曾托鲁迅将信件转交胡风。

宣传鲁迅，协助鲁迅工作，是胡风跟鲁迅联系的另一个内容。日本发行社曾要求出版一部鲁迅杂文集，鲁迅委托胡风选编，并协助日本反战人士鹿地亘翻译，鹿地亘不懂中文，由胡风逐句解释，他译成日文后，再由胡风逐句校正。胡风还协助鲁迅创办《海燕》月刊，同人有聂绀弩、黎烈文等。这份刊物发表了鲁迅的历史小说《出关》、杂文《文人比较学》《大小奇迹》《阿金》《陀思妥夫斯基的事》《难答的问题》《"题未定"草（六～九）》，出至第二号即被查禁。

徐懋庸一九三六年八月一日致鲁迅信中，还提到集合在鲁迅左右的巴金、黄源，但他们并非左翼成员。所以，如果认定左联内部有所谓"鲁迅派"，那成员仅限于鲁迅、冯雪峰、胡风这三个人。

所谓"周扬派"的界限就更模糊一点，因为很多左联成员是以为周扬的意见代表了党的意见而表示赞同的。他们同样热爱而尊重鲁迅。

"四条汉子"中的阳翰笙是左联的筹备委员之一。一九三〇年夏到一九三二年底担任左联党团书记，一九三三年初到一九三五年二月担任文总党团书记，同时担任中共中央文化工作委员会（"文委"）书记，是中国左翼文化运动的主要领导者之一。他认为，鲁迅发明的"钻网术"是对付国民党当局"文化围剿"的有效对策之一。他跟鲁迅很少直接接触，因而也没有具体矛盾。一九三五年二月十九日，因叛徒出卖，阳翰笙跟田汉等被捕，在上海市公安局拘留所拘押约一个月，又转押至南京国民党宪兵司令部监狱。"同镣同铐同铁窗，金陵夜雾正茫茫"，阳翰笙后来撰写的《哭田汉同志》一诗，再现了他跟田汉在南京被羁押的情况。①一九三五年七月二十七日，田汉经徐悲鸿、宗白华、张道藩保释出狱，被软禁在南京。其间田汉创办了"中国舞台协会"，在南京福利大戏院公演了《回春之曲》和《械斗》两出戏。闭幕前全体演员高唱《械斗之歌》！

> 近百年来，
>
> 中国触尽了霉头：
>
> 赔过无数的款，
>
> 割去无数的土，
>
> 受了无数的辱，
>
> 含着无数的羞，
>
> 我们快要失掉独立和自由！
>
> 同胞们，快停止私斗，
>
> 来雪我们中华民族的公仇！

田汉组织的中国舞台协会总共举行了六次公演。有人认为田汉发出了民众的心声，《械斗》的主题又跟《八一宣言》的精神不谋而合，但也有人看到田汉把舒绣文、刘琼、魏鹤龄这些明星大腕一个个都请到南京登台献礼，客观上是在制造歌舞升平气象，为国民党政府粉饰太平。鲁迅就是持第二种看法。一九三五年八月二十四日，鲁迅在致胡风信中说："田华二公之自由，该是确的。""但我希望他们此后少说话，不要像杨村人。"杨村人是转向者，转向之后还扬言要扛起小资产阶级革命文学大旗。鲁迅希望"田华二公"今后少说话，表明了对他们行为的鄙薄。这里的"华"指"华汉"，是阳翰笙的笔名。不过阳翰笙也有一番解释。阳翰笙说，他原本不同意田汉组织什么"中国舞台协会"，如果要搞演出，也要让一些党外人士出头。但田汉被软禁在南京，只能以戏剧为武器战斗，他也就只好支持一位患难中的战友去完成一项战斗任

---

① 参见《阳翰笙诗稿》，第49页，中国文联出版公司1991年6月版。

务。不过，对于田汉的做法毕竟非议很多，周扬、夏衍通过潘汉年的秘书曹亮转达了他们的意见，要田汉今后不要再演戏了。直到抗日战争全面爆发，阳翰笙、田汉才重获自由。

"四条汉子"中的夏衍，原名沈乃熙，是一九二七年七月入党的老党员，参与发起和筹建了左联和中国自由大同盟。曾以沈端先为笔名，一九三六年二月开始以夏衍为笔名。他跟鲁迅的交流主要在翻译领域。早在一九二八年三月四日，他就以"HS"的署名给鲁迅写信，请教日文翻译中的问题，鲁迅虽然不能确定他重译的高尔基的《母亲》译文质量是否符合要求，但对他的这一选材十分肯定，认为无论是在中国的现在还是未来，这部长篇小说都是很合时宜的。鲁迅对夏衍的其他译作也颇为重视。在《花边文学·看书琐记》一文中，鲁迅曾以巴尔扎克的短篇小说《本国话的外国话》为例，批驳梁实秋关于"文学要普遍而永久"的观点。这篇小说的译者就是夏衍。

不过，鲁迅对夏衍也有不满之处，一九三四年十一月十四日，鲁迅撰写了《答〈戏〉周刊编者信》，信的结尾部分驳斥了田汉化名对他的攻击。鲁迅态度严正地声明："但倘有同一营垒中的人，化了装从背后给我一刀，则我的对于他的憎恶和鄙视，是在明显的敌人之上的。"夏衍看了这篇文章呵呵大笑，说："这老头子又发牢骚了！"鲁迅在《且介亭杂文·附记》中回应夏衍："'头子'而'老'，'牢骚'而'又'，恐怕真也滑稽得很，然而我自己，是认真的。"

"四条汉子"当中，鲁迅极度不满的是周扬和田汉。左联成立时，周扬还在日本留学，一九三一年夏归国，一九三二年由中国左翼戏剧家联盟转入中国左翼作家联盟，一九三三年成为中央文化工作委员会成员，并出任党团书记。"文委"是中共中央宣传部的一个工作机构，是左联的上级组织。周扬说，他的主要工作在文委，在左联他负责党团工作，不管日常工作。

可以说，周扬一到左联就跟鲁迅发生了冲撞。一九三二年十一月，周扬在他主编的《文学月报》上发表署名"芸生"的长诗《汉奸的供状》，用污言秽语对提出"文艺自由论"的胡秋原进行人身攻击，鲁迅发表《辱骂和恐吓决不是战斗》一文纠偏,反被祝秀侠、田汉、钱杏村等扣上了一顶"右倾机会主义"的帽子,成为了鲁迅跟周扬结怨的开端。后来,鲁迅在书信中多次把周扬称为"工头""元帅",说明他给鲁迅的印象是颐指气使,专断跋扈。

田汉被誉为"中国戏剧魂",仅一首《义勇军进行曲》的歌词就足以使他不朽。除开对英国画家比亚兹莱的共同爱好,鲁迅和田汉的性格、气质可谓相差甚大。田汉是左联执委会委员,分管大众剧社,不久任左翼戏剧家联盟党团书记和中央文化工作委员会委员。早在一九二一年八月二十九日致周作人信中,鲁迅就明确表示:"我近来大看不起沫若田汉之流。"这虽然是兄弟之间的私房话,但也表现出鲁迅的文艺观和文学趣味跟前期创造社大相径庭。一九二八年八月,田汉创办的南国社招股办书店,并附设精美咖啡店。鲁迅同年八月十五日致章廷谦信中讽刺道:"田汉也开咖啡店,广告云,有'了解文学趣味之女侍',一伙女侍,在店里和饮客大谈文学,思想起来,好不肉麻煞人也。"

鲁迅对田汉由反感到憎恶始于一九三四年。当年八月,曹聚仁主编的《社会月报》推出了"大众语特辑",卷首刊登了鲁迅的《答曹聚仁先生信》,内容是讨论大众语推广问题,压轴是杨村人写的《赤区归来记》。田汉于是让他的表弟易绍伯写一篇文章,指责鲁迅跟"叛徒"调和。鲁迅感到被同一阵营的人从背后捅了一刀,因为他本人并不是《社会月报》的编辑,既不能决定来稿的取舍,又不能决定版面的安排。事后田汉作了一个十分牵强附会的解释,说他此举是有意冤枉鲁迅,激怒鲁迅,便于鲁迅拍案而起,向《社会月报》提出抗议,并批判杨村人。鲁迅听了田汉的解释讽刺说:"这种战法,我真是想不到。"易绍伯的儿子易海云说,他父亲当年二十岁,是上海美术专门学校学生,并不关心文坛状况,不大可能主动写文章去批评鲁迅。①当然,鲁迅一方跟周扬一方的矛盾也不能排除源自某些误会。比如一九三四年六月三日,鲁迅写

---

① 参见易海云 1993 年 9 月 15 日致刘平函,转引自刘平《戏剧魂》,第 377 页,中央文献出版社 1998 年 1 月版。

了一篇杂文《倒提》，用"公汗"的笔名发表于同年六月二十八日《申报·自由谈》。廖沫沙并不知道"公汗"就是鲁迅的笔名，也没想到黎烈文被迫辞去《自由谈》编辑之职后鲁迅还能在上面发表文章。他估计这篇文章出自"论语派"文人之手，便写了一篇《论"花边文学"》，发表于七月三日《大晚报》副刊《火炬》，借题攻击"论语派"文人写的那种"走入鸟道以后的小品文"，并认为《倒提》一文中体现了"买办意识"，结果引起了鲁迅的愤懑。鲁迅在《花边文学·序言》中写道："这一个名称，是我在同一营垒里的青年战友，换掉姓名挂在暗箭上射给我的。"但廖沫沙不久被调往地下机关工作，直到一九三八年读到鲁迅编定的《花边文学》一书，才知道自己误伤了鲁迅。他十分愧疚，然而此时鲁迅已经作古，他已无法当面解释并致歉意。

鲁迅对周扬等人的不满，还表现在他经常资助左联的出版物，但结果连刊物都不给他看。鲁迅一九三五年一月二十六日致曹靖华信说："这里朋友的行为，我真不知道是什么意思，出过一种刊物，将去年为止我们的事情，听说批评得不值一钱，但又秘密起来，不寄给我看，而且不给看的还不止我一个，我恐怕三兄那里也未必会寄去。所以我现在避开一点，且看看究竟是怎么一回事再说。"信中提到的一种"刊物"指左联秘书处编印的内部油印刊物《文学生活》半月刊，每期鲁迅都资助二十元出版经费。"三兄"指左联驻国际革命作家联盟代表萧三。鲁迅在一九三五年二月七日致曹靖华信、一九三六年五月二日致徐懋庸信中又重提此事。茅盾在他的回忆录《我走过的道路》中也印证了此事。

不过，夏衍后来对此事有另一番解释。夏衍说："至于茅盾《回忆录（十九）》中所说'左联'内部刊物《文学生活》对鲁迅'保密'的事，我当时完全不知道。现在再把一九三四年底出版的那期《文学生活》找来看了一下，我看最大的可能是由于一九三五年二月十九日的大破坏而没有送给鲁迅和茅盾，因为那一期刊物的内容主要是对一九三四年'左联'工作的总结，着重对工作中的宗派主义、关门主义作了自我批评（这主要是前面谈到过的一九三四年除夕晚上在田汉家里谈到的、对教条主义和宗派主义的自我反省），按这期刊物的内容来看，绝对没有对鲁迅、茅盾'保密'的必要。必须记得一九三五年二月十九日大破坏之后，周扬和我都隐蔽了一段时期这一事实，'左联'工作停顿了一两个月，没有把《文学生活》送给鲁迅是很有可能的。"① 当时在上海从事地下工作的环境的确险恶，因此我们不能贸然把夏衍的说法完全排除。

两个口号，三份宣言，四条汉子

鲁迅晚年多病。一九三五年末，鲁迅写了一篇杂文《病后杂谈之余》，副标题就叫"关于'舒愤懑'"。"愤懑"二字可以较为准确地概括鲁迅晚年的心态。从医学的角度来看，人身体不适无疑会对情绪产生负面影响，但毫无疑义，恶劣的心态肯定又会加剧病情，并且使脾气越来越坏，这就叫恶性循环。在鲁迅安葬式上，萧军曾发表简短演说："鲁迅先生的死是他的敌人迫死的——是他的敌人要他死。他现在已经死了，难道他的敌人就胜利了吗？"萧军这番话，虽有以偏概全之嫌，但也有助于了解鲁迅晚年腹背受敌的状况。对于鲁迅而言，最使他痛心的并非正面之敌的刀斧，而是友军从背后误射的流弹。一九三六年七月十七日，他给远在莫斯科的瞿秋白夫人杨之华写了一封信，谈到当年三月和五月两次生病，并说："所谓小英雄们，其实又大抵婆婆妈妈，令人心绪很恶劣，连写信讲讲的勇气也没有了。……当发病时，新英雄们正要用伟大的旗子，杀我祭旗，然而没有办妥，愈令我看穿了许多人的本相。本月底或下月初起，我想离开上海两三个月，作转地疗养，在这里，真要逼死人。"信中所谓"小英雄们""新英雄们"，系指"国防文学"口号的倡导者；"杀我祭旗"，是指鲁迅对这个口号持异议之后，对方冠鲁迅以"不理解基本政策""破坏统一战线"的罪名。这就是鲁迅在"两个口号"论争期间的真实心境。

---

① 引自夏衍《懒寻旧梦录》，第 309 页，三联书店 1985 年 7 月版。

提出"国防文学"口号

从一九三五年秋至一九三六年秋，即鲁迅去世的一年前，上海左翼文化界发生了"国防文学"和"民族革命战争的大众文学"这两个口号的论争，使病中的鲁迅更加感到气闷。

在中国，最早提出"国防文学"口号的是周扬。一九三四年十月二日，他以"企"（"起应"的谐音）为笔名，在上海《大晚报》发表了《"国防文学"》一文。不过，这篇短文主要是介绍苏联的一个创作流派"国防文学"（Literature of Defence）——"它的任务是在于防卫社会主义国家，保卫世界和平。它揭露帝国主义怎样图谋发动战争，怎样以科学为战争的武器"。其代表作是描写日俄战争的历史小说《对马》（《Tsushima》）。当时上海发生了"一·二八"战事，义勇军正在东三省跟日本侵略者进行游击战争。周扬撰写此文的目的，是想在中华民族处于生死存亡之际，用"国防文学"作品作为拯救中国的一种特殊武器，跟建立抗日民族统一战线完全无关，所以后来周扬本人把这篇文章忘得一干二净。

一九三五年十二月二十一日，左联作家周立波在《时事新报·每周文学》发表《关于"国防文学"》一文，一开头就提到一年多以前周扬提倡"国防文学"的那篇文章。不过，他并不是简单重复周扬的主张，而是在抗日救亡的新形势下，要把"国防文学"作为建立文艺界抗日民族统一战线的一面旗帜，去团结汉奸卖国贼之外的一切中国文艺工作者。"在这样的简单的条件之下，国防文学的形式和内容却是无限多样，无限广阔的。它可以用一切小说、诗歌、戏曲、札记等等的形式，可以用《震动全球的十日》实录的体裁，更可以用济希（也译为'基希'）的报告的手法，也可以用多斯、帕索斯的影片式的摄取，而'纪念'一样的感性的追悼文章，更是学生运动的历史记录的最好例证。""不但内地农民、义勇军以及北平学生的壮烈的爱国运动是我们国防文学的内容，凡是反汉奸、反经济出卖、反对 lnflation 的任何文学，都有国防的作用。"

周立波具有多方面的文学才能，擅长写小说，也搞翻译和评论。他一九三四年底加入左联，同年底入党，跟徐懋庸、王淑明合编左联机关刊物《时事新报·每周文学》。他跟左翼的党团负责人之一周扬不仅是同乡，而且是周扬的族侄。显然，周立波这篇文章并非一时兴起，独抒己见，不仅体现了左联领导层的主张，而且反映了新形势下共产国际和中共中央政策的转变。

左联的领导机构叫中央文化教育工作委员会，简称"文委"。由于上海文化教育界地下党组织一度跟陕北党中央失去联系，于一九三五年十月重建了一个临时性的"文委"，成员有周扬、章汉夫、夏衍、钱亦石、吴敏，并推举周扬为书记，抓全面工作，并兼任左联党团书记，章汉夫协助钱亦石领导社联及其所属团体，夏衍仍旧分管电影、戏剧、音乐，徐懋庸则是左联的行政书记。这种安排，都有待跟党中央恢复联系之后得到追认或调整。

大约在一九三五年十月，夏衍在史沫特莱处得到了一份在法国巴黎出版的《救国报》(不是一般所说的《救国时报》)，上面转载了中共中央发表的《中国苏维埃政府、中国共产党抗日救国告全体同胞书》，由于签发时间是八月一日，所以简称"八一宣言"。这份宣言以党中央的名义提出了停止内战、共同抗日、组织国防政府和抗日联军等政治口号。不久，周扬、苏灵扬等人又在上海南京路一家德国人开的"时代精神"书店买到了一本同年九月第三国际机关报《国际通讯》(英文版)，上面刊登了季米特洛夫在共产国际第七次代表大会上的政治报告，内容是在资本主义国家建立工人阶级反法西斯的统一战线，和在殖民地、半殖民地国家建立反帝国主义侵略的民族统一战线，这些文件由"静"(田静)译成中文，约三万字，作为《第三国际七次大会文献》专辑发表在"文总"机关报《文报》第十一期的副刊《研究资料》第一期上。这就成为了文委领导成员提倡"国防文学"的政治依据。同年十一月，"文委"还收到左联驻国际作家联盟代表萧三的来信，明确提出解释左联。当然，这也不是萧三的个人意见，而是中共驻共产国际代表团负责人王明和康生的意见。"国防文学"口号提出之后，由于符合建立文学界抗日民族统一战线的需要，而且简单明确，在文艺界得到了不少人的拥护。但有另一些人心存疑虑。因为"国防文学"是"国防政府"下面的一个口号，党内外有些人一提到"国防政府"就马上联想到执政的国民党政权，立即产生一种生理上的厌恶。就连远在东京的郭沫若也不肯轻易表示同意，觉得用"国防"二字来概括文艺创作恐怕不妥。鲁迅的反应更加强烈，他在广州经历过"四一五"政变，曾被那场"血的游戏"吓得目瞪口呆，他担心有些左翼作家可能要借统一战线之名立即放弃对国民党政权的斗争，甚至想到这个统一战线的新政权里去混个一官半职，从此由地下转入地上。鲁迅明确地对友人说："要一下子将压迫忘记得干干净净，是到底做不到的。以为压迫会轻起来，那也是做梦！""我确是不容易改变。就算记住敌人的仇是一种错误罢，也就只好错误了。……不念旧恶，什么话！"① 对于"国防文学"倡导者对这一口号的解释，以及在这个口号之下应运而生的"国防文学"代表作，鲁迅也秉持异议，甚至极度反感。比如徐懋庸在给鲁迅的信中认为在统一战线中以"普洛"为主体是当然的，但这种主体作用应该体现在工作上，而不应该挂起明显的徽章，只以特殊的资格去要求领导权。而鲁迅却强调革命文学在文学界统一战线中不能放弃它的阶级的领导责任，而且要将它的责任更加重，更放大。又如周扬在《关于国防文学》一文中认为"国防的主题应当成为汉奸以外的一切作家的作品之最中心的主题"② 而鲁迅认为这是宗派主义和关门主义的主张，因为参加抗日统一战线的唯一条件是抗日，而不是拿以国防为主题的作品当作入场券。《子夜》《阿Q正传》一类作品都不是"国防文学"，但这并不妨碍写这类作品的作家参加抗日民族统一战线。

对于在"国防文学"口号下创作的一些作品鲁迅也不以为然，最有代表性的是夏衍的话剧剧本《赛金花》。创作以赛金花为主角的历史作品，始作俑者并非夏衍。远的姑且不说，近而言之，可以说是一些人的

① 冯雪峰：《回忆鲁迅》，《鲁迅回忆录》专著，中册，第 657 页，北京出版社 1999 年 1 月版。
② 见 1936 年 6 月 5 日《文学界》创刊号。

共同兴趣。阳翰笙在《关于〈赛金花〉》一文中写道："记得三年前，我在寿昌兄（即田汉）的鼓励下，也曾以赛金花为题材，替艺华公司写了一个电影剧本的，当时艺华的当局很兴奋，听说很愿花一笔巨款，来摄制《赛金花》的，后来因为艺华公司'受难'，《赛金花》也就随之'遭劫'了。事隔三年，至今我还不无怅怅之感！"①周扬看到夏衍的《赛金花》也很高兴，认为写这类历史题材也可以成为"国防文学"。周扬等人的追随者将《赛金花》称为"国防戏剧"口号提出之后收获到的伟大的剧作。

夏衍反复解释说，他写这个多幕剧是为了讽刺国民党当局的屈辱外交，并不想将一个妓女写成民族英雄。但他承认对"夜事夷寝"的赛金花充满了同情，因为她虽然"是以肉体博取敌人的欢心而苟延性命于乱世"，但"她多少的还保留着一些人性"，"不仅在妓女里，就是在清末士大夫中间，也很少有她一般的见识"。②夏衍还说，这个戏当年在南京上演时，"立即遭到了国民党主管文化工作的张道藩的捣乱和禁演"。③以此证明这个剧本决不是"汉奸文学"。

不过，依据一九三六年生活书店出版的《赛金花》，主人公在避免八国联军血洗北京城的过程中似乎起了举足轻重的作用。她不仅可以指挥朝廷，也可以指挥联军，跟她睡过一些时候的瓦德西对她更是言听计从！

由于义和团运动中的乱兵杀死了德国驻华公使克林德，德皇威廉二世要求欧洲各国组织联军进攻中国，并任命瓦德西为联军统帅。剧中有一幕描写赛金花、瓦德西跟强烈要求复仇的克林德夫人会谈。赛金花提出一个调解方案，要中国皇帝为克林德亲写悼文，再"造一座中国最伟大的牌坊"，落成后还"要中国皇帝亲自设祭"，除此之外，她还让李鸿章全盘接受德国的其他要求。赛金花的方案终于熄灭了克林德夫人的怒火，使北京居民免遭一次屠城之灾。紧接着剧中有这样一段对话：

①　引自 1936 年 9 月 1 日《女子月刊》4 卷 9 期。
②　参见夏衍《〈赛金花〉余谭》，1936 年 9 月 1 日《女子月刊》4 卷 9 期。
③　参见夏衍《懒寻旧梦录》，第 329 页，三联书店 1985 年 7 月版。

瓦（回头拍着赛的肩膀）：你是中国最好的外交官，你是西太后的大功臣，你替中国尽了很大的责任。

赛（好像卸了重担子似的）：我很高兴，总算替皇上做了一点儿小小的事情。

病中的鲁迅读到这种描写不禁冷笑："作文已经有了'最中心之主题'，连义和拳时代和德国统帅瓦德西睡了一些时候的赛金花，也早已封为九天护国娘娘了。"①

"四条汉子"事件

在鲁迅《答徐懋庸并关于抗日统一战线问题》一文中，有一段颇为漫画化的描写："胡风我先前并不熟识，去年的有一天，一位名人约我谈话了，到得那里，却见驶来了一辆汽车，从中跳出四条汉子：田汉，周起应，还有另两个。一律洋服，态度轩昂，说是特来通知我：胡风乃内奸，官方派来的。我问凭据，则说是得自转向以后的穆木天口中。转向者的言谈，到左联就举为圣旨，这真使我口呆目瞪。再经几度问答之后，我的回答是：证据薄弱之极，我不相信！"

文中所说的"另两个"，是指夏衍和阳翰笙，因为矛盾主要存在于鲁迅跟周扬、田汉之间，所以对"另两个"姑隐其名。鲁迅不曾想到，他临终前在盛怒之下写的这段文字三十年后在神州大地得到了广泛传播。"四条汉子"因而也就成为了田汉、周扬等人的代称。

应该承认，在若干细节上，这篇文字确有失误或不够严密之处。首先，鲁迅在一九三六年所说的"去年"，按推算当为一九三五年，而当年的二月十九日晚，因叛徒李竹声、盛忠亮出卖，身为文委成员的田汉和文委书记阳翰笙先后被捕，从上海转押到了南京，已无法跟鲁迅

---

① 引自《且介亭杂文末编·"这也是生活"……》。

碰头。鲁迅描写的那一幕，实际上是发生在一九三四年秋天，而不是一九三五年。其次，田汉等人也并不是一律洋服，从一辆汽车中同时跳出来的。夏衍记不清其他人的着装，但他当时穿的是一件深灰色骆驼绒袍子。"一律洋服"，不过是为了衬托他们当时的神气活现罢了。

此次会见的目的是向鲁迅汇报左联工作，原本只有周扬、夏衍、阳翰笙三人参加，不料他们出发打出租车时碰到了田汉。田汉执意要一起去，他们无法婉拒。四人在内山书店附近的日本小学门口下车，分别来到谈话地点——内山书店的会客室。内山完造准备了日式茶点。阳翰笙、周扬先后报告了白色恐怖下"文总"的工作情况，鲁迅抽烟聆听，不时点头微笑。又是"不料"，田汉突然插嘴，说胡风有政治问题，希望鲁迅不要过于相信他。鲁迅脸色立刻变得阴沉。他质问田汉的根据，田汉说他从穆木天那里听说的。鲁迅立即驳斥道："穆木天是转向者，转向者的话你们相信，我不相信。"结果不欢而散。不过，为了顾全大局，分手时鲁迅还是掏出了一张一百元的支票，幽默地说："前清的时候花钱可以捐官，捐差使，现在我身体不好，什么事也帮不了忙，那么捐点钱，当个'捐班作家'吧。"田汉所说胡风有政治问题（也即是鲁迅文中所言"胡风是内奸，官方派来的"），系指胡风在孙科出资筹办的中山文化教育馆任职。胡风是一九三三年六月中旬从日本到上海的。他在日本期间曾参加日本普罗文化运动，又参加了日共领导的日本反战同盟和中国左联东京支部的活动，后被日本警察驱逐回国。由周扬安排，担任了左联宣传部长。为了解决吃饭问题，经过杨幸之、韩起的介绍，胡风被聘为中山文化教育馆的日文翻译。这件事征求过鲁迅、茅盾的意见，他们都表示支持。

孙科是孙中山的长子，既是蒋介石集团的一员，又跟蒋介石保持一定距离，有时甚至分庭抗礼。一九三二年十二月，孙科就任立法院长，主持宪法起草工作，以期早日结束国民党的长期"训政"。中山文化教育馆出版《时事类编》半月刊，译载外国政治经济文化方面的资料，也包括苏联和外国进步政党的文章。工作人员中有地下党员（如张仲实），也有一些进步人士（如沈兹九、陈文路）。胡风在这样一个机构从事翻译工作，当然不能视为政治问题。但有人借此事在暗中兴风作浪。一九三六年初，鲁迅收到从南京市中央监狱转来的一张明信片，说鲁迅已投靠国民党政府，并劝一位署名"寿昌"（田汉的原名）的人也投降转向。上海《社会日报》也登了一篇文章，题为《鲁迅将转变？谷非张光人近况如何？》，诬陷鲁迅是由胡风引进向南京投降。所以田汉借穆木天之口攻击胡风，鲁迅感到异常气愤。他说："不能提出真凭实据，而任意诬我的朋友为'内奸'，为'卑劣'者，我是要加以辩正的。这不仅是我的交友的道义，也是看人看事的结果。"田汉等人对胡风表示怀疑之后，胡风即愤而辞去了在左联的职务。由此可见，鲁迅关于"四条汉子"的这段描述，虽然有个别细节略有出入，但提出的是一个进行党内斗争的基本原则，即不能允许任何人信口构陷，轻易诬人！

"钦差大臣"冯雪峰

自周扬、周立波等提出"国防文学"的口号以来，以上海为中心的全国文艺界展开了热烈的讨论，据不完全统计，各报刊发表的长短文章近五百篇。这在中国现代文学史上可谓空前绝后。在一九三六年六月之前，讨论的气氛基本正常。探讨有关文艺的方针、政策、理论，以及对某些具体作品的评价，本来就会见仁见智，更何况在国际国内政治形势发生深刻变化，革命政党的政策正在不断调整的过程之中。一九三八年五月下旬，毛泽东对奔赴延安的徐懋庸说："这个争论，是在路线政策转变关头发生的。从内战到抗日民族统一战线，是一个重大的转变。在这样的转变过程中，由于革命阵营内部理论水平、政策水平的不平衡，认识有分歧，就要发生争论，这是不可避免的。其实，何尝只有你们在争论呢？我们在延安，也争论得激烈。不过你们是动笔的，一争争到报纸上去，就弄得通国皆知。我们是躲在山沟里争论，所以外面不知道罢了。"[①] 毛泽东以上说法是合情合理，令人信服的，因为中国共产党在跟

---

① 引自徐懋庸《回忆录四——我和毛主席的一些接触》，《新文学史料》1981年第1期。

以蒋介石为首的国民党进行第二次合作的过程中，就经历了一番由"反蒋抗日"到"逼蒋抗日""联蒋抗日"乃至一度"拥蒋抗日"的曲折变化。中国共产党的顶层设计都在不断调整，上海文艺界地下党的认识当然不可能一步到位。更何况口号本身并非万能，而在于对它的阐释和运用。

一九三六年六月之后争论双方的火药味愈演愈浓，甚至发展成了意气用事，人身攻击。这种变化跟冯雪峰的到来直接相关。

一九三六年四月二十六日是一个星期天。下午，鲁迅的大陆新村寓所来了一位身材魁梧、风尘仆仆的客人。当时鲁迅夫妇正带着海婴到卡尔登戏院看电影，但家中的老保姆对这位客人还有印象，便将他请上二楼，喝茶静候。黄昏时刻，鲁迅一家三口回来了，客人兴奋地下楼梯，迎着正在上楼的鲁迅，热情地伸出了他那只粗大的右手。鲁迅没有握手的习惯，但一见面就敞开心扉开门见山地说："这两年我被他们摆布得可以。"

这位远方来客就是冯雪峰。他一九三三年十二月中旬离开上海到江西瑞金苏区，担任党校副校长，经常跟排斥于红军领导岗位之外的毛泽东交谈，谈得最多的是有关鲁迅的话题。一九三四年十月，冯雪峰穿着草鞋，背着军用粮袋，随中央红军长征，于一九三五年十月胜利到达陕北，一九三六年四月，冯雪峰被党中央总负责人张闻天派遣，以党中央特派员的身份到上海，从事秘密工作。选派他的原因之一，就是他跟鲁迅等名人熟识。因为陕北党中央跟上海地下党组织久已失去联系，情况不明，上级要求冯雪峰执行"先党外后党内"的方针，到上海后，务必先找鲁迅、茅盾等人，基本摸清情况后再去找党员和地下组织。鲁迅说的"这两年"，即指一九三四年至一九三五年。"他们"指左联党员负责人周扬等。"摆布"就是瞎指挥。

据冯雪峰在文化大革命中被交代，他当年执行的秘密任务有四项：一、在上海建立一个电台，把所能得到的情报尽快报告陕北中央。为此，专门为他提供了两千元经费，交代了密码，用"李允生"的名字联系。二、跟上海各界救亡运动的领袖如沈钧儒等取得联系，向他们传达党中央的抗日民族统一路线政策。三、了解和寻找上海地下党组织，取得联系，做一些准备工作，党中央将另派人到上海做党组织重建工作。

四、对文艺界工作也附带管一管。这四项任务，第一项是周恩来交代的，后三条是张闻天交代的。此外，毛泽东还跟冯雪峰作了一次彻夜长谈，给他交了底牌：建立广泛的民族统一战线，包括蒋介石本人在内。为此，毛泽东要求他跟国民党各派系都进行接触。

冯雪峰见到鲁迅之后，就一连在鲁迅家住了半个多月，对外介绍的身份是商人。后来的事态发展证明，冯雪峰以中央特派员身份到上海执行任务，不仅没有消除鲁迅跟周扬一方的矛盾，反而导致了矛盾的激化。其原因是双方此前隔阂太深，冯雪峰的一些做法固然未必尽妥，周扬一方更有诸多猜忌。

在冯雪峰看来，他到上海之后先联系党外人士，后联系党内人士完全是执行党中央的方针，因为当时上海地下党组织有近十个系统，又曾多次遭到破坏，敌我阵营并不明晰，贸然联系易出纰漏，造成难以追补的损失。冯雪峰为了联系各界救亡人士费了不少时间，为了收集情报又亲赴香港跟从莫斯科回来的潘汉年联系，费时近十天，故不能及时跟周扬等人联系。周扬、夏衍对上述情况全然不知，只知道他们在极端困难的条件下为保存组织联系党员做了不少工作。夏衍回忆道："据雪峰自己说，他是四月下旬到上海的，但我们一直不知道，直到五月底，王尘无告诉我，他从一个朋友口中听说，党中央已经派人到了上海，但他不知派来的人是谁。过了不久，这个消息就传开了。当时，'文委'的几个人——包括周扬、钱亦石在内，听到这个消息真有欣喜若狂之感，而且相信这位从陕北来的人一定会找我们的。我为此还去找了王学文和搞组织工作的马纯古，告诉他们这个喜讯，并约定，任何一方先接上关系，就赶快相互通知和联系，可是等了一星期、十天，一直没有人来和我们联系。直到六月初，我去找章乃器，他才告诉我，他已经和中共中央派来的人取得了联系，特别使人吃惊的是章乃器说，你们中央派来的人要和他直接联系，所以关于救国会的事，你可以不必再找我了。"① 夏衍所谈也的确是他的真情实感。双方原本存在隔膜，眼下又缺乏沟通，

---

① 引自夏衍《懒寻旧梦录》，第313—314页，三联书店1985年7月版。

所以就形成了积怨，当冯雪峰联系周扬时周扬竟拒绝见面，说他是假钦差。跟夏衍见面也闹得不欢而散。

新口号是如何酝酿的？

由于"国防文学"的倡导者对这个口号的解释确有不足之处，加之鲁迅等人对"国防文学"口号也心存不满，所以冯雪峰打算另提一个口号进行弥补，这个新口号就是"民族革命战争的大众文学"。

关于新口号的提出过程，参与者提供的细节有大同也有小异。最早将新口号公之于世的是左联的理论家胡风。一九三六年六月一日，他在《文学丛报》第三期发表了《人民大众向文学要求什么？》一文。文章说，在民族危机更加迫急，"新的愤怒新的抗战"即将到来的新的历史阶段，能够反映文学特质并为之提供新的美学基础的是"民族革命战争的大众文学"。这种文学依据的是发展中的现实主义表现方法，但又蕴藏有无限的英雄的奇迹和宏大的幻想，因而又含有积极浪漫主义的一面，这个口号体现了劳苦大众利益和民族利益的一致，以及克敌的组织者和主要力量。这个口号继承了五四以来的革命文学传统，尤其体现了"九一八"事变之后文学创作的成果。文末特意注明了写作时间："一九三六,五月九日晨五时"。

一九七七年九月底十月初，还被关在四川监狱的胡风按照四川公安厅"愈确，愈详，愈细则愈好"的要求，写了一篇《关于三十年代前期和鲁迅有关的二十二条提问》，供人民文学出版社编注一九八一年版《鲁迅全集》参考。在回答"民族革命战争的大众文学"这一口号提出的经过时，胡风说："冯雪峰到上海当天我到鲁迅家就见到了，第二天或第三四天在鲁迅三楼后房谈话时，他说'国防文学'口号他觉得不好，从苏联刚回来的潘汉年也觉得不妥当似的，要我另提一个，我就提了这个口号。第二天去时（他暂住鲁迅家），他告诉我，周先生也同意了，叫我写文章反映出去。我当晚就写了这篇文章，第二天拿给他看。第三天见到时，他还给我说，周先生也看了，说可以，叫我给什么地方发表出去。我交给聂绀弩和光华大学学生马子华等编的《文学丛报》第三期发表了。"又说:"提出时,我用的是'人民文学'(因日本用的'大众小说'类似中国鸳鸯蝴蝶派小说,所以我避免用它),但冯雪峰说我们用惯了,可以改成'大众文学'。其余他都同意,没有讨论,当晚他向鲁迅谈过,鲁迅同意了。第二天见到时他就叫我写文章反映出去,文章,他看过,他也给鲁迅看过,没有改动一个字。"这就是说,胡风提出新口号完全是冯雪峰的授意,发布新口号的文章事前也得到了鲁迅的同意或默许。

冯雪峰对同一事情的回忆则是,胡风首先说出,很多人不赞成'国防文学'的口号,鲁迅也反对。冯才接着说,这个口号没有阶级立场,可以提一个有明白立场的左翼文学的口号。于是胡风提出了一个新口号:"民族革命战争文学"。冯雪峰认为,"民族革命战争"已有阶级立场,如果再加上"大众文学",则立场就更加鲜明,然后请示鲁迅。鲁迅认为新提出一个左翼作家的口号是应该的,并说"大众"两字很必要,作为口号也不算太长,长一点也没什么。这就是说,胡风先向冯雪峰反映了他跟一些人(包括鲁迅)对"国防文学"的不满,然后胡、冯二人才合议了一个新口号,由鲁迅拍板。又是胡风主动提出要写一篇文章发布新口号,鲁迅、冯雪峰未持异议。这就是说,在提出并发表新口号的过程中,胡风都是主动者。

在左联内部,原本存在"周扬派"与"胡风派"的对立。在周扬等人提出"国防文学"口号半年之后,胡风又率先提出了一个新口号,这在周扬一方看来当然是一种分裂活动。他们并不知道鲁迅是新口号的支持者,于是一场围绕"两个口号"的论争迅速展开,双方都动了意气。"两个口号"论争的局面当然跟建立抗日民族统一战线的要求背道而驰,因为统一战线的前提是反日、反汉奸,跟拥护什么口号、选择什么题材、运用什么创作方法并无关系,于是只好由鲁迅出面来收场。鲁迅在《答徐懋庸并关于抗日统一战线问题》一文中写道:"我还得说一说'民族革命战争的大众文学'这口号的无误及其与'国防文学'口号之关系——我先得说,前者这口号不是胡风提的,胡风做过一篇文章是事实，但那是我请他做的，他的文章解释得不清楚也是事实。这口号，也不是我一个人的'标新立异'，是几个人大家经过一番商议的，茅盾先生就是参加讨论的一个。"这样一来，鲁迅就将责任完全揽到了他一个人肩上，而且引出了胡风、冯雪峰之外的另一人，那就是茅盾。

茅盾对"两个口号"的理解其实有一个深化过程，他原本赞同"国防文学"口号，因为这个口号的倡导者说他们是根据党中央的精神提出的，又讨论了几个月，得到了相当广泛的支持，但他也觉得这个口号有些缺点，比如把"国防文学"作为一个"创作口号"来理解，可能会排斥或轻视国防主题之外的作品，导致关门主义和宗派主义。他认为在抗日救亡的前提下，应该想到什么就写什么，这才可以避免产生"公式主义"。

关于新口号提出的情况，茅盾是这样回忆的：

一九三六年五月五日晚，茅盾到鲁迅家，送鲁迅撰写的《凯绥·珂勒惠支版画选集》序言的译文，当时冯雪峰也在场，于是谈到了"国防文学"口号。鲁迅对茅盾说："现在打算提出一个新口号，叫'民族革命战争的大众文学'，以补救'国防文学'口号在阶级立场上的不明确性，以及在创作方法上的不科学性。"冯雪峰在一旁补充说："这个新口号是一个总的口号，它是无产阶级革命文学的继承和发展，可以贯彻相当长的一个历史时期，而国防文学是特定历史条件下的具体口号，可以随着形势的发展而变换。"鲁迅还告诉茅盾，新口号中的"大众"二字就是冯雪峰加的，并问茅盾有什么意见，茅盾表示，提新口号这个工作非得鲁迅亲自做不可，否则可能引起误会。结果胡风以个人名义写了文章，茅盾看了大吃一惊，因为好像新口号是胡风一个人提出来的，也没有说明两个口号之间的关系。给人的感觉，就是要用新口号来代替原来的口号，茅盾向鲁迅提出质疑，鲁迅回答是："胡风自告奋勇要写，我就说，你可以试试看。可是他写好以后没给我看就这样登出来的。这篇文章写得并不好，对那个口号的解释也不完全。不过文章既已发表，我看也就算了吧。"这也就是说，胡风过于性急地提出新口号，给鲁迅造成了被动；同时，胡风的文章对新口号的阐释也不充分，没有让人感到提出新口号的必要性。

在《答徐懋庸并关于抗日统一战线问题》和《论现在我们的文学运动》中，鲁迅弥补了胡风文章的不足。首先，鲁迅旗帜鲜明拥护革命政党提出的抗日统一战线的政策。这就推倒了鲁迅破坏统一战线的不实之词。其次，鲁迅明确指出革命文学在文艺界统一战线中的领导责任应该更加重更放大。这就强调了统一战线中的领导权问题，体现了坚定的阶级立场和鲜明的民族立场的一致性。第三，鲁迅认为文艺家在抗日问题上的联合是无条件的，只要他不是汉奸，愿意或赞成抗日，则不论叫哥哥妹妹，之乎者也，或鸳鸯蝴蝶都无妨。这就纠正了片面强调必须以国防题材为中心的关门主义倾向。至于"国防文学"跟"民族革命战争的大众文学"这两个口号的关系，鲁迅认为前者颇通俗，已经有很多人听惯，是目前文学运动的一个具体口号；后者主要是对左翼作家们提出的，比前者意义更明确，更深刻，更有内容。两个口号可以共存互补，而不应该以提出的先后为衡量标准。把前者视为"正统"，把后者视为"标新立异"。

鲁迅拒绝参加中国文艺家协会

周扬等人执意解散左联之后，需要建立一个更为广泛的文艺界统一战线组织。鉴于美国已经成立了德莱赛等百余人组成的美国作家大会，法国成立了纪德、罗曼·罗兰等参加的保卫文化大会，于是周扬等决定成立一个中国文艺家协会。公开出面的联系人是郑振铎、傅东华和茅盾。列名于发起人的有叶圣陶、王任叔、沙汀、荒煤、曹聚仁、洪深、徐懋庸、邵洵美、何家槐、李健吾等。协会的宗旨，是"联络友谊，商讨学术，争取生活保障，推进新文艺运动，致力中华民族解放"。周扬事先征求鲁迅意见，鲁迅拒绝参加。周扬请茅盾出面调解，茅盾明确表示："调解工作我实在做不了，不是我不愿调解，而是我没法调解。"周扬万般无奈，只好请发起人之一的何家槐出面，将《中国文艺家协会组织缘起》寄给鲁迅，再次进行动员。鲁迅一九三六年四月二十四日复何家槐信写道："前日收到来信并缘起，意见都非常之好。我曾经加入过集团，虽然现在竟不知道这集团是否还在，也不能看见最末的《文学生活》。但自觉于公事并无益处。这回范围更大，事业也更大，实在更非我的能力所及。签名并不难，但挂名却无聊之至，所以我决定不加入。"鲁迅的态度十分明确：他并不是反对建立文艺界统一战线，只是吸取参加左联期间的教训，不愿再做一个挂名的盟主，所以无论如何动员都决定不加入。

一九三六年六月七日下午两点钟，中国文艺家协会在四马路大西洋菜社里的一个大厅成立。与会者有七八十人，签名同意入会的有一百一十八人。公推茅盾、夏丏尊、欧阳予倩、洪深、傅东华组成主席团。由于夏丏尊年龄最大，又被推为主席。会上讨论了简章、宣言，选举了第一届理事会。理事九人：茅盾、夏丏尊、傅东华、洪深、叶圣陶、郑振铎、徐懋庸、王统照、沈起予。候补理事五人：郑伯奇、何家槐、欧阳予倩、沙汀、白薇。会议有意回避了"两个口号"论争问题，呼吁在全民族一致救国的大目标下，文艺上主张不同的作家们可以是一条战线上的战友。这个协会虽然在艰难中成立了，也团结了包括冰心、丰子恺等并非左翼的作家，但实际上并无活动。

在中国文艺家协会成立二十三天之后，《中国文艺工作者宣言》发表了。为郑重起见，这个宣言原本应该由鲁迅起草，但由于鲁迅在病中，不宜过度劳累，便由巴金和黎烈文分头起草，再由鲁迅修改合并，领衔发表。宣言中有些文句一看便知是巴金的文风，也是在巴金的其他文章中出现过的，如"在现在当民族危机达到了最后关头，一只残酷的魔手扼住我们的咽喉，一个窒闷的暗夜压在我们的头上，一种伟大悲壮的抗战摆在我们的面前"……这份宣言体现的救亡图存精神，跟《中国文艺家协会宣言》毫无二致。由于这份宣言先后在不同刊物发表，签名名单也有出入，累计起来，签名者应为七十八人。其中有些人追随鲁迅疏远周扬，如巴金、曹禺、萧乾、萧军、萧红，有些则是态度折中，在两份宣言上都签了名，如唐弢、荒煤、辛人。

这两份宣言的先后发表，不但没有成为上海文艺界结成广泛统一战线的标志，反而成为了原左翼营垒分裂的象征。这当然是跟当时政治形势的需要逆向而动的。在"两个口号"论争过程中，也有人居中调和。陈伯达写了《文学界两个口号问题应该休战》，认为"国防文学"是联合战线的口号，而"民族革命战争的大众文学"是"国防文学"的左翼，是国防文学最主要的一部分，同时也是国防文学的主力。他认为因"两个口号"而分裂的作家组织应该牺牲成见，重新统一。领导白区工作的刘少奇也以"莫文华"为化名，写了《我观这次文艺论战的意义》。他指出这次论战的最大意义，是在克服宗派主义或关门主义。他对鲁迅《答徐懋庸并关于抗日统一战线问题》一文中的立场和观点表示完全支持。文章指出，鲁迅的文章丝毫也没有争口号的态度，而是站在正确立场，"深刻的指摘了和解剖了徐懋庸先生和周扬先生等的宗派主义的理论与气质，不但对我们指示了正确的观点与办法，即对于一个富于宗派气质的青年的徐懋庸先生的批判，也有着对于我们非常宝贵的教育和辛辣的教训的意义"。[①]

这些调解工作收到了一定效果。一九三六年九月二十日，又有一份文艺界的宣言发表，名为《文艺界同人为团结御侮与言论自由的宣言》。单从签名人数来看并不多，远少于前两份宣言，然而其代表性却极其广泛。宣言强调，"作家个人或集团，平时对文学之见解、趣味与作风，新派与旧派不同，左派与右派亦各异，然而无论新旧左右，其为中国人则一，其不愿为亡国奴则一；各人抗日之动机或有不同，抗日之立场亦许有异，然而同为抗日则一，同为抗日的力量则一"。这一段直白的文字，可谓道出了文艺界抗日统一战线的精髓！一九三六年九月，这份宣言分别发表在《文学》七卷四号和《新认识》第二号上，签名者既有左翼文坛领袖鲁迅、郭沫若、茅盾，左翼文坛成员陈望道、洪深、郑振铎、王统照、郑伯奇、张天翼等，还有非左翼作家冰心、丰子恺，鸳鸯蝴蝶派文人周瘦鹃、包天笑，甚至还包括跟左联论战过的林语堂。这份宣言由茅盾、郑振铎起草，冯雪峰定稿。为了使宣言不染上明显的政治

---

① 参见 1936 年 10 月 15 日《作家》第 2 卷第 1 号。

色彩，周扬、夏衍没有列名。夏衍后来指出："这个宣言是第一次国内革命战线时期文艺界第一次大联合、大团结的文件，在现代文学史上，应该说是有很重要的意义的。"①

"战士的日常生活"
——鲁迅在上海的衣食住行

一九二七年十月鲁迅刚抵上海，先住进了位于英租界爱多亚路的共和旅馆。这家旅馆设备较好，离太古码头很近，但长住也不是办法，于是鲁迅让三弟周建人代租住房。当时周建人在商务印书馆做编辑，就住在单位附近的景云里。他去打听了一下，知道弄内二十三号还空着，就去跟鲁迅商谈，是否搬过去？周建人告诉大哥："景云里住了不少文化人，有茅盾、叶绍钧（叶圣陶）等，而且茅盾家的后门就对着二十三号的前门。另外还有一些商务印书馆常年合作的同事，可以互相照顾。"鲁迅听了很高兴，于十月八日从旅馆迁入景云里。

景云里建于一九二五年，地处闸北横浜路，西面是大兴坊，再往西通宝山路，东临窦乐安路（今多伦路），弄内有三排坐北朝南、砖木结构的石库门三层楼房。二十三号是第二排的最后一幢房子，楼下是会客室，卧室兼书房在二楼，一张黑色的半新半旧的中号铁床，安放在东南角上，床上挂着帐子和帐沿。这个白色十字布绣花的帐沿，不用说是许广平的手艺。其他除了一张桌子和几把椅子之外，几乎就没什么家具了。就在这里，鲁迅跟许广平开始了同居生活。

一九二八年九月九日，因二十三号周边喧闹嘈杂（吵架，唱戏，搓麻将，甚至有绑匪出没），鲁迅移居至景云里第二弄十八号，并邀周建人一家同住。鲁迅夫妇住二楼，周建人一家住楼下，生活上相互照应。一九二九年二月二十一日，鲁迅一家又移入景云里第二排首幢十七号。

---

① 引自夏衍《懒寻旧梦录》，第 327 页，三联书店 1985 年 7 月版。

这里朝南又朝东，阳光充足，鲁迅非常喜欢。在景云里三处居住的两年七个月当中，鲁迅编辑了《语丝》《奔流》等刊物，组织了"朝花社"，筹备了"中国左翼作家联盟"，并喜得贵子。

但是邻里关系出现了麻烦。有一位邻居叫奚亚夫，是有名的大律师，他家有一个顽童，不但往鲁迅家的锅里扔石头泥沙，而且将纸浸上煤油扔到鲁迅厨房的木柴堆里，险些引起火灾。

一九三〇年五月十二日，经内山完造先生介绍，鲁迅迁至北四川路一九四 A 三号，日文译名为拉姆斯公寓，或称来姆公寓、北川公寓、闸北公寓。这是一座四层平顶大楼，鲁迅住在三楼，有大小八间房，包括书房、卧室、餐厅、浴室，三人居住，相当宽敞。邻居有英国人、日本人，但素不往来。这里虽然可以避喧，然而鲁迅却两次离寓避难。

一次是一九三一年左联五烈士殉难前后，因盛传鲁迅也是搜捕对象，故于一月二十日至二月二十八日到日本人在黄陆路开设的花园庄旅馆避难三十九天。鲁迅一家连同保姆住在旅店副楼楼梯底下一间工友住的小屋，保姆和海婴睡大床，鲁迅夫妇就挤在靠门口的小床上。在一月二十三日致李小峰信中，鲁迅写道："众口铄金，危邦宜慎，所以我现在也不住在旧公寓里了。"其间一度盛传鲁迅被捕，"老母饮泣，挚友惊心"。[1]友人劝鲁迅出国休养，他的回复是："时亦有意，去此危邦，而眷恋旧乡，仍不能绝裾径去，野人怀土，小草恋山，亦可哀也。"[2]

另一次避难是在一九三二年"一·二八"事变之后。"一·二八"事变发生那天，寓所突然停电，不久传来枪声，由疏而密。鲁迅和许广平跑到阳台上，看见子弹穿梭，像一条条红色的弧线在头顶划过。赶忙退到楼下，一颗子弹洞穿而入，打在鲁迅书房的墙上——他的书桌正对着日本海军陆战队的司令部。鲁迅在同年二月二十二日致许寿裳信中描述："由此事变，殊于意料之外，以至突陷火线中，血刃塞途，飞丸入室，真是命在旦夕之概。"第二天终日在枪炮声中度过。第三天大队日

---

[1]　见 1931 年 2 月 4 日致李秉中信。

[2]　见 1931 年 2 月 18 日致李秉中信。

军前来搜查，原来这座公寓有人向日军放冷枪，看到鲁迅一家都是妇孺老弱才悻悻而去。于是，鲁迅只得在一月三十日下午携带一点换洗衣物，搬到内山书店楼上，过着一家人挤在一起大被同眠的生活。二月五日，是旧历正月初一，鲁迅一家和周建人一家又迁避至三马路英租界的内山书店支店，十人一室，席地而卧，直至三月十三日才结束了这段避难生活，重回旧寓。一路上，但见不少房屋或为火焚，或遭炮毁，行人亦复寥寥，觅食需奔波数里，感到在上海"居大不易"。^① 想回北京，又怯于旅费之巨，故未成行。

在此期间，鲁迅跟茅盾、叶圣陶、胡愈之等四十三位上海文化界人士联合发表告世界书，发表在《文艺新闻》战时特刊《烽火》第二期，抗议日本帝国主义惨无人道的屠杀，反对中国政府对日妥协！此外，还写了两首七绝：

赠蓬子

蓦地飞仙降碧空，云车双辆掣灵童。

可怜蓬子非天子，逃去逃来吸北风。

这首诗是游戏之作，但也再现了"一·二八"战争期间难民的遭遇。作家穆木天夫妇在战乱中失散，他妻子带着两个孩子分乘两辆人力车四处寻找丈夫，不久忧急而亡。

一·二八战后作

战云暂敛残春在，重炮清歌两寂然。

我亦无诗送归棹，但从心底祝平安。

这首诗曾书赠日本歌人山本初枝，反映了战争暂停后上海的萧条沉寂。一个"暂"字，预示了更大规模的战事将一触即发。鲁迅自身虽陷

---

① 见 1932 年 3 月 15 日致许寿裳信。

战乱之中，但仍祈盼日本友人能平安生活。

一九三三年四月十一日，鲁迅又从拉姆斯公寓迁至山阴路（原名施高塔路）大陆新村九号，一直住到逝世，共有三年半时间。这一带属于帝国主义的"越界筑路"区域，其性质相当于"半租界"。故鲁迅后来把在这里创作的杂文结集为《且介亭杂文》。"且"取"租"字的一半，"介"取"界"字的一半，意谓"半租界"。鲁迅在这里基本上处于隐居状态，因为毋需申报户口，租房用的是内山书店职员的身份，直到海婴上小学，鲁迅才用"周裕斋"这三个字作为家长姓名。

鲁迅大陆新村的寓所共分三层。底层前为客厅，后为餐厅，中间用玻璃屏门隔开。客厅摆着一张黑色的长桌，桌上有一个绿豆青色的花瓶，里面插着大叶子的万年青。二层的两间，前为工作室兼卧室，后为储藏室。三层南面有小阳台，阳光充足，空气流通，鲁迅特意安排保姆带海婴居住。楼下铁门后有一丈见方的小天井，种植了花木，如石榴树、紫荆花、牵牛花、夹竹桃，还种植了鲁迅喜爱的蔬菜，如南瓜、丝瓜……

然而，鲁迅临终前曾急迫地想离开此地，委托周建人尽快替他另觅一所住处。这让一些好奇者心怀疑窦，甚至怀疑鲁迅跟日本人之间发生了什么政治纠葛，但实情很简单。先看周海婴的一段回忆："我家住的是九号。靠弄堂底还住有一家日本人……我家大门原先是铁栅式，后来封上洋铁皮，因为有日本小孩常来欺负我，丢石块，喊叫'八格耶罗'，还用洋泾浜的中国话骂我'猪猡'。"[1] 另一段文字是鲁迅家庭医生须藤五百三的回忆："先生平生很注意于养生，尤其厌恶寒气和煤烟。自本年（一九三六年）五月间起，前面的人家常不客气地放出黑烟来，真气煞他了。他常说道：'顶讨厌的是说谎的人和煤烟，顶喜欢的是正直的人和月夜。'"[2] 综上所述，鲁迅此次急于搬迁应是由于常见的邻里纠葛；此外，当时中日关系紧张，上海虹口一带出现了搬迁潮，对鲁迅也不无影响，并没有掺杂其他的政治因素。

---

[1]　引自《鲁迅与我七十年》，第 33 页，南海出版公司 2001 年 9 月版。

[2]　引自《医学者所见的鲁迅先生》，《鲁迅先生纪念集》，第 2 辑第 20 页，上海书店 1979 年 12 月复印。

有读者为了认识一位食人间烟火的鲁迅，很想了解他的收入和生活状况。鲁迅的收入来自公务员收入、教学收入和写作收入这三部分。上海十年鲁迅基本上无教学收入。经友人许寿裳力荐，从一九二七年十二月至一九三一年十二月，鲁迅受聘为国民政府大学院特约撰述员，每月编辑费为三百大洋，四十九个月共领一万四千七百大洋，当时可折合黄金四百九十两，应是一笔可观的收入，使他能在人生地不熟的上海立住脚跟，潜心从事写作。其他均为写作收入，包括撰稿费、版税、编辑费等。鲁迅的版税主要来自北新书局，版税率高达百分之二十，不过一九二九年之前拖欠了两万多元，经律师庭外调解，一九三〇年追回了一万多元。在报刊发表文章的稿费大约是千字六元，当时可以买五六十斤大米。据统计，鲁迅在上海的十年间，总收入约为七万八千一百七十八元，月收入约为七百二十四元。根据当时上海市政府公布的统计数字，小学教师的月薪约为四十余元，鲁迅的收入显然应该属于高收入。但由于鲁迅不仅需要负担妻儿，而且需要负担北京的亲属，资助上海的亲属，还不时做一些善举，所以实际生活水平应属于中上等。在某些收入较少的年份，如一九三二年月收入不足四百元，鲁迅甚至感到生活窘迫。

一个人的消费水平并不一定跟其收入水平成正比。有着中上等收入的鲁迅过的仍然是平民化的生活，并不去追求所谓"精致"。比如鲁迅爱吃蛋炒饭，"蟹壳黄"（一种烧饼），也常以此待客。蔬菜中爱吃黄瓜，因为爽脆，带着泥土气息，还可当水果吃。他不爱腌菜、鱼干、干菜之类，因为不新鲜，只有绍兴的臭豆腐、臭千张（豆腐的薄片）是例外。不爱吃隔夜菜，也是因为不新鲜。常买些糖果点心，不过不是为了独享，而是和家人及来客共享。

鲁迅"囚首垢面而读诗书"，从不注意穿着。他怕穿新衣，因为穿了有诸多束缚；平时爱穿布衣，特别爱穿旧布衣，因为可以揩嘴擦书，代替抹布。初到上海定居，许广平替他买了一件蓝色夹袄，鲁迅无论如何不肯穿，只好转送了别人。临终前不久，鲁迅身体瘦弱，不堪重负，许广平又特地为他做了一件丝绵的棕色湖绉长袍，但没穿几次，最后成了鲁迅临终时的尸衣。因为穿着朴素，有一次鲁迅到上海沙逊族馆七楼拜访到上海参加反战会议的英国人马莱爵士，电梯司机居然不让他乘坐，把他当成了仆役。

鲁迅生活中的享受是饮茶。鲁迅的《准风月谈》中有一篇杂文《喝茶》。开头写道："某公司又在廉价了，去买了二两好茶叶，每两洋二角。开首泡了一壶，怕它冷得快，用棉袄包起来，却不料郑重其事的来喝的时候，味道竟和我一向喝着的粗茶差不多，颜色也很重浊。"可见鲁迅平日多喝粗茶。因喝酽茶，每月消费茶叶一斤左右；每当新茶上市或店铺打折的时候才偶尔买点好茶，价位约在每斤两元左右。鲁迅写作《喝茶》的本意是讲人的阶级性：会喝好茶，虽是一种"清福"，但破衣粗食的"粗人"卖苦力谋生，喉干欲裂时只图解渴，分辨不出龙井芽茶、珠兰窨片跟热水的区别。只有味觉细腻敏锐的雅人才会一面品茶，一面悲秋。

鲁迅喝茶不是为了附庸风雅，很大程度上是为了刺激写作灵感。许广平在《鲁迅先生的日常生活》一文中写道："他并不以睡眠而以工作做主体，譬如倦了，倒在床上睡两三个小时，衣裳不脱，甚至盖被不用。就这样，像兵士伏在战壕休息一下一样，又像北京话的'打一个盹'，翻个身醒了，抽一支烟，起来泡杯浓清茶，有糖果点心呢，也许多少吃些，又写作了。"[1]上海时期，每日凌晨，鲁迅常让许广平替他沏一杯茶，然后把昨天彻夜写的文章让许广平寓目，征求意见，而后再卧床休息。

鲁迅的不良嗜好是抽烟。他留学日本时就开始大量吸烟，直到临终前，每天总在五十支左右，只要一睁眼就躺在蚊帐内吸烟，一支接一支，几乎不用火柴，号称连珠炮似的吸烟。留学日本时常吸"百合"牌香烟。留学归国后常吸"红锡包"。上海时期由许广平代购香烟，常买"品海"牌、"黑猫"牌；也买进口烟，如 Standard Tobacco Co 和 The Flower of Macedonia，每月消费十五元左右。为了节俭，鲁迅经常抽到烧手烧口还舍不得扔烟头。许广平看了心疼，就给鲁迅买了一个象牙烟嘴。

---

[1] 见 1939 年 10 月《中苏文化》第 4 卷第 3 期。

鲁迅晚年的"奢侈"享受主要有两项：一是在居住方面不愿节省，希望住得宽敞一些，像他的大陆新村寓所就是独幢三层。鲁迅去世之后，许广平为节省房租，经萧红萧军介绍，搬到了法租界霞飞路六十四号。另一项开支是看电影。鲁迅得子之后看电影的次数增多，而且坐出租车，买包厢票。鲁迅认为看电影是为了娱乐，不是去寻不痛快，如果座位不好，看不清银幕，倒不如不去；更何况许广平有些近视。此外也为了安全。"躲进小楼成一统"的鲁迅，在上海过着一种半地下状况的生活。乘黄包车，遇到危险不易逃避；看电影坐包厢，也可以减少跟闲杂人员接触的机会。据统计，鲁迅在上海观看的影片约百余部，以纪录片、动画片最多，可以增益知识，满足儿童的好奇心；也爱看探险、侦探、动作片和歌舞片。

鲁迅临终前，在《"这也是生活"……》一文中写道："其实，战士的日常生活，是并不全部可歌可泣的，然而又无不和可歌可泣之部相关联，这才是实际上的战士。"客观介绍鲁迅上海时期的衣食住行，就是为了再现一个真实的人间鲁迅。

疾病·死亡及其他

鲁迅是一个从来不知疲劳的人。他说他书桌面前有一把圆椅，坐着写字或用心看书，是工作；旁边一把藤躺椅，靠着谈天或随意看报，便是休息。平时无论工作，还是休息，鲁迅感到两者并无很大不同。然而生病之后，鲁迅有了很多健康时没有的体验和感悟。他虽然往往不得不卧床休息，写作和读书都受到限制，晚上夫人就连书房的电灯也不允许开，但这些限制都禁锢不了鲁迅那颗博大浩茫的心。他在《"这也是生活"……》一文中写道："街灯的光穿窗而入，屋子里显出微明，我大略一看，熟识的墙壁，壁端的棱线，熟识的书堆，堆边的未订的画集，外面的进行着的夜，无穷的远方，无数的人们，都和我有关。我存在着，我在生活，我将生活下去……"

鲁迅生活的内容主要就是工作。他认为，与其少工作多活几年，不如多工作少活几年。所以，每次病愈之后，他首先想到的四个字就是"要赶快做"！一九三六年五月上旬，鲁迅支撑着病体翻译了《死魂灵》第二部。这时，宋庆龄曾多次委托美国友人送来茶叶、糖果，代致探候之意，并建议鲁迅易地休养。五月下旬鲁迅病情恶化，经常发烧，实在支撑不下去才开始看医生。在此期间，他又完成了一件大事，就是编印两卷本的瞿秋白的译文集，书名为《海上述林》，从抄、排、编、校、设计，鲁迅都呕心沥血，竭尽全力。此书由开明书店美成印刷厂排版后，托内山书店在日本印刷装订，共印成五百部，其中一百部为皮脊麻布面精装，四百部为蓝天鹅绒面精装，书脊及背面均烙印了瞿秋白笔名"史铁儿"的拉丁字母缩写——STR。如此皇皇巨制，在中国现代出版史上是空前的。鲁迅以此作为对瞿秋白烈士的纪念，也是作为对自己的一种纪念。鲁迅说，瞿秋白翻译的主要是高尔基的作品，作者高尔基前不久死掉了，译者瞿秋白一九三五年被国民党枪毙了，编者在编这本书时也差点病死了。

六月五日，宋庆龄用她不甚熟悉的中文给鲁迅写了一封情词恳切的信，建议鲁迅立刻入院治病。信中写道："方才得到你病得很厉害的消息，十二分的耽心你的病状！我恨不能立刻来看看你，但我割治盲肠的伤口，至今尚未复原，仍不能够起床行走，迫得写这封信给你！我恳求你立刻入医院医治！因为你延迟一天，便是说你的生命增加了一天的危险！！你的生命，并不是你个人的，而是属于中国和中国革命的！！！为着中国和革命的前途，你有保存、珍重你身体的必要，因为中国需要你，革命需要你！！！……"

鲁迅读完宋庆龄的信虽然十分感动，但他固执地认为在医院静静躺倒，不言不动，不看书不写信，就无异于坐牢，生不如死。结果，六月五日之后，鲁迅就连写简短日记的力气也没有了，直到七月初才勉强动笔。

鲁迅虽然始终没有住院治疗，但他一直还是延医诊治的。大约从一九三四年十一月开始，鲁迅延请的主治医生是须藤五百三。他一八九八年至一九一一年曾任军医，一九一一年至一九一七年任朝鲜道立医院院长，后来在上海密勒路（今峨嵋路）一〇八号开设了一家须藤医院。有人说他还担任过乌龙会的副会长。但据日本鲁迅研究权威学者丸山昇说，乌龙会只是一个日本退伍军人团体，无法以此证明参加者有什么特殊的政治背景和秘密使命。鲁迅对须藤老医生是十分尊重和信任的。这从一九三六年六月二十五日他亲笔拟稿交许广平抄寄的一封信中表述得很清楚："现在看他的病的是须藤医师，是他的老朋友，就年龄与资格而论，也是他的先辈……"当然，鲁迅找须藤看病还有另一层原因，就是收费相对低廉：挂号费二至三元，可以管一年；药费每次也不过五角。

据周海婴《一桩解不开的心结》一文说，周建人曾向鲁迅建议"更换医生"，鲁迅并未采纳。周建人又"通过冯雪峰的妻子转告给冯，应该换个医生。过了几天冯雪峰的妻子回复说，她同冯雪峰讲过了，他（冯）是赞成'老医生'（平常大家对须藤的称呼）看下去的"。[①] 周建人就鲁迅治病问题征求冯雪峰的意见，因为冯是鲁迅的青年友人，又有陕北特派员的特殊身份。须藤医生一九四六年随日本侨民被国民政府遣返回国，长期在他的故乡日本冈山县行医，于一九五九年去世。他的生平在泉彪之助编撰的《须藤五百三年谱》中记述得十分清楚，不存在鲁迅死后他突然在人间蒸发的情况。至于他对鲁迅的诊断是否正确，是否存在误诊的情况，以及究竟是"一般性误诊"，还是"蓄意误诊"，这属于医患纠纷的范畴，非传记作者所能判断。

不过，鲁迅一九三六年六月十五日在上海福民医院拍摄的 X 光胸片完好保存至今。一九八四年二月，上海鲁迅纪念馆组织了九个医院二十三名专家召开"鲁迅先生胸部 X 线读片和临床讨论会"，结论是："根据病史摘录及一九三六年六月十五日后前位 X 线胸片，一致诊断为:（1）慢性支气管炎，严重肺气肿，肺大疱。（2）二肺上中部慢性肺结核病。（3）右侧结核性渗出性胸膜炎。根据逝世前二十六小时的病情记录，

---

① 参见《鲁迅研究月刊》2006 年第 11 期，第 6 页。

大家一致认为鲁迅先生死于上述疾病基础上发生的左侧自发性气胸。"这份诊断书领衔签名是上海第一医学院中山医院放射科教授荣独山。周海婴先生认为："这个结论与须藤医生诊断几乎完全一致"，"读后本身大致是可靠的"，但根据读片确定鲁迅的死因为气胸"则不见得就是临床的事实"。二〇〇六年四月，周海婴又请上海胸科医院放射科主任郭德文教授对同一张 X 光胸片再次审读，书面诊断如下："双侧浸润及干酪型肺结核，伴空洞，肺大疱肺气肿，右侧胸腔中等量积液。慢性支气管炎。左侧第七根肋骨陈旧性骨折，对合良好，有骨痂形成。心形及大血管阴影表现为正常范围内。"①根据以上不同医生的几次诊断可以说明，以鲁迅的病情及当时的医疗水准、医疗条件，鲁迅能否再活一二十年着实是个问题。更何况一九三七年抗日战争全面爆发，鲁迅的身体更不适合颠沛流离。在内忧外患、心情愤懑的情况下，要延长一二十年寿命恐怕更加困难。

目前尚无研究鲁迅疾病史的专著，但鲁迅病中书信为我们提供了以下三方面的可靠信息：

一、鲁迅一九三六年六月份那场病闹得相当严重，有几天甚至到了"颇虞淹忽"的地步，脱险之后"发热终不退"，有时咯血。治疗的主要措施是注射解热消炎剂和抗结核剂，偶尔也抽去肋膜间积水。

二、鲁迅虽知年迈体弱恢复慢，但并没有想到真会危在旦夕。他在一九三五年五月十四日致台静农信中说，他几乎每月必有一场小病，"但似未必寿终在即"。一九三六年七月六日致曹靖华信中说："此后只要注意不伤风，不过劳，就不至于复发。肺结核对于青年是险症，但对于老人却是并不致命的。"八月二十七日致曹靖华信中又说："十天前吐血数十口，次日即用注射制止，医诊断为于肺无害，实际上确也不觉什么。此后已退热一星期，当将注射，及退热，止咳药同时停止，而热即复发，昨已查出，此热由肋膜而来（我肋膜间积水，已抽去过三次，而积不已），所以不甚关紧要，但麻烦而已。至于吐血，不过断一小血管，

① 参见《一桩解不开的心结》，《鲁迅研究月刊》2006 年第 11 期，第 10 页。

所以并非肺病加重之兆，因重病而不吐血者，亦常有也。"同年九月三日致母亲信说："肺病是不会断根的病，全愈是不能的，但四十以上人，却无性命危险，况且一发即医，不要紧的，请放心为要。"十月十五日致台静农信说："夏间本拟避暑，而病不脱体，未能离开医生，遂亦不能离开上海，荏苒已至晚秋，倘一止药，仍然发热，盖胃强则肺病已愈，今胃亦弱，故致纠缠，然纠缠而已，于性命当无伤也。"这些话虽有安慰亲友的成分，但也不失为鲁迅对自己病情的一种估判。

三、正因为鲁迅坚信自己病虽重但无性命之虞，所以他接受了须藤医生关于"转地疗养"的建议，并构想了多种方案。考虑过的疗养地有日本的长崎、苏联的黑海和国内的海滨城市烟台、青岛……最后未能实施的原因，绝非某些人所说是由于"识破了日本方面的阴谋"，而完全是因为病情加剧无法进行。鲁迅当年七月十一日致王冶秋信写道："现在想去日本，但能否上陆，也未可必，故总而言之：还没有定。"七月十七日致杨之华信写道："本月底或卜月初起，我想离开上海两三个月，作转地疗养，在这里，真要逼死人。"八月二日致沈雁冰信提到，他曾准备携眷赴日本，但妻儿均不通日语，三人同行他成了专职翻译，反而更累，想另找一个懂日语的同行，方可超然事外。八月七日致曹白信说转地疗养的地点和日期仍未定。八月七日致赵家璧信说他不久要走也说不定。八月十六日致沈雁冰信说他"转地实为必要，至少，换换空气，也是好的"。八月二十五日致母亲信说，他有时还有微热，一时离不开医生，到九月初也许可以走了。八月二十七日致曹靖华信中的说法与此相同。八月三十一日致沈雁冰信的说法有了变化："我肺部已无大患而肋膜还扯麻烦，未能停药，天气已秋凉，山上海滨，反易伤风，今年的'转地疗养'恐怕'转'不成了。"九月七日致曹靖华的信说法相同。可见，鲁迅直到八月底、九月初才放弃了年内"转地疗养"的念头。

但是，鲁迅毕竟是一个有死亡意识的作家。从一九三四年起，他文章就常提到病。一九三四年十二月一日写完《病后杂谈》，投寄《文学》杂志，待四卷三号刊出时，只剩下第一段，二、三、四段都砍掉了。因为文中用野史笔记的资料，揭露了中国历史上的酷刑和暴政。鲁迅在文末特意声明："我在写着这些的时候，病是要算已经好了的了，用不着写遗书。但我想在这里趁便拜托我的相识的朋友，将来我死掉之后，即使在中国还有追悼的可能，也千万不要给我开追悼会或者出什么纪念册。因为这不过是活人的讲演或挽联的斗法场，为了造语惊人，对仗工稳起见，有些文章简直不恤于胡说八道的。结果至多也不过印成一本书，即使有谁看了，于我死人，于读者活人，都无益处，就是对于作者，其实也并无益处，挽联做得好，也不过挽联做得好而已。"同月二十三日夜，鲁迅写完了《病后杂谈之余——关于"舒愤懑"》，还是写帝王的凶残，文字狱的惨酷，以及他的愤激、感慨、忧愁……结果发表时题目改成了《病后余谈》。有些删节鲁迅能悟出理由，如"主子是外国人""炸弹""巷战"，但检查官删掉死后"未必能够弄到开起同乡会"一类句子，鲁迅却百思不得其解。他质问："莫非官意是以为我死了会开同乡会的么？"①

鲁迅关于死亡的最重要的杂文是一九三六年九月五日写成的《死》。他说，对死亡问题他原本不大想到，是一个"随便党"，只因这两年疾病频发，拖延的时间又较长，这才记住了年龄，引起关于死的预想来。他给亲属拟定了八条遗嘱，前七条是：

一、不得因为丧事，收受任何人的一文钱。——但老朋友的，不在此例。

二、赶快收殓，埋掉，拉倒。

三、不要做任何关于纪念的事情。

四、忘记我，管自己生活。——倘不，那就真的是糊涂虫。

五、孩子长大，倘无才能，可寻点小事情过活，万不可去做空头文学家或美术家。

六、别人应许给你的事物，不可当真。

七、损着别人的牙眼，却反对报复，主张宽容的人，万勿和他接近。

还有一条就是，他的怨敌可谓多矣，临终前的决定是："让他们怨

---

① 见《且介亭杂文·附记》。

恨去，我也一个都不宽恕。"

鲁迅虽有死亡意识，但他无论如何也没有想到，一九三六年十月十七日是他一生中最后一次出门的日子；十月十八日，竟是他五十六年生命中的最后一天。

一九三六年十月十七日鲁迅日记记载："下午同谷非访鹿地君"。"谷非"是胡风的笔名。鹿地亘是日本反战作家，日本无产阶级作家同盟和文化联盟的干部；因受日本政府迫害，一九三五年偕妻子池田幸子一同来到上海避难，经内山书店老板内山完造介绍结识鲁迅。当时他在胡风协助下正编译一部《鲁迅杂感选集》。十七日这天，胡风在鹿地亘家一同翻译鲁迅作品，遇到了一些疑难问题，便主动提出要找鲁迅请教，因为鹿地亘住在窦乐安路（今多伦多路）燕山别墅，离鲁迅寓所不远。在去鲁迅家的途中，正巧碰到独自在虹口公园散步的鲁迅，于是两人就一同到了鹿地亘家。

鹿地亘夫妇高兴地把穿着青紫色哔叽长袍的鲁迅迎进北房，先关上窗户，怕鲁迅着凉，然后拉过一把帆布躺椅，想让鲁迅坐得舒服一点。鲁迅自己拉过一把木椅坐下说："躺椅怕不稳当。"鲁迅指着胡风说："他有一次做客，就一屁股把人家的躺椅坐折了。"说得大家都笑了起来。池田幸子给鲁迅沏了一杯红茶，鲁迅没喝，先拿出一本刚出版的《中流》杂志，一本英文版《中国呼声》半月刊，还有两本《凯绥·珂勒惠支版画选》，放在桌上说："请把这些送给日本朋友。"然后宾主开始了交谈。在鹿地亘印象中，鲁迅脸色苍白沉郁，双眼幽静澄清，短发不加梳理，双唇自然闭合着，重量似乎偏于两端，额头的皱纹也显得亲昵和温雅。这样的风貌是鲁迅独具的。

可能是鲁迅带来了《中流》半月刊，这次谈话就以疾病、死亡和鬼魂为中心：因为鲁迅在《中流》第一卷第一期发表了《"这也是生活"……》，在第二期发表了《死》，在第三期发表了《女吊》。鹿地亘的夫人池田幸子说："这一次您写了吊死鬼，那下一次还会写什么呢？这可真是沉重的话题呀。"鲁迅反问："我那篇杂感《死》你们读了没有？"鹿地亘说："我知道你写了关于死的文章，但还没读，我不喜欢接触死亡话题，只当是师友间的玩笑。日本明治中叶有一个文人叫斋藤绿雨，生前就写过死亡的文章，作为广告。"鲁迅好奇地问："那个人就真的死了吗？"鹿地亘回答："是的，不久就死于一场偶发的疾病，写文章时他似乎是有一种不祥的预感。"这时，一阵凉风吹开了窗户，鹿地亘赶忙起身去关，鲁迅阻止说："不冷，没关系的。"

鹿地亘忽然想起了鲁迅大陆新村寓所会客室的书柜里摆着一套《芥川龙之介全集》，知道芥川龙之介是鲁迅仰慕的一位小说家，擅长从古典文献中撷取素材，注进新的生命，使之与现代人生出干系。这种创作手法对鲁迅创作《故事新编》产生了明显影响。于是，话题转到了芥川一九二七年的自杀事件。鹿地亘说："芥川是一位耿直的文人，不知什么叫做诡诈。"鲁迅同意地点头说："是的，他发现自己向往的世界跟自己生活的世界之间的距离，不能跨越，所以只好死。"

由死亡谈到了鬼魂。鲁迅问："日本也有无头鬼吗？"鹿地亘回答："没听说过，不过日本的鬼是没有脚的。"鲁迅说："中国的鬼也没有脚，好像无论哪一国的鬼都没有脚。"于是他们聊到了《聊斋志异》《红楼梦》和日本《雨月物语》中关于鬼魂的描写。鲁迅又联想到日本戏剧中的鬼魂。他说："日本戏里的鬼是可怕的，好像是叫'牡丹灯笼'；还有'御岩'，这种鬼又脏又讨厌。在仙台医专读书时，我常花八分钱买站票到剧场去看。中国戏剧中的女鬼有奇特之处，就是常跟穷读书人谈恋爱。女鬼既漂亮，又不需要花钱养活，这也许满足了穷读书人的幻想。我以前就这样想过，有那种不需要花钱去养活的女鬼倒是好的。"

由留学日本鲁迅又忆起了他刚回国在绍兴教书的情景。那时，他家跟任教的学校有一段距离，晚上回家要斜穿过一片坟地，路两边杂草丛生。有一天下班晚，他穿过坟地时看见正对面有一个白色的物体慢慢挪近，渐渐变小，像一块石头那样停在前面。他虽然不相信鬼神，但四周漆黑无人，也有几分害怕，心怦怦直跳。他没有回头，反一脚踢过去，那白色物体原来是个人，从草丛中逃跑了——原来是个小偷。鲁迅总结道："可见人不必怕鬼，鬼反倒怕人。"鲁迅说完这段故事，便哈哈大笑起来，笑得直咳。

由踢鬼又谈到了女吊。鲁迅特意对鹿地亘的妻子池田幸子说："在中国，上吊是绝望的女人常做的事情，从周朝或汉朝就有这种陋习。据老一辈人说，远古时，男女都上吊，自从北宋的方士王灵官把男吊打死之后，男人上吊的现象就少了起来，结果吊死鬼成了女吊的专称。现在女人自杀的方式变成了吞金子，因为金子重，停在肠道会引起肠炎，一时半会儿死不了，所以有人吞金之后又反悔了。医生便用通便的方法让金子给排泄出来。有一阔人家的太太吞戒指自杀，先生找来医生给她通便，脱离危险之后，太太第一句话问的是：先生，我的戒指呢？"鲁迅讲完这个故事，又笑得咳嗽起来，说："我要休息三分钟。"接着从口袋里掏出体温计说："我每天下午四点左右都要量体温。"接着把体温计含在嘴里，取出一看，体温正常。池田幸子问："是不是含的时间不够？"鲁迅说："无所谓，这是应付医生检查的，不必太认真。"说完又把体温计放进了衣袋。

话题接着转到了在上海八仙桥基督教青年会举办的第二届全国木刻流动展览会。鹿地亘夫妇对鲁迅倡导新兴木刻表示由衷敬佩。他们说，用中文进行创作，要经过长年累月的学习，而用木刻进行启蒙，短时间就取得了如此巨大的成效。他们问："除了苏联，木刻艺术水平提高最快的应该就是中国吧？"鲁迅说："进步的确很快，超过了我的预期，不过，缺点还不少。比如青年木刻家刻人物就不如刻静物，往往把中国人的脸刻得像外国人。"

最后谈到了学外语的问题。鹿地亘夫妇向鲁迅诉说了学中文的困难，并夸奖鲁迅用日文写的文章好得很，不仅符合日本文法的规范，而且含有日语本身所缺少的韵味。鲁迅向他们分享了学习外语的体会："我学外文的时候，常常是硬着头皮读，读不懂就跳过去——因为老盯住那个不懂的地方终究还是不懂，再往下看，可能豁然贯通，连前面不懂的地方也都懂了。我认为只要多读多译就好，学外文并没有别的秘诀。"

这时天色已暗，鲁迅端起那杯快凉的红茶，呷了一口，说："你们接着忙吧，我先回去了。"鹿地亘夫妇和胡风赶快站起来把鲁迅送到弄堂的铁门口。胡风表示要把鲁迅一直送回家，鲁迅婉谢说："不必送。"

这时风又起，掀起了鲁迅青紫色长衫的衣裾。鲁迅义无反顾地阔步朝前走去。他万万没想到，归途受凉，竟成为他突发病情的诱因。

十七日傍晚鲁迅刚从鹿地亘家回来精神尚可。这时周建人先生来了，兄弟闲聊到了十一点。晚十二点许广平催鲁迅入睡。鲁迅靠在躺椅上说："你先睡，我再抽一支烟。"十八日凌晨一点钟鲁迅才上床，两点小便。没想到躺下后连做噩梦，剧烈喘息。许广平每隔一两小时就给他服用一种名为"忽苏尔"的药，可以治肺病，也可治心脏性气喘，但并未减轻病状。从三点半起鲁迅就屈身抱腿而坐，心跳加速，痛苦不堪。早上六时，许广平匆匆洗漱，准备去内山完造家报告鲁迅病况。鲁迅坚持要用日文写一张便条交许广平带去，不料手抖动厉害，断断续续才勉强写成。译成中文是："老板几下：没想到半夜又气喘起来。因此，十点钟的约会去不成了，很抱歉。拜托你给须藤先生挂个电话，请他速来看一下，草草顿首 L 拜十月十八日。""L"是鲁迅第一个字的英文缩写。这封信，成为了鲁迅一生中的绝笔。

内山完造从许广平手中接过字条，心情顿时沉重起来，因为鲁迅平时的信函都是字迹工整，一笔不苟，这张字条却字迹凌乱。内山完造立即给须藤医生打电话，催促他快去诊治，而后自己率先赶到鲁迅家。内山看到鲁迅坐在书桌旁的躺椅上，右手还夹着香烟，脸色极差，呼吸异常困难。他赶忙按摩鲁迅的背部，安慰他说："须藤医生马上就到。"然后拿出从自己家里带来的治哮喘胶囊。鲁迅平时并不吃这种药，但当时急不可待地一口气吃了三颗。内山劝鲁迅停止吸烟，鲁迅顺从地把烟头掐灭，把剩余的扔进了烟灰缸。很快须藤医生就赶到了。鲁迅一边艰难地呼吸一边说："今天三点半起，哮喘又发作了，请快替我注射。"须藤立即在鲁迅的右腕打了一针。一两分钟之后鲁迅问："怎么还没效果？"五分钟后须藤又在鲁迅右腕注射了一针，以后呼吸稍感平稳，此时是早上七时五十五分。内山有事情要办，就先告辞了。不久须藤医生也到了内山书店，对内山完造说，鲁迅的状况不好，不但哮喘没有停，而且变成了心脏性哮喘。他担心自己难以决断，想请福民医院的松井博士一起会诊。但当天是星期天，松井博士外出。此时石井医院的石井政吉医生偶然来到内山书店，须藤便拉着石井一起看望鲁迅。他们会诊后回到内山书店时说："鲁迅病况很危险，但这些话不便对许广平直说。"

十八日中午鲁迅只喝了大半杯牛奶，一直喘息不止。午后两点须藤医生出诊一次。此后，内山完造又请石井政吉医生再来看诊一次，觉得鲁迅病势很重，建议马上请亲属过来。周建人先生很快就来了。晚十二点半，许广平劝内山完造回家，内山答应了，留下一名店员在楼下守候，随时待命。在鲁迅病榻旁照顾的是许广平和须藤医院的一名护士。鲁迅对许广平说："时候不早了，你也可以睡了。"许广平说："我不困。"好几次，两人默默无语，只深情对视着。鲁迅两腿冰凉，但上身不时出汗。许广平替鲁迅擦手时，鲁迅报她以紧紧地回握。此刻，他们也许想起了一九二五年十月的那个定情之夜。许广平曾在《风子是我的爱》一文中描绘过当时的情景："风子是我的爱，于是，我起始握着风子的手。奇怪，风子同时也报我以轻柔而缓缓的紧握，并且我脉搏的跳荡，也正和风子呼呼的声音相对，于是，它首先向我说：'你战胜了！'"①文中的"风子"是鲁迅的代称。不知不觉，他们相濡以沫足足有十一个年头了。许广平怕鲁迅伤感动情，装作不知道，轻轻把鲁迅的手放开，给他盖好被子。鲁迅去世之后，许广平每当回忆起这一细节都深深追悔。在《最后的一天》中许广平写道："后来回想，我不知道应不应该也紧握他的手，甚至紧紧的拥抱住他，在死神的手里把我敬爱的人夺回来。如今是迟了！"②

从午夜十二时至凌晨四时，鲁迅饮过三次茶，小便一次，情绪显得焦躁。凌晨五时喘息仍未减轻，护士又给鲁迅注射了一针，请许广平快请医生。内山书店的值班店员赶快去找须藤医生。周建人赶到楼上，见鲁迅头朝内斜，呼吸更加微弱。护士又连打几针，不见好转。这个漫长的黑夜鲁迅终于没有熬过，待内山完造听到店员通知急忙跑到鲁迅家时，鲁迅虽然头部和手部还有一丝暖气，但脉搏已停，呼吸已绝⋯⋯这时，时钟指向了凌晨五时二十五分。

---

① 原稿存鲁迅博物馆。
② 见 1936 年 11 月 15 日《作家》第 2 卷第 2 期。

伟大的民众祭

星陨山颓，万众同悲。鲁迅去世的噩耗像一个巨大的铁锤，沉重地敲击在人们的心头。十月十九日清晨，小海婴刚从睡梦中醒来，保姆许妈就低声对他说："弟弟，今朝侬勿要上学堂去了……侬爸爸吭没了。"海婴没有思索，立即奔向父亲的卧室。他看到，母亲正垂泪伫立在父亲的灵床前，而父亲已不能再亲昵地叫他"小红象"，不能再用那粗硬的胡须来扎他细嫩的双颊了……

鲁迅安详地躺在卧室的床上。他额上的皱纹，是历史的大波留下的印痕；浓黑的双眉，好像勇士破敌的利剑。爱和恨的线条，交织在他刚毅的眼角。他面孔清癯，颧骨高耸，两颊下陷，黑发中夹着缕缕银丝，显示着他坚忍倔强的个性和鞠躬尽瘁的品德。床边，是鲁迅打腹稿时常坐的破旧藤躺椅。靠门的旧式红漆木桌上，整齐地堆放着参考书，以及未完成的文稿；两支"金不换"毛笔挺然立在笔插里。鲁迅正是用这种价廉物美的绍兴土产毛笔，绵绵不断地写下了近千万字的译文和著作，好像春蚕在悄然无声地吐丝作茧，直至耗尽最后的一丝精力；好像耕牛紧拽着犁杖，在莽原上不知疲惫地耕耘……那衣橱中，依然挂着鲁迅最后出门时所穿的那件青紫色哔叽长袍。鲁迅生前，"囚首垢面而读诗书"，从不注意自己的穿着。直至最后一年，因身体瘦弱，不堪重压，才特地做了一件丝绵的棕色湖绉长袍，不料这竟成了他临终穿在身上的寿衣……

最早赶到鲁迅寓所的内山完造跟许广平商量，要尽快将这一噩耗通知相关亲友。当时鲁迅家未装电话，内山书店的店员就临时充当了报丧员。最先通知到的有邻近的鹿地亘夫妇。他们后悔不迭地说："来迟了！来迟了！"周建人到内山书店给住在"颖村"（今复兴中路一二三二弄）的冯雪峰打电话。冯雪峰赶到时，天已大亮。他跺着脚埋怨周建人："你怎么不早点通知我呀！"冯雪峰马上又打电话通知宋庆龄。宋庆龄立即赶到鲁迅家，瞻仰了鲁迅遗容，看到许广平正在床边哭泣。冯雪峰对宋庆龄说，他公开露面有所不便，不知鲁迅丧事应该如何操持。宋庆龄建议先由沈钧儒律师出面到万国公墓购买一处墓地，再由救国会出面操办丧事。不久胡风乘坐内山书店的汽车赶到了，跟冯雪峰和宋庆龄一起在楼下客厅商讨起草讣文公告事宜。接着，黄源夫妇又带来了萧军。这个东北汉子狮子似的扑向灵床，石破天惊地号啕大哭。他的帽子掉在床上，沿着鲁迅的遗体急速滚动，一直滚到床边。

天亮之后，池田幸子又找来了青年木刻家曹白和力群。力群当时住在郊区。他们乘坐的汽车一路颠簸。为打破凝重的气氛，池田幸子带头唱起了国际歌。力群带来了画纸和炭笔，为鲁迅留下了一帧素描遗像。为鲁迅留下石膏遗容的是日本牙医奥田杏花。由于鲁迅临终时没戴全副假牙，所以显得面部凹陷。取下石膏模型时，粘上了鲁迅的二十根胡须和两根眉毛。接着大队人马来到了鲁迅家，这就是姚克带来的明星影片公司摄影队。导演是著名戏剧家欧阳予倩。他们先架上了摄影机，从鲁迅的床头拍起，推拉摇移，又摄下了鲁迅的书桌、书架和藤躺椅，为我们保存了鲁迅逝世的珍贵音像资料。

关于鲁迅先生治丧委员会，现存有两种名单。冯雪峰起草的名单共九人："蔡元培，马相伯，宋庆龄，毛泽东，内山完造，史沫特莱，沈钧儒，茅盾，萧参"。"萧参"即萧三，左翼作家联盟驻国际革命作家联盟代表。马相伯，当年九十六岁，是文化界救国会的执行委员。他积极参加抗日救亡运动，影响很大，被誉为"爱国老人"。但这份名单仅仅在十月二十日《日日新闻》中文版披露过，报道中强调："其中列有中国共产党巨人毛泽东氏之名，极堪注意。"据推断，列毛泽东之名是冯雪峰的建议，当时显然来不及正式请示远在陕北的党中央。这份名单原来还有鹿地亘，可能是因为他有日共党员身份，最后被涂掉了。

第二次名单扩大为十三人，增加了鲁迅的亲属周作人、周建人，友人许寿裳、茅盾，学生和弟子胡愈之、胡风，去掉了毛泽东与马相伯的名字。这份名单见于《鲁迅先生讣告》，刊登于多家中文和日文的报纸，想是一份正式名单。删掉毛泽东估计是为了减少治丧委员会的政治色彩，删掉马相伯是因为他跟鲁迅关系毕竟不深。

奔腾泪浪滔滔涌，吊唁人涛滚滚来。鲁迅的去世，像一只巨大的天平，一端是留赠后人的无法估量的精神财富，另一端是亿万人民难以计量的无尽哀思。十九日下午三时，鲁迅遗体移至上海胶州路万国殡仪馆（今胶州路二〇七号）。殡仪馆的外国员工用白布裹着鲁迅遗体抬下楼，先置入棺，再用美国制造的"克里斯"灵车运至殡仪馆。殡仪馆门前悬挂着"鲁迅先生丧仪"的大字横幅。二十日上午至二十二日上午，上海一百五十六个团体万余名群众络绎不绝地前来瞻仰鲁迅的遗容。灵堂布置得庄严、肃穆而简朴。鲁迅的遗体安置在一张像沙发式样的灵床上。人们佩着白花，戴着黑纱，十人一批依次进入灵堂，静悄悄地环绕着灵床，移动着沉重的步子，拭着眼泪，向这位民族与民主的斗士致敬。悼唁人群中有作家、教授、学者，也有粗布短衫的工人。上海工人救国会在挽联上写着："民族之光"。上海丝厂工人在挽联上写着："我们的朋友"。身背书包的小朋友在鲁迅灵前失声痛哭，他们耳边响彻着鲁迅"救救孩子"的急切的呼声。有的学生红着眼圈央求工作人员："让我再看一眼。这是初次见面，也是最后诀别……"这感人肺腑的场面，就是人民的选择，大众的悲哀，历史的评价！

二十一日下午三时至四时举行了简短的入殓仪式。鲁迅的遗体被移入一具昂贵的西式楠木棺材，四周有铜环，内盖有玻璃，可露出遗体上半部，供人瞻仰。鲁迅遗体着白纺绸裤，咖啡色薄棉袍，黑鞋白袜，外裹咖啡色棉衾，上覆绯色被面湖色夹里的新绣缎被。参加入殓式的有三十多人，姚克担任司仪。

十月二十二日下午二时，在悲壮肃穆的气氛中为鲁迅举行了出殡仪式。送葬行列的前头，是一幅张天翼书写的"鲁迅先生殡仪"的白布横额，执掌横幅的是作家蒋牧良、欧阳山。紧跟着的是挽联队、花圈队、挽歌队、画家司徒乔赶绘的大幅鲁迅遗像。画像上的鲁迅巨人似的用刚毅不屈的眼光望着人们。后面是安放着鲁迅灵柩的灵车。灵车后面是家属车。夫人许广平默默地流着泪，捧着奉献给鲁迅的《献词》："鲁迅夫子，悲哀的氛围笼罩了一切，我们对你的死，有什么话说！你曾对我说：'我好像一只牛，吃的是草，挤的是牛奶，血。'你'不晓得，什么是休息，什么是娱乐'。工作，工作！死的前一日还在执笔。如今……希望我们大众，锲而不舍，跟着你的足迹！——许广平敬献。"再后面是执绋者，其中有蔡元培、宋庆龄、沈钧儒、郁达夫、郑振铎、夏丏尊、叶圣陶、许钦文等数十人。再后面是徒步送殡者、乘车送殡者，其中有老年人、小学生，还有不少外国作家、记者。送殡者用《打回老家去》的曲调唱着悲壮的《悼歌》："哀悼鲁迅先生！哀悼鲁迅先生！他反对帝国主义！他反对黑暗势力！他是我们民族的灵魂，他是新时代的号声，唤起大众来争生存……"队伍经过租界路面时，巡捕房竟派出了穿着黑皮靴的西洋巡捕和裹着花条纹头巾的印度巡捕。他们骑着大马，手执长矛，在殡仪队伍四周巡察监视。人们的民族自尊心受到了极大的侮辱。队伍走到哥伦比亚路和虹桥路时，千万人终于火山爆发般地喊出了震天的口号："鲁迅先生不死，中华民族永生！"

下午四时半左右，队伍经极司斐尔路（今万航渡路）、地丰路（今乌鲁木齐路）、大西路（今延安西路）来到了虹桥万国公墓（今宋庆龄陵园）。公墓门上，挂着"丧我导师"的横联。当澎湃的人潮涌来时，宽阔的公墓大门顿时显得窄小低矮起来。在鲁迅墓前，蔡元培、沈钧儒、宋庆龄、内山完造、章乃器、邹韬奋等人先后发表了安葬演说；萧军代表"治丧办事处"同人及《译文》《作家》《中流》《文季》四个杂志社的同人作了简短致词。宋庆龄说："现在鲁迅先生死了，可是鲁迅先生的革命工作尚未完成，我们要继承鲁迅先生的精神，必须打倒帝国主义，消灭一切汉奸，完成中华民族的解放事业。"接着，胡愈之朗读了哀词。送葬的队伍中响起了《安息歌》："愿你安息安息，愿你安息安息，在土地里愿你安息，愿你安息，愿你安息，安息在土地里。"在凄绝的哀乐、哀歌声和嘤嘤的啜泣声中，上海民众代表王造时、沈钧儒、章乃器、李公朴将一幅长二百零二厘米，宽一百零三厘米的白地黑字锦旗覆盖在鲁迅的灵柩上，旗上由沈钧儒题写了三个大字："民族魂"。六时许，在苍茫的暮色中，鲁迅的楠木灵柩由巴金、胡风、黄源、欧阳山、萧军、张天翼、陈白尘、靳以、吴朗西、萧乾、聂绀弩、周文、曹白、黎烈文、孟十还等人扶着冉冉垂落进墓穴。为祖国奋战了一生的鲁迅，如今又回到了祖国的泥土。这时，悲哀与热忱交织着的人群又喊出了"鲁迅先生万岁！""中华民族万岁！""弱小民族解放万岁！"的口号。葬仪结束时，一弯愁惨的上弦月升上了天空，将银光倾泻在墓地的黄杨和梧桐树叶上。墓地上空似乎还在回荡着动人的哀歌，缅怀民众赞颂着的民族之魂——鲁迅：

> 你的笔尖是尖枪，
> 刺透了旧中国底脸；
> 你的声音是晨钟，
> 唤醒了奴隶们底迷梦。
> 在民族解放的斗争里，
> 你从不曾退却，
> 擎着光芒的大旗，
> 走在新中国的前头。
> 呵，导师！
> 呵，同志！——
> 你死了，
> 在艰苦的战地；
> 你没有死去，
> 你活在我们心里。
> ……
> 我们会踏着你的路，
> 那一天就要到来，
> 我们站在你底墓前，
> 报告你我们完成了你底志愿。

　　鲁迅逝世后，中国共产党中央委员会和中华苏维埃中央政府于十月二十二日发出了三份电文:《致许广平的唁电》《告全国同胞和全世界人士书》《致国民党中央、南京政府电》。致许广平的唁电中，称颂鲁迅是"最伟大的文学家，热忱追求光明的导师，献身于抗日救国的非凡领袖，共产主义苏维埃运动之亲爱的战友"。

尾声 忘不了的人是你

一九三六年十月十九日，当你溘然长逝的时候，曾留下遗嘱："忘记我，管自己生活。"然而，八十年以来，你的友与仇从来没有忘记你，在你棺木上覆盖"民族魂"锦旗的人民大众从来没有忘记你。你的死印证了马克思的名言："死亡对于死者并非灾难，对于生者才是不幸。"

一八八一年九月二十五日，你诞生在绍兴东昌坊口新台门周家。在当时，这一天并未因为你的呱呱坠地而显得不同寻常。但在你去世之后，每年的这一天都成为了中国人的文化庆典。因为你以"鲁迅"为笔名创造的文化遗产，成为了二十世纪人类最值得夸耀的精神财富之一。

你的文学活动是以失败开始的，但却以辉煌终结。你作品中蕴含的深邃哲理，过人才智，渊博学识，以及深厚的生活底蕴，独特的艺术风格，使你成为了"作家的作家"。你在中国读者心中的神圣位置，如同荷马之于希腊人，莎士比亚之于英国人，歌德之于德国人，泰戈尔之于印度人，惠特曼之于美国人。

你在文坛的崇高地位，不仅仅取决于你是一位作家，而首先取决于你是一位战士。中国历史上涌现的作家灿若繁星，但荷戟执戈、毕生鏖战的首推"鲁迅"。你跟重于磐石的黑暗势力搏斗，跟人类灵魂深处的丑陋面搏斗，跟自身的弱点、局限乃至缺点、错误搏斗。在你看来，面对压迫要斗争，对敌宽容是纵恶。你的铮铮硬骨，是支撑中华民族精神大厦的擎天梁柱。

当今涌现出了不少才华横溢的作家。他们当中的有些人无法讲清他的哪一篇作品受到了你的什么具体影响，但是他们却毫无例外地把你的作品作为人生的教材，努力按照你的风骨品格塑造自己。他们牢记着你的教导：文艺家固然须有精熟的技巧，但尤须有进步的思想与高尚的人格。你的"俯首甘为孺子牛"的精神，你的甘为泥土、甘为人梯、甘为崇楼广厦一砖一石的精神，仍然是当今时代热切呼唤的时代精神。是的，你离开我们将近八十年了。二万九千多个日日夜夜，这是多么悠长的岁月。但岁月的流水并没有冲淡我们对你的记忆。你的精神背影在我们为实现"中国梦"而奋斗的征程中显得愈益清晰，愈益高大。你没有死！你的事业属于人类，你的生命属于永恒。

附录一

鲁迅先生年谱

许寿裳

凡例

一、先生自民国元年五月抵京之日始，即写日记，从无间断，凡天气之变化如阴、晴、风、雨，人事之交际如友朋过从，信札往来，书籍购入，均详载无遗，他日付印，足供参考。故年谱之编，力求简短，仅举荦荦大端而已。

二、先生著作既多，译文亦富，另有著译书目，按年排比，故本谱于此二项，仅记大略，未及详焉。

三、先生著译之外，复勤于纂辑古书，抄录古碑，书写均极精美，谱中亦不备举。

四、先生工作，毕生不倦，如编辑各种刊物，以及为人校订稿件之类，必忠必信，贡献亦多，谱中亦从略不述。

五、本谱材料，有奉询于先生母太夫人者，亦有得于夫人许广平及弟作人建人者，合并声明。

二十六年五月许寿裳记

民国前三十一年（清光绪七年辛巳，西历一八八一年）先生一岁

八月初三日，生于浙江绍兴城内东昌坊口，姓周，名树人，字豫才，小名樟寿，至三十八岁，始用鲁迅为笔名。

前二十六年（十二年丙戌，一八八六年）六岁

是年入塾，从叔祖玉田先生初诵《鉴略》。

前二十四年（十四年戊子，一八八八年）八岁

十一月，以妹端生十月即夭，当其病笃时，先生在屋隅暗泣，母太夫人询其何故，答曰："为妹妹啦。"

是岁一日，本家长辈相聚推牌九，父伯宜公亦与焉。先生在旁默视，从伯慰农先生因询之曰："汝愿何人得赢？"先生立即对曰："愿大家均赢。"其五六岁时，宗党皆呼之曰"胡羊尾巴"，誉其小而灵活也。

前二十年（十八年壬辰，一八九二年）十二岁

正月，往三味书屋从寿镜吾先生怀鉴读。在塾中，喜乘间描画，并搜集图画，而对于《二十四孝图》之"老莱娱亲""郭巨埋儿"独生反感。

先生外家为安桥头鲁姓，聚族而居，幼时常随母太夫人前往，得在乡村与大自然相接触，影响甚大。《社戏》中所描写者，皆安桥头一带之景色，时正十一二岁也。外家后迁皇甫庄、小皋步等处。

十二月三十日曾祖母戴太君卒，年七十九。

前十九年（十九年癸巳，一八九三年）十三岁

三月祖父介孚公丁忧，自北京归。

秋，介孚公因事下狱，父伯宜公又抱重病，家产中落，出入于质铺及药店者累年。

前十六年（二十二年丙申，一八九六年）十六岁

九月初六日父伯宜公卒，年三十七。

父卒后，家境益艰。

前十四年（二十四年戊戌，一八九八年）十八岁

闰三月，往南京考入江南水师学堂。

前十三年（二十五年己亥，一八九九年）十九岁

正月，改入江南陆师学堂附设矿路学堂，对于功课并不温习，而每逢考试辄列前茅。

课余辄读译本新书，尤好小说，时或外出骑马。

前十一年（二十七年辛丑，一九〇一年）二十一岁

十二月矿路学堂毕业。

前十年（二十八年壬寅，一九〇二年）二十二岁

二月，由江南督练公所派赴日本留学，入东京弘文学院。

课余喜读哲学与文艺之书，尤注意于人性及国民性问题。

前九年（二十九年癸卯，一九〇三年）二十三岁

是年为《浙江潮》杂志撰文。

秋，译《月界旅行》毕。

前八年（三十年甲辰，一九〇四年）二十四岁

六月初一日，祖父介孚公卒，年六十八。

八月，往仙台入医学专门学校。

前六年 (三十二年丙午，一九〇六年) 二十六岁

六月回家，与山阴朱女士结婚。

同月，复赴日本，在东京研究文艺，中止学医。

前五年 (三十三年丁未，一九〇七年) 二十七岁

是年夏，拟创办文艺杂志，名曰《新生》，以费绌未印，后为《河南》杂志撰文。

前四年 (三十四年戊申，一九〇八年) 二十八岁

是年从章太炎先生炳麟学，为"光复会"会员，并与二弟作人译域外小说。

前三年 (宣统元年己酉，一九〇九年) 二十九岁

是年辑印《域外小说集》二册。

六月归国，任浙江两级师范学堂生理学和化学教员。

前二年 (二年庚戌，一九一〇年) 三十岁

四月初五日祖母蒋太君卒，年六十九。

八月，任绍兴中学堂教员兼监学。

前一年 (三年辛亥，一九一一年) 三十一岁

九月绍兴光复，任绍兴师范学校校长。

冬，写成第一篇试作小说《怀旧》，阅二年始发表于《小说月报》第四卷第一号。

民国元年 (一九一二年) 三十二岁

一月一日，临时政府成立于南京，膺教育总长蔡元培之招，任教育部部员。

五月，航海抵北京，住宣武门外南半截胡同绍兴会馆藤花馆，任教育部社会教育司第一科科长。八月任命为教育部佥事。

是月公余纂辑《谢承后汉书》。

二年(一九一三年) 三十三岁

六月，请假由津浦路回家省亲，八月由海道返京。

十月，公余校《嵇康集》。

三年(一九一四年) 三十四岁

是年公余研究佛经。

四年(一九一五年) 三十五岁

一月辑成《会稽郡故书杂集》一册，用二弟作人名印行。同月刻《百喻经》成。

是年公余喜搜集并研究金石拓本。

五年(一九一六年) 三十六岁

五月，移居会馆补树书屋。

十二月，请假由津浦路归省。

是年仍搜集研究造像及墓志拓本。

六年(一九一七年) 三十七岁

一月初，返北京。

七月初，因张勋复辟乱作，愤而离职，同月乱平即返部。

是年仍搜集研究拓本。

七年(一九一八年) 三十八岁

自四月开始创作以后，源源不绝，其第一篇小说《狂人日记》，以鲁迅为笔名，载在《新青年》第四卷第五号，抨击家族制度与礼教之弊害，实为文学革命思想革命之急先锋。

是年仍搜罗研究拓本。

八年（一九一九年）三十九岁

一月发表关于爱情之意见，题曰《随感录四十》，载在《新青年》第六卷第一号，后收入杂感集《热风》。

八月买公用库八道湾屋成，十一月修缮之事略备，与二弟作人俱移入。

十月发表关于改革家庭与解放子女之意见，题曰《我们现在怎样做父亲》，载《新青年》第六卷第六号，后收入论文集《坟》。

十二月请假经津浦路归省，奉母偕三弟建人来京。

是年仍搜罗研究拓本。

九年（一九二〇年）四十岁

一月，译成日本武者小路实笃著戏曲《一个青年的梦》。

十月译成俄国阿尔志跋绥夫著小说《工人绥惠略夫》。

是年秋季起，兼任北京大学及北京高等师范学校讲师。

是年仍研究金石拓本。

十年（一九二一年）四十一岁

二三两月又校《嵇康集》。

仍兼任北京大学、北京高等师范学校讲师。

十一年（一九二二年）四十二岁

二月八月又校《嵇康集》。

五月译成俄国爱罗先珂著童话剧《桃色的云》。

仍兼任北京大学、北京高等师范学校讲师。

十二年（一九二三年）四十三岁

八月迁居砖塔胡同六十一号。

九月小说第一集《呐喊》印成。

十二月买阜成门内西三条胡同二十一号屋。

同月，《中国小说史略》上卷印成。

是年秋起，兼任北京大学、北京师范大学，北京女子高等师范学校及世界语专门学校讲师。

十三年（一九二四年）四十四岁

五月，移居西三条胡同新屋。

六月，《中国小说史略》下卷印成。

同月又校《嵇康集》，并撰校正《嵇康集》序。

七月往西安讲演，八月返京。

十月译成日本厨川白村著论文《苦闷的象征》。

仍兼任北京大学、北京师范大学、北京女子高等师范学校及世界语专门学校讲师。

是年冬起为《语丝》周刊撰文。

十四年（一九二五年）四十五岁

八月，因教育总长章士钊非法解散北京女子师范大学，先生与多数教职员有校务维持会之组织，被章士钊违法免职。

十一月杂感第一集《热风》印成。

十二月译成日本厨川白村著《出了象牙之塔》。

是年仍为《语丝》撰文，并编辑《国民新报》副刊及《莽原》杂志。

是年秋起，兼任北京大学、北京女子师范大学、中国大学讲师，黎明中学教员。

十五年（一九二六年）四十六岁

一月女子师范大学恢复，新校长易培基就职，先生始卸却职责。

同月教育部佥事恢复，到部任事。

三月，"三一八"惨杀案后，避难入山本医院、德国医院、法国医院等，至五月始回寓。

七月起，逐日往中央公园，与齐宗颐同译《小约翰》。

八月底，离北京向厦门，任厦门大学文科教授。

九月《彷徨》印成。

十二月因不满于学校，辞职。

十六年（一九二七年）四十七岁

一月至广州，任中山大学文学系主任兼教务主任。

二月往香港演说，题为:《无声的中国》，次日演题:《老调子已经唱完》。

三月黄花节，往岭南大学讲演。同日移居白云楼。

四月至黄埔政治学校讲演。

同月十五日，赴中山大学各主任紧急会议，营救被捕学生，无效，辞职。

七月演讲于知用中学，及市教育局主持之"学术讲演会"，题目为《读书杂谈》《魏晋风度及文章与药及酒之关系》。

八月开始编纂《唐宋传奇集》。

十月抵上海。八日，移寓景云里二十三号，与番禺许广平女士同居。

同月《野草》印成。

沪上学界，闻先生至，纷纷请往讲演，如劳动大学、立达学园、复旦大学、暨南大学、大夏大学、中华大学、光华大学等。

十二月膺大学院院长蔡元培之聘，任特约著作员。

同月《唐宋传奇集》上册出版。

十七年（一九二八年）四十八岁

二月《小约翰》印成。

同月为《北新》半月刊译《近代美术史潮论》，及《语丝》编辑。

《唐宋传奇集》下册印成。

五月往江湾实验中学讲演，题目:《老而不死论》。

六月《思想山水人物》译本出。《奔流》创刊号出版。

十一月短评《而已集》印成。

十八年（一九二九年）四十九岁

一月与王方仁、崔真吾、柔石等合资印刷文艺书籍及木刻《艺苑朝花》，简称朝花社。

五月《壁下译丛》印成。

同月十三，北上省亲。并应燕京大学、北京大学、第二师范学院、第一师范学院等校讲演。

六月五日回抵沪上。

同月普列汉诺夫作《艺术论》译成出版。

九月二十七日晨，生一男。

十月一日名孩子曰海婴。

同月为柔石校订中篇小说《二月》。

同月卢那卡尔斯基作《文艺与批评》译本印成。

十二月往暨南大学讲演。

十九年（一九三○年）五十岁

一月朝花社告终。

同月与友人合编《萌芽》月刊出版。开始译《毁灭》。

二月"自由大同盟"开成立会。

三月二日参加"左翼作家联盟"成立会。

此时浙江省党部呈请通缉"反动文人鲁迅"。

"自由大同盟"被严压，先生离寓避难。

同时牙齿肿痛，全行拔去，易以义齿。

四月回寓。与神州国光社订约编译《现代文艺丛书》。

五月十二日迁入北四川路楼寓。

八月往"夏期文艺讲习会"讲演。

同月译雅各武莱夫长篇小说《十月》讫。

九月为贺非校订《静静的顿河》毕，过劳发热。

同月十七日，在荷兰西菜室，赴数友发起之先生五十岁纪念会。

十月四五两日，与内山完造同开"版画展览会"于北四川路"购买组合"第一店楼上。

同月译《药用植物》讫。

十一月修正《中国小说史略》。

二十年（一九三一年）五十一岁

一月二十日柔石被逮，先生离寓避难。

二月梅斐尔德《士敏土之图》印成。

同月二十八日回旧寓。

三月，先生主持"左联"机关杂志《前哨》出版。

四月往同文书院讲演，题为：《流氓与文学》。

六月往日人"妇女之友会"讲演。

七月为增田涉讲解《中国小说史略》全部毕。

同月往"社会科学研究会"演讲《上海文艺之一瞥》。

八月十七日请内山嘉吉君教学生木刻术，先生亲为翻译，至二十二日毕。二十四日为一八艺社木刻部讲演。

十一月校《嵇康集》以涵芬楼景印宋本。

同月《毁灭》制本成。

十二月与友人合编《十字街头》旬刊出版。

二十一年（一九三二年）五十二岁

一月二十九日遇战事，在火线中。次日避居内山书店。

二月六日，由内山店友护送至英租界内山支店暂避。

四月编一九二八及二九年短评，名曰《三闲集》。编一九三〇至三一年杂文，名曰《二心集》。

五月自录译著书目。

九月编译新俄小说家二十人集上册讫，名曰《竖琴》。编下册讫，名曰《一天的工作》。

十月排比《两地书》。

十一月九日，因母病赴平。

同月二十二日起，在北京大学、辅仁大学、北平大学女子文理学院、北京师范大学、中国大学等校讲演。

二十二年（一九三三年）五十三岁

一月四日蔡元培函邀加入"民权保障同盟会"，被举为执行委员。

二月十七日蔡元培函邀赴宋庆龄宅，欢迎萧伯纳。

三月《鲁迅自选集》出版于天马书店。

同月二十七日移书籍于狄思威路，租屋存放。

四月十一日迁居大陆新村九号。

五月十三日至德国领事馆为"法西斯蒂"暴行递抗议书。

六月二十日杨铨被刺，往万国殡仪馆送殓。时有先生亦将不免之说，或阻其行，先生不顾，出不带门匙，以示决绝。

七月,《文学》月刊出版,先生为同人之一。

十月,先生编序之《一个人的受难》木刻连环图印成。

同月"木刻展览会"假千爱里开会。

又短评集《伪自由书》印成。

二十三年(一九三四年)五十四岁

一月《北平笺谱》出版。

三月校杂文《南腔北调集》,同月印成。

五月,先生编序之木刻《引玉集》出版。

八月编《译文》创刊号。

同月二十三日,因熟识者被逮,离寓避难。

十月《木刻纪程》印成。

十二月十四夜脊肉作痛,盗汗。病后大瘦,义齿与齿龈
不合。

同月短评集《准风月谈》出版。

二十四年(一九三五年)五十五岁

一月译苏联班台莱夫童话《表》毕。

二月开始译果戈理《死魂灵》。

四月《十竹斋笺谱》第一册印成。

六月编选《新文学大系·小说二集》并作导言毕,印成。

九月高尔基作《俄罗斯的童话》译本印成。

十月编瞿秋白遗著《海上述林》上卷。

十一月续写《故事新编》。

十二月整理《死魂灵百图》木刻本,并作序。

二十五年(一九三六年)五十六岁

一月肩及胁均大痛。

同月二十日与友协办之《海燕》半月刊出版。

又校《故事新编》毕，即出书。

二月开始续译《死魂灵》第二部。

三月二日下午骤患气喘。

四月七日往良友公司，为之选定《苏联版画》。

同月编《海上述林》下卷。

五月十五日再起病，医云胃疾，自后发热未愈，三十一日，史沫特莱女士引美国邓医生来诊断，病甚危。

六月，从委顿中渐愈，稍能坐立诵读。可略作数十字。

同月，病中答访问者O.V.《论现在我们的文学运动》。

又《花边文学》印成。

七月，先生编印之《凯绥·珂勒惠支版画选集》出版。

八月，痰中见血。

为《中流》创刊号作小文。

十月，称体重八十八磅，较八月一日增约二磅。

契诃夫作《坏孩子和别的奇闻》译本印成。

能偶出看电影及访友小坐。

同月八日往青年会观第二回"全国木刻流动展览会"。

十七日出访鹿地亘及内山完造。

十八日未明前疾作，气喘不止，延至十九日上午五时二十五分逝世。

录自鲁迅先生纪念委员会编:《鲁迅先生纪念集》，第1页至第10页，1937年10月初版。

附录二　参考书目

1.《鲁迅全集》，人民文学出版社，2005 年 11 月。

2.《鲁迅大辞典》，《鲁迅大辞典》编委会编，人民文学出版社，2009 年 12 月。

3.《鲁迅年谱》（一至四卷），鲁迅博物馆研究室编，人民文学出版社，1984 年 9 月。

4.《鲁迅生平史料汇编》（一至五辑），薛绥之主编，天津人民出版社，1986 年 5 月。

5.《鲁迅回忆录》（专著，一至三册），鲁迅博物馆研究室编，北京出版社，1999 年 1 月。

6.《鲁迅回忆录》（散篇，一至三册），北京出版社，1999 年 1 月。

7.《鲁迅先生纪念集》，鲁迅先生纪念委员会编，上海书店复印，1979 年 12 月。

8.《鲁迅论争集》（上、下卷），陈漱渝主编，中国社会科学出版社，1998 年 9 月。

9.《左联回忆录》（上、下册），中国社会科学院文学所《左联回忆录》编辑组编，中国社会科学出版社，1982 年 5 月。

10.《民国那些人——鲁迅同时代人》，陈漱渝、姜异新主编，漓江出版社，2012年10月。

11.《民国那些事——鲁迅同时代人》，陈漱渝、姜异新主编，漓江出版社，2012年10月。

12.《鲁迅研究月刊》，北京鲁迅博物馆主办，1987年公开发行，截至2015年8月已出400期。

后记

何时正式提出为鲁迅立传的问题？我以为是一九三六年五月五日。根据是当天未名社李霁野先生致函鲁迅，建议鲁迅写一部自传或协助许广平写一部《鲁迅传》。鲁迅五月八日复信说："我是不写自传也不热心于别人给我作传的，因为一生太平凡，倘使这样的也可做传，那么，中国一下子可以有四万万部传记，真将塞破图书馆。我有许多小小的想头和言语，时时随风而逝，固然似乎可惜，但其实，亦不过小事情而已。"[①] 字里行间流露的是鲁迅的谦逊。因为此时的鲁迅誉满文坛，业绩超凡，决不会淹没在四亿中国人当中。许广平倒是很重视李霁野的意见，所以从当天起就开始把鲁迅的"小小的想头和言语"记录下来，但只坚持了三天，因鲁迅重病，只好搁置。直到鲁迅去世之后，才将这三天的笔录整理出来，以《片段的记录》为题，发表于一九三六年十一月五日出版的《中流》第一卷第五期。后来，许广平并没有写成《鲁迅传》，只是给我们留下了三部有关回忆录《欣慰的纪念》《关于鲁迅的生活》《鲁迅回忆录》，以及其他一些零星文字。许广平国文系毕业，既是作家又是鲁迅夫人，在一般人眼中是撰写《鲁迅传》的最佳人选。但其实未必。记者跟采访对象初次见面，也许就能写出一篇出色的印象记，而十年"相濡以沫"的爱人也许彼此了解太多、了解太深，下笔时反倒颇多踌躇。即使对于许广平的回忆录，也有一些研究者质疑正误。

据许广平说，国人写的第一部《鲁迅传》，是一九四七年出版的王士菁著《鲁迅传》。这本传记一九五九年修订再版，一九八一年重印。蒙王先生函告，仅一九八一年版就发行了两万册，可见印数相当可观。

---

① 引自《鲁迅全集》，第14卷，第95页，人民文学出版社2005年出版。

许广平认为这本传记比较客观，能把中国近现代的重要事件跟鲁迅生平有机联系在一起，只是引征鲁迅原著过多。然而，香港曹聚仁先生却认为王士菁的《鲁迅传》"那简直是一团草，不成东西"，所以他奋笔写了一部《鲁迅评传》，自认为主要特色是反对神化鲁迅，把鲁迅还原为一个"人之子"。那么，作为"人"的鲁迅又具有什么特点呢？经曹聚仁概括，鲁迅原来是一个"同路人"，虚无主义者、自由主义者、个人主义者……这种看法得到了周作人的激赏，认为是一种"特见"，然而这种"特见"在文化大革命期间当然会被视为对鲁迅的歪曲和诬蔑，所以曹著《鲁迅评传》不但也成了"一团草"，而且当时被视为是一团"毒草"。直到新时期这部书才由上海东方出版中心公开出版，我为这个版本写了一篇前言《毋求备于一夫》，对此书做出了比较全面的评价。

曹聚仁在贬低王士菁的同时，又认为《鲁迅事迹考》的作者林辰是撰写《鲁迅传》的最佳人选，孙伏园先生持同样看法，认为未来《鲁迅传》的作者应该是林辰先生。林辰先生是我的恩师，他学识渊深，博闻强记，治学细密谨严，尤长于考证。他的《鲁迅事迹考》就是构建鲁迅传记的优质建材。林辰先生也的确着手撰写《鲁迅传》，但只写了八章，从鲁迅出生至离开广州赴上海为止。而这八章又仅在成都出版的《民讯》月刊发表过两章半，因此影响甚微。直至林先生去世之后，八章中留存的七章未完稿才被收入《林辰文集》（四卷本）第一卷，由山东教育出版社出版。林先生写作《鲁迅传》是在抗日战争时期，他辗转流离，心境芜杂，资料匮乏，就连《鲁迅日记》这样的必读书都搜寻不得。他只好从鲁迅著作中钩稽史料，搜集排比，但得出的考证结果几乎无懈可击。建国之后，林辰先生倾全力从事《鲁迅全集》的编注工作，无暇旁骛，加上政治风云多变幻，撰写《鲁迅传》更成为了一项风险工程。所以林辰先生壮志未酬，只留下了半部《鲁迅传》，让读者景仰而又抱憾。

把林辰先生从贵州高校调到北京从事《鲁迅全集》编注工作的是冯雪峰。早在一九四二年，苏联塔斯社分社社长罗果夫就研究鲁迅文学遗产问题书面采访许广平，询问："在现代中国作家中，谁是被认为先生文学遗产及其手稿最优秀的通人？"许广平回答："自到上海以后的十年间，以冯雪峰比较可以算是他的通人。"①谁都知道，如果撰写《鲁迅传》，最难把握的就是上海时期，因为政治情势复杂多变，各类矛盾纵横交织。遗憾的是，冯雪峰只为我们留下了一部《回忆鲁迅》，从一九二九年写到一九三六年，概述鲁迅"从封建社会的'叛臣逆子'到无产阶级的坚决战士"的生命历程。书中虽不乏珍贵的第一手资料，特别是左联时期鲁迅心路历程的研究资料，但由于写作环境的局限，也有吞吞吐吐、遮遮掩掩之处。比如书中提到一九三六年他从陕北到上海时，鲁迅跟他见面的第一句话是："这两年来的事情，慢慢告诉你罢。"这就与事实不符。直至文化大革命期间冯雪峰才承认，鲁迅的原话是："这两年来，我被他们（指周扬等）摆布得可以！"冯雪峰也并非没有撰写《鲁迅传》的想法。在冯雪峰的遗物中，有一份《鲁迅传》的遗稿，从童年写到五四，只有两万四千五百字，写作时间不明，我也没有看出什么特色。

粉碎"四人帮"之后，出版界面临的第一位大事就是重新编注《鲁迅全集》，出版鲁迅手稿。撰写一部具有权威性的《鲁迅传》也摆上了议事日程，并作为新成立的鲁迅研究室的一项任务。然而《鲁迅传》跟《鲁迅年谱》不同，不宜集体写作，于是人们把期待的目光投向了鲁迅研究室的一位顾问，他就是中国社科院文学研究所的研究员唐弢。

在《重展遗简忆恩师》一文中，我曾这样描写这位中国现代文学学科的奠基人："唐先生身材不高，体型微胖，有着作为智者的外貌特征——巴尔扎克式的硕大头颅，苏格拉底式的闪光前额。我常常呆想，在他的大脑里，究竟贮藏着多少智慧的燃料？他的智商究竟会超出常人多少倍？"人们期待唐弢写出一部高水平的《鲁迅传》，因为他是一位通才：既对中国文学有精湛的研究，又有丰富的外国文学知识；既有很高的理论水平，又写得一手漂亮的散文。更为难得的还有两点，一、他是当时为数不多的亲炙过鲁迅教导的同时代人之一；二、他是收藏中国现代文学书刊最丰的藏书家。可以说，凡撰写鲁迅传记的必备条件唐先生全都具备。唐弢也确有撰写大型《鲁迅传》的志愿。他向中国社科院申报了这一项目，得到了支持，一度还为他配备了助手。结果他的《鲁迅传——一个伟大的悲剧的灵魂》仅写到了第二编第十一章，即从鲁迅出生写到杭州执教时期，就赍志而殁。究其原因，我分析了三点：一、唐先生研究面太广，八方约稿，应接不暇；二、身体状况日差；三、对自己要求太高。现在，唐著《鲁迅传》的未完稿已收入《唐弢文集》第六卷，由社会科学出版社在一九九五年出版，关心此事的读者可以参看。

这样一来，最具资格为鲁迅立传的前辈作家、研究家如许广平、冯雪峰、林辰、唐弢等都未能完成这一夙愿，这项崇高的文化使命就历史性地落到了他们的后辈身上。据研究鲁迅传记的学者说，迄今为止，国内学者撰写的《鲁迅传》(包括画传、合传等)，共有四十余部，加上外国研究者撰写的鲁迅传记，大约有五十部。说老实话，这些《鲁迅传》我一部也没有细读，大多是未曾寓目，个别为之撰写过前言导读的《鲁迅传》也只是大体翻翻。我这样做丝毫不含有"文人相轻"的意思，只是为了保持自己研究的独立性，有关鲁迅生平的史料考证文章我倒是读了不少，从中获益良多。

我自己撰写《鲁迅传》的最初实践是一九八一年应《中国青年报》之约，为该报赶写一组连载的文章，以纪念鲁迅诞辰一百周年。这就是后来结集出版的《民族魂——鲁迅传》。这个任务接受得突然，写作时间是当年七、八两个月的工作之余，时间仓促带来的种种不足在所难免。但出乎意料的是，这本书却受到了读者的欢迎，三十年来一版再版，连书名都被不同出版社改动了四次。这就是普及性读物的效应。当然，普及绝不等于肤浅，凡是从事过普及工作的专家学者都会有这方面的深刻体会。鲁迅呼吁专家学者"放低手眼"，多写些通俗性文章，实际上是提出了一项文化发展的重要战略。

二○一二年三月十六日，我在《文艺报》上看到一则消息，说是中国作协启动了创作出版"中国历史文化名人传"大型丛书的工程，于是毛遂自荐报了一本《鲁迅传》，目的是给自己留下一部能够较长远留存的著作，以弥补三十年前撰写《民族魂》留下的种种遗憾。两个月后，我交出了一份创作提纲，获得通过，于是这项创作活动就摆上了我退休之后的工作日程。按说退休成了社会闲杂人员，我的创作时间应有充分保证，然而不料又老病丛生，最恼火的是腰椎间盘突出加腰部骨刺，医嘱平卧。试想平卧之人如何看书？又如何写作？于是这部二十五万字的《鲁迅传》断断续续写了三年，直到二〇一五年金秋才完成初稿。

我敢断言，在这套百位历史文化名人传记当中，只有《鲁迅传》最能让读者评头品足、争论不休。那原因之一是"画鬼易，画人不易"。"鬼"是虚无的存在，没有品评的现实依据；那些年代久远、专业性又强的名人与此相类。鲁迅则不然，凡中学生乃至小学生都知道他的名字，多少读过他的几篇文章，因此人人都有发言权。在价值失范的当下，人人心目之中都有一个具有排他性的鲁迅。更何况鲁迅文本的内涵的确具有多重性和模糊性，提供了一个可以从不同角度进行探索的开放性空间；鲁迅的精神世界又是一个由多种因子构建的生命整体，其中有绝望和希望、阴暗与光明的交织，也有求索和彷徨、退避与挑争的撕扭。取舍抑扬稍有不当，即可能偏离鲁迅的"本色""本相"。我明确表示：我即使拼出老命也写不出一本人人首肯的鲁迅传记，我也不会为调众口而放弃我的学术追求。

那么，我究竟想把这部鲁迅传记写成什么样子呢？简而言之，我只是想把它定位为一部能够取信于读者而又能让他们看得明白的普及性读物。因此，我最高的学术追求就是"真实"二字，即展现一个在中国近现代文坛曾经存活过的文豪鲁迅。书中对他的一言一行的描写尽管难免有取舍失当之处，但都是言之有据，无一语自造，即使史料不足，也不用想象和虚构来填充。我以为，所谓"真实性与文学性"的统一，其实只能是相对的。史传应属于历史学的范畴，因此必须把"传信"作为最根本的原则，既不徇情回护，也不恶意构陷。为了增强传记的可读性，我尽可能丰富了一些历史细节，在语言上作了一些修饰，在叙述方式上也考虑到能让读者想要读下去。我承认自己缺知少识，对于现代派和后现代派的传记理论尤为隔膜。据说现代派传记可以借鉴现代派手法，打破生平叙述的连贯性，对传主的一生进行变形处理，也容许在一定范围内进行想象和虚构，后现代派传记中虚构的成分更加夸张。我尊重其他传记作家进行的实验性写作，但我坚持采用中规中矩的老套路。读者希望后出版的鲁迅传记能够更多地出新，对于这种期待我既理解而又感激。但我也多次讲过，不能单纯以新旧断是非，比如过去认为鲁迅是革命家、思想家和文学家，我至今仍然认同这种说法，只是在书中写到了鲁迅对"革命"的独特理解和配合"革命"的独特方式，而并不去颠覆这种说法。至于存在主义、解构主义、心理分析乃至星象学等等新潮理论，因为我不懂，因此也不会以之观照鲁迅。我的求新，主要是在史料上求新，当然也吸收了一些我认为正确的新观点，力求避免片面和僵化。我从来没有期待我写出的《鲁迅传》会给读者耳目一新的感觉。我甚至想，如果真有那种让人"耳目一新"的《鲁迅传》，那这部传记多半出了什么问题，就像一个孩子长得既不像爹，也不像妈一样。人类繁衍有变异也有承传，学术发展的规律同样如此。

作家出版社之所以同意我来承担《鲁迅传》的写作任务，恐怕是他们认为我是一位"资深鲁研专家"。其实说我资深也不假，因为我第一篇研读鲁迅旧体诗的文章发表于一九六二年九月二十日的《天津晚报》，距今已有五十三年。一九七六年调到鲁迅博物馆鲁迅研究室专门从事鲁迅研究工作，直至二〇〇八年退休，也有三十二年。鲁迅研究给我带来了一些荣誉，也让我尝到了其中的酸甜苦辣。因为"资深"，在鲁研界见到的种种都比"资浅"的多，所以下笔难免瞻前顾后，磨光了"资浅"时代的锐气。古代有一句俚语："成也萧何，败也萧何。"我的《鲁迅传》中的成败得失，大概都与"资深"相关，亦可谓"成也资深，败也资深"。

据传记学理论，传记作者应该具备德、才、学、识四个条件，这是不错的。但鲁迅也说过："倘要完全的书，天下可读的书怕要绝无，倘要完全的人，天下配活的人也就有限。"① 所以我的结论是：传记作者各有优长，不同的《鲁迅传》可以互补。至于哪一本最具影响力，最权威的评论者是读者和时间。一九三〇年十一月二十五日，鲁迅为改订版的《中国小说史略》写了一篇《题记》，结末一句是："大器晚成，瓦釜以久，虽延年命，亦悲荒凉，校讫黯然，诚望杰构于来哲也。"② 这句话正切合笔者此时此刻的心境和想法，故照抄作为这篇后记的结语。

---

① 引自《〈思想·山水·人物〉题记》。
② 引自《鲁迅全集》第 9 卷，第 3 页，人民文学出版社 2005 年版。

	41	《真书风骨——柳公权传》 和　谷 著
第五辑已出版书目	42	《癫书狂画——米芾传》 王　川 著
	43	《理学宗师——朱熹传》 卜　谷 著
	44	《桃花庵主——唐寅传》 沙　爽 著
	45	《大道正果——吴承恩传》 蔡铁鹰 著
	46	《气节文章——蒋士铨传》 陶　江 著
	47	《剑魂箫韵——龚自珍传》 陈歆耕 著
	48	《译界奇人——林纾传》 顾　艳 著
	49	《醒世先驱——严复传》 杨肇林 著
	50	《搏击暗夜——鲁迅传》 陈漱渝 著
第六辑已出版书目	51	《边塞诗者——岑参传》 管士光 著
	52	《戊戌悲歌——康有为传》 张　健 著
	53	《天地行人——王船山传》 聂　茂 著
	54	《爱是一切——冰心传》 王炳根 著
	55	《花间词祖——温庭筠传》 李金山 著
	56	《山之巍峨——林则徐传》 郭雪波 著
	57	《问天者——张衡传》 王清淮 著
	58	《一代文宗——韩愈传》 邢军纪 著
	59	《梦溪妙笔——沈括传》 周山湖 著
	60	《晓风残月——柳永传》 简雪庵 著

81　《天地放翁——陆游传》 陆春祥 著

82　《二拍惊奇——凌濛初传》 刘标玖 著

第九辑出版书目

图书在版编目（CIP）数据

搏击暗夜：鲁迅传 / 陈漱渝 著． -- 北京：作家出版社，
2016.1（2023.6重印）
（中国历史文化名人传丛书）
ISBN 978-7-5063-8692-0

Ⅰ．①搏… Ⅱ．①陈… Ⅲ．①鲁迅（1881～1936）- 传记
Ⅳ．①K825.6

中国版本图书馆CIP数据核字（2016）第001640号

搏击暗夜——鲁迅传

作　　者：陈漱渝
责任编辑：陈晓帆　王　烨
书籍设计：刘晓翔＋韩湛宁
整合执行：原文竹
责任印制：李卫东　李大庆
出版发行：作家出版社有限公司
社　　址：北京农展馆南里10号　　　　邮　　编：100125
电话传真：86-10-65067186（发行中心及邮购部）
　　　　　86-10-65004079（总编室）
E-mail:zuojia@zuojia.net.cn
http://www.zuojiachubanshe.com
印　　刷：三河市紫恒印装有限公司
成品尺寸：152×230
字　　数：295千
印　　张：22
版　　次：2016年1月第1版
印　　次：2023年6月第3次印刷
ISBN 978-7-5063-8692-0
定　　价：75.00元（精）